Narratori Feltrinelli

Jennifer Ryan

Il coro femminile di Chilbury

Traduzione di Mariagiulia Castagnone

Titolo dell'opera originale
THE CHILBURY LADIES' CHOIR

Traduzione dall'inglese di
MARIAGIULIA CASTAGNONE

Prima edizione ne "I Narratori" settembre 2017

Stampa Grafica Veneta S.p.A. di Trebaseleghe - PD

ISBN 978-88-07-03258-5

FSC
www.fsc.org
MISTO
Carta
da fonti gestite in
maniera responsabile
FSC® C021883

A mia nonna, Mrs Eileen Beckley,
e alle donne del fronte interno

Annuncio affisso alla bacheca
del municipio di Chilbury
Domenica, 24 marzo 1940

Poiché tutti i coristi sono partiti per la guerra
e il coro è rimasto privo di voci maschili,
è stata presa la decisione di scioglierlo.
L'ultima esibizione si terrà martedì prossimo,
in occasione del funerale di Edmund Winthrop.

Il vicario

Dal diario di Mrs Tilling

Martedì, 26 marzo 1940

Il primo funerale della guerra, e il coro del nostro piccolo villaggio non ce l'ha fatta a non stonare. *Santo, santo, santo* si è levato incerto come il cinguettio di uno stormo di passeri. E non era colpa della guerra, o di quel mascalzoncello di Edmund Winthrop, morto quando il suo sottomarino è stato silurato, e nemmeno del fatto che il vicario è un pessimo direttore. No, la ragione era che questa sarebbe stata l'ultima esibizione del coro. Il nostro canto del cigno.

"Non capisco perché dobbiamo smettere," sbottò Mrs B. dopo la funzione, quando ci radunammo nel cimitero immerso nella nebbia. "Non rappresentiamo certo una minaccia alla sicurezza nazionale."

"Non ci sono più uomini," sussurrai a titolo di risposta, consapevole del fatto che le nostre voci risuonavano nel silenzio della folla riunita per la cerimonia. "Il vicario sostiene che non si è mai visto un coro senza uomini."

"Il fatto che gli uomini siano andati in guerra non mi sembra una ragione sufficiente per sciogliere il coro. Per di più in un momento come questo, in cui c'è più che mai bisogno di un'attività collettiva. A chi toccherà in seguito? Ai suoi adorati campanari? Alle funzioni domenicali? Ai festeggiamenti per il Natale? Presumo di no!" E incrociò le braccia con aria seccata. "Prima spediscono tutti gli uomini a combattere, poi costringono noi donne a lavorare, ci razionano i generi alimentari e adesso sciolgono il coro.

Quando arriveranno i nazisti non troveranno più niente, tranne un mucchio di donnette malandate pronte ad arrendersi."

"Ma siamo in guerra," dissi, cercando di placare le sue vivaci lamentele. "Noi donne dobbiamo darci da fare per aiutare la causa. A me non importa di dovermi caricare dei turni di notte all'ospedale, anche se, con il lavoro diurno all'infermeria del villaggio, si tratta di un bell'impegno."

"Il coro fa parte della vita di Chilbury da tempo immemorabile. Cantare insieme ti fa sentire più forte." Spinse in fuori il petto; con quella figura robusta e squadrata aveva l'aria di un feldmaresciallo.

I dolenti si avviarono verso Chilbury Manor per il bicchierino di prammatica, accompagnato dai tramezzini al cetriolo. "Pensa a Edmund Winthrop," dissi con un sospiro. "Aveva solo vent'anni ed è saltato in aria nel Mare del Nord."

"Era un giovane aggressivo e violento, lo sai bene," abbaiò Mrs B. "Non ti ricordi che ha cercato di affogare il tuo David nello stagno del villaggio?"

"Sì, ma sono passati molti anni," sussurrai. "Non c'è da stupirsi che fosse un ragazzo instabile, con tutti i maltrattamenti che ha ricevuto da suo padre. Ho il sospetto che il generale Winthrop si senta piuttosto in colpa ora che Edmund è morto."

O forse mi sbaglio, pensai guardandolo. Si batteva il bastone contro gli stivali militari, le vene del collo e della fronte gonfie di rabbia.

"È furioso perché ha perso il suo erede," annunciò Mrs B. con voce tagliente. "In famiglia ereditano solo i maschi e quindi la proprietà è perduta. A Winthrop non importa niente delle figlie..." Entrambe lanciarono un'occhiata alla giovane Kitty e alla bella Venetia. "La tradizione è tutto per lui. Per fortuna Mrs Winthrop è incinta di nuovo. Speriamo che questa volta sia un maschio."

La povera Mrs Winthrop sembrava un uccellino, schiacciata com'era dal peso della perdita di Edmund. *La prossima volta potrebbe toccare a me*, pensai mentre si avvicinava il mio David, che sembrava così cresciuto nella sua uniforme nuova di zecca. Le spalle gli si erano allargate durante l'addestramento, ma il sorriso e la dolcezza erano gli stessi di prima. Sapevo che si sarebbe arruolato appena compiuti i diciotto anni, ma tutto era successo molto rapidamente. Il mese prossimo verrà mandato in Francia e io mi chiedo come farò a sopravvivere se gli dovesse succedere qualcosa. Non mi è rimasto che lui da quando Harold è mancato. Edmund e David giocavano spesso insieme da ragazzi, ai pirati o ai soldati, giochi in cui Edmund era sicuro di vincere. Prego solo che la battaglia di David non finisca allo stesso modo.

La guerra è stata tranquilla in modo preoccupante fino a questo momento, visto che Hitler è impegnato ad accaparrarsi il resto dell'Europa. Ma so che i tedeschi stanno arrivando e che presto la morte si prenderà la scena. Sarà come durante l'ultima guerra, quando un'intera generazione di uomini fu spazzata via, compreso mio padre. Ricordo il giorno in cui arrivò il telegramma. Era l'ora di pranzo ed eravamo seduti a tavola. Il sole inondava la stanza e dal giradischi si levava la musica di Vivaldi. Udii la porta d'ingresso che si apriva, poi il tonfo del corpo di mia madre che si abbatteva sul pavimento, mentre il sole continuava a splendere, indifferente a tutto.

Ora le nostre vite verranno di nuovo sconvolte: altre morti, altro lavoro, altri sacrifici. E, come se non bastasse, anche il coro che viene sciolto. Ho la tentazione di scrivere al vicario per protestare. Ma forse non lo farò. Non sono il tipo che si lamenta. Mia madre mi ha insegnato che alle donne conviene sorridere e dimostrarsi accondiscendenti. Eppure, a volte mi sento così frustrata che vorrei mettermi a urlare.

Forse è questa la ragione per cui ho cominciato a tenere un diario, per poter esprimere quello che non oso dichiarare ad alta voce. Ho ascoltato un programma alla radio in cui si diceva che un diario ti aiuta a sentirti meglio quando i tuoi cari sono lontani, quindi ieri sono andata a comprarne uno. Sono sicura che lo finirò presto, soprattutto dopo che David partirà e io rimarrò sola, con la testa piena di pensieri e nessuno a cui confidarli. Ho sempre sognato di diventare una scrittrice e penso che tenere un diario sia la cosa che più ci si avvicina.

Dunque presi David sottobraccio e, mentre seguivo la folla verso Chilbury Manor, mi voltai a guardare la vecchia chiesa fatiscente. "Il coro mi mancherà," osservai.

Al che Mrs B. replicò brutalmente: "Non mi sembra che tu ti sia data un gran daffare per far cambiare idea al vicario".

"Ma Mrs B.," commentò David con un sorrisetto, "noi lasciamo sempre a lei il compito di sollevare un polverone, quando è il caso. E lei non ci delude mai."

Alzai una mano a nascondere il sorriso, in attesa di veder esplodere l'ira di Mrs B. Ma in quel momento il vicario in persona ci superò trotterellando al seguito del generale, che si stava dirigendo a grandi passi verso la sua augusta dimora.

Mrs B. gli lanciò un'occhiata, afferrò il suo ombrello con determinazione e si lanciò all'inseguimento a passo di marcia urlando: "Vicario, ho bisogno di parlarle", frase che era già di per sé un grido di guerra.

Il vicario si voltò e, rendendosi conto che di lì a poco l'avrebbe raggiunto, accelerò il passo.

Lettera di Miss Edwina Paltry a sua sorella Clara

3 Church Row,
Chilbury,
Kent

Martedì, 26 marzo 1940

Tieniti forte, Clara, perché fra poco diventeremo ricche! Mi hanno fatto la proposta più scandalosa che abbia mai ricevuto! Roba da non credere! Sapevo che questa dannata guerra avrebbe prodotto dei frutti, ma non avrei mai pensato che fare la levatrice potesse essere così redditizio! E soprattutto non avrei mai immaginato che un patto così sporco, una vera chicca, mi arrivasse da quello spocchioso del generale di brigata Winthrop, il tiranno altoborghese che è convinto di essere il padrone di tutto il villaggio. Certo, ora mi dirai che è immorale, persino per i miei standard, ma non ne posso più di essere una levatrice screditata, prigioniera di questo posto. Voglio tornare nella nostra vecchia casa, per essere finalmente libera di vivere come mi va.

Lo capisci, Clara? Presto ti restituirò i soldi che ti devo, come ti ho promesso, e finalmente capirai che sono una donna in gamba, in grado di rimediare agli errori del passato. Potremo metterci tutto dietro le spalle e non parlare più di quello che è successo con Bill (anche se, come ti ho già detto, in un certo senso ti ho salvata). Poi ricomprerò la casa in cui abbiamo trascorso l'infanzia, a Birnham Wood, con i campi e le scogliere che si affacciano sul mare, dove vivremo felici e contente come prima che la mamma morisse. Basta nascite, neonati urlanti, ragadi ripugnanti nelle parti basse e gente che mi comanda a bacchetta e ride di me alle mie spalle. Tornerò a essere una persona indipendente, senza nessuno che mi controlla.

Ma lascia che ti racconti questa storia dall'inizio, visto che so quanto ci tieni ai dettagli. Era il giorno del funerale di Edmund Winthrop, lo spregevole figlio del generale che è morto la settimana scorsa nell'esplosione di un sottomarino. Aveva solo vent'anni e c'è voluto un attimo perché, da quel rettile schifoso che era, si trasformasse in una leccornia per i pesci.

La mattina del funerale il freddo pungeva le guance, un po' come se qualcuno ti avesse tirato un colpo in piena faccia con un merluzzo appena pescato. Avremmo potuto essere nel Mare del Nord anche noi, tanto il vento soffiava feroce e le nuvole correvano cupe, mentre un enorme falco girava in cerchio sopra le nostre teste in cerca di una vittima. "Un'immagine molto appropriata," sentii qualcuno mormorare mentre procedevamo a testa bassa con gli ombrelli inclinati attraverso il cimitero diretti verso la chiesa umida e buia.

Il posto era pieno zeppo e risuonava del brusio degli astanti, tutti presi dai loro pettegolezzi. Nei primi banchi erano seduti i Winthrop e i loro amici aristocratici, impettiti e agghindati come un gruppo di cigni neri. Qua e là, al solito, qualche spruzzata di uniformi color cachi e grigio-azzurro, indossate da uomini convinti di essere speciali, mentre non sono altro che degli stupidi. Esattamente come quelli in abiti civili.

Il resto di noi locali (rappresentato quasi esclusivamente da donne infagottate) si affollava alle loro spalle con la modesta scusa di ascoltare il coro, in cui le poche voci superstiti, e per giunta stonate, avevano attaccato *Santo, santo, santo*. Le signore snob che abitano nel villaggio sono molto seccate che il coro si sciolga, ma dopo un'esibizione come quella penso che preferirei ascoltare un gruppo di gatti in amore.

Per tutto quel lugubre servizio la mamma del morto non ha fatto altro che piagnucolare, coprendosi il viso con le mani, tutta tremante nel suo cappotto nero. È di nuovo incinta, una partoriente attempata, nonostante non abbia ancora quarant'anni. Dicono che il suo odioso padre l'abbia costretta a sposare il generale quando aveva appena sedici anni e che lei ne abbia sempre avuto una paura folle.

Comunque, era l'unica a piangere. Gli altri non riuscivano a dimenticare i modi brutali e arroganti di Edmund, del tutto simili a quelli del suo genitore. Sono sicura che c'era anche qualcuno convinto che il ragazzo si fosse meritato quella morte precoce.

Senza nemmeno sforzarsi di sembrare tristi, le sue due sorelle, una di diciotto e l'altra di tredici anni, se ne stavano sedute composte accanto alla madre. La maggiore, Venetia, con quei capelli biondi e l'aria civettuola, era più interessata a sbattere le ciglia per farsi notare da un artista di bell'aspetto, nuovo del giro, che a piangere il fratello morto. La piccola Kitty, scoordinata come un animale in crescita, si guardava attorno quasi avesse visto un fantasma, il viso appuntito simile a quello di un elfo illuminato dal bagliore bluastro della finestra istoriata che sovrastava l'altare. Accanto a lei, la giovane profuga straniera che ospitano sembrava pietrificata, quasi avesse già visto la morte in faccia un mucchio di volte.

Il generale di brigata lanciava attorno il suo sguardo truce da avvoltoio dispotico; le medaglie lucide e il suo prestigio altoborghese lo collocavano al di sopra di tutti i presenti. Stava battendo ritmicamente il frustino dall'impugnatura d'argento contro lo stivale. Il suo temperamento violento è leggendario e nessuno si sarebbe sognato di andargli tra i piedi quel giorno. Il fatto è che aveva perso non solo suo figlio, ma anche i beni di famiglia. La proprietà di Chilbury Manor si trasmette solo per via maschile e la morte di Edmund ha gettato la famiglia nel panico. Il generale si guadagnerebbe il marchio dell'idiota se la fortuna di famiglia andasse persa per colpa sua. Ma io conosco il tipo. Non si arrenderà tanto facilmente.

Alla fine del servizio, afferrammo le scatole contenenti le maschere a gas e ci trascinammo tristemente, sferzati dalla pioggia gelata che ci colpiva obliqua, fino a Chilbury Manor, una mostruosità in stile georgiano eretta da qualche antenato di pessimo gusto.

Salii ansimando i gradini che conducevano all'imponente portone, augurandomi di trovare un buon bicchiere e un bel divano comodo, ma dentro era già pieno zeppo di gente che puzzava di umido e di ombrelli bagnati. A giudicare dal rumore sembrava di essere a King's Cross; i saloni, con le loro gallerie di marmo, risuonavano di chiacchiere scandite dal ticchettio dei tacchi delle signore. I Winthrop sono una vecchia famiglia con un mucchio di quattrini e i locali gli ronzano attorno come altrettanti rospi spazzini, pronti ad accaparrarsi qualche avanzo.

E io? Io ho già le mani affondate nelle loro tasche e questo mi autorizza a controllare quello che succede da queste parti. Insomma, il generale mi ha già pagato per tenere la bocca chiusa sui suoi affari, compresa quella gravidanza non voluta l'anno scorso e il fatto che il suo orribile figlio abbia infettato quasi tutto il villaggio senza lasciarci il tempo di dire "bah". Questa guerra per me è ricca di opportunità. Qualsiasi levatrice con un po' di cervello sa quanto si può ricavare da una situazione del genere, soprattutto quando si ha a che fare con dei sepolcri imbiancati che si ritengono intoccabili, ma che sono facile preda dell'estorsione... venti qui, quaranta là. Tutto fa brodo.

Quando entrai i miei occhi si posarono su una graziosa cameriera, ferma sulle scale per evitare la folla, con un vassoio colmo di bicchieri di sherry in equilibrio su una mano, il collo lungo ed elegante, sulla bocca una piega amara. Era venuta da me con la gonorrea che aveva preso dal defunto Edmund l'anno scorso, esattamente come una buona metà del villaggio. Mi disse che le aveva fatto balenare il matrimonio, che le aveva promesso soldi, libertà, amore, ma che, appena scoppiata la guerra, si era arruolato in Marina ed era sparito. Mi fece pena e allora le raccontai delle altre donne che aveva avuto, la cameriera che lavorava prima di lei, la moglie del giardiniere, la figlia del vicario, tutte nelle sue identiche condizioni. Le avevo curate tutte, e anche Edmund, quell'animale. La ragazza si chiamava Elsie. Credo che sia rimasta un po' scossa dal fatto che le avessi rivelato delle cose tanto riservate, forse perché pensava che avrei fatto lo stesso anche con lei. Ma io le dissi che gliele raccontavo solo perché eravamo amiche, io e lei.

Le sorrisi con aria complice e presi un bicchiere di sherry. Non si sa mai, la gente può sempre tornarti utile.

Poi mi infilai nella coda di chi andava a porgere le condoglianze, proprio dietro alla triste Mrs Tilling, infermiera, membro del coro e deplorevole anima buona. "Lo ricorderemo sempre come un eroe," stava dicendo con sentimento. È così piena di buone intenzioni che mi verrebbe voglia di ficcare quel suo muso lungo in un barile di birra per tirarla un po' su.

"Non sarebbe dovuto succedere," abbaiò Mrs B., un altro membro del coro, un tipo sostenuto, attaccato alle tradizioni e pieno di fervore altoborghese, totalmente insopportabile. Il suo nome è Brampton-Boyd e lei detesta che tutti la chiamino Mrs B.

Mentre mi avvicinavo ai padroni di casa, Mrs Tilling fece una smorfia infastidita. Non le sono mai andata a genio. Mi sono intrufolata nel suo territorio, ho instaurato rapporti troppo stretti con la comunità. Chissà, forse ha sentito parlare anche delle mie pratiche poco ortodosse. O delle bustarelle.

"È una tale tragedia," dissi con la mia voce più educata. "Vi è stato sottratto troppo presto." Con un sorriso di convenienza mi spostai di lato, un po' discosto dagli altri, che di tanto in tanto mi guardavano chiedendosi che cosa ci facessi lì.

Proprio mentre stavo pensando di aprire qualche porta e di sbirciare un po' in giro, il maggiordomo, una specie di mostro con la gobba, mi guidò in soggiorno, dove speravo di potermi unire al rinfresco. Invece mi ritrovai completamente sola nella grande stanza silenziosa.

Il suono lontano di un pianoforte su cui qualcuno stava massacrando la *Sonata al chiaro di luna* si rifranse sgradevolmente sui soffitti decorati, mentre io sfioravo con le dita la spalliera dorata di un divano di broccato. Poi presi una scultura in bronzo raffigurante un antico greco nudo che pesava come un'arma letale. La stanza era di un'opulenza sorprendente, con i tendoni di seta blu, lunghi fino a terra, i ritratti degli antenati, maestosi e ripugnanti insieme, le statuine di porcellana, i mobili antichi, tutti segni di una clamorosa ingiustizia sociale.

Non ho potuto fare a meno di pensare che, se avessi tutti quei quattrini, ne farei un uso migliore, cercando di rallegrare un po' l'ambiente. C'era un odore di decomposizione che si accordava perfettamente ai ritratti degli antenati, agli occhi del cervo che fissavano il vuoto dalla parete rivestita di pannelli di quercia, alla polvere che pareva essersi depositata da secoli. Mi tornò in mente l'ultima guerra, la Grande guerra, quando nemmeno tutti i quattrini del mondo avevano potuto procurare una via di fuga dalla morte. La guerra aveva livellato tutto e tutti. Strano come le cose fossero tornate alla normalità così in fretta... i ricchi sopra, al potere, e noi sotto a combattere.

Ho tirato fuori il mio pacchetto di sigarette e me ne sono accesa una. Le volute di fumo hanno girovagato fino alle tende, per poi fermarsi lì, come a casa.

Una voce ruvida si levò alle mie spalle. "Ho bisogno di parlarle." Una mano mi afferrò il gomito e prima che potessi reagire venni spinta fino a una porta che stava in fondo alla stanza. Mi voltai e vidi il generale, le vene sulle tempie sporgenti e livide, e pensai che la sera precedente doveva averci dato dentro con lo scotch. Mi spinse in uno studio, l'ambiente era decisamente maschile, con un sacco di poltrone di cuoio e pile di carte e cartellette. L'odore del sigaro si mescolava sgradevolmente con il puzzo da cane morto del suo fiato stantio.

Mentre girava la chiave nella toppa, capii che l'incontro significava quattrini.

"Mi dispiace per la sua perdita," dissi, sorvegliando l'ambiente e cercando di nascondere la mia trepidazione. Il generale era un pezzo grosso, una presenza soverchiante, un uomo invadente, villano e antipatico, ma al tempo stesso potente e spietato. Uno di quei tipi all'antica, ancora convinti che l'alta società possa averla vinta in qualsiasi situazione e che i ricchi possano comandare a bacchetta tutti quanti, come se il paese appartenesse solo a loro.

"Sapevo che sarebbe venuta," borbottò in tono irritato con la voce impastata dall'alcol. "Ecco perché ho ordinato a Proggett di farla passare nel salotto sul retro. Ho bisogno del suo intervento. E la tempistica è di grande importanza." Si sedette dietro l'ampia scrivania con l'aria dell'uomo d'affari, lasciandomi in piedi dall'altro lato, una serva in attesa di istruzioni. Per un attimo fui tentata di accostare una sedia, ma poi pensai che quel gesto di ribellione avrebbe potuto costarmi qualche spicciolo, quindi mi limitai a far cadere la borsa nera sul pavimento, aspettando che si decidesse a parlare.

"Prima di cominciare, devo essere sicuro di poter contare sulla sua riservatezza," disse stringendo gli occhi, come se il nostro incontro fosse fondamentale per la sicurezza della nazione, mentre io sapevo benissimo che le cose non stavano affatto così.

"Può starne certo, come sempre del resto," mentii, guardandolo con aria indignata per aver messo in dubbio la mia integrità. I suoi modi da élite militare non mi facevano alcun effetto. "Generale, sono una professionista e non mi sorprendo mai per quello che mi si chiede. Quanto alla riservatezza, so tenere la bocca chiusa."

"Ho bisogno della vostra collaborazione," disse bruscamente. "Ho sentito che non avete problemi a spingervi oltre la vostra solita attività."

"Dipende dal lavoro. E da quanto sarò pagata."

Negli occhi gli si accese una scintilla e si raddrizzò sulla sedia. Parlavo la lingua che voleva sentire, quella che mi rivelava più interessata ai soldi che alla natura del servizio che mi chiedeva. "Potrebbe guadagnare molto."

"Che cosa ha in mente esattamente?"

Avevo intuito che stava per uscirsene con qualcosa di grosso, qualcosa che mi avrebbe riempito le tasche fino a sfondarle. Avrei scommesso che si trattava di un'altra storia finita male, in cui forse era implicata una donna di un certo livello, magari un'abitante del villaggio, e quindi la parola *scandalizzata* non è sufficiente a descrivere come mi sentii quando mi espose la sua proposta.

"Il mio futuro figlio dev'essere maschio."

Ci fu un attimo di silenzio, mentre riflettevo sul senso delle sue parole. Intanto lui valutava la mia reazione, scrutandomi con attenzione e domandandosi se sarei stata sufficientemente audace, disonesta e avida per portare a termine l'operazione.

"Il nostro non sarà l'unico parto che avverrà nel villaggio," continuò come se stesse dando degli ordini complessi a un gruppo di soldati schierati sulla linea del fronte. "Ma, come le ho detto, mio figlio dev'essere un maschio. Quindi bisogna trovare il sistema perché le cose vadano in questo modo..."

Adesso sì che era tutto chiaro. Be', era davvero vergognoso. Nel caso avesse avuto una femmina, mi chiedeva di scambiarla con un altro neonato di sesso maschile. Mi risucchiai le labbra per evitare che si aprissero in un gran sorriso. Avrei potuto dissanguarlo per una cosa del genere! Ma dovevo stare calma se volevo sfruttare al meglio la situazione.

"È un rischio tremendo, anche sul piano della mia reputazione personale," risposi in tono brusco.

Si protese in avanti, togliendosi la maschera per un istante e guardandomi con gli occhi fuori dalle orbite. "Ma si può fare, no?"

"È possibile," dissi tenendomi sul vago, anche se sapevo di potergli dare una risposta affermativa. Ho una pozione a base di erbe che accelera il parto, senza contare che, date le dimensioni del villaggio, ci vuole un attimo a passare da una casa all'altra.

"La persona che contribuirà alla riuscita dell'impresa sarà sicuramente ben ricompensata." Parlava con freddezza, come se stesse valutando un problema di tipo militare.

"Potrebbe essere più preciso?"

Un improvviso trambusto fuori dalla porta lo indusse a tagliar corto. "Non è questo il luogo in cui discuterne. Ne parleremo a tempo debito." Si alzò e andò alla portafinestra, da dove la vista si apriva su una serie di campi e vallette che si spingevano fino al Canale della Manica, grigio e turbolento come la risciacquatura dei piatti.

"Ci incontreremo tra due giovedì alle dieci, nella casetta di Peasepotter Wood," disse a voce bassa.

"Ci sarò," sussurrai.

"Adesso può andare," soggiunse. Poi girò di colpo la testa e mi trafisse con uno sguardo minaccioso e disgustato. "E non ne parli con nessuno."

Ero fin troppo felice di filarmela, quindi girai i tacchi e balzai alla porta, trafficando con la chiave per aprire la serratura e richiudendomi piano l'anta alle spalle prima di avviarmi verso il salone strapieno. Accelerai il passo mentre mi districavo fra gli ospiti vestiti di nero, le uniformi, i vicini ficcanaso, e marciai fuori dal portone d'ingresso senza salutare nessuno. Sull'ampio viale d'accesso c'era ancora gente che stava arrivando, quindi dovetti trattenermi dal saltellare dalla felicità mentre trotterellavo allegramente verso il villaggio.

Una volta rientrata nella mia squallida casetta, mi lasciai andare a una meritata esplosione di gioia, alzando le braccia e scoppiando in una risata festante. Vedrai, questa faccenda funzionerà.

Finalmente potrai perdonarmi per quello che è successo con Bill e per aver portato via i soldi quando ce la siamo filata. Come potevo sapere che avrebbe arraffato il malloppo e se la sarebbe battuta appena possibile?

Torneremo a essere felici, tu e io, come quando eravamo giovani. È buffo, ma non ci si rende conto di quanto si è fortunati finché le cose non ci vengono tolte: prima è morta la mamma, poi, quando papà è finito in galera, siamo dovute andare a vivere con quell'essere disgustoso che è lo zio Cyril, chiuse nell'abbaino come schiave. Ma basta lamentarsi. Il passato è passato, Clara.

È arrivato il momento di prepararci all'azione. Ci sono altre due donne nel villaggio che dovrebbero partorire più o meno nello stesso periodo di Mrs Winthrop. Mrs Dawkins, un'ipocrita che vive in una fattoria, è già al quarto figlio, quindi non dovrebbero esserci problemi. Meno facile sarà per quella santerellina di Hattie Lovell, l'insegnante, che ha il marito in mare. Hattie è pappa e ciccia con quell'irritante infermiera, Mrs Tilling, che ha fatto un corso di ostetricia e ritiene suo diritto ficcare il naso nei miei affari. Ogni volta che vado a trovare Hattie la trovo lì, con quell'aria da caposala. Dice che sarà lei a occuparsi del parto. Proprio non vuole capire. In questo villaggio una levatrice basta e avanza.

Ti scriverò ancora dopo l'incontro con il generale. Chi avrebbe mai pensato che un gentiluomo di quel tipo potesse cadere così in basso? Non si immagina nemmeno quanti soldi gli scucirò. Questa volta non ti deluderò, Clara. Ti restituirò tutto quello che ti devo, lo giuro.

Edwina

Dal diario di Kitty Winthrop

Sabato, 30 marzo 1940

Alla radio hanno detto che tenere un diario in tempi così difficili fa bene all'umore, così ho deciso di scrivere tutti i sogni e i pensieri che mi passano per la testa in questo vecchio quaderno di scuola. Nessuno avrà mai il permesso di leggerlo, tranne forse quando sarò vecchia o sarò morta, e a quel punto penso che dovrà essere pubblicato.

Cose importanti da sapere su di me

Ho tredici anni e da grande voglio fare la cantante, indossare dei vestiti fantastici ed esibirmi davanti a un pubblico adorante a Parigi, a Londra, e forse persino a New York. Sono convinta che saprò gestire bene la notorietà e che tutti mi apprezzeranno per il mio buonsenso.

Vivo in un villaggio antiquato pieno di vecchi edifici che puzzano di umido e di naftalina. Ci sono un piccolo parco con uno stagno per le anatre e una chiesa medievale con accanto un cimitero abbandonato. Era in chiesa che si riuniva il nostro coro, prima che il vicario decidesse di scioglierlo perché mancavano le voci maschili. L'ho assillato perché cambiasse idea, ma non mi ha dato ascolto. Nel frattempo ho cercato di formare un coro a scuola. Un tempo frequentavo un collegio, ma poi hanno evacuato tutti in Galles e la mamma non mi ha lasciato andare. E così adesso il nostro maggiordomo Proggett deve portarmi in macchina tutti i giorni a Litchfield, che dista una decina di chilometri. Non è un brutto posto, a parte il fatto che nessuno vuole far parte del mio coro.

Ho una sorella pestifera, Venetia, che ha diciotto anni, e avevo anche un fratello prima che morisse a bordo di un sottomarino nel Mare del Nord. Abitiamo nella casa più grande del villaggio, Chilbury Manor, un edificio grandioso che d'inverno è gelido. Non è pulito come Brampton Hall, dove viveva Henry Brampton-Boyd prima di arruolarsi nella Raf per andare a combattere i nazisti a bordo del suo Spitfire. Quando avrò l'età giusta ci sposeremo, avremo quattro bambini, tre gatti e un grosso cane che chiameremo Mozart. Vivremo nel lusso, anche se per ereditare Brampton Hall dovremo aspettare che il vecchio Mr Brampton-Boyd venga a mancare e visto che passa gran parte del suo tempo in India è difficile dire quando questo possa accadere. Venetia sostiene che lui rimane là per evitare sua moglie, la dispotica Mrs B., e anch'io al suo posto sarei tentata di fare lo stesso.

La guerra

Questa guerra dura ormai da troppo tempo. Sono già passati quasi sei mesi da quando è cominciata. La vita è diventata intollerabile. Tutti si danno un gran daffare, non c'è quasi niente da mangiare, niente vestiti nuovi, niente servitù, niente luci accese dopo il tramonto e niente uomini in giro. Dobbiamo trascinarci ovunque le maschere a gas e arrancare fino ai rifugi antiaerei tutte le volte che le sirene prendono a suonare (anche se finora non è successo molto spesso). Ogni sera dobbiamo tirare delle spesse tende nere davanti alle finestre per evitare che le luci rivelino agli aerei nazisti dove ci troviamo. Tra mille crepitii la radio è perennemente sintonizzata sui notiziari, e tutti non fanno altro che zittirmi e impedirmi di suonare il piano.

Papà è un generale di brigata, anche se non combatte mai e solo di tanto in tanto si reca a Londra per quelle che definisce "faccende di guerra". Credo che cerchi di intrufolarsi alle riunioni del ministero della Guerra, anche se finora è sempre stato escluso con una scusa o con l'altra. Di questi tempi è particolarmente nervoso e il suo frustino è lì pronto a ricordare a me e a mia sorella qual è il nostro posto. Venetia e io cerchiamo di stare fuori di casa il più possibile. La mamma è terrorizzata da lui, senza contare che è molto incinta, così non c'è nessuno che ci controlla a parte la nostra vecchia tata Godwin, la quale è decrepita e comunque non è mai riuscita a impedirci di fare alcunché.

Alcuni giornali dicono che la guerra finirà presto, visto che praticamente non si combatte e sembra che i nazisti si accontentino di occupare l'Europa orientale. Ma papà sostiene che sono tutte sciocchezze e che la guerra è appena cominciata.

"I giornalisti sono una massa di idioti." Adora afferrare il quotidiano incriminato e sbatterlo sul tavolo o sulla scrivania. "Per adesso Hitler se la sta prendendo comoda in Polonia, poi concentrerà la sua attenzione su di noi. Tenete a mente quello che vi dico, per come stanno andando le cose, la Francia cadrà prima della fine dell'anno. E poi verrà il nostro turno."

"Ma tutto è così tranquillo," gli dissi. "Il mio insegnante dice che si tratta di una guerra finta perché non succede niente. Metà dei bambini che sono stati evacuati da Londra è già tornata. Dice che le nostre truppe a Natale saranno già a casa."

"Il tuo insegnante è un imbecille che non vede al di là del suo naso," replicò in tono irato. "Guarda la Polonia, la Cecoslovacchia, la Finlandia. Pensa a tutte le navi affondate, ai sottomarini, al nostro Edmund."

E a quel punto fummo costretti a concludere la conversazione perché la mamma aveva ricominciato a piangere.

La morte di mio fratello Edmund

La seconda cosa di cui devo parlarvi è Edmund, mio fratello, che è morto nell'esplosione del suo sottomarino. In teoria dovremmo essere in lutto e io mi sento un mostro per quello che sto per dire, ma la verità è che non mi manca per niente. Era arrogante e prepotente, e io lo detestavo. Non l'ho mai perdonato di avermi chiuso nel pozzo, con l'acqua gelata che mi arrivava alla bocca, dove sono rimasta finché la tata Godwin non mi ha trovato. E nemmeno di avermi usata come bersaglio quando si esercitava al tiro con l'arco. Anche se mi aveva promesso di insegnarmi a guidare quando fossi cresciuta, il che, tutto sommato, era un pensiero molto carino.

La mamma desidera disperatamente che il suo futuro bambino sia un maschio, come del resto anche papà. È convinto che le ragazze siano inutili, anche se fa un'eccezione per Venetia, ma solo perché ha i capelli biondi. Quanto a me, sono talmente inutile che dev'essersi dimenticato della mia esistenza, tranne quando ha bisogno di un capro espiatorio. A volte vado dalla mamma perché lo convinca a essere meno tremendo, ma lei non può farci niente. L'unica cosa che mi dice è di scegliermi un uomo gentile e perbene come futuro marito. Ho il sospetto che sia terribilmente infelice.

La mamma ha ordinato alla cameriera di preparare anche il posto di Edmund quando apparecchia la tavola per la cena, come se mio fratello dovesse rientrare da un momento all'altro, per poi sedersi, allungare le gambe e mettersi a scherzare con la solita sfacciataggine a spese di qualcuno, generalmente mie o di Venetia, e quindi farsi una risata, lisciandosi i capelli all'indietro, pienamente soddisfatto di se stesso. A volte stento a credere che non ci sia più. La settimana scorsa c'è stato il suo funerale, ma il suo corpo mancava. Mi sembra così strano. Dov'è sparito?

Il pensiero della morte non mi dà tregua questa settimana, perché David Tilling è in partenza per la Francia, da cui potrebbe anche non tornare, visto che non riesce a concludere mai niente. Ieri ho sentito Mrs B. dire che i tipi come David i proiettili li vanno a cercare e io ho paura che abbia ragione.

Non riesco a credere che tutti quelli con cui sono cresciuta qui a Chilbury stiano sparendo. Edmund è stato ucciso, David sta andando in guerra, Henry sorvola la Germania con il suo Spitfire, Victor Lovell solca i mari a bordo di qualche nave, Angela Quail è a Londra. Mi restano solo Hattie e la perfida Venetia. David mi mancherà più di tutti. Era sempre lui ad aspettarmi quando restavo indietro, un po' come un fratello, solo molto più carino. Tra qualche settimana tornerà a casa dal campo di addestramento e i Tilling hanno invitato l'intero villaggio a una festa a sorpresa per salutarlo prima che parta per il fronte. So che bisogna star su di morale, anche se si sa che una persona potrebbe morire, ma è difficile non pensare che questa potrebbe essere l'ultima volta che lo vedo.

Elenco di cose da memorizzare
prima che qualcuno parta per la guerra

La forma del corpo – quando una persona se ne va è come se restasse il suo contorno
Il modo di muoversi, di camminare, di girarsi all'improvviso per guardare qualcosa
L'insieme di odori e profumi, che però non durano a lungo
Il colore della persona, quella sorta di alone che circonda ogni momento della sua esistenza, morte compresa

I colori delle persone

Mi piace pensare che alle persone corrispondano dei colori, che ciascuno di noi sia circondato da un'aura, una sorta di velo che trasmette all'esterno quello che abbiamo dentro.

Io sono il viola, brillante e scuro come il cielo in una notte tempestosa
Mamma è un rosa molto pallido, come la pelle di un topolino
Papà è nero come la fuliggine (anche Edmund era nero, ma di un nero diverso, simile a quello di un cielo privo di stelle)
Mrs Tilling è verde chiaro, simile a quello di un germoglio che cerca di sbucare attraverso la neve
Mrs B. è blu scuro (precisione e tradizione)

Henry è di un azzurro intenso, come i suoi occhi. Non posso dimenticare quel giorno di luglio di un anno fa, durante le vacanze scolastiche, quando mi ha parlato di matrimonio. Era una giornata perfetta, il cielo azzurro senza una nuvola, il ruscello, sulle cui rive ci eravamo fermati per il picnic, che scorreva pigro nel tardo pomeriggio. Henry si era unito a Edmund, a Venetia e a me in una scorribanda in campagna, ma la mamma non ha mai saputo niente di quello che c'è stato tra noi. È naturale, perché tutto è successo all'improvviso, Henry non aveva l'anello e quindi non abbiamo potuto ufficializzare la cosa. Ma in fondo al cuore lui non ha dimenticato.

Sono sicura che non ha dimenticato.

Venetia, la mia pestifera sorella

In totale disaccordo con tutti noi, per Venetia questa guerra è una benedizione, e non solo perché non c'è nessuno che la controlla. La guerra ha rimescolato le carte, ha reso tutti più disponibili, e la morte di Edmund l'ha promossa a numero uno della famiglia. Il colore di Venetia è giallo con delle sfumature verdastre, una tinta ripugnante, simile a quella del mare in burrasca, e, come il mare tempestoso, anche Venetia travolge tutto quello che c'è di buono attorno a lei, trascina i giovanotti nei suoi torbidi abissi e li risputa privi di sensi su spiagge lontane.

Trovo molto buffo che non riesca ad attirare l'attenzione del nuovo arrivato, il bel Mr Alastair Slater. È un artista che ha lasciato Londra per sfuggire a eventuali bombardamenti, come tutti gli scrittori e i pittori che hanno in mente solo di salvarsi. Papà sostiene che fuggono per evitare di fare il proprio dovere. Mr Slater assomiglia a Cary Grant ed è curato e sofisticato come lui, a differenza dei ragazzi che vivono da queste parti. Il suo colore è il grigio scuro, che si intona ai suoi abiti di buon taglio e ai modi distaccati e formali. Non sembra affatto interessato a Venetia, anche se lei gli ronza intorno giorno e notte. L'ho sentita dire a Hattie che aveva scommesso con la sua amica Angela Quail che lui le avrebbe mangiato in mano prima dell'estate, ma a giudicare da come stanno le cose, ho l'impressione che dovrà impegnarsi ben di più.

Angela Quail è la ragazza più frivola e spregevole che conosco. È quasi impossibile credere che sia figlia del vicario. Il suo colore è un rosso acido e lei è tutta labbra, vestiti aderenti e zero morale. Ha lavorato con Venetia nel nuovo Centro di Comando militare a Litchfield Park, situato in una stupenda villa antica alla periferia della cittadina di Litchfield, completa di colonne georgiane e giardini ondulati. È stata requisita dal governo qualche mese fa, costringendo la povera Lady Worthing a trasferirsi da sua sorella a Cheswick Castle. Ora è diventato un posto terribilmente importante e visto che dista solo cinque miglia da Chilbury, noi siamo in stato di allarme permanente nel caso ai nazisti venga in mente di bombardarlo. Venetia lavora lì come impiegata ed è convinta di avere un ruolo vitale per la sicurezza del paese, anche se non fa altro che trascrivere a macchina degli appunti e trasmettere dei messaggi telefonici a Londra.

Il mese scorso Angela è stata trasferita al ministero della Guerra, dove è sicuramente occupata a flirtare con tutti gli uomini a disposizione. Angela è una grandissima civetta, non ce n'è un'altra come lei da questa parte della Manica. Venetia è sconvolta dal fatto che Angela sia partita per Londra. Non solo è la sua migliore amica, ma adesso non può più condividere le sue conquiste con nessuno. Speravo che Venetia sarebbe diventata un po' più simpatica senza la malefica presenza di Angela, ma non è affatto migliorata.

Silvie, la nostra profuga cecoslovacca

Ora devo parlare di Silvie, la ragazzina ebrea di dieci anni che vive con noi. I nazisti hanno occupato la sua casa in Cecoslovacchia, ma i genitori erano riusciti a mandarla qui prima dell'inizio della guerra. Anche la sua famiglia la seguirà, appena riusciranno a farlo. Lo zio Nicky, che è il fratello minore della mamma e il membro della famiglia che preferisco, ha organizzato l'esodo dei bambini e ci ha convinto a prendere Silvie l'estate scorsa.

"Abbiamo dovuto interrompere l'attività perché hanno chiuso i confini. Ho il cuore a pezzi pensando ai bambini che sono rimasti lì," ci disse. "I nazisti hanno invaso più di metà dell'Europa orientale. È una situazione disperata. Sono dei banditi e arrestano chiunque non si attenga alle loro regole. Fanno quello che vogliono. La gente è atterrita."

Papà non era affatto felice di avere in casa Silvie, ma qualche mese dopo, allo scoppio della guerra, centinaia di sfollati provenienti da Londra, gente veramente squallida, si presentarono dalle nostre parti in cerca di un'abitazione. E tutt'a un tratto papà si rivelò entusiasta di ospitare una ragazzina pulita, ordinata e tranquilla come Silvie e di non avere spazio per nessun altro. Il vicario e Mrs Quail accolsero un'orribile donna con quattro bambini urlanti che avevano i pidocchi e le pulci e non sapevano stare a tavola. La donna passava il tempo a discutere con Mrs Quail, finché non se ne tornò a Londra senza neanche dire grazie, visto che la guerra sembrava di là da venire.

Devo ancora decidere quale sia il colore di Silvie. È una ragazzina di poche parole e piuttosto avara di sorrisi. Abbiamo cercato di renderle la vita piacevole e di aiutarla a far pratica di inglese. Mi ha detto che ha un segreto che non può rivelare a nessuno.

L'ho rassicurata, dicendole che sono una tomba, ma lei non si è lasciata convincere, anzi, ha chiuso la bocca stringendo forte le labbra per farmi desistere.

Quando è arrivata non aveva nemmeno la valigia, andata persa durante il viaggio. C'erano stati problemi al confine olandese, che avevano dovuto oltrepassare in tutta fretta. Il gruppo consisteva in un centinaio di persone, tra cui anche bambini di cinque o sei anni. Silvie dice che per tre giorni interi non hanno fatto altro che piangere, chiamando la mamma di continuo. La perdita delle valigie è stata particolarmente traumatica poiché contenevano i loro giocattoli preferiti, le fotografie della famiglia, tutto quello che poteva ricordare il mondo che avevano lasciato. Quando Silvie arrivò, le regalammo una bambola, ma lei la mise su una sedia addossata a una parete, con la faccia rivolta verso l'armadio, come se questo fosse stato la porta incantata al di là della quale c'era un mondo migliore.

Prim, la nuova insegnante di musica

Stavo per dimenticarmi. È successa una cosa fantastica! Un'insegnante di musica si è stabilita a Chilbury. È venuta da Londra per insegnare all'Università di Litchfield. Si chiama Primrose Trent, ma ci ha detto di chiamarla Prim, il che ci può stare, visto che ha un aspetto piuttosto primitivo. Con quei capelli che danno sul grigio, l'ampio mantello nero e un fascio di spartiti sotto il braccio sembra una strega rinsecchita. Il suo colore è il verde scuro, la sfumatura dominante quando si passeggia in un bosco ombroso durante una notte di mezz'estate.

Me l'ha presentata la signora Tilling ieri nel negozio del villaggio e io ho avuto l'audacia di confidarle che il mio sogno è quello di diventare una famosa cantante.

"Studia, mia cara!" ha tuonato, facendo oscillare con la sua voce drammatica i barattoli sugli scaffali. "Devi avere il coraggio delle tue convinzioni." Poi ha allargato il braccio in un gesto aggraziato, come se fosse su un palcoscenico. "Posso darti lezione, se hai tempo."

Che straordinaria opportunità! "Chiederò alla mamma di fissare subito la prima. Abbiamo ricevuto una notizia disastrosa. Il vicario ha sciolto il coro del villaggio e adesso non abbiamo più occasioni di cantare."

"Be', questo non va bene! Sciogliere un coro! E in un momento come questo, per giunta!"

Spero con tutta me stessa che riuscirà a convincere il vicario a ricostituirlo, anche se mi sembra difficile. Senza uomini, che possibilità abbiamo? Nel frattempo mi concentrerò sulle lezioni di canto, visto che la mamma ha acconsentito a farmele prendere. Saranno la mia rampa di lancio verso la fama, a giudicare da come gli occhi di Prim luccicavano all'idea.

Lettera di Venetia Winthrop ad Angela Quail

Chilbury Manor,
Chilbury,
Kent

Mercoledì, 3 aprile 1940

Cara Angela,

la scommessa è ancora valida! Mr Slater resiste saldamente alle mie avance, al punto da sfiancarmi. Ho sfoderato i miei trucchi migliori, compreso quello di bussare alla sua porta per chiedergli se per caso aveva dei colori che non utilizzava, visto che stavo misurandomi con "un paesaggio particolarmente difficile". Be', lui si è limitato a porgermi qualche barattolo di colore e poi mi ha liquidata educatamente. Avevo passato tutta la giornata a prepararmi. Mi ero messa il vestito di seta verde e i capelli erano acconciati alla perfezione. È una faccenda sconcertante, mia cara, veramente sconcertante!

Ma non cantare vittoria troppo presto, perché sono sicura che tra non molto finirà per cedere. È un uomo veramente affascinante, Angie, ed è così romantico. Ho sempre pensato che gli artisti fossero dei tipi emaciati con l'aria bohémien, ma lui ha una corporatura atletica. Sembra uno di quei gentiluomini che tirano di scherma... *en garde* e via dicendo. Sotto i suoi abiti impeccabili intravedo le braccia muscolose, le cosce guizzanti. Non sai come vorrei far scorrere le mie dita sulla sua pelle. Ma non è solo questo. C'è qualcosa in lui che mi fa pensare che siamo fatti l'uno per l'altra. Il modo in cui mi guarda, come se, scrutandomi fin nel profondo, vedesse in me una persona diversa.

Mi manchi tanto, anche se le cose stanno migliorando. Finalmente tutti si stanno calmando dopo la morte di Edmund, nonostante la mamma sia sempre sull'orlo del pianto e papà non riesca a controllare il suo carattere iroso. A modo mio, sento anch'io la sua mancanza e ho nostalgia degli scherzi che escogitavamo. Quando uno muore, ci si dimentica di quanto fosse pestifero. Forse perché non rappresenta più una minaccia.

Ho rinsaldato la mia amicizia con Hattie, nonostante da quando è incinta sia diventata noiosa come una giornata di pioggia. Ieri sono andata a prendere il tè da lei. Aveva ridipinto la stanza del bambino di una tonalità di verde spaventosa, perché non era riuscita a trovare nessun altro colore. La sua villetta a schiera a Church Row è sgradevolmente piccola. Io non potrei sopportare di viverci.

"Ma è a un passo da quella di Miss Paltry, la levatrice!" ha esclamato con un'espressione di gioia sul suo bel faccino, contornato dai lunghi capelli scuri che, da quando aspetta, sono particolarmente in disordine. "È una gran fortuna! Anche se la signora Tilling mi assisterà durante il parto, Miss Paltry è come una persona di famiglia, ora che i miei genitori se ne sono andati."

"Già, senza contare che dall'altro lato abita Mr Slater, il che è infinitamente più eccitante." Scoppiai a ridere, chiedendomi se tutta questa noia non mi avrebbe rovinato il rossetto. Volevo essere perfetta nel caso l'avessi incontrato.

"Come vanno le cose tra voi?" mi chiese.

"Non bene. Ti confesso che non so cosa pensare di lui."

"Ti capisco. Anch'io mi domando che progetti abbia. Lo vedo andarsene a piedi o in macchina, senza l'ombra di un pennello, e non tornare che dopo molte ore." Hattie si comporta sempre come la tipica amica di buonsenso. È convinta che il fatto di avere due anni più di me la renda anche più saggia. E adesso che sta per avere un bambino è veramente insopportabile.

"Forse è davvero una star del cinema!" dissi, scoppiando a ridere. "Ne ha tutta l'aria!"

Lei rimase seria. "Penso che faresti meglio a dare la caccia a qualcun altro."

La guardai. Nell'agghiacciante tranquillità della sua casetta, con addosso quell'orrendo vestito premaman, sembrava davvero felice. Devo confessare che provai un'improvvisa fitta di invidia. Ma non preoccuparti, è sparita in un baleno. Chi se lo fila uno come Victor Lovell? E chi vorrebbe essere incinta con tutta l'eccitazione che questa guerra sta provocando? E tutte le cose nuove che una ragazza può fare. Non avremmo mai trovato lavoro al ministero della Guerra e tu non saresti mai stata mandata a vivere a Londra da sola. Se penso ai party a cui sarai sicuramente invitata e a tutta la libertà di cui godi... Ho sentito dire che Constance Worthing contribuisce allo sforzo bellico pilotando gli aerei che devono essere portati a fare manutenzione.

Hattie è sempre stata una ragazza con la testa sulle spalle, ma vederla ridotta in questo stato è quasi fastidioso. Ricordo quando eravamo giovani, tutte e tre all'interno del Pixie Ring, il cerchio delle fate, dove ci mettevamo a urlare: "Siamo forti come i serpenti, feroci come i lupi, libere come le stelle!".

"Sono la stessa persona di prima," aggiunse lei all'improvviso, come se mi avesse letto nel pensiero e io capii che non era affatto cambiata.

Mentre tornavo a casa pensai che presto avrebbe avuto un bambino. Non sono sicura che mi piacerebbe diventare madre, ma forse non è poi tanto male.

Ero in camera mia quando entrò Silvie, che si avvicinò cauta con il suo passo tranquillo fino alla toilette. La esplorò come se fosse a caccia di tesori, chiedendomi che cosa fossero i vari oggetti che vi erano posati. Le risposi inventandomi delle storie: una collana veniva dagli abissi marini, un rossetto era stato perduto da una principessa.

"A te piace Mr Slater."

"E tu come lo sai?"

"Me l'ha detto Kitty," ha risposto con sincerità. "Spero che sia gentile. Come te."

Ho sorriso e l'ho abbracciata. Kitty si pentirà di aver spiattellato in giro i miei segreti, e quanto a me, mi guarderò bene dal continuare a raccontarglieli.

Scrivimi presto, Angie, perché ho molta nostalgia di tutte le birichinate che combinavi. Non sai quanto vorrei che mi mandassero a Londra con te, anche se adesso che c'è Mr Slater a intrigarmi penso che sia meglio rimandare.

Con tanto affetto,
Venetia

Lettera di Miss Edwina Paltry
a sua sorella Clara

3 Church Row,
Chilbury,
Kent

Giovedì, 4 aprile 1940

Cara Clara,

l'affare è concluso. Sorella mia, diventeremo più ricche di quanto abbiamo mai sognato. Sono andata alla casetta di pietra nel bosco per l'appuntamento con il generale, così come avevamo concordato.

Lui era già lì, che controllava con aria seccata l'orologio d'argento che aveva estratto dal taschino. "È in ritardo."

"Davvero?" Gli rivolsi un sorriso educato. "Che peccato!"

L'ironia che trapelava dalla mia voce lo fece sbuffare. "E allora? Pensa che ce la farà?"

"A scambiare i neonati?" Cercai di assumere un atteggiamento serio, nonostante trovassi piuttosto divertente che proprio lui mi proponesse una cosa del genere. "Destreggiandomi tra le nascite e facendo credere a entrambe le partorienti che hanno messo al mondo un bambino diverso da quello vero?"

"Sì, maledizione!" gridò. "Oppure devo rivolgermi a qualcun altro?"

"Dubito che potrà trovare una persona altrettanto affidabile." Poi aggiunsi con una risatina: "Anche Mrs Tilling è in grado di assistere a un parto, magari potrebbe chiedere a lei".

"Non dica assurdità," muggì. "Si limiti a rispondere. Lo farà, sì o no?"

"Dipende da quanto è disposto a pagare."

Sbuffò nuovamente come un toro infuriato. "Le darò cinquemila sterline."

Smisi di respirare per qualche istante. Cinquemila sterline

sono una somma importante, sono dieci volte i soldi che guadagno in un anno. Ma non ero disposta a fermarmi lì. Il vecchio bastardo vale molto di più. Ho visto i vestiti eleganti, i lampadari di cristallo, tutti quei maledetti gioielli, degni del tesoro della corona.

"Non potrò più lavorare e dovrò lasciare subito il villaggio," dissi, con aria dolente. "Neanche mi metto a pensarci per meno di venti."

Era furioso. "Facciamo otto. Mi sembra un bel gruzzolo per una donna come lei."

"Una donna come me?" Tirai su il viso di scatto per incontrare il suo sguardo e alzai un sopracciglio. "Una donna come me è perfettamente in grado di sollevare un bel polverone, lo sa?"

"Mi sta minacciando?" sibilò. "Comunque, se dovesse farlo, io negherò tutto. È la sua parola contro la mia. Nessuno le crederà."

"Non ci conti, generale," gli dissi. "I tempi in cui i ricconi come lei comandavano sul mondo intero sono passati."

"Non ne sia così sicura. Posso ancora farla impiccare."

"Diecimila e lo faccio," dissi in tono risoluto. "Ma voglio essere pagata indipendentemente dal risultato."

"Lei farà esattamente quello che le dico, Miss Paltry, o in questo posto non ci lavorerà più. Mi ha sentito?" Mi si accostò. "Riceverà i suoi soldi quando io avrò mio figlio."

"No, lei me li darà prima. Se non nasce un maschietto, non posso farci niente, ma in caso contrario," e lo guardai con aria allusiva, "quel bambino sarà suo."

Strinse i pugni. Il negoziato lo mandava in bestia. Da quando sono arrivata qui, cinque anni fa, sono stata molto attenta a costruirmi una reputazione di onestà, soprattutto dopo gli errori commessi in quel villaggio del Somerset. (Ti ricorderai che fui costretta ad andarmene dopo aver somministrato l'unguento sbagliato a pazienti affetti da verruche genitali, con il risultato di aver reso le loro parti intime di un bel color viola. La faccenda ha distrutto tre matrimoni e ha provocato una scazzottata di proporzioni gigantesche, la scomparsa di una giovane donna e almeno due tizi imbufaliti che hanno cercato di darmi la caccia.) No, Clara. A Chilbury ho giocato le mie carte con grande attenzione, mettendo a tacere il passato e attenendomi alle regole.

Adesso è arrivato il momento di cogliere i frutti.

"D'accordo. Facciamo diecimila, ma metà adesso e metà quando avrà espletato il suo compito," ruggì. "E se Mrs Winthrop partorirà un maschio, dovrà accontentarsi della prima metà." Mi esaminò con aria di profonda disapprovazione. "Come posso fidarmi di una donna che è capace di fare una cosa del genere?"

"Noi donne siamo capaci di molte cose, generale. Forse non se ne è ancora accorto." Gli rivolsi un rapido sorriso. "Voglio la prima metà dei quattrini, in contanti, fra due settimane esatte."

Prese ad aggirarsi con rabbia tra i cespugli e all'improvviso mi resi conto quanto significasse per lui ciò che mi aveva chiesto. Avrei dovuto scroccargliene cinquantamila, di sterline. Era disposto a tutto pur di ottenere il suo scopo.

"Avrà i suoi soldi," ringhiò a bassa voce. "Torni il giorno stabilito alle dieci del mattino e mi troverà pronto." Si avvicinò di nuovo, gli occhi stretti come quelli di Ebenezer Scrooge. "E badi di tenere la bocca chiusa o l'accordo va a monte. Non deve farne parola nemmeno con mia moglie. Lei non deve saperlo. Mi ha sentito?"

"L'ho sentita, generale," risposi con voce tranquilla. "Chiaro e forte."

Quindi mi girai, uscii e mi immersi nella boscaglia, mentre lui inveiva a bassa voce, percorrendo la stanza avanti e indietro.

Aspirando una boccata di aria fresca, mi feci strada fra le felci fino al sentiero. Clara, questa faccenda andrà a buon fine. Per precauzione, ho deciso di farmi amica quella donna fastidiosa, la Tilling. Devo tenere gli occhi aperti. C'è di mezzo un mucchio di quattrini e l'attenzione ai dettagli dev'essere spietata. Ti scriverò presto con altri particolari, come mi hai chiesto nella tua lettera. Lo so, sei convinta che combinerò un sacco di pasticci, come al solito, ma questa volta non ti deluderò. Entro la fine della primavera sarai ricca, te lo giuro.

Edwina

Avviso affisso alla bacheca
della sala annessa alla chiesa di Chilbury
Lunedì, 15 aprile 1940

Le prove del nuovo coro femminile di Chilbury si terranno in chiesa mercoledì sera alle sette precise.

Miss Primrose Trent, docente di musica,
Università di Litchfield

Dal diario di Mrs Tilling

Mercoledì, 17 aprile 1940

L'avviso affisso da Prim nella sala della chiesa, in cui si annunciava che era nato un nuovo coro tutto di signore, aveva provocato scompiglio nella nostra piccola comunità. La notte scorsa, prima della riunione del Servizio di volontariato femminile, Mrs B. mi ha detto che era andata dritta dal vicario per scoprire la verità.

"'È lei che ha permesso a questa donna, questa nuova arrivata, di impadronirsi del coro, degradandolo al punto da renderlo irriconoscibile?'" gli ho chiesto. E sa che cosa mi ha risposto? Il vicario, che si suppone sia un uomo di Dio, mi ha detto: 'Be', è stata molto insistente e non ho potuto rifiutarmi'. Non sapevo più cosa dire!"

"Caspita," esclamai. Ero piuttosto eccitata dalla faccenda. Almeno avremmo ripreso a cantare. Il coro mi era mancato. "Capisco che il comportamento di Prim è piuttosto insolito, ma perché non stiamo a vedere quello che ha da dire? Dopotutto non c'è niente di male."

"Niente di male?" mi ringhiò in risposta. "Niente di male nel rovinare la reputazione del nostro villaggio? Non posso pensare a quello che mi dirà Lady Worthing. Ci tiene moltissimo a fare le cose secondo la tradizione."

Alcune signore del Servizio di volontariato si unirono alla conversazione. Le sarte, intente a cucire i pigiami per i soldati, si abbandonarono a versi di disapprovazione, mentre le addette alla ristorazione espressero forti dubbi che la cosa potesse funzionare.

Potete quindi immaginare la mia curiosità quando, ieri sera, mi sono rifugiata dentro la chiesa, trovando scampo dalla pioggia che scrosciava all'esterno.

Fui una delle prime ad arrivare e il luogo mi parve incantato: le candele sull'altare proiettavano ombre scure nella navata. Poi, a una a una, cominciarono a sopraggiungere anche le altre, Mrs Gibbs, la proprietaria del negozio, Mrs B., Mrs Quail, che si mise all'organo, e persino Hattie, a cui manca poco per partorire, ma ha detto che non si sarebbe persa la riunione per niente al mondo. È comparsa anche Miss Paltry. A quanto pare, ha voltato pagina; dopo la riunione mi ha persino raccontato che ha cominciato a lavorare per il Servizio di volontariato. Kitty e Mrs Winthrop sono arrivate tutte entusiaste insieme con Silvie, la loro piccola profuga, che per una volta era quasi sorridente. Anche Venetia si è fatta viva, vestita elegante nel caso le fosse capitato di incontrare Mr Slater. È diventata incredibilmente sgradevole, ma forse c'è qualche speranza che cambi ora che Angela Quail è lontana.

Alle sette la sala era stipata di persone nonostante il nubifragio e un brusio carico di aspettativa riempiva l'aria fredda. Persino Nostra Signora della Grazia sembrava guardar giù con una certa ansia. Intanto un solido contingente di bastian contrari chiocciava come un branco di galline infelici davanti al banco dei contralti, incitato da Mrs B.

Improvvisamente la massiccia doppia porta si aprì e Prim, maestosa nel suo ondeggiante mantello nero, avanzò lungo la navata verso di noi, i passi che risuonavano a cascata contro le travi di legno, spaventando i pipistrelli che avevano trovato rifugio nel campanile. Si tolse il mantello facendogli fare una giravolta per liberarlo dalla pioggia, i capelli particolarmente mosci. Con un'espressione pomposa e cerimoniosa negli occhi buttò su una sedia una pila di spartiti e saltellò su per i gradini che portavano al pulpito.

"Posso avere la vostra attenzione, per favore?" disse con una voce vibrante, che si rifranse con echi sonori nei chiostri. "Sono felice di annunciarvi la creazione del coro femminile di Chilbury."

Da una buona metà della folla si levò una salva di applausi e io sentii una vampa di calore diffondersi dentro di me. Il sogno diventava realtà.

Ma dalla parte opposta Mrs B. si ergeva sprezzante, le mani sui fianchi, a sorvegliare il suo territorio e i suoi proseliti, presenza salda e intransigente.

Prim continuò, i luminosi occhi grigi sprizzanti determinazione. "So che vi siete sentite abbattute quando il coro è stato sciolto, e questa è la ragione per cui ho proposto al vicario di trasformare il vecchio coro, tanto caro al villaggio, in un'aggregazione di sole donne," annunciò giubilante con uno svolazzo della bacchetta.

"E come ha fatto, per la precisione?" domandò Mrs B. con la solita aria di sufficienza.

"Gli ho spiegato che, con la guerra, il coro è ancora più necessario di prima. È importante che possiamo ritrovarci a cantare, a fare della musica meravigliosa che può aiutarci a superare i tempi difficili che stiamo attraversando." Si interruppe, voltandosi verso una candela alta che le stava accanto perché lo scintillio della fiammella le si riflettesse negli occhi. "Alcune di noi ricordano ancora l'ultima guerra, le infinite sofferenze e le morti che ha causato. È tempo che noi donne, in quanto collettività, facciamo tutto quello che possiamo per sostenerci e mantenere alto il morale. Solo perché non ci sono uomini, non significa che non possiamo arrangiarci da sole."

"Non sia ridicola." Mrs B. avanzò di qualche passo, ergendo indignata la sua figura abbondante verso il pulpito. Era vestita con il suo solito completo di tweed, giacca sportiva e gonna, e aveva spinto in fuori il petto in quella che amici e vicini riconoscevano come la sua posa da combattimento. "Come possiamo cavarcela senza i bassi e i tenori?"

"Canteremo degli arrangiamenti per voci femminili, o ci penserò io a prepararli. Non abbiamo nessun bisogno degli uomini! Bastiamo noi a formare un coro!"

"Comunque," precisò ridendo Mrs Quail dal suo posto davanti all'organo, "l'unico basso che avevamo era il vecchio Mr Dawkins, che era stonato come una campana da almeno due anni."

Dalla componente più giovane si levò qualche risatina, ma Mrs B. non aveva per niente l'aria sconfitta, anzi, si guardava attorno in attesa che qualcuna delle sue sostenitrici si facesse avanti.

"E Dio, che cosa penserà?" disse una signora del reparto sartoria. "Non credo proprio che nelle sue intenzioni le donne dovessero cantare da sole. Basta pensare al coro dell'*Alleluia*... a cosa si ridurrebbe senza le voci maschili?"

"Esistono un sacco di cori dove ci sono solo uomini, no?" ridacchiò Prim. "Pensate ai grandi cori di Cambridge, per non parlare di quello della cattedrale di St. Paul. Non posso immaginare che Dio abbia delle obiezioni sul canto."

"Ma questo va contro l'ordine naturale delle cose," intervenne Mrs B.

Fui tentata di schiarirmi la gola e di dirle chiaro e tondo che aveva torto, ma, prima ancora di accorgermene, avevo già cominciato a parlare. "Ci hanno detto così tante volte che le donne sono incapaci di fare qualunque cosa, che forse anche noi abbiamo cominciato a crederci. In ogni caso l'ordine naturale delle cose ha subìto un mutamento temporaneo, visto che di uomini in giro non ce n'è più neanche uno." Mi guardai attorno in cerca di ispirazione. "Mrs Gibbs consegna il latte personalmente e Mrs Quail si occupa di guidare i bus, e molte altre di noi hanno intrapreso nuovi lavori. La guerra ha mescolato le carte. Perché non potrebbe cambiare anche il coro?"

Si levò qualche applauso, unito a un paio di esclamazioni di incoraggiamento. Mi sembrava incredibile di essermi alzata a parlare, e a Mrs B. per giunta, che ora mi guardava con un'espressione di profonda disapprovazione.

"Mrs Tilling, da lei non me l'aspettavo!" disse con voce tagliente. "Difficile dire che cosa mi abbia più colpito del suo discorso. L'idea che dobbiamo accantonare i nostri princìpi morali perché siamo in guerra o il fatto che anche lei, mia cara, abbia ceduto al malcostume dilagante." Si voltò verso il gruppo riunito accanto all'altare tra i due banchi del coro. "Concludiamo questa faccenda una volta per tutte con un'alzata di mani. Chiunque sia d'accordo con questa assurda proposta, alzi la mano."

Ora, Mrs B. non è donna da prendere bene una sconfitta. Mentre contava e ricontava le mani che si erano alzate, un'espressione corrucciata comparve sul suo viso. Ci fulminò con uno sguardo indignato, come se fossimo ormai irrecuperabili. "Non pensate che questa faccenda sarà priva di conseguenze. Terrò gli occhi aperti, potete contarci." E con questo si allontanò sbuffando con una scena molto teatrale, poi, poiché non riusciva ad andarsene veramente, si lasciò cadere nell'ultimo banco. Ovviamente era convinta che sarebbe riuscita a farci sentire in colpa al punto che avremmo cambiato idea, ma, sentendo le voci che si levavano attorno a me, capii che non aveva alcuna possibilità.

"Che idea fantastica," disse Hattie. "Non so perché non ci abbiamo pensato prima."

"Già, e ha anche uno splendido nome," dichiarò Venetia. "Il coro femminile di Chilbury. Suona bene, davvero."

Non ci avevo pensato prima, ma ora mi scoprii a chiedermi perché il coro si era sciolto, perché il vicario aveva un simile potere di convinzione su di noi. E infine, e questa era la parte più dolorosa, perché gli avevamo permesso di farlo.

Prim distribuì delle copie di *Sii tu la mia visione*. "Coraggio, cominciano. Mettetevi al vostro solito posto nei banchi del coro, o dove volete, e cercate di cantare meglio che potete."

Ci spostammo per prendere i nostri posti e Mrs B. si piazzò fra i contralti accanto a me. "Devo restare per controllare i pasticci che combinerà."

"Andrà tutto bene," le dissi, ma quasi trattenevo il fiato, mentre pregavo perché la riunione non si risolvesse in un disastro. Non volevo che facessimo fiasco sin dall'inizio e che Prim venisse scoraggiata dalle nostre terribili voci. Dovevamo dimostrarle che la cosa poteva funzionare.

Con l'aria di chi sa il fatto suo, Prim alzò la bacchetta, guardò Mrs Quail perché iniziasse l'introduzione, poi ci fece segno di attaccare. Il suono delle nostre voci che riempivano lo spazio, echeggiando nella piccola chiesa di pietra, mi provocò uno slancio di gioia: sentivo l'eccitazione di cantare in gruppo, la musica dolce delle voci che si intrecciavano, per una volta intonate. Forse ci stavamo impegnando tutte di più, desiderose che l'iniziativa funzionasse.

"È stato splendido," disse Prim con aria estasiata quando le ultime note si spensero nell'aria immobile. "C'è gente di talento qui dentro!"

Ci aprimmo tutte in un gran sorriso perché ognuna sperava che il commento fosse rivolto a lei. Persino il gruppetto che faceva capo a Mrs B. dimenticò le obiezioni, catturato dall'incanto della musica.

Tuttavia, la signora in questione non era ancora pronta a rinunciare alla battaglia. "Devo parlarne al vicario," annunciò e a passo sostenuto scese dall'altare e si diresse verso la doppia porta. Conoscerò ben presto l'esito del colloquio.

Poi me ne andai anch'io, percorrendo la strada verso casa come se fossi in trance, intrappolata fra l'euforia del canto e le fitte di angoscia al pensiero che David partirà a breve. La settimana scorsa i nazisti hanno invaso la Norvegia e, a quanto pare, anche noi manderemo delle truppe a contrastarli. Spero che non ci mandino David.

Poi, lentamente e a bassa voce, cominciai a cantare tra me e me *Sii tu la mia visione*. Era una notte senza luna, buio pesto. L'oscuramento aveva cancellato le luci dal mondo. Con un sorrisetto prudente, mi resi conto che non esisteva una legge che proibisse il canto, così lasciai che la mia voce si alzasse, in segno di sfida nei confronti della guerra.

Per affermare il mio diritto a essere ascoltata.

Dal diario di Kitty Winthrop

Giovedì, 18 aprile 1940

Che giornata esaltante! Oggi ho preso la mia prima lezione di canto con Prim nella sua casa di Church Row alle cinque in punto. È un'insegnante straordinaria. Non ero mai stata così eccitata e sono arrivata dieci minuti prima, così ho dovuto aspettare che tornasse dall'università.

Poi l'ho vista spuntare sulla sua bicicletta, avvolta nel solito mantello, che si manteneva in equilibrio precario sull'esile struttura metallica. "Sei in anticipo," osservò con una risatina. "Dico sempre che l'entusiasmo illumina ogni sentiero di una luce sfolgorante." Smontò dalla bicicletta e l'appoggiò contro il muro della casa. "Entra, ci faremo una tazza di tè prima di cominciare."

La casa era piccola, più o meno come quella di Hattie, ma traboccava di oggetti sbalorditivi e puzzava di muffa come un negozio di antiquariato. In un angolo, un elefante dorato se ne stava ritto sulle zampe posteriori, mentre alla parete sovrastante erano appesi dei quadri raffiguranti vette montuose viste in lontananza e un tramonto nel deserto in cui prevalevano il rosso e l'arancio bruciato. Un tavolino era stipato di scatole decorate di svariate forme e dimensioni, coperte di conchiglie o di seta dai colori vivaci, blu pavone, verde smeraldo, rosso ciliegia.

"Aprine una," mi disse, guardando i miei occhi che guizzavano a destra e a sinistra. Ne presi una color smeraldo ornata con un filo dorato. Aprii la piccola serratura e all'interno, sopra la fodera di velluto nero, vidi un minuscolo anello d'argento, adatto al dito di un bambino, con un motivo che raffigurava san Cristoforo sulla parte anteriore.

"Sì," mi rispose e scoppiò a ridere. "Mi è stato regalato quando ero bambina. Viene dall'India, dove sono cresciuta. Ho sempre amato l'India... I colori, i suoni, l'atmosfera vibrante, la gente." Indicò il quadro di un bellissimo tempio bianco appeso alla parete accanto a lei. "Abitavamo vicino a quest'edificio maestoso, il Taj Mahal. È un mausoleo costruito da un imperatore per sua moglie, morta dando alla luce un bambino. Si dice che lui vi si recasse ogni giorno per piangerla."

"È possibile amare qualcuno al punto da erigere in suo ricordo un edificio così bello?"

"Be'," rispose. "Immagino che dipenda da quanto uno è ricco, dal potere che ha. La maggioranza delle persone non potrebbe permetterselo, ma questo non rende meno sentito il loro amore. Ci sono modi più semplici per manifestare il proprio dolore. La bellezza e l'intensità dei canti funebri non hanno forse la stessa grandezza di questo palazzo?"

Annuii, sbirciando nel soggiorno, risplendente di altri oggetti di antiquariato. "Vengono tutte dall'India queste cose?"

"Assolutamente no. Ho viaggiato in tutta l'Asia. C'è un mondo incantato laggiù, dove la gente vive in tanti modi diversi." Mi precedette nella stanza perché potessi vederla da vicino. Ovunque un luccicare d'oro: urne d'oro, statue d'oro, tende dorate alle finestre, miniature dorate piccole come il mio pollice: un elefante, una vecchia, un falcone.

"Le altre culture sono piuttosto strane, non le pare?" osservai.

"Direi il contrario. Spesso mi fanno pensare che siamo noi quelli strani." Rise tra sé e si diresse verso la cucina. "Facciamoci una tazza di tè."

Mentre l'acqua bolliva mi guardai attorno. Sul davanzale era allineata una serie di vecchie caraffe, mentre dei mazzetti di erbe secche, rosmarino, timo, lavanda, ricoprivano una delle pareti, liberando nell'aria il loro profumo. Un gabbiano alto fino alla vita ci osservava da un angolo.

"Oh, quello è Earnest. È di cartapesta," cinguettò. "Faceva parte degli arredi di uno spettacolo che abbiamo messo in scena a Londra anni fa. È sempre qui al mattino, a elemosinare il cibo."

Scoppiai a ridere e gli diedi un buffetto sulla testa.

Attorno al lavello c'erano diverse bottiglie piene di liquido, polveri e pozioni varie, la cui vista mi fece sobbalzare. Che Prim fosse una strega?

Lei notò il mio sguardo preoccupato e sorrise. "Sono le mie medicine," mi disse. "In passato sono stata molto malata, e ora devo prendere quelle medicine per evitare una ricaduta."

Feci un passo indietro e la guardai. Sembrava assolutamente normale… be', normale quanto può esserlo una strega. "Non si trattava di una malattia infettiva, vero?"

"No, l'ho presa da una maledetta zanzara, in India, ma qui le zanzare non ci sono." Riordinò le bottiglie, poi preparò il tè. "La malattia si chiama malaria."

"Sei stata davvero molto malata?"

"Sono stata sul punto di morire. Avevo più o meno l'età di tua sorella e tutta la vita davanti, una vita piena di musica, risate e storie d'amore. E c'era un ragazzo che dovevo sposare." Il ricordo la fece sorridere. "Era di una bellezza sconvolgente, un collezionista di farfalle, estremamente brillante."

"Perché non l'ha sposato?"

"Perché è morto," rispose con semplicità. "Ha preso la malaria più o meno quando mi sono ammalata io e non ce l'ha fatta. Eravamo vicini di casa ed eravamo cresciuti insieme, poi ci siamo innamorati. Come ho detto, ci siamo ammalati contemporaneamente. Solo che, nel mio caso, la malaria ha fatto il suo decorso e poi è sparita. E io ho continuato a vivere."

"Sì, ma con il cuore spezzato!"

"Proprio così. Da quel momento ho sentito che il mio destino era quello di vivere una doppia vita, una per me e una per il mio collezionista di farfalle. Di essere sola, ma non del tutto." Prese una zuccheriera di porcellana a fiori e un bricco per il latte. "Quest'esperienza mi ha insegnato che ognuno deve vivere la sua vita. Non permettere a nessuno di ostacolarti."

A questo punto non riuscii più a trattenermi. "Voglio fare la cantante, ma papà non me lo permetterà mai. Vuole che mi sposi, che diventi una buona moglie. La mamma, però, mi dice di stare attenta quando sceglierò un marito se non voglio rendermi la vita infelice."

"Devi trovare la tua strada," osservò Prim, precedendomi nel salottino. "Decidi quello che vuoi fare e poi impegnati per riuscire a farlo."

La stanza era piena di strumenti musicali. C'erano una grande arpa, un pianoforte verticale, un clavicembalo, un leggio con un clarinetto e un ottavino d'argento, che giaceva sul tavolo come se una fata l'avesse appena usato per esercitarsi e poi fosse volata via.

Prim appoggiò il vassoio su un tavolino rotondo e accostò al piano lo sgabello, indicandomi la sedia che stava davanti al clavicembalo.

"È per questo che non si è mai sposata? È ancora innamorata del collezionista di farfalle?"

"Non lo so." Sorrise mentre versava il tè. "A volte facciamo delle cose senza comprenderle appieno. Non devi sforzarti di capire tutto, Kitty. Ci sono cose che vanno al di là della nostra comprensione." Appoggiò la teiera sul vassoio. "Adesso, prima di cominciare, voglio che tu canti un'unica nota meglio che puoi."

Emisi un lungo *laaa* acuto.

"Bello," disse, prendendo di nuovo tazza e piattino e porgendomeli. "Ci hai pensato molto prima di cantarla?"

"No," dissi, sorseggiando il tè caldo.

"A volte la magia della vita va oltre il pensiero. È racchiusa piuttosto nella scintilla dell'intuizione, nel fatto di portare nella musica la propria energia."

"Ma non devo preoccuparmi di cantare le parole giuste in contemporanea con le note corrispondenti?"

"La cosa più importante del canto è l'emozione." Si protese in avanti. "Ricorda, Kitty. Io ho fiducia in te."

Quel pomeriggio eseguimmo l'*Ave Verum Corpus* di Mozart, il mio compositore preferito, che io cantai meglio e con più convinzione di quanto avessi mai fatto.

"Mozart è il protagonista di una storia tragica," mi disse. "Ha scritto il *Requiem*, una delle composizioni sacre più tristi che siano mai state scritte, mentre stava morendo, e a sua moglie disse: 'È come se lo stessi scrivendo per me'. Alla vigilia della sua morte lo cantò con alcuni amici e, quando arrivarono al *Lacrimosa*, lasciò cadere i fogli e cominciò a piangere. Morì il mattino seguente. Riesci a immaginarti cosa significa scrivere la musica per la propria fine?"

Ebbi un sussulto. "È tremendo. Crede che sia stata la musica ad accelerare la sua morte?"

"Forse sapeva che stava per morire e ha trasmesso la sua angoscia alla musica." Tornò a guardare lo spartito dell'*Ave Verum Corpus*. "Perché non provi a rifarlo? Come prima, ma questa volta pensa a Mozart che scrive sapendo di morire. Mettici il cuore."

Attaccò l'introduzione e io sentii la mia voce che sgorgava dal profondo e mi ritrovai a pensare alla paura che si deve provare prima di morire.

Quando terminai fui colta da una strana esultanza. Mi sentivo come la piuma candida di una colomba che fluttua nell'aria, mossa da una brezza leggera. Più tardi, mentre tornavo a casa, aspirai a fondo l'aria frizzante primaverile e all'improvviso mi sentii felice di essere al mondo.

Lettera di Miss Edwina Paltry
a sua sorella Clara

3 Church Row,
Chilbury,
Kent

Venerdì, 19 aprile 1940

Cara Clara,

ci siamo. Un grande fascio di banconote da cento sterline è nascosto in un buco segreto sotto le assi del pavimento, chiuso in una vecchia busta e ben legato con un pezzo di spago. In meno di un mese l'affare sarà concluso, il denaro verrà raddoppiato e noi potremo svignarcela, tu e io, verso una nuova vita a Birnham Wood.

Ieri ho incontrato il generale per la consegna della prima tranche della somma pattuita. Teneva il malloppo saldamente stretto nelle sue dita nodose, il vecchio tirchio. Dire che era riluttante a mollarlo è un eufemismo. Ma finalmente sono riuscita a strapparglielo e a scappare, con i quattrini al sicuro nelle mie mani.

Fin qui è stata una passeggiata.

Adesso devo consegnargli il maschietto.

Con mia grande rabbia Mrs Dawkins, quella che vive nella fattoria, ha partorito venerdì scorso. Avrei voluto far tornare dentro quella stupida testolina, poi ho visto che si trattava di una bambina, e quindi non mi sarebbe servita a niente.

Adesso le speranze si concentrano su quella santerellina di Hattie. In teoria dovrebbe partorire una settimana dopo Mrs Winthrop, quindi non ci saranno problemi a farlo nascere prima. Il vero problema, invece, è rappresentato da quella Tilling che incombe come la fata madrina. Si è messa in testa di fare lei da levatrice, nonostante io abbia cercato di convincere Hattie a lasciar perdere.

Insomma, chi vorrebbe prendersi una frana come Mrs Tilling

invece di una professionista competente e attrezzata come me? Ma non c'è stato niente da fare. Hattie ha cominciato a piagnucolare, dicendo che Mrs Tilling era come una persona di famiglia per lei. Che il cielo la maledica! Quella ragazza è veramente patetica.

È quasi incredibile, ma ho deciso di diventare amica della nauseabonda Tilling. Devo convincerla a non occuparsi del parto, altrimenti mi toccherà scoprire quando ha intenzione di andare fuori città. Se i miei sforzi falliscono, non mi resta che farle del male, spingendola giù dalle scale o investendola con la bicicletta. Francamente preferirei evitare una soluzione del genere. Il confine tra un braccio rotto e l'omicidio è molto sottile.

Come prima cosa, per stringere i rapporti tra noi, mi sono messa a frequentare il nuovo coro. Non credevo alla mia fortuna quando entrai e notai un posto libero proprio accanto a lei.

"Sono sorpresa di vederla, Miss Paltry," disse in tono altezzoso, scostandosi. "Non la si vede spesso in chiesa."

"Vengo sempre la domenica." E le sorrisi con calore, anche se mi sembra il tipo che conta le persone e si accorge quando manca qualcuno.

L'idea di fondare un coro di sole donne ha fatto un grande chiasso, il che è assolutamente ridicolo. Le donne non hanno bisogno degli uomini per cantare. Canto sempre anch'io quando faccio il bagno.

Comunque, quella sera abbiamo cantato una serie di inni a dir poco tetri e, alla fine della prova, ho colto la mia occasione.

"Mrs Tilling, sento il dovere di alleggerire i suoi impegni e di occuparmi del parto di Hattie," esordii. "Dopotutto siamo vicine di casa e vedo che lei è molto presa di questi tempi. Quanto a me, ho tutta l'attrezzatura e le medicine necessarie, se mai dovesse capitare qualcosa. Ho persino un ventilatore meccanico," mentii.

"Davvero? A casa sua?" Mrs Tilling aggrottò la fronte, incredula. "Gliel'ha prestato l'ospedale?"

"Proprio così," le risposi, rapida come una volpe, sperando che non le venisse in mente di controllare. "La sorprenderebbe sapere con quale frequenza me ne servo per risolvere i problemi di respirazione dei neonati. Sa, il primo parto può essere rischioso."

"Ma anche lei ha molto da fare e Hattie insiste perché io sia presente."

"Avrò pure da fare, ma il dovere prima di tutto!" replicai. "Il fatto è che ho un grande senso di responsabilità." E mi appoggiai il pugno chiuso sul cuore con un gesto patriottico. "Se qualcosa dovesse andare storto, mi tormenterei per il resto dei miei giorni." A questo punto cercai di spremermi qualche lacrimuccia, ma c'è un limite a tutto.

"Capisco," disse Mrs Tilling, allontanandosi di qualche passo, una smorfia di disgusto sulle labbra, come se la faccenda le puzzasse. Dovevo aver esagerato con la commedia, quindi mi affrettai a cambiare tattica.

"Lei fa già tanto per la nostra piccola comunità, con il suo contributo al Servizio di volontariato che va ad aggiungersi alla sua attività di infermiera."

"Sì, il Servizio è una grande forza. Dovrebbe iscriversi anche lei. C'è un'assemblea a Litchfield tra quindici giorni, in cui verranno distribuiti i pacchi che ci sono stati mandati dall'America. Perché non viene a vedere come funziona?"

Le rivolsi un sorriso radioso. Era esattamente quello che volevo sapere, il momento in cui la Tilling sarebbe andata fuori città! La tempistica era perfetta: un giorno prima della data prevista per Mrs Winthrop, e una settimana prima di quella di Hattie. "Durerà tutto il giorno?"

"Sì, l'intera giornata di venerdì 3 maggio."

Mi parve vagamente confusa di fronte al mio entusiasmo. Quindi la piantai di sorridere e aggiunsi, brusca come al solito: "Devo controllare l'agenda, ma cercherò di venire".

Fortunatamente Kitty piombò su di lei, tutta festante per il nuovo coro, quindi raccolsi la borsa e me la filai, camminando rapida per arrivare presto a casa, dove finalmente avrei potuto manifestare la mia gioia.

Che colpo di fortuna! Adesso sarà sufficiente controllare che la Tilling vada effettivamente all'incontro e predisporre un piano preciso per le nascite.

Vedi, Clara, come sono diventata professionale. La mia pozione a base di erbe fa nascere i bambini a una velocità impressionante. Ora, somministrarla a Mrs Winthrop, che è una donna timida e condiscendente, non sarà un problema. È il suo quarto figlio, quindi mi aspetto che sbuchi fuori nel giro di un'ora. Così, dopo averle annunciato che si tratta di un maschio, fingerò che abbia dei problemi respiratori e dirò che è necessario portarlo a casa per sottoporlo alla ventilazione meccanica. E chi mai saprà che io non ho l'apparecchio?

Trattare con Hattie, invece, sarà molto più complicato. Non solo dovrò faticare per convincerla a prendere la pozione, visto che è così maledettamente restia a qualsiasi tipo di novità, ma ci vorranno quattro o cinque ore perché il bambino nasca, dato che è il primogenito. Nel frattempo avrò bisogno di qualcuno che controlli il figlio dei Winthrop. Ecco perché ho deciso di arruolare la loro cameriera, Elsie. Non solo mi fornirà un'utile facciata venendo con me quando farò sparire il neonato, ma potrà anche dargli un occhio mentre sarò occupata con Hattie. E così ieri, quando la vidi al negozio, la invitai a prendere il tè, accennando al fatto che forse avrei avuto bisogno del suo aiuto al momento della nascita.

"Sta dicendo che vuole che l'aiuti quando la signora partorirà e che venga con lei se deve portare via il bambino in caso di emergenza?" Strinse gli occhi con aria disgustata, sospettando che ci fosse dietro qualcosa di losco. Ma non mi chiese niente. D'altra parte l'ambiente da cui proviene è fatto così: niente domande, prendi i soldi e scappa.

"È esatto, tesoro," le dissi, offrendole un altro biscotto. "Ho solo bisogno di qualcuno che mi aiuti a guardare il bambino per un po'."

Prese due biscotti e intanto la vedevo riflettere, un'espressione assorta sul suo bel viso, simile a un cervo intento a cogliere un segnale di pericolo. "Potrei anche farlo," disse infine. "Ma quanto mi darà?"

"Ti darò dieci scellini, purché tu tenga la bocca chiusa."

"Dieci scellini?" sbottò. "Voleva dire dieci sterline, vero?"

"Facciamo cinque." Quella ragazza stava diventando insopportabile.

"D'accordo, allora," disse alzandosi. "Mi va di fargliela pagare a quel bastardo, anche se si tratta solo della sua famiglia."

"Tu vali mille volte più di lui, Elsie," le dissi accompagnandola alla porta. "Devi trovarti un ragazzo perbene."

"Già, mi ci metterò d'impegno." Sporse la testa fuori dalla

porta e alzò gli occhi verso le nuvole gonfie e grigie. "Aspetti e vedrà. Troverò qualcuno di molto meglio di quel mascalzone."

Poi schizzò fuori. Rimasi a guardare la sua figura alta e snella che sgusciava graziosamente tra le prime gocce di pioggia, poi tornai al mio piano con soddisfazione.

Funzionerà, sorella, puoi starne certa! Vorrei che la smettessi di assillarmi con i tuoi dubbi. Non ho tempo di pensare se è giusto o sbagliato, e poi che cosa importa? Perché dovrei perdere tempo dietro tutti quegli sciocchi moralismi ora che abbiamo la possibilità di riprenderci quello che è nostro? Ti farò sapere quando tutto sarà concluso. E mi raccomando, silenzio assoluto.

Edwina

Dal diario di Silvie

Sabato, 20 aprile 1940

Kitty mi ha consigliato di scrivere un diario. Dice che farà bene al mio inglese. Voglio parlare della nostra casa, che è grande e imponente. Mrs Winthrop è una donna tranquilla. Tata Godwin è vecchia. Kitty è simpatica, ma un po' prepotente. Venetia è mia amica. Il generale Winthrop è sempre arrabbiato. Poi c'è una cameriera scontrosa e uno strano maggiordomo con la gobba. Il bambino nuovo è in arrivo. Spero che quando nasce non mi manderanno via.

Hanno fondato un nuovo coro e io canto da soprano. Cantare mi piace. Kitty mi aiuta a imparare le parole. Anche i cavalli mi piacciono. Il mio preferito è Amadeus. La settimana scorsa sono caduta a Bullsend Brook. Mr Slater mi ha aiutato ad arrivare fino a casa. È lui l'uomo che piace a Venetia. Ha voluto parlare nella mia lingua, ma il suo ceco è terribile. Il mio inglese è molto meglio.

Dal diario di Kitty Winthrop

Martedì, 23 aprile 1940

Il party di addio di David Tilling

Questa sera Mrs Tilling ha dato un party per David, che è appena tornato dall'addestramento e domani partirà per il fronte, in Francia.

Ma io ero molto più concentrata su Henry, che ha avuto una licenza di quarantotto ore. Bisogna approfittare di questi istanti se uno aspira a una felicità duratura. Ho passato il pomeriggio a farmi bella. Mentre mi aggiravo con il vestito di chiffon lilla di Venetia, sapevo che sarei stata al centro dell'attenzione. La gente avrebbe commentato: "Ma quella è Kitty? Chi avrebbe mai detto che sarebbe diventata così attraente", oppure, "Certo che rispetto a lei Venetia sparisce". Henry mi avrebbe guardata da lontano, incapace di distogliere gli occhi. Poi, quando la musica fosse iniziata, mi avrebbe preso tra le braccia, dichiarandomi tutto il suo amore.

Chissà, forse le cose non sarebbero andate esattamente così. Forse non avremmo ballato. Ma ero determinata a far sì che questa fosse la notte in cui si sarebbe deciso il nostro futuro insieme.

"Il vestito è troppo grande per te," borbottò Silvie quando le chiesi come stavo.

L'avevo già imbottito un po' sul décolleté, ma decisi di aggiungere una calza per parte, tanto per andare sul sicuro.

"Così va meglio," commentai, lisciando la gonna davanti allo specchio. "Non potrà resistermi, non credi?"

Silvie sospirò. "Penso che gli piaccia Venetia."

Scoppiai a ridere. Silvie sta cominciando a uscire dal guscio, ma non so da dove le vengono certe idee. Quello che mi interessa è scoprire il suo segreto, la tormento di continuo perché me lo riveli. Ma lei non dice una parola e scappa via.

Venetia voleva arrivare tardi per fare un ingresso a effetto, così rimase a casa, insieme con Papà, che aveva un sacco di lavoro da fare. Le cose in Norvegia vanno malissimo. I nazisti ci stanno battendo ovunque e, a quanto pare, dovremo ritirarci in fretta. La preoccupazione generale è che invadano il Belgio e la Francia, anche se abbiamo chiuso tutte le strade, e quindi non dovrebbero esserci problemi. Alla fine solo Mamma, Silvie e io ci siamo immerse nell'aria fresca della sera con una torcia elettrica, perché c'è da aver paura a percorrere il sentiero che costeggia Peasepotter Wood. Proprio mentre stavamo dicendo che chiunque avrebbe potuto nascondersi lì dentro, sentimmo degli scricchiolii, e dopo un attimo comparve Proggett. Si scrollò, ci augurò la buonasera e si diresse verso casa. Davvero molto strano.

Continuammo a camminare. La gravidanza di Mamma è molto avanzata, quindi Silvie e io la prendemmo sottobraccio per aiutarla, il che ci rese tutte più allegre. Il cielo si stava oscurando e, a parte il verso ripetuto di un barbagianni, c'era un gran silenzio, come se stessimo attraversando una landa incantata. Lievi fili di polline impolveravano l'aria e quel pulviscolo dolcemente profumato mi immerse in una sorta di nostalgia per l'estate scorsa, quando questa orribile guerra non era ancora scoppiata e tutto era come doveva essere.

La casa dei Tilling, Ivy House, è uno dei miei posti preferiti qui al villaggio. Non è imponente come Chilbury Manor, né ricercata come Brampton Hall, ma ha un che di sereno, di tranquillo, una traccia della generosità di Mrs Tilling, che si intravede nei giardini da fiaba, con le rose rampicanti che si inerpicano su una serie di bersò e una vasca per uccelli con relativa mangiatoia, segno dell'amore che Mrs Tilling prova per tutte le creature. Ha sei galline ovaiole e un orto rigoglioso che le serve per contribuire allo sforzo bellico. Ivy House ospitava anche lo studio del veterinario prima che Mr Tilling morisse, una decina di anni fa, ma nel luogo aleggia ancora un'atmosfera fattiva, tale da renderlo un porto sicuro per chiunque si sia smarrito o porti i segni di una ferita.

Quando aprimmo la porta d'ingresso, una folla animata si riversò in giardino e noi ci affrettammo a entrare per evitare di contravvenire alle norme sull'oscuramento. (Mrs B. appioppa le multe come una maestra severa. Basta che un filo di luce trapeli per un secondo e lei te ne piazza in mano una, "non vorrai che i crucchi riescano a individuarci, vero?".) All'interno, la casa era rallegrata dalla luce tremolante delle candele e dalla musica, una serie di motivetti allegri che mal si accordavano al timore che David potesse anche non tornare. Dei festoni colorati rossi, bianchi e blu erano tesi da una parete all'altra. Forse erano stati presi in prestito da Mrs B. dopo il ricevimento sontuoso che aveva organizzato per Henry. Gli abitanti del villaggio che affollavano la sala erano immersi in pettegolezzi e avevano in mano un bicchiere con una dose razionata di sherry.

Venetia fece il suo ingresso poco dopo il nostro arrivo proclamando ad alta voce: "Spero di non essere in ritardo", con il risultato di paralizzare la sala. Indossava un vestito luccicante verde e oro, che faceva volteggiare a destra e a sinistra perché i lustrini catturassero la luce, e che le si avvolgeva attorno alle gambe con allettante fluidità. In un attimo fu circondata da molti degli uomini presenti, in gran parte amici di David in partenza per il fronte. Li premiò tutti, civettando con ognuno di loro, sussurrando con le labbra imbronciate piccoli segreti all'orecchio. Fui tentata di escogitare qualcosa per farla inciampare.

Non passò molto che Mrs Tilling ci invitò a fare silenzio, provocando una serie di *sssst* che si propagarono per la sala come un'onda, dopodiché andò in camera di David a chiamarlo. Lanciammo grida di entusiasmo quando arrivò, vestito con l'uniforme kaki perfettamente stirata e l'aria da adulto. Ma mentre lo guardavo, mi resi conto con un misto di preoccupazione e di sollievo che era ancora il David di sempre – preoccupazione all'idea che quell'imbranato fosse diretto al fronte, sollievo perché l'uniforme non cambiava una persona. Era ancora lo stesso sciocchino che, a nove anni, era rimasto inchiodato sul ciliegio della piazza, lo stesso dodicenne smilzo a cui avevo dato un pugno perché mi aveva tirato i codini, lo stesso quattordicenne idiota che si era schiantato con il trattore dei Dawkins contro un'innocentissima siepe. Il suo colore è il giallo, e non perché sia un codardo, ma perché stenta a vedere la realtà e io sono molto preoccupata per lui. Anche adesso, l'espressione di impaziente meraviglia che gli leggevo negli occhi rivelava la predisposizione a raccogliere qualsiasi sfida con assoluta ingenuità, come una volpe che, durante una caccia, corresse a balzi, quasi aspettandosi di essere catturata, ma indifferente a come la cosa sarebbe finita.

"Wow!" esclamò, entrando nella sala illuminata. "Non avresti dovuto darti tanta pena." E abbracciò Mrs Tilling con il solito calore disordinato. "Grazie a tutti di essere venuti!" E avanzò nella sala. "Mi fa piacere vederla Mrs B., pensavo che sarebbe stata troppo impegnata a mettere la gente al suo posto. È riuscita a persuadere Mr Churchill a tenere un discorso per il Servizio di volontariato di Chilbury? Lui ignora che il suo più acceso fan club è proprio qui!"

Tutti scoppiarono a ridere e qualcuno gridò: "Ci verrà al più presto!". A questo punto David si rivolse a Venetia, le prese la mano e gliela baciò. "Ed ecco la bella Venetia. Lascia che ti dia un'ultima occhiata, servirà a rallegrarmi il viaggio." Il suo sguardo indugiò su di lei, accompagnato da un sorriso ambiguo.

Venetia, un capolavoro di modestia, lo guardava sbattendo le ciglia, con le labbra cariche di rossetto. "David, quando tornerai sarai diventato un eroe," disse con la voce rotta. Ero sul punto di scoppiare a ridere, poi incontrai gli occhi tristi di Mrs Tilling all'altro lato della stanza. Sappiamo tutti che a Venetia non importa niente di David. Non capisco perché continui a prendersi gioco di lui.

Mrs Tilling mi chiese di girare tra la gente con un piatto di bastoncini al formaggio piuttosto stopposi (con il razionamento non si è mai sicuri di quello che la gente usa per preparare le varie ricette di questi tempi). Così cominciai a darmi da fare, tenendo sott'occhio Henry, intento a parlare con Hattie che esibiva un gran pancione. Era bellissimo, con i capelli color sabbia tagliati corti e l'uniforme della Raf impeccabile. Come tutti i migliori piloti si è fatto crescere i baffi, un tratto affascinante che fa sembrare il suo naso un po' meno a becco. Ha l'aria più adulta, e per la verità ha già diciannove anni. Sì, ormai è un uomo e saprà prendersi cura di me. Evidentemente non si era accorto che li stavo guardando, ma Hattie mi chiamò perché li raggiungessi.

"Che abito fantastico, Kitty," disse, toccandolo. "Non pare anche a te, Henry?"

"Certo, è bellissimo. Sei molto carina, Kitty," commentò lui sorridendo e io mi dissolsi sotto il suo sguardo. Ma poi soggiunse: "Presto seguirai le orme di tua sorella e diventerai una vera bellezza come lei". Il suo sguardo si posò su Venetia, che teneva banco in un gruppetto di ragazzi accanto al piano. Chissà perché deve attirare l'attenzione di tutti gli uomini presenti nella stanza, compreso Henry, quando non prova il minimo interesse per nessuno di loro?

"Non voglio assomigliarle," dissi seccata, facendo sì che lui tornasse a guardarmi. "Voglio diventare una bellezza, ma a prescindere da lei." Sentii che Hattie sospirava, non so perché.

"Ma certo che sei carina di tuo, Kitty!" dichiarò Henry in tono allegro, posando la mano con un gesto d'affetto sul mio braccio e rivolgendomi un sorriso speciale. Provai una sensazione di calore diffondersi dal punto in cui mi aveva toccata, come se dentro di me si fosse accesa una fiammella. Rimasi in attesa che mi prendesse tra le braccia, ma all'improvviso sentii che la sua attenzione si rivolgeva altrove. Venetia si stava avvicinando. Il suo vestito fluttuava mentre lei volteggiava da un uomo all'altro, come un'abbagliante libellula in cerca di una preda. I suoi capelli biondi sfioravano le spalle perlacee, mentre una scia intensa di profumo si levava dal morbido collo bianco. La mano di Henry perse il contatto con il mio braccio, che all'improvviso divenne freddo e smarrito, e quando alzai gli occhi, vidi che Henry si era voltato a guardarla.

"Vieni a sederti accanto a me, Henry caro, e raccontami tutto sulle tue incursioni aeree," canterellò lei ad alta voce, passandogli la punta delle dita sotto il mento per poi indirizzargli delicatamente la bocca verso le sue labbra truccate con cura. "So che ti hanno mandato a combattere in Norvegia."

"Ti ho visto molto impegnata con gli altri," le disse lui sottovoce.

"Non contano niente," gli rispose con una smorfia. Poi chinò la testa di lato, cosicché la massa di capelli biondi calò in una lucida tenda a nasconderla dal resto della stanza, e gli sussurrò qualcosa all'orecchio, sfiorandogli con le lunghe dita dalle unghie rosse l'altro lato del collo. Lui sussurrò qualcosa a sua volta, tirandole indietro i capelli con la mano, mentre le sue labbra indugiavano vicine all'orecchio.

Una voce maschile la chiamò dall'altro lato della stanza e lei si scostò.

"Ci devo pensare," gli disse, con un bagliore minaccioso negli occhi, poi con una rapida piroetta si immerse nella folla. Henry la seguì a passo rapido, chiamandola. "Venetia!"

E io? Io ero rimasta lì, abbandonata e sola in mezzo alla stanza, in mano il piatto con i bastoncini al formaggio. Come aveva potuto farmi una cosa simile? E perché lui l'aveva seguita? Non ha capito che lei lo sta usando, che lo giudica noioso e dice che il suo naso assomiglia a una gigantesca verruca? Non lo sa che a lei non interessa nessuno a parte se stessa e che colleziona gli uomini solo per dimostrare quanto vale? Ma il vero problema è che, sapendo quanto io lo ami, ci prende gusto a sottrarmelo, un altro dei suoi trucchetti per tenere tutti sotto il tacco, pavoneggiandosi del suo potere come una regina malvagia. Non è giusto.

Lei si fece strada fra gli invitati fino a Mr Slater, impeccabile come sempre, i capelli scuri pettinati con cura, l'aria matura e distaccata che faceva assomigliare David e i suoi amici a un gruppo di scolaretti ritardati. Venetia ha fatto di tutto per attirare la sua attenzione, ma lui sembra immune al suo incantesimo. Il primo uomo nella storia. Lei si sta impegnando al massimo per evitare di perdere la scommessa che ha fatto con Angela. Perché Venetia non può perdere. Si definisce la regina di questo angolo di mondo ed è decisa a fare sì che le cose non cambino.

Mi avvicinai a Papà, che era riuscito a liberarsi dal lavoro e stava guardando Venetia con occhi feroci, mentre Mrs B. continuava incessante a blaterargli accanto. Lui vuole che Venetia sposi Henry ed erediti Brampton Hall, un'idea semplicemente ridicola. Non riesco a immaginarli insieme, ma quello che mi sembra ancora più orribile è il fatto che Henry diventi mio cognato. Quando dovessimo incontrarci, la tensione salirebbe alle stelle. Ma se così fosse, non cederemmo alla passione e la soffocheremmo dentro di noi come due amanti tragici. Mi immagino la scena se dovessimo incontrarci per caso. "Oh, Kitty," direbbe lui, sorpreso di vedermi. "Henry, non pensavo di trovarti qui..." risponderei, guardando a terra e poi verso la portafinestra aperta, dove la leggera tenda bianca sbuca ondeggiando nella dolce brezza estiva. "Nemmeno io. Voglio solo dirti..." "No, Henry. Non rendere tutto più difficile." "Ma, Kitty, cara..." E così via, finché uno dei due non fosse morto.

Papà stava borbottando qualcosa su Mr Slater. "Quello Slater è un miserabile codardo. È impensabile che un uomo della sua età non senta il dovere di arruolarsi."

"Mr Slater è stato riformato perché ha i piedi piatti," gli comunicò Mrs B. in tono brusco. Ha un debole per Mr Slater, convinta com'è che sia un grande artista e che tocchi a lei scoprirlo. Vuole dimostrare di essere una persona colta e quindi sta cercando di prenderlo sotto la sua ala protettrice, Dio abbia pietà di lui. Anche se non sono certa che quel tipo valga qualcosa. Non credo che Mrs B. abbia la capacità di distinguere un capolavoro da un'esecuzione scolastica.

"Slater è un fannullone senza un quattrino che si sottrae alle proprie responsabilità," dichiarò Papà tracannando il suo sherry. "È un pigro e un vigliacco, ecco cos'è. È il combattimento che fa l'uomo, ma lui non se ne rende conto."

Pensai a Edmund ridotto a pezzetti nel Mare del Nord e al povero David che rischia di prendersi un proiettile in Francia, e mi domandai se l'atteggiamento di Slater non avesse a che fare più con il buonsenso che con il coraggio. Mandare la gente a morire è veramente assurdo. Ho provato a immaginare come dev'essere saltare per aria in un sottomarino: il radar che segnala che la morte è in avvicinamento, tutti che fanno il saluto militare e cantano l'inno nazionale, Dio salvi il re. Poi *bum*. E il nulla. Solo pezzi mangiucchiati di dita e di orecchie che, spinti dalla corrente, si arenano su spiagge lontane.

Mentre osservavo Mr Slater, non potei evitare di pensare che quell'uomo non era poi così pessimo. La settimana scorsa ha aiutato Silvie a tornare a casa quando è caduta da cavallo. Non avrebbe mai dovuto cercare di attraversare il torrente. Per fortuna lui era lì. Anche se mi chiedo che cosa ci facesse da quelle parti. Bullsend Brook è dall'altra parte di Peasepotter Wood, in mezzo alla campagna.

Gli occhi di Papà si strinsero mentre guardava Venetia, che era molto impegnata con Mr Slater, tutta rispostine brillanti e noia simulata. Anche se più tardi Papà gliene avrebbe dette quattro, è evidente che non riesce a controllarla.

Ogni volta che le dice di lasciarlo perdere, Venetia si limita a stringersi nelle spalle, a sorridere e a dire che lei è l'amore di Papà, per poi continuare come al solito. Mi fa venire la nausea. Henry le stava alle spalle con atteggiamento protettivo, cercando di prendere parte alla conversazione. Non dovette nemmeno sforzarsi tanto perché Mr Slater parve ben felice di includerlo, rivolgendosi a lui direttamente e facendo qualche battuta che fece ridere entrambi.

Era come se stesse evitando l'attenzione di Venetia. Poi Henry posò la mano sul braccio di lei e io vidi i suoi occhi esplorarle il viso, la gola, il solco tra i seni che la scollatura profonda lasciava intravedere. Lei gli scostò la mano e io mi chiesi perché mai Henry le permettesse di prendersi gioco di lui. Poi mi ricordai quanto era in gamba e pensai che forse anche lui stava seguendo una sua strategia.

A un tratto, mi accorsi che non ero l'unica a osservare Venetia. Anche David Tilling la stava fissando dalla parete a cui era appoggiato, accanto alla finestra, completamente catturato. Era innamorato di lei da quando portava i calzoni corti. Non avevo mai pensato che fosse una cosa così seria, ma la stava mangiando con gli occhi. Venetia deve stare attenta, perché David è diventato molto più diretto dopo l'addestramento.

"Passiamo alla parte musicale," gridò Mrs Tilling. "Vorrei sfidare Kitty con un paio di canzoni." Mrs Quail (il cui colore è il rosso ciliegia) abbatté il suo ampio didietro sullo sgabello del pianoforte, mentre Mrs B. mi afferrava per il gomito, costringendomi a procedere accanto a lei. Lo sanno tutti che da grande voglio fare la cantante, e quindi sono sempre la prima a essere chiamata quando c'è da cantare. Prim, mescolata alla folla, mi rivolse un gran sorriso, che rinsaldò ulteriormente il mio desiderio di fare buona impressione. "Coraggio, Kitty," fu il coro che si levò e io confesso di esserne rimasta commossa, tanto che raccolsi la sfida. Mrs Quail mi aveva dato lo spartito di *Greensleeves*, quella bella canzone attribuita a Enrico VIII, anche se scommetto che qualcuno l'ha aiutato perché non si può fare il re e al tempo stesso scrivere della bella musica. Soprattutto se uno è già impegnato a decapitare le mogli.

Mrs Quail attaccò l'introduzione e io seguii con la melodia. Era perfetta per dare una dimostrazione della bellezza delle mie note alte. Quando finii, Prim mi fece un piccolo cenno del capo, come per dirmi *ben fatto*, e io provai un brivido di pura gioia. Finalmente il mio talento era stato notato!

Mi guardai attorno e incrociai gli occhi di Henry e, mentre i nostri sguardi si incontravano, il mondo rallentò. Lui sorrise, il viso illuminato dall'amore, finché Venetia non lo distrasse con qualche commento. È sempre lì a interferire.

Nel pezzo successivo, la *Major General Song* di Gilbert e Sullivan, Mrs Quail accelerò il ritmo per mettermi in difficoltà. Davvero divertente.

"Dovresti fare l'attrice, non la cantante, Kitty," scherzò Hattie. Il suo colore è il lilla, morbido e confortante. Per me è incomprensibile che sia così amica della perfida Venetia e della terribile Angela Quail. Forse sta cercando di salvarle da un abisso di nefandezze.

La gravidanza la stanca – i suoi grandi occhi marroni erano segnati dalla fatica della serata, ma Hattie è sempre così vivace, sempre pronta a tirarci su di morale con i suoi sorrisi e le sue battute. Dev'essere difficile per lei, adesso che Victor se ne sta su una nave in mezzo all'Atlantico. Non mi sono ancora abituata all'idea che siano sposati. Sono stati amici per anni, poi, come se qualcuno avesse acceso un gigantesco riflettore, quando si palesò la minaccia della guerra si innamorarono e si sposarono nel giro di una settimana. A quanto mi risulta, è una cosa che succede spesso. Ovviamente al fondo c'è la paura della morte. È strano che amore e morte si intreccino così indissolubilmente in tempo di guerra.

Ragioni per cui tutti si sposano in fretta

Se sei innamorato, perché aspettare un domani che non arriva mai?

In questo periodo la gente viene trasferita all'improvviso, quindi, se vuoi stare con qualcuno, è meglio che te lo sposi.

Vuoi avere dei figli prima che sia troppo tardi?

Vuoi essere informata se una persona speciale viene uccisa? Vuoi ricevere dei soldi se muore in azione?

Vuoi una persona speciale per cui vivere e pregare?

Quando ce ne andammo, diedi a David un bacio leggero sulla guancia. "Non lasciare che Venetia ti rovini la vita," sussurrai, mossa dal desiderio di confortarlo.

Mi guardò con aria accigliata. "Che cosa dici, Kitty?" replicò con un sorrisetto impertinente. "Solo perché ti affanni dietro una causa persa, pensi che tutti siano nella tua stessa situazione."

Ero sconvolta. Il vecchio David, quello di prima dell'addestramento, non avrebbe mai detto una cosa simile. Non ero nemmeno sicura di aver capito cosa intendeva. Quale sarebbe la causa persa?

Henry se ne stava andando, quindi al momento sospesi ogni riflessione e mi precipitai a rubare un ultimo momento con lui. Era all'ingresso che stava recuperando il suo giubbino, quello che usano i piloti dei caccia, fatto di pelle e foderato di pelliccia.

"Quando ti rivedrò?" gli chiesi, mettendomi di fronte a lui e alzandomi sulla punta dei piedi con gli occhi a livello della sua bocca, che sbucava morbida da sotto i baffi curati.

"Mi rivedrai quando avremo sconfitto i nazisti, signorina," disse, prendendomi il mento tra le dita. Alzai il viso e chiusi gli occhi, in attesa che le nostre labbra si incontrassero...

In quel momento arrivò la mamma e annunciò che dovevamo andare. Niente da fare, gli eventi ci separavano. Mentre infilavo le braccia nelle maniche del cappotto e seguivo Mamma e Silvie nella gelida oscurità all'esterno, vidi indugiare un sorriso sul suo viso. Ma quando mi girai per lanciargli un ultimo sguardo, mi fece l'occhiolino e il mio cuore esplose di gioia. C'era un'unica verità. Lui mi amava e presto saremmo stati finalmente insieme.

Dal diario di Mrs Tilling

Mercoledì, 24 aprile 1940

Oggi mio figlio è partito per la guerra e il mio aspetto è mutato. Il mio viso si è fatto fragile e sulle labbra ho un sorriso incerto che assomiglia a un motivetto appena accennato trasmesso da una radio malandata. Tremo nel ricordare l'ultima guerra, i soldati che non hanno fatto ritorno, il figlio dei vicini che era partito solo da un mese quando è arrivato il telegramma.

Dicono che questa guerra sia diversa, ma io vengo assalita dal terrore quando penso che David è laggiù, impegnato a sopravvivere alla carneficina. Dicono che possiamo contare su bombardieri e carri armati, e che non ci saranno le trincee come l'ultima volta, ma quando chiudo gli occhi non sento altro che le grida insopportabili degli uomini che soffrono, oppressi dall'enormità del conflitto. Li ho visti arrivare a casa dopo l'ultima guerra, gli storpi, gli amputati, quelli disturbati al punto da aver perso la capacità di dormire un sonno pieno, perseguitati dal ricordo dei loro compagni caduti e dal senso di colpa per essere sopravvissuti. Non sono più stati gli stessi. Questa mattina non ho fatto che correre su e giù per le scale, mentre nell'aria inquieta si diffondeva il profumo fresco dello shampoo, della pomata per capelli e della biancheria pulita. Io continuavo a guardare fuori dalla finestra dell'ingresso per controllare l'arrivo del furgone, mentre nuvole lente e grigie chiazzavano il cielo. Anche Ralph Gibbs, il figlio dei proprietari del negozio, stava partendo e Mrs Gibbs li avrebbe condotti entrambi a Litchfield.

“Che figurino,” commentai quando David scese le scale per l’ultima volta. Indossava l’uniforme ed era estremamente curato. Era diventato un uomo. Gli raddrizzai il colletto che non aveva alcun bisogno di essere raddrizzato, solo perché avevo voglia di toccarlo, di sentire la sua consistenza tra le mani. Lui abbassò gli occhi a guardarmi e mi sorrise con la sua solita aria allegra.

“Be’, è meglio che vada, mamma,” disse. “Altrimenti finisce male prima ancora di cominciare.” Si mise a ridere e io irrigidii la bocca in un sorriso stretto per evitare di scoppiare a piangere.

Quando aprì la porta d’ingresso, le nuvole si diradano, lasciando uscire il sole, e per un attimo le foglie e l’erba bagnate luccicarono nel silenzio. Poi cominciò a cadere una pioggerellina leggera, che riempì l’aria di uno scintillio umido tale da rendere l’atmosfera totalmente irreale, come fuori dal tempo. Arrivati al cancello ci salutammo, irrorati da quell’acquerugiola evanescente.

Con un’occhiata alla casa, che era stata la sua dimora per tutti questi anni, mi abbracciò. Lo strinsi forte. “Sai che non sei costretto ad andare,” piagnucolai, pregando mentalmente perché cambiasse idea. Lui sorrise e mi asciugò una lacrima. “Non abbatterti, mamma! Bisogna bene che qualcuno dia una lezione a questi crucchi, no?” Si staccò e si avviò a passo tranquillo verso il furgone, mentre io restavo a fissare la sua schiena larga, la camminata pigra e cadenzata, tutto il suo modo di essere che mi stava sfuggendo.

Mi tornò in mente una scena di quando era bambino e zampettava lungo questo stesso viottolo, in ritardo per la scuola, poi si voltava sorridendo, con l’andatura resa sghemba dal peso della cartella. E proprio mentre lo rivedevo nel ricordo, lui si voltò, con la stessa identica espressione di allora, come se il mondo fosse un’unica grande avventura da assaporare, e io sentii la pioggia che mi lavava le lacrime mentre pensavo agli anni preziosi che avevamo passato insieme. Salì sul furgone e aprì il finestrino per salutarmi con la mano, poi, mentre il motore aumentava i giri e il veicolo partiva, sfiorò con le labbra il palmo della mano e mi soffiò un bacio, come faceva quando era bambino. E io ebbi l’impressione che, nonostante fosse ormai un adulto, anche lui ricordasse tutto quello che avevamo condiviso, e che quel giovane uomo fosse ancora, in fondo al cuore, il mio ragazzino che rischiava di arrivare tardi a scuola. Dopo un attimo non lo vidi più.

Entrai in casa e mi misi a pulire la cucina, con la testa che mi pulsava, cosa che mi succede spesso di questi tempi. Guardai fuori dalla finestra: la pioggia continuava a cadere, l'erba continuava a crescere, gli uccelli continuavano a cantare.

Ma adesso ero sola.

Dopo qualche terribile minuto, incapace di resistere, mi intrufolai nella sua stanza, piccola e spoglia, ancora calda della sua presenza. Feci scorrere la mano sul soffice copriletto azzurro e mi ricordai le volte in cui l'avevo rincalzato sulla sua piccola sagoma, la sera, poi mi inginocchiai accanto al letto e respirai a fondo, riempiendomi i polmoni del suo profumo, di quell'odore inconfondibile che aveva fin da bambino. Lo riconoscerei ovunque, un misto di sale e miele caldo.

Verso sera, quando smisi di piangere, capii che dovevo abituarmi alla sua assenza. Dovevo tenermi impegnata, impedirmi di pensare alle cose più tragiche, al fatto di non sapere dov'era o se era ancora vivo.

David è tutto quello che ho. So che la sua partenza era inevitabile, che questo era il suo dovere, anche se avrei desiderato con tutta l'anima che gli fosse stato affidato un lavoro d'ufficio o che fosse rimasto in patria a rifornire di carburante gli aeroplani. Prego solo che Dio lo protegga. So di essere solo una tra le milioni di madri di tutto il mondo che stanno alla porta a guardare i loro figli che si allontanano con una sacca sulle spalle, chiedendosi se faranno mai ritorno. L'energia delle nostre preghiere sarebbe sufficiente a illuminare l'universo intero con migliaia di stelle nate dalle nostre paure più profonde.

Dovetti riprendermi per recarmi alle prove del coro, improvvisamente ansiosa di sfogare nel canto i miei sentimenti repressi, ma allo stesso tempo timorosa di crollare, rompendo così il voto silenzioso di tenere tutto dentro, di non lasciarmi andare alla tristezza.

Arrivai in chiesa presto, mi avvicinai all'altare e mi misi a riflettere sul fatto che la morte è definitiva. Poi sentii una mano sul braccio, mi voltai e vidi Prim che con un cenno del capo mi manifestava la sua comprensione. Come se davvero sapesse, come se riuscisse a vedere tutto il vuoto e la paura che mi portavo dentro.

"Sta bene?" mi chiese.

"Il senso di solitudine non mi dà tregua," risposi con un sorriso triste.

"Non è la fine," disse piano. "Ti resta l'amore. Devi solo accettarlo."

"Ma..." Non ero sicura di aver capito che cosa intendeva dire. Dov'era l'amore quando tutta la mia famiglia se n'era andata?

"Tieni stretti i tuoi ricordi. Adesso non puoi chiedere altro ai tuoi cari."

La porta si spalancò cigolando e Kitty e Silvie piombarono all'interno interrompendo la nostra conversazione con le loro chiacchiere.

"È partito David?" chiese Kitty, ansimante per la corsa.

"Sì," risposi. "Questa mattina."

"Si è ricordato di prendere tutto?"

"Penso di sì," replicai rigida, perché non avevo nessuna voglia di parlarne.

Sentii la manina di Silvie che si infilava nella mia e, quando abbassai gli occhi a guardarla, incrociai i suoi, grandi e spaventati. Quella povera bambina aveva già visto fin troppo. Vorrei soltanto che questa guerra non arrivasse fin qui. Poco dopo, gli stalli del coro si riempirono di gente che strepitava per avere notizie degli ultimi avvenimenti da chiunque sapesse qualcosa.

Alcune di noi rimasero in silenzio, ascoltando a metà, mentre i nostri pensieri percorrevano tutt'altre strade. Le donne che avevano qualcuno al fronte si avvicinarono con occhi spaventati per offrirmi la loro comprensione, dandomi il benvenuto nel loro mondo di tormenti.

Prim si voltò verso il coro, dicendo di prepararci a provare *Oh sublime amor divino*, che avremmo cantato la domenica successiva. Si arrotolò le maniche del suo teatrale mantello damascato, alzò la bacchetta per dare l'attacco, e noi ci tuffammo nella musica, felici di abbandonarci al canto. Alla fine Mrs Quail trotterellò verso la prima fila dove disse qualcosa a Prim, che fece un cenno d'assenso e le indicò di tornare all'organo.

"A speciale richiesta eseguiremo un brano classico, *Il Signore è il mio pastore.*" Cercammo lo spartito corrispondente e la guardammo in attesa dell'attacco. Sapevo che Mrs Quail l'aveva proposto espressamente per me, visto che era uno dei miei salmi preferiti. La guardai come per ringraziarla e, mentre partiva l'introduzione, lenta e metodica, sentii il sangue che scorreva più rapido nelle vene.

Un'esperienza meravigliosa! Il coro che cantava al completo, prima piano, quasi esitante, poi a voce spiegata, con le note che venivano direttamente dal cuore.

Il Signore è il mio pastore,
non manco di nulla,
su pascoli verdi mi fa riposare,
ad acque tranquille mi conduce.

Il volume aumentò, appassionato e deciso, mentre noi davamo sfogo alle nostre emozioni che si riverberavano in ogni angolo della chiesa. Ogni cappella polverosa, ogni fessura rifletteva il suono, che raggiunse il massimo dell'intensità nella parte finale, cantata all'unisono da noi tredici donne del villaggio che in quella notte silenziosa e fredda riversavamo all'esterno i nostri desideri, le nostre ansie, le nostre paure più profonde.

Lettera del Ten. Henry Brampton-Boyd a Venetia Winthrop

Base aerea 9463,
Daws Hill,
Buckinghamshire

Giovedì, 25 aprile 1940

Mia cara Venetia,

da quando ci siamo separati, martedì scorso, l'unica cosa che ho sentito con chiarezza sono stati i battiti violenti del mio cuore. Ripensando a te, al modo in cui ti muovevi, al vestito che indossavi, mi sento stregato, vittima dell'incantesimo provocato dalla tua bellezza e dalla tua eleganza. Quando mi hai detto che avresti preso in considerazione la mia proposta di matrimonio, sono stato felice di sapere che forse un giorno saresti stata mia. Spero solo di sopravvivere a questa guerra abbastanza a lungo da poterti chiamare mia moglie.

Non tornerò a Chilbury fino a luglio e spero che, quando arriverò, tu abbia avuto il tempo di riflettere sulla mia proposta. Dopotutto, mia cara, ho molto da offrirti. Brampton Hall sarà tua, così come il nostro illustre cognome, oltre alla mia eterna passione e alla mia infinita devozione. I matrimoni tempestivi sono frequenti di questi tempi e io non vedo l'ora di sposarti, appena mi avrai detto di sì. Ai novelli sposi danno qualche giorno di licenza in più. Io ho un'ottima idea su quale sia il posto ideale per trascorrere la luna di miele, un luogo dove potremo conoscerci in modo meraviglioso e completo. Credimi, non vedo l'ora!

Mia adorata, spero che mentre io sono via tu mi resti legata, così come io resterò totalmente e innegabilmente tuo.

Con tutto il mio amore,
Henry

Lettera di Venetia Winthrop ad Angela Quail

Chilbury Manor,
Chilbury,
Kent

Venerdì, 26 aprile 1940

Cara Angela,

ho un mucchio di cose da raccontarti! Tanto per cominciare, ti sei persa lo spettacolare party di addio a David Tilling martedì sera. Be', com'era prevedibile, forse più piacevole che spettacolare. Sai benissimo come si svolgono questi eventi qui a Chilbury. C'erano tutti, comprese Hattie e Mamma. È strano come prendano le rispettive gravidanze in modo diverso: Hattie è tutta entusiasmo e gioia, Mamma piange e spera di dare a Papà un maschio.

Mr Slater rifiuta testardamente di farsi tentare da me. Evita di rispondere alle mie domande e ignora in maniera provocatoria le mie avance. La tua idea di fargli dare un'occhiatina ai miei paesaggi privati presenta qualche interessante opportunità. Sto elaborando un piano infallibile.

Henry mi ha chiesto nuovamente di sposarlo. Ovviamente gli ho risposto in modo vago. Non posso sopportare di deludere quel poveretto ogni sei mesi. Quando si deciderà a capire? Intanto Kitty gli pende dalle labbra in modo patetico, ma lui la imbroglia, prendendosi gioco di lei, il che è piuttosto crudele, non ti pare?

Hattie sta preparando i suoi allievi al momento in cui dovrà lasciarli, con l'approssimarsi del parto. Si sente enormemente in colpa, il che è tipico di Hattie, e pensa che avere un bambino sia un gesto spaventosamente egoista.

"Non essere sciocca, Hattie," le dico di continuo. "Tu sei nata per essere madre. Non puoi rinunciare solo per insegnare a quattro scolaretti."

Ma lei mi risponde: "Dipendono da me in tutto e per tutto, Venetia. Tu non capisci".

Certo che no.

Prim, la nuova direttrice del coro, ha fatto un annuncio straordinario durante le prove di mercoledì, provocando ancora una volta una rivolta generale. Ha esordito nel suo abituale tono drammatico, ma invece di porgerci i soliti spartiti, è salita rapidamente sul pulpito, e a questo punto è stato chiaro a tutte che c'era in ballo qualcosa di speciale.

"Ho iscritto il coro femminile di Chilbury a un concorso che si terrà a Litchfield fra tre settimane," dichiarò.

"Cosa diavolo le è venuto in mente?" Mrs B. si alzò e prese a marciare verso di lei con la determinazione di un carro armato. "Non abbiamo nessuna intenzione di prestarci a una stupida parata in una competizione pubblica. Non vogliamo diventare lo zimbello di tutti!"

"La gara è a sostegno della produzione di armi ed è considerata di grande incoraggiamento per il fronte interno," annunciò Prim con aria festante. "Sarà su tutti i giornali e servirà a risollevare l'umore del paese. Sono sicura che nessuno penserà male di noi."

"Su tutti i giornali?" tuonò Mrs B. facendo vibrare le finestre di vetro piombato. "Il nostro villaggio, storico e rispettabile, dovrebbe finire sulla stampa nazionale?" A questo punto tirò su l'indice e cominciò ad agitarlo nervosamente in segno di biasimo. "Vogliamo forse farci escludere dalla buona società?"

"Su, non faccia la guastafeste," esclamai sorridendo dolcemente. "Penseranno tutti che siamo straordinariamente moderne."

"Per non dire che sarebbe fantastico esibirci su un palcoscenico," soggiunse Kitty.

"Che cumulo di sciocchezze," inveì Mrs B. "Daremmo un'immagine assurda. Un gruppo di donne scombinate senza neanche un uomo! Dov'è finito il vostro orgoglio?"

Poi accadde un fatto strano. Si fece avanti Hattie.

"So che lei vorrebbe che non cambiasse mai niente, Mrs B., ma siamo in guerra e facciamo del nostro meglio per sopravvivere. Non ci sono regole che impediscano di cantare senza uomini. Anzi, non ci sono più regole in assoluto. E quindi, perché non essere le prime ad approfittare di un'opportunità del genere? Dopotutto, quest'iniziativa fa parte dello sforzo collettivo per tenere alto il morale. E quindi il semplice fatto di partecipare può rappresentare il nostro contributo a questa guerra," concluse.

"Io ci sto," dichiarò Mrs Quail dall'organo.

"Anch'io," disse Mrs Gibbs, al che qualcun'altra intervenne: "Sì, facciamo un tentativo".

"Sono d'accordo!" disse Mrs Tilling nel suo solito tono prudente. "Solo perché non abbiamo mai fatto niente del genere prima, non significa che non ci dobbiamo provare."

Mrs B., con il viso aggrottato come quello di un bambino a cui è stato negato qualcosa, non era pronta ad arrendersi. "Ma siete diventate tutte matte?"

"Niente affatto!" E Prim allargò orgogliosamente le braccia. "È vero, il coro è nato da poco, ma ha tutto quello che serve per riuscire. E cioè delle grandi voci – Kitty e Venetia sono due soprani eccellenti e Mrs Tilling è la colonna dei contralti. Tutte voi avete una bella voce, ma per competere con i cori più importanti dobbiamo ricorrere alle nostre migliori risorse, quelle che ci renderanno davvero eccezionali."

Passò con lo sguardo da una all'altra. "La musica è passione. La musica è umanità. Dobbiamo fare in modo che la voce trasmetta le nostre passioni." Tracciò degli arabeschi nell'aria con la bacchetta. "Dobbiamo riempire ogni nota, ogni parola, del nostro vissuto. Pensate a quello che ognuna di voi può portare: Kitty l'esuberanza, Silvie il coraggio, Mrs Quail l'allegria, Hattie la gentilezza, Mrs Tilling la diligenza. Persino lei, Mrs B., porta gusto e vivacità al nostro canto. Ogni gioia, ogni dolore causato da questa guerra troverà un suo spazio nel nostro canto." Fece una breve pausa. "Che si avvarrà anche di un supplemento di prove tutti i venerdì."

Mrs B. aveva l'aria seccata. "Dove si terrà il concorso?"

Prim si protese in avanti con aria drammatica e sussurrando in modo teatrale le disse: "Nella cattedrale di Litchfield, forse la più maestosa e spirituale di tutte le cattedrali inglesi, dotata di un'acustica straordinaria. E se vinciamo, la finale si terrà nientemeno che nella cattedrale di St. Paul, a Londra".

"È fantastico." Kitty era raggiante. "Vale la pena di impegnarsi a fondo, non vi pare?" Si avvicinò a Mrs B. "Su, Mrs B., dica di sì, dica che ci aiuterà."

"A questo punto posso anche darvi il mio sostegno," concesse lei con aria petulante. "Ma solo perché siamo in guerra." Sapevo che non ce l'avrebbe fatta a starsene da parte, nonostante l'aria schifata con cui tornò agli scranni del coro, come se sentisse puzza di letame, e l'occhiata disgustata che lanciò a Mrs Tilling.

Prim sfogliò una pila di spartiti, poi cominciò a distribuirli in giro. "Bene. Cominceremo con il preparare un nuovo pezzo per il concorso." Quando guardammo i fogli, fummo colte da un brivido.

"L'*Ave Maria* è una preghiera alla Vergine in cui si invoca il suo aiuto divino in tempo di guerra," esordì. "Siete pronte a cimentarvi?"

Cercammo di cantare al meglio, poi lei provò le singole parti, prima i soprani, poi i contralti. Si capiva che era molto soddisfatta. "Vedete, avete un suono straordinario. Non ho dubbi che, con un altro po' di esercizio, saremo in grado di eseguirlo in modo eccellente. Se restiamo unite, diventeremo una forza con cui sarà difficile non fare i conti." Alla fine ci disse che, se qualcuna era interessata a fare una parte da solista, doveva farsi avanti per essere ascoltata.

"Per questo arrangiamento i versi sono affidati a due voci diverse, quindi abbiamo bisogno di due persone. Chi si propone?"

Kitty si fece avanti all'istante. "Io!"

Non potevo permettere che fosse solo lei a coprirsi di gloria, quindi mi feci avanti. "Sono sicura che anch'io potrei spuntarla se mi ci metto."

Prim aspettò qualche istante, poi alzò la voce per superare il chiasso. "E lei, Mrs Tilling? Non crede di avere abbastanza voce da condividerla con il resto del mondo?"

Mrs Tilling arrossì, raccolse la borsa e ci raggiunse. "Pensa davvero che potrei farcela?"

"Be', dipende da lei," disse Prim. "La voce non le manca. Mi chiedo se abbia anche il coraggio." Le guance smunte di Mrs Tilling si tinsero di rosso.

Prim si diresse verso l'organo per scambiare due parole con Mrs Quail, poi tornò da noi.

"Vogliamo sentirvi cantare il primo verso una alla volta." Mrs Tilling parve sul punto di svenire, mentre Kitty non vedeva l'ora che arrivasse il suo turno.

"Perché non cominci tu, Kitty?" disse Prim e fece cenno a Mrs Quail di attaccare.

Kitty cantò come se fosse su un palcoscenico davanti a migliaia di spettatori adoranti. Alzò gli occhi al soffitto mentre prendeva quelle difficili note alte, spingendosi persino a eseguire il trillo. Una visione agghiacciante.

"Brava," dichiarò Prim in tono enfatico.

Mi chiesi se non si trattasse di una semplice gentilezza finché non si accodò anche Mrs Tilling. "Che bella voce hai, Kitty!"

Mia sorella le rivolse un sorriso che mi fece andare in bestia.

Ero tentata di ritirarmi, ma Prim disse che toccava a me, senza contare che Mrs Quail aveva già iniziato a suonare l'introduzione.

Ce la misi tutta, senza riuscire a raggiungere le note alte altrettanto bene di Kitty e inciampando su qualche parola. Ma la mia voce è molto più bella della sua, molto più naturale.

Alla fine della mia esibizione, Prim e Mrs Tilling si produssero in un applauso educato e si complimentarono con me per la pastosità del suono. Kitty doveva essere sicura di aver vinto perché aveva un'arietta compiaciuta.

Poi fu il turno di Mrs Tilling. Sappiamo tutti che è una cantante straordinaria, lo è sempre stata. Senza di lei non so come avremmo fatto. E anche questa volta cantò con intonazione perfetta, senza sbagliare una parola e senza staccarsi mai dalla sua incantevole tonalità di contralto.

"Fantastico," commentò Prim. "La voce perfetta per uno dei nostri assolo." Poi mi guardò e io capii quello che stava per arrivare. "Mi dispiace, Venetia, ma questa volta scelgo Kitty. Abbiamo bisogno di provare parecchio e immagino che lei abbia molto più tempo di te, presa come sei dal tuo lavoro al ministero della Guerra."

"Certo, ha perfettamente ragione," dissi. "In realtà non avrei nemmeno dovuto provarci, visto che non ho neanche un momento libero. Magari la prossima volta."

E con questo, vedendo con la coda dell'occhio Kitty che saltellava dalla felicità, afferrai il cappotto e mi incamminai con aria maestosa verso l'uscita. Da quel momento Kitty ha preso a trattarmi come una serva. Una cosa insopportabile. Silvie e io abbiamo dovuto ritirarci nella mia camera da letto per sfuggirle. Ho approfittato per acconciarle i capelli mentre lei si provava il mio rossetto. È una bambina così dolce.

Ora ti lascio, ho bisogno di dormire se voglio conservare il mio fascino. Ti farò sapere come procede il piano che ho elaborato per conquistare Mr Slater. Sono convinta che sarà un successo.

Venetia

Dal diario di Kitty Winthrop

Sabato, 27 aprile 1940

La questione della verginità di Venetia

Com'è possibile che quando uno pensa di aver capito proprio tutto qualcosa gli esplode davanti al naso e lui deve ripensare tutto daccapo? Eccomi qui, che procedo allegramente nella vita pensando che, prima di sposarsi, nessuno ha mai fatto niente di più che scambiarsi qualche bacio. E tutt'a un tratto, *bum!* Un mondo nuovo si apre davanti ai miei occhi.

Lista di cose che mi piacerebbe molto sapere

Vorrei sapere se Venetia era candida come la neve, così come ci hanno insegnato che bisogna essere.
Se adesso dovrà sposare Mr Slater.
Se questo vuol dire che la smetterà di prendersi gioco di Henry.
Se quella è una cosa che fanno tutti prima di sposarsi.
Se dovrò farla anch'io.

Prima di tutto lasciatemi dire che, per quanto mi riguarda, prima di vedere quello che ho visto, Venetia era ancora vergine. La mamma ci ha insegnato che non bisogna perdere la verginità prima di sposarsi e devo ammettere che non mi è mai passato per la testa di mettere in dubbio questa affermazione. Non sono proprio un'ingenua e ho visto molti accoppiamenti nella mia vita, tori che montavano le mucche nei campi, la cavalla portata da Mr Dawkins perché Amadeus la mettesse incinta, per non parlare dei cani che vivono nelle stalle e che lo fanno di continuo. So anche quali sono le conseguenze: un bel bambino. E allora perché Venetia lo fa? Non è sposata e, a quanto ne so, di bambini non ne vuole proprio. Comunque, è stato disgustoso.

Poi mi sono chiesta se l'avesse fatto con altri e una nuvola di ricordi mi ha invaso la testa, una sorta di album fotografico dei ragazzi con cui aveva civettato. Ora che ci penso, avrebbe potuto farlo con tutti: Cecil Worthing, David Tilling, persino Victor Lovell e, che Dio ne scampi, Henry. Li conosce sin da quando erano bambini, sono sempre stati amici, hanno passato molte serate insieme alle feste, e magari se la sono svignata per scambiarsi un bacio che poi si è trasformato in qualcos'altro. Forse era per questo che aveva su di loro tanto potere.

È possibile che mia sorella sia una prostituta?

Angela Quail è sicuramente una prostituta. Sono sicura che è andata con Edmund, erano sempre lì a toccarsi in modo molto imbarazzante. Penso che volesse andare anche con Henry; era sempre così strana quando lui era presente, tutta smaniosa. Chissà se lui l'ha respinta e ha scelto me perché gli piacciono le ragazze perbene, mentre Angela esibisce la sua depravazione come una medaglia al valore. Forse il fatto di essere figlia del vicario l'ha resa ancora più ribelle. Ma se sapesse di Venetia, Papà non ci vedrebbe più dalla rabbia.

Tutto è cominciato oggi pomeriggio dopo la mia lezione di canto, che era andata particolarmente bene, tanto che Prim si era complimentata per la mia intonazione perfetta. Non vedevo l'ora di dirlo a Silvie e, dato che non era in casa, mi diressi verso le stalle per vedere se fosse andata lì. Era una giornata deliziosa, l'aria dolce, la luce dorata, e io avevo l'impressione che il mondo fosse un posto meraviglioso. Il ciliegio aveva appena superato il momento della piena fioritura e, mentre attraversavo l'orto, fui investita da una cascata di petali rosa e bianchi simili a minuscoli cuscinetti. Era stupefacente, sembrava una nevicata.

Mentre attraversavo il cortile maleodorante, mi parve di udire delle voci accanto alla porta di Amadeus. Per un attimo mi chiesi se Venetia non avesse avuto una crisi di coscienza e avesse deciso di prestare un po' di attenzione al suo vecchio cavallo. L'aveva completamente abbandonato da quando aveva finito il dressage.

Ma le cose non stavano così.

La voce era quella di Venetia, ma non stava parlando con Amadeus. Mi rizzai sulla punta dei piedi per guardare attraverso una fessura della porta di legno e davanti ai miei occhi vidi stagliarsi Mr Slater, impeccabile nel suo abito grigio completo di cravatta. Sembrava incredibilmente fuori posto lì in quella stalla, puzzolente di sudore equino e del cuoio delle selle. Mi sarei sorpresa di vederlo lì, se non avessi saputo della scommessa tra Venetia e Angie.

Ma quello che stava succedendo aveva poco a che vedere con una scommessa.

Lei gli stava incollata addosso e lo guardava in maniera assolutamente ridicola, con i capelli biondi buttati di lato che le ricadevano su una spalla. Anche dal punto in cui mi trovavo, l'aroma fruttato del suo profumo sovrastava l'odore robusto del letame. Venetia indossava un vestito che non le avevo mai visto. Era color girasole e brillava come seta, con la gonna larga e il corpino così scollato da mostrare l'attacco morbido dei seni. Drappeggiato sulle spalle aveva un golfino bianco, che in certi momenti la faceva sembrare una gattina giocherellona e in altri una smorfiosa infida.

"Che cos'hai per me?" disse, in piedi davanti a lui, così vicina da sembrare quasi appiccicata.

"Perché, ti meriti qualcosa?" le chiese con un mezzo sorriso sulle belle labbra, un sopracciglio alzato.

"Forse," ridacchiò Venetia, e muovendo le anche fece sì che la gonna luccicante si avvolgesse per un attimo attorno alle gambe di lui per poi ricadere sulle sue.

Lui infilò la mano nel taschino interno della giacca e ne estrasse un pacchetto. Lei lo prese e si scostò, ridendo, poi iniziò ad aprirlo. Avrei voluto che si sbrigasse, ma lei indugiava, titubante, facendo scorrere l'indice sulla carta in modo assolutamente ridicolo.

Finalmente estrasse un paio di calze, che sollevò per guardarle meglio. Due veli luccicanti color carne che fluttuavano appena nell'aria ferma, la cui trasparenza era evidenziata dalla luce che penetrava a chiazze dalla finestra polverosa.

Con un gesto lento ma deciso Venetia si tolse una scarpa, lì in mezzo al piccolo box e, lanciandogli una calza, si mise l'altra, infilandola sul piede poi più su, fino a coprire la caviglia. Mi sentii subito a disagio, ma anche Mr Slater dovette provare qualcosa di simile perché si voltò, dedicandosi a piegare la calza che aveva in mano.

"Che te ne pare?" Venetia lo invitò a guardare mentre tirava il bordo della calza oltre il ginocchio e si alzava il vestito per farla salire del tutto.

Lui abbassò lo sguardo e io vidi i suoi occhi indugiare sulla coscia, coperta a metà dalla calza, più scura fino a quel punto e di un biancore perlaceo dove si scorgeva la pelle.

"Mi sembra che vada bene," disse lui, distogliendo lo sguardo. Ma poi tornò a fissarla mentre lei lanciava via con un calcio la scarpa superstite.

"Dammi l'altra calza," sussurrò e lui gliela porse.

Lei la scosse, finché non le si distese davanti in tutta la sua lunghezza, poi alzò il piede e la infilò, facendo risalire la nuvola beige anche su quella gamba. Tirò su di nuovo l'orlo del vestito, mostrando un reggicalze di pizzo bianco a cui agganciò con cura il bordo della calza, lasciando che si intravedesse la sua biancheria intima mentre, senza il minimo pudore, si metteva in mostra di fronte a lui.

"Credo che non dovresti esibirti così," le disse. Questa volta non aveva distolto gli occhi, ma era rimasto a guardare, incantato.

"Volevo che vedessi come stanno. È una specie di regalo, un modo per ringraziarti." Si raddrizzò, ma non abbassò la gonna perché lui potesse continuare a vedere il suo regalo in tutta la sua gloria. A giudicare dal suo comportamento avevo l'impressione che lei avesse messo in scena quello spettacolo molte altre volte. Poi si infilò la scarpa e sollevò la gonna un po' di più, mettendosi in posa come un'attrice o una soubrette.

"Te l'ho già detto. È meglio che mi lasci stare," insistette lui, passandosi la mano tra i capelli. La voce aveva perso la solita, divertita cadenza altoborghese. Poi si riprese e aggiunse con un mezzo sorriso: "Altrimenti potrei smettere di comportarmi da gentiluomo".

Lei sorrise a sua volta, una luce decisa negli occhi. Era questo il problema di Venetia, non accettava di perdere. Voleva Slater, indipendentemente dal prezzo da pagare. Mosse un passo verso di lui e gli prese la mano. Non riuscii a vedere il seguito perché lei ora si era messa di schiena, ma è probabile che quella mano fosse finita sulla sua coscia.

"Venetia," mormorò lui. "Sai quello che stai facendo?"

"Sì," rispose lei, la voce morbida e sicura. "So esattamente quello che sto facendo."

"Penso di no."

Lui abbassò la testa e la baciò con veemenza, poi, appoggiando l'altra mano dietro le sue spalle pallide, la strinse forte a sé. Rimasero allacciati, oscillando l'uno contro l'altro per qualche minuto, poi, non so come, si distesero sul fieno senza smettere di baciarsi. Sparirono dalla mia vista perché la fessura nella porta era troppo stretta, ma sapevo quello che stavano facendo. Quello che avevo visto fare agli animali.

Mi lanciai fuori e decisi di tornare a casa per riflettere sullo spettacolo a cui avevo appena assistito, ed è qui che sono adesso. Nessuna delle mie domande ha trovato una risposta, ma ora ci sono cose che so con assoluta certezza.

Cose che so con assoluta certezza

- Venetia l'ha già fatto prima
- Forse l'ha fatto più di una volta (anche se è riuscita a non avere un bambino)
- È possibile che l'abbia fatto con Henry, e questa è la ragione per cui lui la segue dappertutto
- Anche Angela Quail l'ha fatto, è chiaro, nonostante sia la figlia del vicario
- Adesso che ci penso, c'è molta più gente che lo fa di quello che credevo
- Io comunque non lo farò finché non mi sposo
- Papà diventerà una belva se lo scopre
- A parte tutto, il fatto di sapere questa storia può essermi molto utile

E con questo ho deciso di chiudere la faccenda nonostante l'immagine di mia sorella là nella stalla sia rimasta scolpita nella mia mente. Come le è venuto in mente di comportarsi così, quando ci hanno insegnato che non va bene? Poi ho capito. È colpa della guerra. A nessuna importa più niente di tenersi da conto per il matrimonio. Quello che importa è il presente, non preoccuparsi di niente e godersi la vita finché si può. La verginità è roba superata, perché domani potremmo essere morti o, peggio ancora, potremmo essere invasi dai nazisti.

Detto questo, personalmente non sono sicura di volermi misurare con quest'esperienza, quindi per adesso non mi concederò a nessuno. Devo perfezionare i miei assolo, per diventare così famosa da non dover più pensare a Venetia e alle sue tresche disgustose.

Lettera di Miss Edwina Paltry
a sua sorella Clara

3 Church Row,
Chilbury,
Kent

Venerdì, 3 maggio 1940

Cara Clara,

tua sorella è un mago! Sono al settimo cielo, perché non è stato facile. Mi sento un po' come Ercole dopo le sue dodici fatiche, però in questo caso si trattava soltanto di scambiare due neonati urlanti. Ma io non avevo nessuna intenzione di rinunciare al mio bottino. Non questa volta. Lascia che ti racconti tutto.

Dopo una buona prima colazione, durante la quale avevo spiato Mrs Tilling, vestita con la spaventosa uniforme verde del Servizio di volontariato, mentre entrava e usciva dalla casa di Hattie per il suo solito controllo mattutino, raccattai la mia borsa nera e diedi avvio alla prima parte del piano: propinare a Hattie la mia pozione.

"C'è qualcuno?" chiamai con la voce più suadente che potevo mentre bussavo e spalancavo la porta. "Hattie! Sono io, Miss Paltry. Sei di sopra?"

"Sono in cucina," cantilenò.

Quando entrai la trovai che si stava affaccendando nel locale angusto, circondata da verdure ancora sporche di terra che aveva appena colto in giardino, in mano un grosso porro.

"Sono contenta di averti trovata," le dissi con un sorriso. "Ieri ho incontrato un'amica levatrice a Faversham. Una vera coincidenza. Le stavo parlando della tua stanchezza e del fatto che non puoi prendere niente che ti dia sollievo e lei mi ha parlato di una nuova cura. Mi ha detto che la consiglia ormai da mesi e che le donne che l'hanno utilizzata sono tutte entusiaste, tanto che lei ha quasi esaurito le scorte."

“Dove posso procurarmela?” disse Hattie, voltandosi e depositando il porro. “Sono giorni che non ho la forza di uscire e devo andare a trovare dei bambini all’ospedale di Litchfield, a cui do lezione nel tempo libero e...”

“Si dà il caso che le sia arrivata una nuova confezione proprio mentre ero lì, così l’ho pregata di darmene un po’ per te.”

“Davvero? Ma è fantastico!” Tutta contenta mosse qualche passo verso di me, scostandosi una ciocca di capelli scuri che era sfuggita alle forcine. “Quanto le devo?”

“Costa parecchio, cara, perché è molto richiesta,” dissi, chinando la testa di lato quasi con civetteria. “Ma a te farò un prezzo speciale. Tre penny e mezzo.”

Frugò nel borsellino e mi porse qualche moneta. Controllai il denaro e vidi che mancava mezzo penny, ma decisi di lasciar perdere e tirai fuori la bottiglia scura dalla borsa insieme con un cucchiaio.

“Quanto devo prenderne?” mi chiese, afferrando la bottiglia e fissandola, con la bocca stretta dall’apprensione.

“Un cucchiaio sarà più che sufficiente. Lascia che te lo versi.” Presi la bottiglia e le diedi un bicchier d’acqua. “Non c’è niente come ricorrere a una vera levatrice per avere il consiglio giusto.”

Mi allontanai un po’ per svitare il tappo perché le esalazioni di quella roba possono essere mortali. Respirando con la bocca, versai il liquido spesso, da cui si levò una lieve effervescenza verdognola, mentre un odore di carne di cane misto a olio per motori arrivava alle mie narici. Le porsi il cucchiaio.

“Sei sicura?” mi chiese titubante, con una smorfia schifata.

“So che non è invitante, ma quale medicina lo è?” Le sollevai il gomito per avvicinare il cucchiaio alla bocca e lei trangugiò il contenuto.

Il suo colorito prese una sfumatura verdastra, tanto che temetti che potesse vomitare o persino svenire. La pozione non era un medicamento ufficiale e avevo sentito parlare degli effetti collaterali che poteva dare – emorragie interne, convulsioni, coma. Per un attimo la vidi annaspare in cerca d’aria e gli occhi parvero girare nelle orbite. La feci sedere prima che cadesse e le diedi qualche colpetto sulla schiena, e finalmente lei tossì con violenza e si riprese, tenendo sempre stretta la bottiglia come se fosse un salvagente. Rimasi con lei qualche minuto, cercando di recuperare la pozione. Non avevo nessuna intenzione di lasciare delle prove di cui potesse impadronirsi quella ficcanaso della Tilling. Alla fine riuscii a strappargliela e mi accinsi ad andarmene.

"Oh, Miss Paltry, sento che sta succedendo qualcosa," ansimò, afferrandomi la mano.

"È presto, è presto," le dissi con dolcezza, liberando la mano e correndo alla porta. Dovevo estrarre il neonato Winthrop rapidamente, prima che Hattie partorisse. La tempistica era fondamentale, non potevo perdermi in chiacchiere.

Mi precipitai fuori, dirigendomi verso casa Winthrop. Per arrivare a Chilbury Manor bisognava attraversare la piazza e imboccare la strada sterrata che portava al viale d'accesso. Di solito ci vogliono dieci minuti, cinque se si ha fretta, ancora meno se si corre. Ma io speravo di non dover arrivare a quel punto.

Andai alla porta laterale, che mi fu aperta da Elsie. Mi allarmò il fatto che fosse tutta in disordine, con i capelli che sfuggivano a ciocche dalla cuffietta.

"Non so se riuscirò a guardare il bambino, come mi ha chiesto," disse. "Tata Godwin non esce dal suo alloggio la mattina e qui non c'è nessun altro. Non so se riuscirò a svignarmela."

"Hai preso un impegno," dichiarai, afferrandole il polso sottile e affondando le mie unghie non proprio pulite nella morbida parte interna.

Le sfuggì un sussulto di dolore. "Farò quello che posso."

"Dirai che è per il bene del bambino, che fa parte dei tuoi doveri."

Sembrava confusa e, mentre la seguivo su per le scale, pensai con un sospiro, *Signore, fa' che questa deficiente non rovini tutto!*

Mrs Winthrop, inerte come al solito, prese la pozione senza far storie, riconoscente che avessi pensato a lei. Era il suo quarto figlio, quindi le doglie cominciarono quasi istantaneamente e in un attimo vidi sbucare la testa del bambino, prima ancora che Elsie arrivasse con l'acqua calda.

Ci fu un momento in cui mi chiesi se sarei stata abbastanza fortunata da veder nascere un maschio, ma, mentre lei scodellava la creatura, constatai con disappunto l'infausta assenza di organi maschili.

"È un bambino!" annunciai, nascondendo la mia delusione mentre tagliavo il cordone ombelicale e avvolgevo rapidamente il neonato in una coperta. Cercai di fare in fretta perché Elsie non lo vedesse, ma mentre mi voltavo, me la vidi accanto con uno sguardo angosciato negli occhi.

"Ma è una bambina," sussurrò.

"No, Elsie," risposi a denti stretti. "È un maschio." La guardai aggrottando la fronte, poi girai la testa verso la porta e vidi i suoi occhi stringersi mentre afferrava il concetto.

Fortunatamente la signora non la udì. "È un maschio!" gridò poi, pentita. "È un maschio, grazie a Dio!"

"Oh, no! Fa fatica a respirare," dissi con voce agitata, sperando non si capisse che stavo simulando. "A casa ho un ventilatore meccanico. Devo portarcelo subito. La cameriera verrà con me. Si occuperà la tata del secondamento."

Elsie corse a chiamare la tata e io rimasi con Mrs Winthrop che mi implorava di farle vedere il bambino.

"Per favore, la prego, voglio vedere mio figlio!"

"No, no, signora Winthrop. Devo portarlo a casa al più presto."

Ma lei non demordeva. Per fortuna era troppo debole per tirarsi su dal letto, altrimenti mi sarei trovata nei guai.

Dopo un attimo Elsie tornò con la vecchia tata, che aveva l'aria stanca e l'espressione sgomenta. Le spiegai che cosa fare, afferrai il bambino, lo strinsi al seno e mi precipitai giù dalle scale e fuori dalla porta. Mentre camminavo a passo rapido verso il villaggio, Elsie mi trotterellava accanto, facendomi un sacco di domande inutili, preoccupata che la sua complicità venisse scoperta. Come avrei voluto non essermi mai rivolta a quella stupida.

Nella mia cucina c'erano una culla rudimentale e una bottiglia di latte in polvere che aspettavano la bambina. Per come la vedevo io, sarei stata via solo pochi minuti ed ero sicura che Elsie se la sarebbe cavata. Mentre posavo la neonata nella culla mi chiesi per un attimo che cosa voleva dire essere una madre e doversi occupare di un agnellino come quello. Anch'io sarei potuta diventare madre se Ida, quella miserabile, non fosse rimasta incinta e non avesse costretto Geoffrey a sposare lei invece che me. Si è comportato veramente da pazzo, visto che non era neanche sicuro che il bambino fosse suo. Avrebbe potuto chiedermi di dargli una mano. Avrei fatto un lavoretto pulito e lei sarebbe tornata come nuova.

"Ho capito che cosa ha in mente, ma io non voglio saperne niente," annunciò Elsie all'improvviso, prendendo in braccio la bambina. "Adesso la riporto alla sua mamma."

"Non pensarci neanche," sbottai, strappandole la bambina e rimettendola nella culla. "Tu resterai qui e farai come ti dico, altrimenti non prenderai neanche un soldo."

"Non mi importa dei soldi. Questa è una brutta storia." Tirò fuori un fazzoletto e si soffiò forte il naso con la grazia di un elefantino, guardandomi con i begli occhi imploranti. "Non lo capisce? Non vede che la deve restituire?"

"Ci sono delle ottime ragioni che giustificano quello che ho fatto. Accontentati di questo, non devi sapere altro," le dissi.

"Comunque ne ho abbastanza. Adesso torno a casa," disse, tirando su col naso.

"Non farai niente del genere." Mi piazzai tra lei e la porta. "Non ti permetterò di rovinare i miei piani!"

Cercò di spingermi di lato, senza riuscirci. Sentivo il debole miagolio di Hattie provenire dalla casa accanto e per un attimo fui travolta dal terrore all'idea che tutto stesse per crollarmi attorno. "Ti lascerò andare se mi prometti che non dirai niente a nessuno."

Valutò l'offerta per un istante. "Non dirò niente a patto che mi dia cinque sterline."

Ribollivo di rabbia. Era completamente immorale chiedere dei quattrini per un servizio che non aveva neanche completato. Eppure, come Ercole di fronte all'ennesimo ostacolo, mi misi a frugare nella borsa in cerca della grana. "Tieni la bocca chiusa o per te è finita." Lei afferrò le banconote, mi oltrepassò con uno spintone e uscì alla luce del sole. Mi agitava il pensiero di quello che poteva dire a Mrs Winthrop, ma poi ebbi la visione della sua gola delicata tra le mie mani e mi concentrai sul compito che mi aspettava. Così afferrai la borsa e mi precipitai da Hattie, lasciando la piccola a badare a se stessa.

Bussai e, quando entrai, trovai Hattie accasciata accanto alla porta che gemeva forte.

Mi abbassai e controllai il suo stato. Grazie a Dio il bambino si muoveva ancora. Pregai perché fosse il maschio che mi serviva, poi l'aiutai a salire in camera da letto. Frignava e si dimenava, ma il bambino si rifiutava di uscire.

A quel punto fui presa dal panico pensando alla piccola che se ne stava da sola nella mia cucina. Aveva sicuramente bisogno di latte, ma io non potevo lasciare Hattie, che fra l'altro mi stringeva la mano come se volesse staccarmela. Finalmente le urla di Hattie divennero quasi disumane e io sentii il panico che aumentava... Che cosa sarebbe successo se non avesse dato alla luce un maschio? Forse il generale si sarebbe sbarazzato di me in modo raccapricciante. Ero pietrificata come un furetto in trappola, quando il bambino si decise a sgusciare fuori.

Non puoi immaginare la mia gioia quando mi accorsi che era un maschio! "È una bambina!" annunciai.

"Fammela vedere! Voglio prenderla in braccio!" gridò Hattie, tirandosi su e cercando di strapparmela dalle braccia.

"No, non respira bene. Devo portarla a casa per cercare di salvarla con il ventilatore meccanico."

"La mia bambina!" gridò Hattie e si lanciò sul neonato, tirando con tutta se stessa la creatura avvolta nella copertina.

Temendo che il bambino potesse farsi male, ma assolutamente determinata a salvare il mio piano, glielo strappai dalle mani e scattai verso la porta. "Devo andare!" strillai, e la feci ricadere sul letto con uno spintone.

Le sue grida echeggiarono in tutta la casa mentre io mi precipitavo giù dalle scale e fuori dalla porta, terrorizzata all'idea di quello che avrei trovato una volta tornata a casa mia. Davanti agli occhi mi si parò l'immagine della bambina morta, bluastra e rigida, gli occhi grandi immobili come quelli di una bambola. O forse quella stupida di Elsie aveva chiamato la polizia e io avrei trovato ad aspettarmi le matrone del villaggio, riunite per assistere alla mia rovina.

Ma la casa era silenziosa, troppo silenziosa. Il mio cuore batteva all'impazzata. Non sono certo una santa, lo so, ma non potevo sopportare l'idea di aver causato la morte di un bambino. Me la immaginai nella culla, priva di vita, e corsi in cucina.

Nell'attimo in cui la guardai, non riuscivo quasi a respirare. Lei era lì, pallida e immobile, gli occhi chiusi. Non era possibile! La mia mano schizzò verso il collo per sentire il battito. C'era un debole sfarfallio, poi lei spalancò al massimo la sua bocca sdentata, che la rendeva simile a un piccolo di ippopotamo, e lasciò uscire uno strillo disumano.

La presi in braccio e le infilai il biberon nella voragine. "Non preoccuparti, piccola," mormorai. "Avrai la madre più devota di tutta la zona."

Piazzai il maschietto nella culla, coprendolo con una copertina, perché era così scarno da farmi temere che potesse prendersi un raffreddore. Poi raccattai la bambina e mi diressi a casa di Hattie.

Hattie era dietro la porta, in attesa spasmodica del mio ritorno, con addosso la camicia da notte sporca di sangue, i riccioli scuri umidi e appiccicati. "Sta bene?" gridò, sul viso un'espressione terrorizzata. "È tutto a posto?"

"Sì," le risposi sorridendo. "È tutto risolto." Depositai la piccola nelle sue braccia tese e lei scrutò quel visino perfetto con gli occhi di un azzurro incredibile, il mento appuntito e, sulla testa, uno strato di capelli biondo chiaro. Era straordinariamente bella e, puoi credermi, non capita spesso con i neonati.

Il secondamento fu piuttosto rapido, con un po' di aiuto da parte mia, quindi, dopo averle promesso che sarei tornata al più presto, mi allontanai per andarmi a occupare del maschietto. Appena aprii la porta di casa lo sentii urlare, quella piccola peste, e dovetti tappargli la bocca con il biberon. Lo presi in braccio, biberon e tutto, ma, mentre stavo attraversando furtiva i giardinetti, vidi un gruppo di donne radunate in piazza. Erano le operatrici del Servizio di volontariato, appena scese dall'autobus proveniente da Litchfield, e Mrs B. stava tenendo banco, attorniata da Mrs Quail e dalla temibile Tilling.

"Bella giornata!" mi disse tutta allegra quando mi vide, mentre cercavo di infilarmi in casa.

"Già, c'è un tempo splendido," la ricambiai in tono entusiasta, nascondendo il bambino sotto il cappotto. "Ho dimenticato il cappello!" Sparii all'interno, afferrai il cappello, poi mi arresi all'inevitabile e capii che avrei dovuto nascondere la creatura nella mia borsa nera, sperando che non si agitasse troppo. La vuotai, togliendo anche le briciole sul fondo e ci ficcai dentro il bambino, cercando di sistemare il biberon perché non gli uscisse dalla bocca. Dopodiché uscii di nuovo. Le donne erano prese dalla conversazione e io decisi di tentare una rapida traversata dei giardinetti.

"Buongiorno, Miss Paltry," gridò Mrs Tilling, mentre cercavo di raggiungere la stradina. "Non doveva venire con noi alla riunione?"

"Stavamo giusto dicendo che è stata molto incoraggiante," soggiunse Mrs Quail, il viso tondo rosso di soddisfazione.

"Oh, fantastico," commentai, tenendomi a distanza. Fuori dal negozio si era radunata una piccola folla di volontarie, vestite tutte con l'uniforme verde che le faceva assomigliare a dei pappagallini, e per qualche minuto mi toccò fermarmi ad ascoltare le loro sciocchezze. Era ridicolo. Come facessero a credere che vendere torte e qualche straccio confezionato in casa potesse servire a vincere la guerra per me resta un mistero.

"È venuta Lady Worthing," si pavoneggiò Mrs B. "Siamo molto fortunate ad averla come nostra benefattrice."

In quel momento il neonato nella borsa cominciò a piagnucolare, dapprima in tono sommesso, poi sempre più forte e io capii che dovevo filarmela all'istante.

"Devo correre," dissi, preparandomi a scappare.

"Che cos'era quel rumore?" chiese Mrs Tilling con un sussulto, guardandosi attorno.

"Le anatre sono così fastidiose in questo periodo dell'anno," osservai in tono leggero. "Mi tengono sveglia tutta la notte con i loro rituali di accoppiamento," soggiunsi dopo averci pensato su un attimo.

"Oh," disse lei, tutta rigida. Sono sicura che ritiene qualsiasi allusione alla riproduzione assolutamente volgare.

In quel preciso momento dalla mia borsa si udì provenire un inconfondibile strillo infantile, e lei la fissò a bocca aperta, pronta a parlare, ma incapace di decidere che cosa dire. Mi allontanai a passo spedito, più veloce di una gallina che tenta di sfuggire alla pentola, terrorizzata all'idea che la donna cominciasse a farmi domande. Ma mentre mi affrettavo su per la stradina, con le corde vocali del bambino che avevano raggiunto il massimo della loro potenza, ero certa che avrei potuto soddisfare qualsiasi domanda con qualche mezza verità. Avrei potuto dire che il bambino nella borsa era il figlio di Mrs Winthrop e che l'avevo portato a casa perché aveva problemi di respirazione. Ora che lo stavo restituendo alla madre, mi era sembrato giusto nasconderlo agli sguardi degli altri perché la madre fosse la prima a vederlo. Sì, era una scusa perfetta.

Nessuno avrebbe sospettato niente.

Quando arrivai a Chilbury Manor, tirai fuori il bambino prima di bussare alla porta laterale. Era del tutto inappropriato che una levatrice se ne andasse in giro con un neonato in una borsa.

Dopo un attimo la porta mi fu aperta da Kitty in persona, con la piccola profuga che le ciondolava alle spalle.

"Dov'è andata?" mi domandò con un tono che mi fece pensare che sapesse qualcosa. Che avesse intuito come si era svolta l'intera faccenda. Possibile che, conoscendo bene suo padre e anche me, sebbene in modo appena sufficiente, fosse riuscita a immaginarsi il nostro complotto? I suoi grandi occhi passarono da me al bambino alla borsa nera e poi di nuovo a me con uno sguardo di assoluto rimprovero, come se le avessi rovinato la vita.

Scossi il capo un attimo per ricordare bene quello che dovevo dire. "Il bambino è vivo!"

"Perché ci ha impiegato tanto?" borbottò, precedendomi attraverso il grande atrio e su per l'imponente scalinata di marmo fino alla lunga galleria. "Che cosa diavolo ha fatto?"

"Ci ho messo il tempo necessario," dissi con aria offesa. Kitty non mi faceva paura. Dopotutto, ero al servizio di suo padre. Nel caso, ci avrebbe pensato lui a farla star zitta. Forse però avrei dovuto essere più prudente, Kitty è pappa e ciccia con la Tilling.

Mrs Winthrop era ancora a letto e piagnucolava come al solito quando le porsi il bambino con quel suo ciuffetto di capelli neri, che frignava anche lui. Una famiglia perfetta.

"Amore della mamma," cantilenò, stringendolo al seno. "Come potrò mai ripagarla per avergli salvato la vita, Miss Paltry?"

"Il generale mi pagherà il dovuto," dissi con il mio miglior sorriso. Sentivo Kitty che tirava su col naso con aria seccata, mentre la piccola profuga ficcanaso osservava la scena con grande interesse. "Come lo chiamerà?"

"Lawrence Edmund," rispose con un sorriso. "Edmund come il figlio adorato che ho appena perduto." Dopodiché riprese a piangere.

Non volevo rovinare tutto proprio adesso che la fine era così vicina, quindi mi limitai a controllare che il secondamento fosse avvenuto in maniera corretta e attesi con pazienza, quasi fossi la regina in persona. Quando la situazione si calmò, promisi di tornare a visitarla la mattina seguente e arretrai, uscendo dalla stanza. Scesi le scale posteriori fino in cucina, stavo per svignarmela, finalmente libera, quando mi venne incontro Elsie.

"Ho scoperto il suo gioco," sibilò con disprezzo. Non c'era nessuno intorno, quindi l'afferrai per il colletto dell'uniforme e me la tirai vicino.

"Sarà meglio che non ti lasci sfuggire una parola o ti ritroverai sul fondo del torrente senza neanche accorgertene."

La lasciai andare e lei volò per terra. Stava tremando, il che mi fece pensare che avevo fatto un buon lavoro. Me la sono sempre cavata bene con le minacce.

La scavalcai, mollandole un calcetto tanto per non sbagliare, e mi diressi alla porta dove, abbassata con violenza la maniglia, mi trovai finalmente fuori. Saltellavo per la gioia lungo il viale, portando in una mano la borsa nera finalmente vuota e agitando l'altra come un cowboy che aveva vinto un rodeo. Ce l'avevo fatta!

Ero sfuggita a imboscate, avevo superato ostacoli, evitato trappole ed ero arrivata al traguardo vittoriosa, dopo aver scambiato i bambini, reso felici entrambe le madri, ed essermi messa in tasca un notevole malloppo.

Te lo giuro, Clara, nessun altro ci sarebbe riuscito. Non c'è una donna al mondo che se la sarebbe cavata come ho fatto io, con la mia stessa calma e prontezza. Il resto dei quattrini, assolutamente meritati, mi verrà consegnato entro la settimana, dopodiché ti raggiungerò per iniziare la nostra vita insieme.

Edwina

Lettera di Venetia Winthrop ad Angela Quail

Chilbury Manor,
Chilbury,
Kent

Venerdì, 3 maggio 1940

Cara Angela,

ti toccherà invitarmi al bar del Ritz perché ho vinto la nostra scommessa! Ehi sì, carina! Mr Slater, che adesso chiamo Alastair adorato, si è unito alla folla di ammiratori che venerano il terreno su cui cammino. Sapevo che, col tempo, avrei potuto farcela, anche se devo confessare che il tipo in questione ha opposto una fiera resistenza. Ho dovuto ricorrere ad alcune delle mie mosse più sofisticate per indurlo a reagire, ma ora è mio.

E non sai cos'è! Chi si sognava che fosse così affascinante? Abita a Church Row, vicino a Hattie, e ha trasformato il soggiorno in uno studio zeppo di tele, colori a olio e una quantità incredibile di quadri. Ogni sera accende le candele e si mette a dipingere mentre ascoltiamo la radio. Una notte hanno trasmesso *All of Me* e abbiamo cominciato a ballare come se fossimo in una piccola sala da ballo tutta per noi, volteggiando in un alone di luci tremolanti che sembravano appartenere a un altro mondo.

Ascolta bene, perché a questo punto comincia la parte piccante! Mi sono comportata come una vera ragazzaccia, anche rispetto ai nostri standard! L'ho sedotto nella stalla, la settimana scorsa, spogliandomi nuda nel fieno esattamente come avevo progettato, con il risultato di trovarmi tutta scorticata. Ieri ho lasciato il lavoro prima e sono andata nel suo studio per fargli una sorpresa. Per fortuna non era impegnato, stava solo cercando di aggiustare la macchina da scrivere, per cui ho cominciato a passare in rassegna i suoi quadri. Non sapevo cosa aspettarmi, ma ci è mancato poco che gli occhi non mi schizzassero dalle orbite. Strane forme impiastrate di colori vivaci, neri, grigi, gialli, e poi violini tagliati a metà e deformati, figure rese mostruose da alterazioni e distorsioni.

"Che cos'è questa roba?" gli chiesi, sospettando che si trattasse di opere incompiute.

"È arte moderna, cara," mi rispose ridacchiando. "Ne vanno tutti pazzi sul continente, e anche a Londra, se è per questo."

Poi mi imbattei in uno schizzo di formato più piccolo, un nudo di donna, una figura appena abbozzata in un carboncino sfumato che volava quasi impalpabile attraverso la pagina. "Guarda guarda," dissi con aria disinvolta. "E questa chi è?"

Rimase a riflettere per un attimo. "Una ragazza che ho conosciuto a Londra."

Era snella e ben fatta, pervasa da una sorta di inquietudine che emergeva dalla posizione della testa, girata all'indietro, come per individuare un eventuale inseguitore. Lui fissava lo schizzo, come se stesse ricordando qualcosa. Chi era quella ragazza?

Tu mi conosci, Angie. Non posso sopportare che un uomo preferisca un'altra a me. Quindi rimisi rapidamente l'opera al suo posto e gli rivolsi un sorriso ammiccante. "Perché non mi fai un ritratto come questo?"

Nella stanza regnava un calore opprimente, la luce del sole penetrava invadente dalle piccole finestre e nell'aria vorticava senza sosta un fitto pulviscolo. "Voglio che tu mi faccia il ritratto, così potrai ricordarmi sempre come sono adesso, prima che diventi vecchia. Ti prego." E feci una giravolta.

Scoppiò a ridere. "Venetia, non credo che sia la cosa giusta per una ragazza come te. Dopotutto sei la figlia di un generale!"

"Smettila! Se ti dico che va bene puoi fidarti." Andai allo specchio appeso sopra il caminetto e mi sciolsi i capelli. "Se quella ragazza l'ha fatto, perché non posso farlo anch'io?"

"Ma quella era..." Si fermò, cercando la parola più adatta. "Insomma, non era come te, Venetia."

"Vuoi dire che non era rispettabile?" Girai la testa a guardarlo, scuotendo i capelli.

"No, non si tratta di questo. Solo che era diversa. Era una ribelle, uno spirito libero. E poi era più vecchia di te."

"Io ho già diciotto anni."

"Lo so."

"Non lo diremo a nessuno e non lo faremo neanche vedere quando l'avrai finito. Sarà il nostro piccolo segreto."

"C'è una luce provocante nei tuoi occhi, Venetia," mi disse, giocherellando con una ciocca sul collo.

"Non è una novità," osservai con un sorrisetto. "Fa parte del mio fascino."

Lo sai come divento quando mi metto in testa qualcosa. Il suo rifiuto mi rendeva ancora più ostinata. Dovevo dimostrargli che ero audace e sofisticata come qualunque ragazza di città. E posare nuda è decisamente più spinto che fare sesso, non credi? Pensa un po' cosa direbbe mio padre!

Cominciai a spogliarmi con gesti lenti, liberando prima una spalla e poi l'altra, finché il vestito non si afflosciò ai miei piedi. Poi mi tolsi la sottoveste e mi sfilai le calze. Capii che la manovra stava facendo effetto perché lui richiuse la cartella che conteneva i suoi dipinti e si mise a guardarmi con un sorriso.

"D'accordo, mia piccola smorfiosa. Avrai il tuo nudo." Appoggiò una tela pulita sul cavalletto e cominciò a scegliere i colori.

Io mi adagiai sul tappeto cremisi davanti al caminetto, sdraiata su un fianco, le gambe appena piegate, una posa discreta che esaltava la mia nudità. Mi sentivo così libera a starmene lì senza niente addosso, con i suoi occhi che mi esploravano a intervalli regolari, concentrandosi sul mio corpo in un modo che mi era del tutto nuovo. Le parti che abitualmente erano coperte sentivano con particolare intensità la morbidezza del tappeto, la brezza fresca che entrava dalla finestra, il fatto di essere in vista. Un vero paradiso.

E tuttavia, mentre stava dipingendo, mi accorsi che la sua attenzione non era più concentrata su di me. Era come se si fosse spostato in un altro mondo, dove ciò che contava erano le notizie trasmesse dalla radio, che ascoltava con il volto aggrottato. Devo ammettere che, per essere un artista e un pacifista, si interessa alla guerra in modo morboso. Le sue orecchie sono continuamente tese a cogliere qualsiasi aggiornamento, soprattutto ora che i nazisti stanno lasciando la Norvegia.

Sono forse pazza, Angie? È un'assurdità che io mi innamori di uno sconosciuto, estraneo al nostro mondo? Che mi faccia ritrarre nuda? Mi viene da ridere se penso a quello che direbbe Papà se lo scoprisse, cosa che ovviamente non succederà. Vorrei tanto che tu fossi qui e potessi vedere con i tuoi occhi che uomo incredibile è Alastair. So che questa storia è cominciata con una scommessa irrilevante, ma non mi sarei mai aspettata che diventasse una cosa seria. Be', in questo genere di cose all'inizio non si sa mai che piega finiranno per prendere, no? Ma ora mi rendo conto che lui mi ha incantato. È come se fosse entrato dentro di me e mi avesse rubato il cuore.

Angie cara, scrivimi presto e dammi qualche consiglio. Oh, quasi mi dimenticavo! La mamma ha dato alla luce un maschietto macilento, ma dalle possenti dote canore. Sono tutti entusiasti, soprattutto Papà, che aveva bisogno di un erede, e Mamma, che aveva bisogno di tener buono Papà. Per la verità la creatura è una benedizione anche per me. Sono tutti così impegnati che non hanno tempo di badare a dove sono e a cosa faccio. D'ora in poi, Angie, sarò libera di vivere la mia vita fino in fondo.

Con grande affetto,
Venetia

Lettera di Miss Edwina Paltry a sua sorella Clara

3 Church Row,
Chilbury,
Kent

Sabato, 4 maggio 1940

Cara Clara,

sono confusa come un moscone in un barattolo di marmellata. Non riesco a credere che tutto sia finito in una catastrofe! Ieri sera mi stavo preparando ad andare a dormire dopo una giornata massacrante, quando udii un forte colpo alla porta.

"Avanti, mi dica cosa è successo." Era la Tilling, che aveva lasciato la casa di Hattie su tutte le furie per venire a parlare con me. "Com'è che la bambina ha smesso di respirare?"

Non volendo farla entrare per evitare che chiedesse di vedere il ventilatore meccanico, ovviamente inesistente, insistetti perché andassimo da Hattie a chiarire tutti i dettagli. Lei, invece, preferiva discutere della faccenda in privato, sicuramente per muovermi le sue accuse senza testimoni.

"È giusto che Hattie sia presente se dobbiamo parlare di lei," dissi, spingendola lungo il vialetto. Non poteva opporsi e io lo sapevo.

Hattie, che indossava una camicia pulita di colore rosa, divideva la sua attenzione tra la nostra conversazione e la bambina, che, come mi informò, si chiamava Rose.

"Sono piuttosto stanca," dissi seccata, restando in piedi accanto alla porta del piccolo soggiorno, per potermela battere al più presto. "Due nascite nello stesso giorno non sono uno scherzo. Anche se il figlio di Mrs Winthrop non è stato un problema, visto che era il quarto."

Mrs Tilling mi stava scrutando con grande interesse, valutando ogni gesto, pronta a cogliere il primo scivolone. "Già, proprio il giorno in cui ero a Litchfield," sbottò. Poi si voltò verso Hattie. "Mi dispiace di non essere stata qui ad aiutarti." Era chiaro che si sentiva in colpa per essere andata alla riunione del Servizio di volontariato. "Non avrei dovuto lasciarti sola." Il suo sguardo tornò a posarsi su di me, sempre più tempestoso. "Anche se ero convinta che Hattie non avrebbe partorito almeno per un'altra settimana."

Mi sentii cogliere dal panico all'idea che Hattie le avesse parlato della pozione, il cui odore atroce aleggiava ancora nell'aria. "Non è colpa sua se il Servizio di volontariato conta su di lei. Il lavoro che svolge per la comunità è impagabile."

"Ma anche questa è stata un'emergenza. E io non c'ero quando avevi bisogno di me, Hattie." Pensai che sarebbe scoppiata in lacrime, il che, dopo una giornata del genere, sarebbe stato come essere schiaffeggiata con un topo morto. "Mi racconti com'è successo, Miss Paltry. Ci dica come ha fatto a regolarizzare la respirazione della bambina."

"Be', quando nasce un bambino di solito gli do uno schiaffetto e lui comincia a piangere. Ma questa piccolina..." E a questo punto mi chinai ad accarezzare la tenera guancina appoggiata nell'incavo del braccio di Hattie. "Questa piccolina non ha reagito. Non si è messa a piangere. È stata una fortuna che io fossi presente e sapessi cosa fare. E soprattutto che avessi l'equipaggiamento adatto." A questo punto congiunsi le mani, come a significare che la mia esperienza era infinitamente superiore a quella di Mrs Tilling.

Per qualche istante nella stanza regnò il silenzio, poi Hattie cominciò a piangere. È vero che dopo il parto le donne sono più portate alle lacrime, ma Hattie è davvero una grande egoista. Ero tentata di darle un bel ceffone, invitandola a ricomporsi. La bambina stava bene e lei avrebbe dovuto essere felice.

Mrs Tilling cominciò a insistere perché le fornissi un resoconto molto dettagliato di come si erano svolti i fatti. Era nuova del mestiere e sembrava entusiasta all'idea di imparare, e a quel punto ebbi l'impressione che fosse proprio questo a motivarla, piuttosto che il desiderio di raccogliere prove contro di me.

Finché non si arrivò alla fine della serata. Dopo aver passato in rassegna parecchie volte le varie fasi della nascita, annunciai di nuovo che, dopo quella giornata particolarmente faticosa, avevo bisogno di andare a casa.

"L'accompagno," disse Mrs Tilling, alzandosi e precedendomi lungo il corridoio. Poi aprì la porta e io uscii nella notte tranquilla, sollevata all'idea che quell'incubo fosse finito. Era buio e anche le anatre stavano cercando un posto confortevole ai bordi dello stagno dove sistemarsi per dormire. La brezza fresca, odorosa d'erba, mi indusse a stringermi addosso il cardigan.

"Ho ancora una domanda da farle," disse Mrs Tilling, seguendomi sul vialetto. "Voglio maggiori informazioni sulla medicina che ha somministrato a Hattie questa mattina."

"Oh, quella. È un ricostituente, ma sembra che non ne abbia più bisogno."

"Potrei dare un'occhiata?"

"No," replicai brusca, poi, cercando di riprendere il controllo, soggiunsi, "è finita, così ho buttato la bottiglia."

"Vorrei vedere la bottiglia, allora."

"Non è possibile," balbettai, reprimendo il panico che mi stava stringendo la gola come un serpente velenoso. "Non ce l'ho più. Devo averla dimenticata da qualche parte."

Rimase in silenzio per un po', come se stesse riflettendo. "Non può essere stato questo ad anticipare il travaglio? Non era previsto che partorisse per almeno un'altra settimana."

"Non credo," dissi. "Mi sembra più probabile che abbia confuso le date. La bambina è perfettamente formata e non è neanche sotto peso. Era decisamente pronta a nascere. È successo un'infinità di volte che una donna sbagli la data." La guardai con un sorriso, come per sottolineare ancora una volta la superiorità della mia esperienza. "Soprattutto le primipare."

Lanciai un'occhiata alla mia porta. "Adesso devo proprio andare." Le diedi un colpetto sul braccio e mi avviai verso casa.

Una volta dentro, mi appoggiai con la schiena alla porta e mi lasciai scivolare a terra, dove rimasi per un po' in una posa che assomigliava a un punto interrogativo, esausta, confusa e – devo ammetterlo – terrorizzata.

La Tilling deve aver intuito qualcosa. Spero solo che non parli con Mrs Winthrop. Il fatto che due bambini nati lo stesso giorno abbiano avuto lo stesso tipo di problema potrebbe far nascere dei sospetti. Perché non ci ho pensato prima?

Sono molte le cose a cui non ho pensato. Sono stata così stupida da ritenere che l'intera faccenda sarebbe stata semplice come spennare una gallina. Avrei dovuto escogitare un modo per coprirmi le spalle. So benissimo che le sarà impossibile trovare delle prove… non ha abbastanza elementi per ricostruire l'intera storia. Mi sento veramente male all'idea che potrei essere in balìa di questa maledetta donna.

Per non parlare del generale! Dovrebbe spalleggiarmi se la Tilling si rivolgesse alla polizia. Dopotutto, pure lui ci è dentro fino al collo. Ma se subodora che lei sospetta qualcosa, anche lui non mi darà tregua, e comunque dovrò dire addio alla metà del malloppo.

Non ne potevo più, così cercai di sgombrarmi la testa dai pensieri e di andare a letto. Senonché le grida di Hattie, che mi implorava di non portarle via il bambino, continuavano a risuonarmi in testa. Per adesso andrò avanti come al solito, evitando di espormi troppo, in attesa dei soldi del generale. Questa storia mi fa vedere i sorci verdi e tu devi promettermi di bruciare questa lettera subito dopo averla letta. I muri hanno orecchie, di questi tempi.

Appena ho notizie ti scrivo,
Edwina

Dal diario di Mrs Tilling

Venerdì, 10 maggio 1940

Oggi la Germania ha invaso l'Olanda e il Belgio. È una situazione orrenda e io sono sconvolta dalla brutalità e dalla cattiveria di quella gente. Ora che sono così vicini, utilizzeranno le basi aeree dei due paesi occupati per fare delle incursioni sull'Inghilterra, soprattutto su di noi che viviamo nella parte meridionale del paese. Dopodiché invaderanno la Francia. E poi?

Il nostro primo ministro, Mr Chamberlain, si è dimesso. Ha sottovalutato Hitler, ha cercato di essere conciliante, e si dice che a sostituirlo sarà Mr Churchill. Sappiamo tutti che Churchill vuole trascinarci in una guerra totale, indipendentemente dal fatto che i tedeschi sono più forti e che potrebbero vincere. Forse si è dimenticato di tutti i milioni di uomini che sono morti durante l'ultima guerra. Cosa ne sarà di David? Chissà se la sua vita, una giovane vita sprecata, si concluderà su un campo di battaglia per colpa dell'idea forsennata che tanto dobbiamo provarci.

"Winston Churchill è l'uomo adatto ad affrontare la guerra," mi disse Mrs B. ridacchiando, quando ci incontrammo all'emporio. "È un bulldog, totalmente spietato! I nazisti ne sono terrorizzati. È l'unico che può vincere."

"Ma non riuscirà a fermarli. Ci invaderanno, così come hanno invaso gli altri stati. Non sarebbe meglio trattare subito?"

"Sono questi discorsi che fanno di noi dei vigliacchi," replicò in tono brusco. "Dov'è finito il suo spirito combattivo, Mrs Tilling?"

La salutai con un cenno del capo e mi misi a studiare per qualche istante lo scaffale dov'erano posizionati i piselli in scatola, poi decisi di andarmene senza comperare niente. È vero, sono priva di spirito combattivo. Il pensiero di una guerra globale mi annienta. Per me l'Inghilterra è come un uccellino che porta ancora le ferite dell'ultima guerra, alle prese con un corvo crudele, pronto a buttarlo fuori dal nido per prendere il suo posto.

Dovevo farmi coraggio e andare avanti. Oltre alle mie visite di routine, volevo dare un'occhiata a Mrs Winthrop e al piccolo Lawrence. Il generale ha cercato di tenermi lontano, dicendo che ci pensava Miss Paltry a seguirla, una scusa ridicola perché io sono altrettanto qualificata. Ma oggi ho sentito che è in partenza per Londra, il che mi lascia campo libero. Volevo tutti i particolari sul parto per scoprire le eventuali somiglianze con quelli di Hattie. Quindi mi avviai a passo deciso verso la grande dimora.

Mrs Winthrop aveva l'aria esausta. "Non la smette un attimo di piangere, povera creatura," disse, tirando su con il naso. "Tata Godwin dice che non ha mai visto niente di simile."

"Purtroppo certi bambini sono così." Lo presi in braccio per calmarlo. I capelli scuri e arruffati erano appiccicati al cranio. Lo sforzo di quel pianto ostinato l'aveva fatto sudare. "Mi racconti del parto. Per caso Miss Paltry le ha fatto prendere una medicina?"

"Sì, uno sciroppo verdastro dal sapore orribile. Pensavo che avrei vomitato, ma poi sono iniziate le doglie. Mi sono anche chiesta se non sia stato quello a provocarmele," sussurrò, quasi parlando tra sé. "Ma il peggio è stato quando il bambino è nato e lei ha dovuto portarmelo via di corsa perché aveva dei problemi respiratori."

Che cosa?, pensai. *Un altro neonato con problemi di respirazione?* "Ha potuto verificare di persona il suo stato di salute?"

"No, l'ho appena intravisto prima che lo portasse via."

"Mi racconti esattamente quello che è successo."

Si lanciò nel racconto di come Miss Paltry aveva salvato la vita del piccolo Lawrence sottoponendolo alla ventilazione meccanica a casa sua. Mi sembrava incredibile che due neonati avessero avuto l'identico problema nello stesso giorno. Forse la causa dell'accaduto era davvero lo sciroppo. Ma, nonostante le mie infinite domande, non riuscii ad arrivare al cuore della faccenda.

Quando me ne andai, dovetti occuparmi di un problema di alloggio. Sono la responsabile della Commissione alloggi di Chilbury e il mio compito è quello di trovare delle camere libere per i rifugiati o per i lavoratori che si occupano di attività legate alla guerra. Visto che Chilbury è a pochi chilometri dalla sede del ministero della Guerra dislocata a Litchfield Park, ricevo richieste continue di spazi abitativi per la gente che vi lavora. Ora hanno bisogno di due stanze per due funzionari di grado superiore. Ho scandagliato metà del villaggio prima di rinunciare.

"E la stanza del suo David?" abbaiò Mrs B. quando il coro si riunì per fare pratica. "Non c'è ragione che la tenga inutilizzata, visto che lui è in Francia."

"Già," intervenne Mrs Quail. "Sta cercando di imporre dei perfetti sconosciuti agli altri, e non è disposta a prendersene uno lei."

"David è appena partito. Non potete pretendere che rinunci alla sua stanza così presto." Pensavo che sarei scoppiata a piangere, ma riuscii a darmi un contegno. "Comunque, neanche lei ha rinunciato alla stanza di Henry," ribattei, rivolta a Mrs B.

"Lui è un pilota della Raf e torna a casa tutte le volte che ha una licenza," dichiarò con la sua solita spocchia. Non posso sopportare i suoi sproloqui sui piloti della Raf e sul fatto che rappresentano la *crème de la crème* delle forze armate, come se David fosse un signor nessuno che, in quanto tale, può anche beccarsi un proiettile o due.

"Non è questo il punto," intervenne Mrs Quail, cercando di sedare la discussione. Poi tornò a rivolgersi a me. "Ma, Mrs Tilling, se il suo compito è quello di trovare gli alloggi, dovrebbe essere la prima a mettersi in gioco."

"È vero. Ha detto che ci sono due pezzi grossi che devono essere ospitati," aggiunse Mrs B. con voce tagliente. "Ivy House è la sistemazione ideale per una persona che sta lavorando sodo per vincere la guerra. Senza contare che lei ha il telefono, e non sono molte le case nel villaggio a esserne fornite. Mrs Tilling, è suo preciso dovere ospitarne uno."

"E lei, Mrs B.?" saltò su Mrs Quail. "Anche se non ha il telefono, potrà ben trovare dello spazio per un pezzo grosso."

In quel momento, come per magia, Prim si avvicinò in tutta fretta lungo la navata. "Signore, è arrivato il momento di provare."

Tutte si zittirono e andarono ai loro posti, tranne Mrs B., che continuò a protestare a bassa voce.

"Questa sera dobbiamo concentrarci sull'*Ave Maria*, per prepararci al concorso. Cominciamo dall'inizio e arriviamo fino alla fine della parte cantata."

Mrs Quail eseguì l'introduzione, poi noi attaccammo. Un vero disastro, l'attacco era stato un pasticcio, avevamo stonato e avevamo cantato a voce troppo alta.

"Che confusione!" commentò Prim quando arrivammo in fondo. "Ognuna va per conto suo. Proviamo qualche arpeggio."

Ci misurammo prima con qualche arpeggio, poi con le scale, finché il suono acquistò una maggiore unità, ma la discussione ci aveva tolto ogni concentrazione. Mentre eseguivamo una scala, Mrs B. lasciò cadere il suo spartito e se ne andò a passo di marcia.

"Bene, riproviamo l'*Ave Maria*," riprese Prim come se niente fosse. Venne meglio della prima volta, ma era ancora molto difettosa.

"È troppo difficile," si lamentò Kitty.

"Forse dovremmo ritirarci," dissi a bassa voce.

"Neanche per sogno," replicò Prim in tono allegro. "Faremo del nostro meglio, cercando di divertirci e di divertire il nostro pubblico. Forse non saremo noi a vincere, ma quello che conta è partecipare. Esserci, farci sentire. Insomma, vivere."

Sorrise e anch'io mi scoprii a sorridere. Guardandomi attorno, mi accorsi che l'umore generale era migliorato. Prim aveva ragione. Non era importante vincere. Quello che importava era non perdere la nostra umanità nonostante la guerra. Trovare la speranza quando tutto attorno a noi sembrava sul punto di crollare.

Inclusa la mia preziosa casa.

Lettera di Venetia Winthrop ad Angela Quail

Chilbury Manor,
Chilbury,
Kent

Martedì, 14 maggio 1940

Carissima Angela,

so benissimo che mi avevi consigliato di non innamorarmi di lui, e invece è successo. È passata solo qualche settimana, ma siamo praticamente inseparabili. Ho preso l'abitudine di raggiungerlo tutte le sere dopo cena, per permettergli di lavorare al mio nudo. Parliamo molto, ma lui è ancora estremamente riservato, scherza di continuo e cambia argomento ogni volta che la conversazione cade su di lui.

"Che cosa ti ha spinto a diventare un artista?" gli ho chiesto l'altro giorno.

"È una storia lunga e poco interessante, e io non voglio annoiarti, mia dolce Venetia."

È così che mi chiama. Mia dolce Venetia. Nessuno mi ha mai chiamato così. È davvero incantevole, non trovi? Eppure, un po' mi preoccupa. Non vorrei che pensasse che sono davvero una sdolcinata, tutta gioventù e ingenuità.

Ho un bel dirgli che sono nota per la mia spregiudicatezza, ma lui non si lascia sorprendere, non come gli altri, quelli che sono venuti prima. Gli ho propinato tutte le mie battute, ma ho l'impressione che conosca i miei giochetti a menadito. È come se mi guardasse dentro e riuscisse a vedere la vera Venetia. E sai una cosa, Angie? Sono stanca di fingere. Voglio essere me stessa, non la ragazza audace e alla moda che è frutto delle mie simulazioni, ma una persona intera, ricca e complessa. E Alastair è l'uomo che mi sta spianando la strada.

La notte scorsa abbiamo parlato di poesia e lui ne ha composta una sull'amore che prova per me, bella come una sera d'estate. Non voglio annoiarti con i dettagli, ma non c'è niente come sentire l'uomo che ami esprimere la sua adorazione con tanto ardore e con una simile eloquenza.

È un vero intellettuale, che si diletta di filosofia greca e di storia politica medievale. La radio, sempre accesa, continua a trasmettere notizie sull'andamento della guerra, e una volta lui ha avuto una reazione di rabbia che mi ha veramente sorpreso. La notizia riguardava l'invasione del Belgio da parte dei nazisti, che ha colto alla sprovvista i nostri vertici militari. Mentre noi eravamo impegnati a controllare la via più diretta, quella che avevano utilizzato nell'ultima guerra, i tedeschi sono entrati da tutt'altra parte.

"È una vera catastrofe!" mormorò.

"Credevo che fossi un pacifista," osservai con aria disinvolta.

Lui riprese in mano il pennello, come se si fosse appena ricordato della mia presenza. "Certo che lo sono. Ma siamo un branco di idioti a sottovalutare i nazisti, non ti pare?"

"Perché non ti arruoli? Magari saresti più bravo degli altri."

"Stai cercando di liberarti di me, cara?" mi chiese in una sorta di scherzosa cantilena. "Vuoi eliminarmi definitivamente dalla tua vita?"

Si interruppe e posò gli occhi su di me, che ero lì, sdraiata davanti a lui. "Oh, Venetia!" disse in tono divertito. "Come sei bella!"

Devo averlo guardato in modo tale che qualcosa si mosse dentro di lui. Posò il pennello, girò attorno al cavalletto e venne a sdraiarsi accanto a me sul grande tappeto rosso, stringendo il mio corpo nudo contro il suo, completamente vestito.

"Ho bisogno di te, Venetia," mi sussurrò all'orecchio, così diretto e sincero da lasciarmi sbalordita. "E anche tu hai bisogno di me. Dobbiamo stare insieme, noi due." Mi staccai e lo guardai negli occhi, scuri e profondi. Vi lessi un'intensità disarmante, ma assolutamente convincente.

Angie, l'intera faccenda aveva un risvolto esilarante. E, a modo suo, anche un po' terrorizzante. Mentre lo fissavo a mia volta, qualcosa di nuovo esplose con violenza dentro di me, come i fiori di ciliegio che si aprono da un momento all'altro, e tutto il resto parve svanire nel nulla, le piccole trame, i raggiri, i ragazzi, tutti i giochetti con cui mi sono sempre dilettata. All'improvviso ho capito come stanno le cose. E cioè che ho finalmente incontrato l'uomo che fa per me.

E che devo scoprire cosa si nasconde in lui. Intanto, qualche altra notizia dal villaggio. Hattie ha chiamato la figlia Rose, come la sua povera mamma, e ha invitato a casa le signore del coro per festeggiare la nascita con qualche bicchiere di sherry e due o tre canzoni. Siamo tutte preoccupate per la gara di sabato, perciò l'atmosfera era più serena del solito, improntata alla speranza piuttosto che alle solite discussioni, nonostante Mrs B. continui a sostenere che la nostra partecipazione è un tragico errore. Per una volta Kitty è stata incredibilmente carina, forse perché è ancora lì che gongola per essere stata scelta come solista.

A un certo punto Hattie ha preso in braccio la bambina ed è venuta a sedersi accanto a me sul divano.

"È bellissima," le ho detto, e per una volta ero sincera. Rose è una bambina di straordinaria bellezza. Con quegli occhi azzurri e il sorriso gorgogliante incanterebbe anche te. "Mi fa uno strano effetto vederti in questo ruolo di madre," dissi a Hattie. "Mi sembra ieri che noi tre, al Pixie Ring, giuravamo di non lasciarci mai, qualunque cosa fosse successa. È buffo ripensarci."

"Già, è come se fosse passato un secolo, vero?" Hattie sorrise e per un attimo la sentii di nuovo molto vicina. "Venetia, vorrei che tu facessi da madrina a Rose. Victor e io ne abbiamo parlato nelle lettere che ci siamo scritti in questi ultimi mesi ed entrambi abbiamo concordato che tu sei la scelta giusta. So che Rose ti vorrà bene, come te ne voglio io."

"Anch'io ti voglio bene," le dissi d'impulso, profondamente commossa e riconoscente. "Grazie, Hattie. Sarò felice di farle da madrina. È un'idea meravigliosa. Farò di tutto perché non le succeda mai niente di brutto."

Abbassai lo sguardo su quella meraviglia e, devo ammetterlo, Angie, il fatto che la nostra vecchia amica Hattie avesse prodotto un simile angelo, mi ha fatto venir voglia di avere un figlio. Sono sicura che lo straordinario Mr Slater sarebbe un ottimo padre, non sei d'accordo?

Hattie è molto coraggiosa, ma dev'essere terribilmente preoccupata per Victor. È in mezzo all'Atlantico e, a quanto pare, ci rimarrà fino all'anno prossimo. È un miracolo se lei riceve sue notizie ogni mese. Con tutte le navi che vengono affondate settimanalmente, si starà chiedendo se Victor tornerà a casa o se Rose crescerà senza un padre.

Oh, non sarebbe carino se fossimo nate tra cinquant'anni, invece di adesso? Allora tutto questo non sarebbe altro che un lontano ricordo, e la vita avrebbe ripreso la sua normalità. Prova a pensare a come sarà il mondo. Ci saremo felicemente sposate, e i nostri figli avranno a loro volta dei figli? Oppure saremo diventate famose per un gesto eroico o una grande invenzione? Presumendo naturalmente che saremo ancora qui e che il nostro paese ce l'abbia fatta a superare la guerra senza essere distrutto.

So bene che mi giudichi una stupida per essermi innamorata, ma forse non sono come te, che ti stai dando un gran daffare a sedurre tutti gli uomini di Londra. Forse ho bisogno di vivere a modo mio. Ti scriverò presto,

Venetia

Dal diario di Mrs Tilling

Giovedì, 16 maggio 1940

Il pezzo grosso di Litchfield Park che devo ospitare a casa mia è arrivato oggi pomeriggio, creando grande confusione. Lo aspettavo la prossima settimana e quindi, quando ho sentito il campanello, ho pensato che fosse il postino e mi sono subito agitata (di questi tempi il poveretto è spesso foriero di notizie dolorose). Ma quando ho aperto la porta un uomo alto di mezza età era fermo sulla soglia sotto la pioggia scrosciante. L'impermeabile marrone chiaro, completamente fradicio, si era appiccicato alla sua figura imponente, e, quando si è tolto il cappello, i capelli scuri e bagnati che aderivano al cranio hanno lasciato scoperta una faccia larga e flaccida con un naso che sembrava si fosse rotto almeno una volta.

"Oh," dissi, guardandolo con aria d'accusa. "Lei non è il postino."

"No. Posso entrare?" mi chiese in tono sgarbato, passandomi accanto senza attendere risposta e strofinando l'impermeabile con una mano nel tentativo di eliminare parte della pioggia. Depositò la valigia piuttosto malandata vicino alle scale.

"Scusi, ma lei chi è?" gli domandai con aria piuttosto seccata.

"Il colonnello Mallard," borbottò.

Non sembrava affatto un colonnello. Portava abiti civili e, per dirla tutta, era più malandato della sua valigia.

Fece scorrere gli occhi sull'ingresso abbandonato a se stesso. La partenza dei domestici era costata parecchio alla mia povera dimora, anche se quando Mrs Peck se n'era andata avevo provato un certo sollievo, perché non si riusciva più a capire chi comandasse in casa, se lei o io.

"Mi dispiace, ma sono di fretta," disse il colonnello voltandosi verso le scale.

Gli lanciai un'occhiata di fuoco, mentre mi chiedevo che cosa diavolo stesse facendo. "Be', non conosco la ragione della sua fretta e nemmeno che cosa c'entro io, ma le sarei riconoscente se mi dicesse che cosa ci fa qui."

"Sono stato assegnato a questa casa." E, dopo aver frugato nelle tasche, ne estrasse una lettera tutta sgualcita e inzuppata d'acqua.

"Oh!" esclamai, dopo averle dato una rapida scorsa. "Mi avevano detto che sarebbe arrivato la settimana prossima. Non le ho ancora preparato la stanza."

"Be', penso che dovrò farmela andar bene anche così," disse, guardando le scale con aria impaziente.

Lo precedetti, sentendo alle mie spalle i suoi passi pesanti. Non sopportavo l'idea che quell'uomo si insediasse nella stanza di David, ma aprii la porta, lanciando un'ultima occhiata all'interno e respirando un po' della sua atmosfera tranquilla prima che diventasse il regno di qualcun altro.

Il colonnello era alto quasi un metro e novanta e, quando entrò, la stanza parve all'improvviso incredibilmente piccola. Tornai verso la porta, provando una vaga sensazione di claustrofobia. "Se ha bisogno di qualcosa, mi trova al piano di sotto," gli dissi e sparii prima che la commozione prendesse il sopravvento.

Che uomo orrendo! Certo, la situazione avrebbe potuto essere anche peggiore, il mio ospite avrebbe potuto puzzare di letame, fischiettare, o piazzarsi stabilmente nel mio soggiorno. Comunque sarà difficile dividere la casa con un estraneo, così diverso dal mio David, così tenero e affettuoso. Mi chiesi che incarico avesse il colonnello Mallard a Litchfield; la guerra era persa in partenza se era questo il tipo di gente che aveva incarichi di comando. Non ha proprio l'aria di uno di quelli che Mrs B. definisce "le alte cariche". È terribilmente trasandato e sconclusionato. Mi fa venire in mente un vecchio scatolone.

Avevo cominciato a pelare le patate per la cena, pensando nel frattempo di correre da Hattie appena fossi riuscita a liberarmi, quando udii la porta della camera di David che si apriva, e per un attimo mi illusi che fosse lui e che di lì a un attimo avrei sentito la sua voce allegra che mi salutava: "Ciao, mamma, sto uscendo!".

I passi pesanti che sentii provenire dalle scale mi riportarono alla realtà.

"Arrivederci, Mrs Tilling," gridò dall'ingresso.

"Colonnello Mallard," lo chiamai a mia volta, uscendo dalla cucina e sfregandomi le mani sul grembiule. "Cenerà qui questa sera? In questo caso ho bisogno della sua tessera annonaria."

"No, mangerò in mensa," disse, aggiungendo un grazie molto formale.

Mi allungò una cartella malconcia. La riconobbi immediatamente, era di David. Dovevo averla dimenticata nella stanza quando l'avevo riordinata. Gliela tolsi bruscamente di mano. Perché ficcava il naso dappertutto?

"C'è altro?" gli chiesi, desiderosa che se ne andasse. Ma lui rimase lì, a esaminarmi con uno sguardo penetrante, come se cercasse di ricordare se non si era dimenticato di qualcosa, poi si voltò e si diresse verso la porta, borbottando un arrivederci scontroso.

Richiusi la porta e mi diressi passivamente verso la cucina. Dalla finestra sopra il lavello si vedeva il campanile diroccato della chiesa. Se ci si inerpicava fino in cima in una giornata serena si riuscivano a scorgere le torrette e i pinnacoli bruno-giallastri dell'Università di Litchfield. Pensai a come si erano immiseriti i miei sogni nel corso degli anni, da quando ero giovane e desideravo solo studiare a quando avevo incontrato Harold e la mia grande aspirazione era diventata quella di farmi una famiglia, fino alla sua morte, quando il mio mondo aveva preso a ruotare attorno a David, l'unica luce rimasta nella mia piccola vita triste.

Ora l'unica cosa che voglio è che lui non muoia. Tutto il resto, compreso l'intruso che mi è capitato tra capo e collo, non conta niente per me.

Per calmarmi i nervi decisi di fare una passeggiata, e mi ritrovai in chiesa, nel banco in fondo verso sinistra, a cercare di dare un senso alla nuova realtà che mi circonda.

"Tutto bene?" Nella voce che arrivava da dietro riconobbi immediatamente quella di Prim.

"Sì, sto cercando di adattarmi a uno strano colonnello che mi è stato assegnato come ospite."

"Prima di trovare la casa di Church Row, ho abitato per un po' da un vecchio signore, una persona molto gradevole. Ci troviamo ancora per un tè di tanto in tanto. Forse la situazione migliorerà, quando comincerete a conoscervi meglio."

"Non credo. È così scostante e bisbetico che non riesco davvero a pensare di andarci d'accordo. Vedrò di trovargli una stanza da qualche altra parte."

"Sono sicura che, se avrà la pazienza di parlargli, capirà che non è diverso da lei, da suo figlio o da chiunque altro. Siamo in guerra. Perché non dargli una possibilità?"

Mi guardava con quel suo sorriso luminoso e io non potei impedirmi di sorridere a mia volta. "Brava! È così che bisogna reagire," disse e proseguì per sistemare gli spartiti sui leggii.

"Prim," le dissi, mentre lei mi si agitava attorno. "Il fatto che lei abbia ricostituito il coro è stato di enorme sollievo per noi. È davvero convinta che il canto ci aiuterà a superare questa orribile guerra?"

"La musica ci porta fuori da noi stessi, lontano dalle preoccupazioni e dalle tragedie, ci aiuta a vedere la realtà con occhi diversi, ad ampliare la nostra visione del mondo. Ogni cadenza, ogni cambio di accordo, ci fa sentire la magia della vita."

"Vorrei avere anch'io il suo entusiasmo," mormorai.

"Ma lei ce l'ha, Mrs Tilling. Forse non per la musica, ma per altro. Ha solo bisogno di vedere tutto da una certa distanza."

"Non credo di esserne capace," affermai con aria cupa.

"Be', vediamo se cantando un po' il suo morale migliora." Mi prese sottobraccio e mi guidò verso l'altare. Mi lasciò lì davanti, poi tornò indietro e si abbandonò su uno dei banchi frontali.

"E ora canti, Mrs Tilling. Apra il cuore e cominci a cantare. A lei la scelta."

"Be', il mio inno preferito è *I Vow to Thee, My Country*," le dissi. Solo il pensiero di cantarlo mi era già di consolazione. "Ma mi sembra imbarazzante eseguirlo così, da sola."

"Siamo solo io e lei qui, non importa se sbaglia qualcosa."

Risentii mentalmente l'organo che attaccava l'introduzione e cominciai a canticchiarla piano, finché aprii la bocca e diedi fiato ai primi versi toccanti, che si riverberarono con chiarezza nell'abside.

Dedico a te, paese mio, che superi tutte le cose terrene,
che sei intero, unico e perfetto, il mio amore come servizio.

L'inno era stato cantato al funerale di mio padre, così come a quello di molte altre vittime della Grande guerra. L'avevamo intonato di nuovo alle esequie di mia madre, poi a quelle di Harold. Mentre lo eseguivo, lì da sola, in chiesa, fui scossa da un'improvvisa rivelazione. Mi resi conto che ero rimasta imprigionata da quelle morti, che avevo permesso loro di impadronirsi di me. E solo adesso capivo che era arrivato il momento di lasciarle andare.

Dal diario di Kitty Winthrop

Sabato, 18 maggio 1940

Il concorso

Che serata straordinaria! Caro diario, sono stanca morta, ma devo sforzarmi di restare sveglia per raccontare dall'inizio quello che è successo.

Ci eravamo radunate in piazza ad aspettare la corriera, che naturalmente era in ritardo, ed eravamo tutte sulle spine. Ciò che ci preoccupava, rendendoci indifferenti ai primi goccioloni di pioggia, era il pensiero di arrivare in ritardo, ma soprattutto il rischio di fare una pessima figura.

"Verremo umiliate di fronte a tutto il Kent," continuava a ripetere Mrs B., incapace di superare il fatto inoppugnabile che ormai il nostro era un coro di sole donne.

"Questa è la realtà, che ci piaccia o no," osservò in tono brusco Mrs Quail. "Non ci sono più uomini. Preferirebbe forse rinunciare al coro?"

"Siamo tutte donne di una certa levatura sociale, Mrs Quail. Non siamo abituate a dar spettacolo," replicò con la stessa asprezza Mrs B., oltrepassandola per occupare il primo posto della coda, mentre la corriera curvava pericolosamente attorno alla piazza. "Lady Worthing avrà parecchie osservazioni da fare, per non parlare dell'arcivescovo."

"E allora perché si è presa la briga di venire?" ribatté Mrs Quail, salendo sull'autobus subito dopo di lei. Mrs B. si voltò rapida a guardarla.

"Qualcuno dovrà ben assistere a questa catastrofe."

Mrs Tilling aveva l'aria di una che sta per essere torturata. "Il fatto è che non ci siamo esercitate abbastanza. Non so quali commenti farà il 'Litchfield Times' su un coro femminile, ma se fossimo davvero brave nessuno avrebbe niente da ridire."

"Meglio provarci, comunque," osservai, cercando di stimolarle, ma quello che ottenni furono solo degli sguardi tesi e delle smorfie di scherno. Silvie, che mi stava appiccicata accanto, mi sussurrò un "andrà tutto bene" assai poco convincente. Lei adora il coro quasi quanto me e, mentre preparavo la mia parte da solista, si è rivelata un pubblico entusiasta e solo di tanto in tanto critico. Venetia è stata l'unica a dar prova di una totale indifferenza. Da quando è comparso Mr Slater, mia sorella vive in un mondo tutto suo. L'unica ragione per cui partecipa al concorso è che ogni coro avrà la sua foto pubblicata sul giornale.

La cattedrale di Litchfield, con le sue guglie rastremate e gli elaborati contrafforti, sembra un castello delle fate. Circondata com'è da rose dai colori incredibilmente delicati, è grandiosa ed estremamente romantica al tempo stesso. L'architetto che l'ha progettata doveva essere innamorato. È lì che io e Henry ci sposeremo.

Oggi, tuttavia, le rose ciondolavano sui loro steli, battute dalla pioggia, mentre noi ci univamo alla moltitudine di persone che entrava per prendere parte alla gara. Mrs B. si fece strada con decisione nel vestibolo affollato per andare a leggere l'elenco che era stato affisso in bacheca.

Quando tornò, annunciò ansimando: "Siamo le ultime".

"Ottimo," commentò Mrs Quail tutta allegra. "Così possiamo sentire gli altri e capire chi dobbiamo battere."

"Non andrà così," ribatté Mrs B. "Sarà tardi e avremo la voce a pezzi a furia di aspettare."

A questo punto si levò la voce drammatica di Prim. "Concluderemo la serata in bellezza."

Prendemmo posto nella vecchia chiesa di pietra. Le finestre pregiate di vetro colorato erano state oscurate, il che ci dava l'impressione di essere chiuse in un enorme cunicolo sotterraneo.

Mentre il luogo si riempiva, quel nanerottolo del vescovo di

Litchfield si parò davanti a noi e ci chiese di fare silenzio con voce così nasale da farmi pensare che la montatura di metallo dei suoi occhiali fosse troppo stretta. Ci presentò rapidamente il sindaco, un uomo pomposo vestito in modo molto formale con la toga rossa, che si lanciò in un interminabile discorso sulle gioie del canto in tempo di guerra, in cui abbondavano termini come "innalzare lo spirito", "annunciare un nuovo domani" e "lottare per progredire". Da quando Mr Churchill ha iniziato a tenere i suoi meravigliosi discorsi alla radio, gli imitatori non si contano.

Alla competizione partecipavano quattro cori, ma l'unico interamente femminile era il nostro. Avremmo cantato in successione, poi ci sarebbe stato un rinfresco e, infine, la giuria avrebbe annunciato i risultati.

Ero terrorizzata e guardai Prim. Aveva l'aria compiaciuta, le mani strette attorno alla vita tondeggiante, gli occhi che brillavano e gli angoli della bocca piegati in un sorriso. Anche se sono convinta che sia la miglior direttrice di coro di tutto il paese, non potevo impedirmi di sospettare che forse non eravamo pronte per un'impresa del genere. O forse era il paese che non era pronto ad accogliere un coro di sole donne. Poi lei si accorse che la guardavo e mi fece l'occhiolino, e a quel punto capii che sarebbe andato tutto bene. Con lei al comando non poteva essere diverso. La pioggia cadeva più intensa, picchiettando sul tetto con un rumore avvolgente, come se tutte avessimo trovato riparo sotto lo stesso ombrello. Il brontolio di un tuono echeggiò nelle navate e noi ci stringemmo l'una all'altra, impaurite, mentre i membri degli altri cori marciavano verso il centro della chiesa per dare inizio alla loro esibizione.

Tutto sui nostri avversari

Il Riseholme, poco numeroso. Ha cantato con grande partecipazione *Gesù rimane la mia gioia*

Lo smisurato coro di Litchfield. Davvero bravi. Eravamo tutte d'accordo che meritavano di vincere, constatazione che suscitò nuove proposte sull'opportunità di ritirarci

Il Belton. Niente di speciale, cosa che ci ridiede speranza, facendoci pensare che forse non saremmo arrivate ultime

Poi arrivò il nostro turno. Mentre il vescovo annunciava l'esibizione, il cuore prese a battermi al ritmo di una coppia di nacchere. Nella chiesa sorse si levò un brusio. Evidentemente la gente si chiedeva se aveva sentito bene.

"Ha proprio detto il coro *femminile* di Chilbury?" sentii qualcuno che chiedeva stupito alle mie spalle. Guardammo Prim con terrore, lei era già in piedi, pronta a sfilare lungo la navata, e ci faceva cenno di seguirla.

Ma noi restammo sedute, pietrificate dalla paura, come un gruppo di conigli selvatici nella stagione della caccia.

All'improvviso si sentì il rumore assordante di un tuono. I presenti si bloccarono all'unisono e guardarono il soffitto, mentre le luci oscillavano, oscillavano ancora, per poi spegnersi. La chiesa sprofondò nel buio, quel tipo di buio che dà la sensazione di avere gli occhi chiusi, mentre invece sono bene aperti.

Tutti cominciarono a sussurrare freneticamente. "Per fortuna, così adesso ce ne andremo a casa e potremo risparmiarci questo calvario," sibilò Mrs B.

Poi si levò la voce nasale del vescovo. "Non preoccupatevi. Restate dove siete mentre andiamo a procurarci delle candele." I sussurri aumentarono di intensità, finché dalla sagrestia alle nostre spalle comparve un lieve bagliore e un'unica candela venne portata all'altare. La teneva una bambina sui dieci anni, che procedeva lentamente, con una mano attorno alla fiammella per impedirle di tremolare. Dietro di lei veniva un'altra ragazzina, maggiore di qualche anno, e poi una donna, e altre persone ancora, ognuna delle quali portava una candela accesa. La fila procedeva lungo la navata per poi dividersi all'altare, dove ognuno andava a deporre la sua luce in un angolo buio. Dopo qualche minuto il vasto interno della chiesa era illuminato da una quantità di candele di forma e lunghezza diversa, alcune su candelieri d'oro e d'argento, altre senza supporto ma simili ad alte colonne di un bianco celestiale. Presto l'odore di centinaia di stoppini accesi si diffuse nell'aria, mentre le fiammelle creavano movimenti di ombre che riportavano in vita le antiche statue.

"Riusciremo lo stesso a cantare?" sussurrai. "E l'organo? Non funziona senza elettricità."

"Ne faremo a meno," disse Prim con aria baldanzosa, come

se si trattasse di un particolare irrilevante e non di una vera catastrofe.

"E chi ci darà la nota d'inizio?" domandai, presa dal panico. Ci mancava solo questo!

"Ve la darò io. La emetterò piano per i contralti, che iniziano per primi, ma poi i soprani dovranno basarsi su quella per trovare la loro. Kitty, dobbiamo fare affidamento sulla tua abilità." Mi fece un gran sorriso e io mi sentii esultante e terrorizzata al tempo stesso.

Ci alzammo in silenzio, mentre il suono martellante della pioggia soffocava qualsiasi altro rumore – le sedie che venivano scostate, i nostri passi –, e prendemmo posto sui gradini che precedevano l'altare. Si udì solo il leggero fruscio dei fogli, mentre aprivamo lo spartito con le mani tremanti per l'agitazione.

Prim teneva la bacchetta sollevata; i suoi occhi erano grandi e luminosi mentre ci guardava a una a una per controllare che fossimo pronte. Nel silenzio la sentimmo emettere piano un'unica nota, che attraversò l'aria come un piccolo dardo d'argento. La vidi incrociare lo sguardo con Mrs Tilling e annuire. Se Mrs Tilling aveva colto la nota, i contralti l'avrebbero seguita senza problemi. Prim alzò la bacchetta, gli occhi chiusi come se stesse pregando e, mentre abbassava le braccia, la voce di Mrs Tilling si riversò nella chiesa, circondando la folla dei presenti di un calore abbagliante. Gli altri contralti si unirono a lei dando vita a un suono pieno, straordinario.

Ero impietrita. I soprani aspettavano che io dessi l'attacco. Pensavo di avere la nota – ero certa di averla – ma temevo di non avere il coraggio di cantarla. E se avessi aperto la bocca e non fosse successo niente?

Il momento era arrivato. Prim fissò lo sguardo su di me. Alzò le braccia e le riportò verso il basso, puntandomi contro la bacchetta e il dito indice dell'altra mano, e io udii levarsi la prima nota che si diffuse, pura come il cristallo, al di sopra delle fiammelle tremolanti. Mi chiesi chi fosse stato a emetterla finché non mi resi conto che quella voce era la mia. Guardai Prim, augurandomi di aver preso la nota giusta, ma lei aveva gli occhi chiusi e un sorriso soddisfatto e sereno. Il suono si amplificò man mano che le altre voci si univano alla mia. Ce l'avevo fatta! Io, Kitty Winthrop, avevo salvato il coro! Fui invasa da un'ondata di felicità. Prim aveva riconosciuto il mio talento, aveva avuto fiducia. Avevo portato a termine il mio compito, e tutti sarebbero stati orgogliosi di me.

La bellezza solitaria delle nostre voci prive di accompagnamento si levò nello spazio desolato e buio, intessendo una trama piena di chiaroscuri, alzandosi sempre più in alto e caricandosi di passione fino al momento culminante. Era un'esecuzione magnifica, sublime, persino io riuscivo a riconoscerlo.

Tra poco sarebbe toccato al mio assolo e, mentre il coro cantava le sue note finali, avvicinandosi al punto in cui sarei dovuta intervenire, mi sentivo la gola completamente asciutta. Prim mi fissava con la bacchetta pronta, quando aprii bocca per emettere la prima nota. *Ave Maria*. Iniziai un po' lenta, colpa del nervosismo, ma le note alte erano ferme, chiare, precise. Mi resi conto che tutti mi guardavano, così continuai, affrontando le note più basse, e tutt'a un tratto provai un senso di esaltazione, come se quel brano mi appartenesse, e continuai a cantarlo quasi fosse una parte di me, sfociata da qualche angolo nascosto.

Quando arrivai in fondo, lasciai svanire gradualmente la nota finale, poi vidi lo sguardo di Prim, il cenno lieve della testa e capii che meglio di così non avrei potuto fare. Non avevo mai cantato con tanta convinzione.

Il coro riprese con delle belle sonorità, poi cominciammo a guardare verso Mrs Tilling perché a breve sarebbe toccato a lei. Prima di cominciare era stata terribilmente agitata e aveva continuato a ripetere che temeva di deluderci.

"Ma non succederà," le aveva detto Prim. "Devi fidarti della tua voce."

Quando la parte corale si concluse, Prim la guardò, alzò la bacchetta e la abbassò. La voce di Mrs Tilling era straordinaria, morbida e ricca come una notte d'estate. Fece una brevissima pausa prima di attaccare la nota alta, rendendola ancora più intensa, commovente, dopodiché la melodia parve fluire come un fiume d'oro, sgorgato direttamente dal cuore.

Il resto del coro si unì alla sua voce e la straordinaria pienezza del suono tornò ad avvolgerci un'altra volta. Poi venne la quiete delle note finali, lente e cantilenanti, che si dispersero fino a morire nell'oscurità immobile.

Ci fu una pausa, in cui non si udì altro che il tamburellare della pioggia che echeggiava nell'abside.

Infine si scatenarono gli applausi e io sentii una lacrima rigarmi il viso. Ce l'avevamo fatta! *Io* ce l'avevo fatta!

Mentre tornavamo a sederci, Prim mi lanciò un'occhiata piena di gratitudine e il mio cuore si riempì di gioia. Non mi importava se avevamo vinto o perso, la giornata era salva e il merito era mio e di Mrs Tilling.

A questo punto il vescovo dalla voce nasale si fece avanti di nuovo. "Purtroppo il rinfresco dovrà essere annullato perché le candele si stanno esaurendo. Vi preghiamo di restare seduti per qualche minuto, poi ci auguriamo di potervi comunicare i risultati."

Tutti cominciarono a mormorare, tranne Mrs B., la quale proclamò a voce spiegata che Mrs Gibbs aveva stonato per l'intera esecuzione, e quindi, se avessimo perso, avremmo saputo chi incolpare.

"Potrebbero eliminarci per due ragioni, la prima è questa, la seconda è che non c'erano uomini nel coro," disse con la solita alterigia.

"Non c'è niente di cui preoccuparsi," intervenne Prim sorridendo, facendomi pensare che davvero non conoscesse affatto la mentalità di provincia, quanto tutti siano attaccati alle tradizioni dalle nostre parti. La gente ha l'abitudine di fare le cose nello stesso identico modo, anche se si è rivelato del tutto privo di senso. È questa la provincia, e Litchfield in particolare.

Poco dopo il vescovo tornò davanti all'altare per annunciare i vincitori, questa volta accompagnato dal sindaco. Questi iniziò un discorso che si preannunciava interminabile finché il vescovo si chinò verso di lui e gli disse qualcosa all'orecchio, molto probabilmente "vai al sodo", e lui esordì con il secondo classificato.

"Litchfield," proclamò, e il direttore del coro trotterellò fino all'altare per ricevere l'attestato. Il che significava, secondo noi, che a vincere sarebbe stato il coro di Riseholme, perché nessuno avrebbe votato per Belton.

"E il vincitore, che rappresenterà la zona di Litchfield nelle finali alla cattedrale di St. Paul," e qui accartocciò un foglio di carta con aria vagamente seccata, "è il coro femminile di Chilbury."

Tutte noi balzammo in piedi.

Mrs Quail sussultò. “Che cosa ha detto?”
Mrs Tilling farfugliò: “Non siamo state eliminate?”.
Mrs Gibbs disse: “Ma siamo davvero noi?”.
“Su, datevi una regolata,” disse Mrs B., sgomitando per mettersi in prima fila. “Certo che abbiamo vinto. Che cosa pensavate?”
La seguimmo fino in cima alla navata, dove strinse con entusiasmo la mano del vescovo come se fosse lei la responsabile della nostra vittoria. Mi guardai attorno in cerca di Prim e la vidi sopraggiungere, serena come sempre, con il lungo mantello che le svolazzava alle spalle, simile a un grande gufo protettivo.
Ci inchinammo per ringraziare, poi ci radunammo per le fotografie. Venetia, perfettamente acconciata, fece in modo di mettersi al centro, in evidente contrasto con Mrs Gibbs che le stava accanto e che sembrava una gallina impazzita, con il suo abbigliamento sciatto e i capelli arruffati, in tutto e per tutto simili a un nido.
I fotografi erano stati mandati dal “Kent Times” e persino da un quotidiano nazionale – farebbero qualunque cosa pur di pubblicare una buona notizia. Poi sfilammo per stringere la mano ai giudici, che erano seduti a un tavolino pieghevole in cima alla navata. Il primo era il sindaco e accanto a lui c’era Mrs Mandelson, una donna severa che è a capo del Servizio di volontariato della zona. Poi veniva Lady Worthing, che ci porse la mano guantata di bianco come se fossimo delle lebbrose. Disse qualcosa e Mrs B. scoppiò nella sua orrida risata falsa, mentre noi la guardavamo imbarazzate.
L’ultimo giudice era il capo di Litchfield Park, una specie di gigante dall’aria trasandata, nonostante l’uniforme. Mrs Tilling sussurrò a Mrs Quail che era lui l’ospite a cui aveva dovuto cedere la stanza.
“Non sapevo che avesse una posizione così importante,” borbottò in tono irritato. “Chissà perché hanno scelto proprio lui!”
Mi chiesi perché fosse così acida, ma poi mi accorsi che anche lui si era irrigidito quando lei gli aveva teso la mano.
“Complimenti, Mrs Tilling,” le disse con una certa freddezza.
Lei arrossì, imbarazzata. “Non avevo idea che lei facesse parte della giuria. Davvero non pensavo che...”
“Grazie di aver votato per noi!” intervenni rapida. Mi sembra-

va piuttosto meschino mettere in dubbio le sue capacità ora che avevamo vinto.

Lui mi rivolse un sorriso caloroso. "È stata una scelta facile, soprattutto dopo aver sentito il suo assolo." Quel tipo non era poi tanto male.

Mrs Tilling cercò di ignorarlo e, con un piccolo "bah!", si voltò verso di me, dicendo in modo molto forzato: "Andiamo, Kitty. E anche tu, Silvie. Dobbiamo cercare Prim". E si precipitò verso la sagrestia.

Il resto della serata passò in un turbine di congratulazioni, scoppi di entusiasmo e pacche sulle spalle, mentre gli altri concorrenti fingevano di essere felici per noi. Un giornalista ci chiese come ci si sentiva a essere un coro interamente femminile.

"Abbiamo inaugurato una nuova moda," dichiarò Venetia, pavoneggiandosi. "Parlano tutti di noi, non lo sapeva?"

L'uomo rimase a bocca aperta, finché Mrs B. non intervenne. "Abbiamo sempre pensato che avremmo vinto. Indipendentemente dal fatto che non ci sono uomini." Manifestammo la nostra approvazione con cenni di assenso e ampi sorrisi.

Dopo un po' il pubblico cominciò a scemare, finché il vescovo non ci mise tutte alla porta. Tornammo alla corriera di ottimo umore e ci mettemmo in viaggio per Chilbury. Cantammo per tutto il tempo, ma non l'*Ave Maria*. No, ci dedicammo a vecchie canzoni da cabaret, compresa quella che al momento preferisco, *Non posso sposarti oggi, mia moglie non me lo permette!*

Lettera del Col. Mallard
a sua sorella, Mrs Maud Green, Oxford

Ivy House,
Litchfield Road,
Chilbury,
Kent

Lunedì, 20 maggio 1940

Cara Maud,

scusami se non mi sono fatto vivo prima, ma sono stato molto preso dai recenti avvenimenti in Belgio e nella Francia del Nord. Questa lettera ti arriva dal mio nuovo alloggio di Chilbury. Sei mai stata da queste parti? Per favore, di' alle mie tre ragazze di scrivermi qui visto che le lettere inviate al ministero della Difesa devono comunque passare da Londra. Ti prego di incoraggiarle a scrivere, le loro lettere sono l'unica cosa che mi dà forza di questi tempi. Ti ringrazio ancora perché ti occupi di loro, spero che si comportino bene. Vera sarebbe felice di sapere che sono con te, che possa riposare in pace. Mi sembra impossibile che siano già passati cinque anni da quando è mancata. Non riesco ancora ad abituarmi al fatto che non ci sia più.

Resterò qui tutta l'estate, forse anche oltre. La padrona di casa, una certa Mrs Tilling, è un'infermiera che ha l'aria di disapprovare il mondo intero, soprattutto me. È una donna pesante, con una serie infinita di vestaglie da casa tutte grigie. Parla pochissimo, se non per darmi ordini in tono cortese, e da quando le ho chiesto se la sera potevo cenare a casa è diventata di pessimo umore. Ha voluto la mia tessera annonaria e ha fatto un gran chiasso in cucina, sbattendo le pentole di qua e di là.

"Colonnello Mallard," esordì in tono burbero ieri sera, "le sarei grata se mi facesse sapere a che ora intende tornare per cena." La sera precedente ero arrivato in lieve ritardo.

Un'altra sera, invece, decisi di spostare il piccolo cassettone che c'è in camera e di metterlo accanto all'armadio dove avrebbe portato via molto meno spazio. Il giorno dopo lo ritrovai al suo solito posto, decidendo quindi di non provare più a risistemare i mobili.

Ma poi questo sabato sono stato costretto a far parte della giuria di un concorso a cui partecipavano alcuni cori della zona. Be', non ci crederai, ma ha cantato un assolo in modo prodigioso. Sembrava una persona totalmente diversa. Devo ammettere che non la capisco.

La sera, quando torno, sparisce quasi sempre. Sento una porta sbattere al piano di sopra o vedo una tenda che si agita alla finestra del soggiorno. Sarebbe piacevole avere un po' di compagnia, ma di solito mi trascino in camera mia e me ne sto da solo. Suo figlio è appena partito per la Francia e lei è molto risentita all'idea che io occupi la sua stanza. Ma, credimi, non c'è niente di cui risentirsi. Quello di cui dispongo è un letto piccolo e gibboso sovrastato da un'immagine del sistema solare: non siamo che un puntino microscopico in un'immensità oscura.

Basta per ora. Scriverò alle ragazze mercoledì, dopo essere stato in chiesa a dire una preghiera per Vera. Spero che lei ci guardi da lassù, e ci protegga.

Con tutto il mio affetto,
Anthony

Dal diario di Kitty Winthrop

Sabato, 25 maggio 1940

Un picnic movimentato

Il tempo era splendido, così decisi che Silvie e io ci meritavamo un premio dopo la vittoria ottenuta nella competizione canora. Sentivo il bisogno di fingere, almeno per un giorno, che non fossimo in guerra. Spalancai la finestra della camera da letto per sentire i raggi caldi del sole sul viso e respirare il fresco odore di pino di quella straordinaria mattina primaverile. Era tutto così perfetto che decisi di dedicare la giornata a una sorta di ricerca del tempo perduto, per ricatturare almeno in parte la mia infanzia.

Prima della guerra, in giorni come questo, eravamo soliti vestirci bene e andare a fare un picnic con i Tilling o i Brampton-Boyd, le ragazze con gli abiti estivi, i ragazzi con completi eleganti. Proggett, il maggiordomo, avrebbe ordinato al cuoco – che ora ci ha lasciato per andare a lavorare in una fabbrica di carri armati a Tonbridge – di preparare un cesto pieno di torte salate, ciliegie e madeleine. Mmmh, il profumo di quei deliziosi dolci burrosi mi fa sempre ricordare le volte in cui aspettavo con ansia in cucina che uscissero dal forno per assaggiarli ancora caldi. Oggi abbiamo dovuto accontentarci di Elsie, che ha messo insieme alla bell'e meglio qualche panino alla marmellata, senza smettere un istante di farmi domande su Henry.

Domande di Elsie

Qual è il suo piatto preferito? Il fagiano arrosto, ovviamente, e il pudding al mirtillo
E il suo sport preferito? Il tiro al bersaglio, la caccia alla volpe e il cricket
Gli piace Venetia? No, niente affatto
Ha una ragazza nell'Hampshire, dove è di base? Naturalmente no
Qual è il suo colore preferito? L'azzurro intenso
Quali sono le cose che lo divertono di più? I picnic, i party e il croquet, in cui è piuttosto bravo

Credo che stesse cercando di aiutarmi a conquistarlo, anche se non mi è stata molto utile. Silvie mi dava di gomito, sussurrando che non avrei dovuto dirle niente, anche se non ho capito perché. A volte ho la sensazione che Silvie fraintenda quello che succede.

Sistemati i panini, ci restava un compito importante, quello di scegliere come vestirci. Portai Silvie in camera mia e le diedi uno dei miei vecchi vestiti, bianco con dei fiorellini turchesi, che avevo indossato la volta in cui Henry si era dichiarato. Mi riportò alla mente un mare di ricordi... noi che andiamo in barca sul lago, Venetia che si allontana infuriata lungo la riva, Henry che sbarca tra i giunchi per correrle dietro, lasciandomi lì con il vestito infangato, per poi promettere di amarmi per sempre se l'avessi perdonato, noi che giriamo insieme per la campagna continuando a chiamare Venetia finché non la troviamo in cima a una collina, seduta sotto una quercia, con il muso lungo.

Animata da questo spirito rievocativo, decisi di mettere l'abito azzurro cielo di Venetia, quello che indossava quel giorno, e mi intrufolai in camera sua per prenderlo. A parte il fatto che mi stava un po' largo, era perfetto.

Poi Silvie e io entrammo di soppiatto in camera della mamma per rimirarci nel grande specchio con la cornice di mogano. Eravamo impeccabili. L'abito azzurro cielo era quello che ci voleva per un picnic, e anche Silvie era molto carina vestita di bianco. È una ragazzina graziosa, con quei riccioli scuri e ribelli che si ostina ad appiattire dietro le orecchie, ma è troppo riservata. Pensavamo che parlasse poco per via del suo inglese, ma adesso sappiamo che se la cava benissimo, tranne quando fraintende qualcosa, come la storia di Henry. Questo vuol dire che quando non parla è semplicemente perché non ne ha voglia. A volte le chiedo di rivelarmi il suo segreto, ma lei si irrigidisce e si chiude in un silenzio ostinato.

Mi domando spesso come fosse la sua vita in Cecoslovacchia. Mangiavano cose diverse, questo è sicuro. Quando è arrivata non ha quasi toccato cibo per settimane, accontentandosi di pane e marmellata. Mamma l'ha tentata con il bacon o il roast beef, ma non ha avuto successo.

Differenze tra la Cecoslovacchia e Chilbury
(stando a quanto ho capito)

In Cecoslovacchia c'è più cioccolato (Silvie adora il cioccolato, che da noi scarseggia a causa della guerra)

A Chilbury ci sono colline con campi e boschi, mentre in Cecoslovacchia abbondano le foreste

In entrambi i paesi ci sono i cavalli (Silvie ama i cavalli)

In Cecoslovacchia a Natale nevica sempre e ci sono dei mercatini straordinari

In Cecoslovacchia non c'è stata la guerra, i nazisti se ne sono semplicemente impadroniti

Tutto quello che possiede Silvie è rimasto in Cecoslovacchia, nella sua grande casa con la veranda

Anche la sua famiglia è in Cecoslovacchia e l'aspetta accanto alla porta d'ingresso: sua madre, con lo stesso abito primaverile bianco che indossava il giorno in cui l'ha salutata alla stazione, suo padre, con un completo, il cappello e un gran sorriso per scaldarle il cuore, e Mila, il fratellino, anche lui sorridente nella stessa coperta azzurra che lo avvolgeva quando lei l'ha preso dalle braccia della mamma per dargli un ultimo bacio

Dopo un'ultima occhiata alla nostra immagine riflessa nello specchio, decidemmo che eravamo pronte. Ci precipitammo al pianterreno, raccattando di corsa i cestini del picnic che ci aspettavano in cucina e uscendo dalla porta secondaria nella luce chiara del mattino. L'erba alta dei prati era ancora bagnata per la pioggia caduta durante la notte, le goccioline luccicavano come milioni di stelle sugli steli di un verde luminoso. Nell'aria indugiava il profumo che si diffonde dopo un temporale, una nuova freschezza, come se la pioggia avesse lavato tutta la polvere, lo sporco e le cose terribili che la gente si urla e che restano sospese in attesa che un tuono le disperda con il suo fragore.

Decisi di scendere al piccolo ponte di legno accanto agli alveari dei Dawkins, perché ci sono un sacco di fiori selvatici e si può attraversare il torrente saltando da un sasso all'altro. Ci siamo già stati a fare un picnic qualche anno fa, un giorno in cui la macchina era in panne.

Quella volta nessuno è stato punto.

È una bella passeggiata, e quando arrivammo, stanche morte e pronte per il picnic, scoprimmo con fastidio che il posto era già occupato. Un ragazzo stava costruendo una diga.

"Buongiorno!" gridò. Se ne stava in equilibrio instabile sul ramo di un albero che si protendeva fino a metà torrente, poi si stabilizzò e tornò sulla riva per salutarci. Era più grande di quanto mi era sembrato: alto e smilzo come sono i ragazzi prima di diventare uomini, ma da lontano i calzoncini laceri e l'aspetto trasandato me l'avevano fatto sembrare più giovane. Aveva un viso curioso, che ricordava vagamente la forma di un cucchiaio, con il mento e la fronte sporgenti rispetto al resto. Però era bello. Non come Henry, ma comunque piuttosto attraente per essere un ragazzo. Era chiaro che si stava divertendo. Sorrideva e con una mano sporca si proteggeva gli occhi dalla luce del sole, mentre risaliva la riva verso di noi.

"Scendete a raggiungermi," gridò. Aveva una voce robusta con un forte accento londinese.

Visto che Silvie era già a metà della discesa, mi sentii obbligata a unirmi a lei per proteggerla, così, poco dopo, ci ritrovammo vicino al ragazzo.

"Mi chiamo Tom," annunciò senza smettere di sorridere, mentre, con le mani sui fianchi, ammirava la sua diga ansimando leggermente.

"Buongiorno," gli dissi, incerta se stringergli la mano. "Io sono Kitty e lei è Silvie." Silvie gli ricambiò il sorriso. Strano, che le piacesse?

"Che cosa ci fanno da queste parti due bambine come voi?" chiese Tom.

"Non siamo bambine!" lo corressi.

"Lei lo è," e indicò Silvie con un cenno del capo per poi scoppiare a ridere.

"È vero," gli concessi, infuriata dalla sua sfrontatezza. "Penso che sia ancora una bambina, ma io no."

"Quanti anni hai? Dodici?"

"Quattordici," mentii, dando di gomito a Silvie per impedirle di smascherarmi. Dopotutto, ne avrò quattordici fra un po'. Sì, insomma, fra un po'-po'. "A proposito, tu che cosa ci fai qui?" gli chiesi con aria seccata. Il terreno era di proprietà della fattoria. Come le api.

"Siamo venuti a raccogliere il luppolo." E voltò la testa a indicare la capanna dei raccoglitori, situata accanto alla fattoria. Ogni anno i Dawkins assumono una cinquantina di londinesi per farsi aiutare nei lavori agricoli e per raccogliere il luppolo maturo. I lavoratori vengono ospitati in una serie di baracche a schiera. A me sembra terribilmente squallido, ma a quanto pare è così che vivono anche a Londra, anzi, pare che qui sia persino meglio.

"Da quant'è che sei qui?" gli chiesi, guardandolo con diffidenza. Non gli avevo ancora perdonato di avermi definito una bambina.

"Sono arrivato la settimana scorsa con mia zia. La mamma è andata a lavorare in una fattoria e nessuno sapeva cosa fare di me. Ho detto che volevo tirare di boxe." Sferrò qualche pugno nel vuoto a titolo dimostrativo. "Ma mi hanno risposto che ero troppo giovane."

"Quanti anni hai?"

"Quasi quattordici. Sono forte come un uomo, forse anche di più." Esibì i bicipiti, che erano grandi come due nocciole, ma mi guardai bene dal fare commenti. Mi dispiaceva per lui. Aveva un viso così aperto e buffo che mi riusciva difficile pensare che stesse combinando qualche guaio.

"Venite ad aiutarmi a costruire la diga," ordinò. "Prendete quel ramo e portatelo giù."

Fortunatamente la diga era abbastanza stabile per permetterci di percorrerla fin quasi a metà.

Sfortunatamente, invece, ci eravamo dimenticati delle api, che all'improvviso ci circondarono, ronzando furiose e prendendosela soprattutto con Silvie.

"Alla riscossa," gridò Tom, agitando le braccia come un orango fuori di testa.

"No, non così," gridai. Quell'idiota di città non aveva la minima idea di come bisognava comportarsi con le api. "Sta' fermo! Se stai fermo se ne vanno."

Tornai il più in fretta possibile sulla riva, rischiando di cadere in acqua, poi presi un ramo lungo e stretto e lo tesi a Silvie perché ripercorresse la strada al contrario senza troppa paura, anche se, devo ammetterlo, era la più calma di tutti, con quel sorrisetto sulle labbra che la faceva assomigliare a una Monna Lisa assorta in uno scherzo tutto suo.

Una volta a terra, aprii un cestino, tirai fuori un panino con la marmellata e, mentre le api puntavano dritto su di esso, lo lanciai il più lontano possibile in direzione degli alveari. Il trucco funzionò e le api si allontanarono, anche se una di loro, passando, mi punse un gomito, il mostro!

Urlai e Tom mi raggiunse con un salto, afferrandomi il braccio con modi assai poco signorili. Entrambi restammo a guardare il ponfo rosa che si stava gonfiando sul braccio.

"Bisogna metterci dell'aceto," disse Tom.

"Non essere ridicolo," gli risposi bruscamente. Possibile che fosse così ignorante? "Quello che ci vuole è il miele."

"Se vuoi del miele, so dove trovarlo."

"Davvero?" gli chiesi sospettosa. Non era facile di questi tempi. Lui si spazzolò i calzoni e poi alzò il braccio a indicarci la strada. "Da questa parte, signorine."

Raccogliemmo le nostre cose e lo seguimmo lungo il pendio, dandogli il cestino da portare visto che io avevo male al gomito e Silvie era troppo piccola per farlo. Lui ci guidò lungo il frutteto fino a Peasepotter Wood e, una volta lì, dopo aver lanciato attorno un'occhiata furtiva, penetrò fra gli alberi. Noi gli andammo dietro.

Poco dopo si fece largo tra i rami di un grande cespuglio, cavo all'interno e fittamente coperto di piccole foglie all'esterno e, dopo qualche attimo in cui lo sentimmo frugare tra le frasche, tornò fuori all'indietro.

In mano aveva un barattolo di miele. Doveva essere stato prodotto artigianalmente perché il tappo era coperto di una stoffa azzurra a quadretti e l'etichetta diceva "Allicot Farm". Mi chiesi dove avessi già sentito quel nome. Tom svitò il tappo e infilò all'interno il suo dito sudicio, che poi si ficcò in bocca. Che schifo! Avrei voluto fermarlo, stava rovinando tutto il miele.

"È buono." Si succhiò le labbra per assaporarlo meglio. "Su, assaggiane un po'."

Anche Silvie vi infilò dentro un dito, che si portò alla bocca con aria cauta, ma l'espressione di piacere che comparve nei suoi occhi mi convinse ad arrendermi e a provarlo.

Era il miele più buono che avessi mai mangiato, uno sciroppo dolce e denso profumato alla rosa. Ne prendemmo tutti un'altra ditata e io ne strofinai un po' sulla puntura.

"Come mai è qui nel bosco?"

"Ho visto il Vecchio George che ce lo metteva," disse Tom. "È uno strano tipo che abita in una delle baracche. Di solito non gli andiamo troppo vicino." Si morse il labbro con un certo imbarazzo. "Ha un coltello con cui ha minacciato il nostro Charlie e da allora gli giriamo alla larga."

"Ma non si arrabbia se gli rubiamo il miele?"

"Penso di sì," disse Tom, con una piccola alzata di spalle. "È roba del mercato nero. Ne prendo un po' alla volta, per evitare che se ne accorga."

Un rumore nel sottobosco ci fece sussultare. Ci guardammo attorno, ma non c'era niente. Forse era stata una volpe, ma gli alberi erano così fitti che era impossibile vedere tra l'uno e l'altro.

"È meglio che andiamo," sussurrai.

Il fruscio divenne più forte. A questo punto era ovvio che si trattava di una persona, per cui ci nascondemmo piano dietro un grande tronco. Quando mi girai, vidi un uomo calvo e grasso dall'aria rabbiosa, con le basette grigie e non curate, e una macchia verdastra sulla camicia. Con lui c'era Mr Slater. Avevo sempre sospettato che nascondesse qualcosa di losco. Venetia ne era al corrente?

"È il Vecchio George. Andiamocene," disse Tom in fretta, tirandomi via. Voltandomi, vidi la faccia di Mr Slater girata verso di noi. Chissà se ci aveva visto.

Ci mettemmo a correre. Le gambe pompavano senza sosta, sterpi e foglie secche scricchiolavano sotto i nostri piedi, penetrammo più a fondo nel bosco, girando attorno ai tronchi più ingombranti e infilandoci tra i cespugli, finché, nel silenzio, non udimmo altro che il battere ritmico dei nostri passi.

All'improvviso, come se un pesante sipario si fosse spalancato di colpo, ci ritrovammo fuori. Davanti a noi si apriva la vasta distesa della campagna inglese, un'estensione sconfinata di sfumature multicolori bagnata dalla luce dorata del sole. Ci lasciammo cadere a terra, ansimando, ridendo, guardandoci le spalle per controllare se il Vecchio George ci aveva inseguito, ma non vedemmo né sentimmo niente, solo il lieve respiro delle foglie mosse dalla brezza e il canto degli uccelli che schizzavano indaffarati ai bordi del campo di grano di un verde dorato che ci stava davanti.

"È meglio che torniamo a casa," dissi.

"Sai dove trovarmi," disse Tom, aiutandoci ad alzarci. "Sono alle baracche dei raccoglitori di luppolo." Poi si voltò e si avviò a grandi falcate verso il fiume.

"Ciao," disse Silvie piano, il che significava che Tom le piaceva, e io dovevo ammettere, mentre raccattavamo il cestino del picnic e ci dirigevamo verso casa, che era stato piuttosto divertente avere un'avventura tutta nostra.

Mentre procedevamo a passo svelto al limitare del bosco, chiesi a Silvie se avesse mai visto nessuno gironzolare furtivamente dalle parti del bosco.

"Proggett," rispose.

"Proggett? E dove?"

"A Peasepotter Wood, nel folto degli alberi, al cerchio delle fate e giù al torrente," disse tranquilla con il suo rigido accento ceco. Sapevo che ogni tanto Silvie spariva, ma non avrei mai immaginato che i suoi giri coprissero una simile estensione. "Incontra degli uomini," soggiunse.

"Che tipo di uomini?"

"Non so. Mi davano l'aria di essere noiosi."

"Avevi paura?"

Ebbe uno scatto e si mise a correre con aria spavalda. "No."

Mentre mi affrettavo dietro di lei, mi ricordai dove avevo sentito il nome di Allicot Farm. È una fattoria dall'altra parte di Litchfield. Mrs Gibbs ha iniziato a vendere il loro miele il mese scorso. Chissà come ha fatto a trovarlo e come ha fatto a impossessarsene il Vecchio George. E che parte ha avuto nella faccenda Mr Slater. Ho deciso che per il momento non dirò niente a Venetia. Dovrà strisciare per saperlo. Meglio ancora, me lo terrò per me fino al momento in cui potrà venirmi utile.

Telegramma del Gen. Winchester
al Col. Mallard
Lunedì, 27 maggio 1940

L'Operazione Dinamo è in corso.
Tutti i natanti civili sono stati inviati a Dunkerque
per imbarcare 300.000 soldati inglesi
e francesi bloccati sulla spiaggia.

Tenere pronti tutti i servizi locali, medici e militari.

Dal diario di Mrs Tilling

Mercoledì, 29 maggio 1940

Chi avrebbe potuto pensare che si sarebbe verificato un simile disastro? E che io ne sarei stata travolta? È sera e sono a Dover, impegnata a medicare le truppe che scendono dalle imbarcazioni provenienti da Dunkerque. Centinaia di migliaia di soldati circondati e intrappolati su una spiaggia francese sotto il tiro della Luftwaffe e noi non possiamo far altro che chiedere a chiunque abbia una barca, dai pescherecci ai traghetti, fino agli yacht, di andare a salvarli. È come se fossimo tornati al Medioevo!

Dover è un brulicare di attività. Squadre di uomini scendono da imbarcazioni di ogni forma e dimensione e attraversano a passo lento la città diretti alla stazione ferroviaria. Grazie al cielo molti di loro sembrano di ottimo umore, felici di essere a casa. Molti altri, invece, hanno l'aria di essersi appena svegliati da un incubo. Senza contare quelli distesi sulle barelle, alcuni feriti e deliranti, altri che muoiono in silenzio.

Nella nostra sala operatoria, parte di un vecchio magazzino trasformato in ospedale, l'arrivo di nuovi feriti, di nuove vittime, non conosce soste, e l'odore della morte è soffocato dal puzzo acido dei disinfettanti. Il personale medico è del tutto insufficiente per un numero così alto di persone sofferenti. Ma noi facciamo del nostro meglio, spostandoci da un paziente all'altro con macabra praticità.

Sono salita all'alba su una corriera carica di medici e infermiere della zona e resterò qui almeno per qualche giorno. La mezzanotte è passata da un pezzo, sono seduta in una sala polverosa e ho davanti a me un'ora per riposare, sempre che riesca. Hanno preparato qualche branda, ma quando chiudo gli occhi vedo sangue e sofferenza e continuo a sentire le grida degli uomini sopraffatti dal dolore o, peggio ancora, il silenzio improvviso e sconcertante della morte.

Sto cercando di non pensare a David, ma è come una luce pulsante al fondo della mente. So che era in Francia – quasi tutte le nostre truppe erano lì – e quindi anche lui dovrebbe essere da qualche parte in mezzo a questo caos. Almeno lo spero.

Qui ci sono molti casi disperati. Oggi sono stata chiamata ad aiutare un giovane ufficiale di nome Berkeley che aveva un vasto squarcio nel fianco prodotto da uno shrapnel. Mi resi conto subito che era troppo tardi per intervenire chirurgicamente. Insomma, non c'era niente da fare. Impossibile fermare l'emorragia, il sangue sgorgava a fiotti dall'ammasso di poltiglia che io cercavo disperatamente di rimettere nella sua gabbia toracica.

"Si rimetterà, vedrà. Andrà tutto a posto," gli dicevo piano.

"Sto per morire, vero?" mormorò. Aveva un accento raffinato, ma la voce era molto giovane. Doveva avere appena finito la scuola, proprio come David.

"No, guarirà," mentii, sentendomi invadere dal panico. Che cosa dovevo fare? Dovevo dirgli che sì, stava per morire, nel caso volesse lasciare qualche messaggio? Mi sentivo totalmente impreparata. Che cosa ci facevo qui? Quale parte stavo recitando?

"Se morirò," balbettò a bassa voce, "se morirò, può dare questo anello a una persona?" Fece per alzare la mano e io scorsi la fascia dorata che ciondolava sul suo dito smagrito.

"Certo," gli dissi, sfilandogliela e tenendola in mano. Era un anello con il sigillo, pesante, vecchio, chiaramente di valore.

"Lo dia a Carrington," mormorò e la voce si spezzò mentre pronunciava il nome. "Abita a Parnham, vicino a Litchfield."

"Non è lontano, posso arrivarci facilmente," lo rassicurai. "C'è anche un messaggio?"

"Solo *ti amo*," concluse, tossendo con violenza.

"Andrò da lei a consegnarglielo personalmente."

"È un uomo," sussurrò, fissandomi con gli occhi sgranati, preoccupato di avermi chiesto troppo, detto troppo. Avrebbe potuto essere impiccato per questo. Certo, se non moriva prima.

Avvampai. Non avevo mai incontrato un omosessuale. Ne avevo sentito parlare, ovviamente, ma avevo sempre pensato che fossero diversi, che vivessero in un mondo nascosto, o forse che non esistessero affatto. E ora davanti a me ce n'era uno, un giovane prossimo alla morte, bello e gentile, che mi pregava di portare il suo ultimo messaggio all'amico che amava. Rimasi un attimo senza parole cercando di sbrogliare la fitta matassa che sta tra i principi morali e la realtà.

"Glielo dirò," promisi.

Poi, come se avesse avuto un pensiero improvviso, aprì gli occhi e ansimò. "Non lo denuncerà, vero?"

"No," risposi, guardandolo negli occhi. "Si fidi di me."

"Io... io non ci ho pensato. Ho dimenticato che avrei potuto metterlo nei guai. Non posso sopportare che gli capiti qualcosa." Il suo corpo emaciato si scosse, travolto dalle lacrime.

Avrei voluto abbracciarlo, ma non potevo togliere le mani dalla medicazione impregnata di sangue scuro. Mi limitai a cercare la sua mano e a stringerla forte.

"Lei è coraggioso," gli dissi. "Un eroe. Carrington non avrà problemi. Non si preoccupi per lui. Ora riposi e cerchi di respirare lentamente."

E infatti il suo respiro si fece più lento, e ancora più lento, finché non si fermò del tutto. Mi guardai attorno in cerca di aiuto, di qualcuno con cui parlare, con cui condividere la sua morte.

Ma attorno non c'era nessuno. Erano tutti troppo impegnati.

Una vita era appena cominciata e già finita, come una stella lontana che per un attimo aveva brillato intensamente e poi era sparita nel nulla.

Che esercito di anime insignificanti e impreparate siamo.

Lettera del Ten. Henry Brampton-Boyd a Venetia Winthrop

Base aerea 9463,
Daws Hill,
Buckinghamshire

Martedì, 4 giugno 1940

Cara Venetia,

mia adorata, non sai con quanta foga abbiamo combattuto in queste ultime settimane per impedire che la Luftwaffe bombardasse i soldati durante le operazioni di salvataggio a Dunkerque. Le ultime imbarcazioni sono partite oggi, permettendoci di tornare stanchi morti alla base per festeggiare i nostri successi. Immaginati un po', il mio nome era sulla bocca di tutti, ormai mi considerano un eroe. I combattimenti aerei si sono svolti soprattutto all'interno del paese, per bloccare la Luftwaffe e impedirle di arrivare a Dunkerque, e solo al quarto giorno mi sono messo all'inseguimento di tre Messerschmitt, riuscendo ad abbatterli tutti e tre. Non ti dico che chiasso hanno fatto qui alla base sulla faccenda, anche se io continuo a insistere che non è stato niente di speciale.

Tornerò a casa in licenza tra circa un mese e ho già chiesto alla mamma di organizzare qualcosa per festeggiare il nostro fidanzamento. Mia cara, non vedo l'ora di partire con te per il nostro viaggio di nozze, quando sarai finalmente mia.

Con tutto il mio amore,
Henry

Dal diario di Kitty Winthrop

Mercoledì, 12 giugno 1940

Per un pezzo non è successo niente, poi tutt'a un tratto ci troviamo in piena guerra!

Quello che è successo a Dunkerque è stupefacente. Abbiamo salvato tutti i soldati inglesi e anche un buon numero di francesi. Molti più di quanto sperassimo. Tutti dicono che è merito delle "barchette", quelle che la gente normale, abbandonando ciò che stava facendo, ha preso per andare a salvare i nostri soldati imbottigliati sulla spiaggia. Papà ci è andato sul suo yacht e dice di aver salvato più di trecento soldati.

"Siamo stati mitragliati senza sosta!" dice. È molto contento di sé, anche perché la gente fa la fila per stringergli la mano in piazza.

"Le piccole imbarcazioni sono state cruciali per la riuscita dell'operazione," disse durante una riunione. "Potevano accostare, imbarcare gli uomini e trasportarli alle navi che aspettavano al largo per farli tornare in Inghilterra. È stato uno spettacolo tremendo. Masse di soldati che avanzavano sulla spiaggia simili a formiche, entrando in acqua a volte fino alle spalle, mentre in cielo gli aerei nazisti li bersagliavano di proiettili. Non dimenticherò mai che cosa è stato estrarre dalle acque limacciose quegli uomini esausti, alcuni dei quali gravemente feriti, mentre le mitragliatrici martellavano il mare tutt'attorno."

Grazie al cielo David Tilling è tornato a casa sano e salvo, anche se sfinito e affamato. Mrs Tilling, enormemente sollevata, l'ha tenuto a letto per due giorni perché si riprendesse. Per fortuna il colonnello ha rinunciato alla stanza e ha preso una camera in un albergo di Litchfield, altrimenti penso che sarebbe scoppiata un altro tipo di guerra qui a Chilbury.

Ralph Gibbs, il figlio dei proprietari del negozio, è tornato un po' ammaccato, con una spalla lussata e qualche costola rotta. È un tipo rissoso e tutti ci siamo chiesti se le sue disavventure siano state provocate dal nemico e non piuttosto da qualche scontro con i commilitoni. Per ora resterà a casa, mentre David Tilling tra qualche settimana tornerà in servizio, molto probabilmente con destinazione Nord Africa. Poverino, è molto infelice. Passa il suo tempo a correre dietro a Venetia, la quale è troppo occupata con Mr Slater per accorgersi di lui.

Finalmente Henry è diventato un eroe! Mrs B. sostiene che riceverà una medaglia. Ha abbattuto tre aerei nazisti sopra Dunkerque! Speravo che avesse una licenza, ma l'aviazione è molto impegnata ad aiutare la povera Francia che sta per essere invasa.

Purtroppo il figlio di Mrs Poultice, una delle signore del servizio di sartoria, non ce l'ha fatta. Era a bordo di un'imbarcazione che è stata bombardata da un aereo nazista. Un'altra barca l'ha soccorso ed è riuscita a tirarlo a bordo, ma le sue ferite erano troppo gravi e lui è morto prima di raggiungere Dover. Da quando è successo lei non dice più una parola, si limita a cucire piano piano. Siamo riuscite a convincerla a entrare nel coro, il che potrà esserle d'aiuto.

Mr Churchill dice che non ci arrenderemo!

Papà è molto contento che Mr Churchill sia diventato primo ministro, anche se un mucchio di gente sostiene che non è la persona adatta. Sono in molti a preferire un accordo con i nazisti piuttosto che continuare a combattere, anche perché, a quanto pare, non siamo messi molto bene. "Sono dei codardi!" ha tuonato papà. "È molto più dignitoso cadere combattendo piuttosto che arrendersi. Non possiamo permettere che ci calpestino!"

Mr Churchill sostiene che questa guerra sarà combattuta soprattutto nei cieli e quindi ai cittadini è stato chiesto di consegnare pentole e padelle al governo perché vengano fuse e trasformate in bombardieri. Nella nostra cucina ne ho contate undici, che potrebbero equivalere almeno a un'ala.

Invasione

Se non ci arrendiamo, saremo i prossimi a essere invasi. Visto che Chilbury dista una decina di chilometri dalla costa, c'è la possibilità che questo avvenga prima ancora che uno abbia il tempo di accorgersene. Verremo svegliati nel bel mezzo della notte dal rumore dei carri armati che sfondano le porte.

Che cosa succederà se veniamo occupati dai nazisti

Faremo la fame, visto che ci porteranno via il cibo per darlo ai loro soldati

Prenderanno tutti gli uomini rimasti e li manderanno al fronte. In caso contrario li fucileranno

I civili saranno costretti a lavorare nelle fabbriche, anche i bambini come me

Si piazzeranno con noi nelle nostre case o ci butteranno fuori per stare più comodi

Potremo muoverci solo a piedi o in bicicletta perché ci avranno confiscato le macchine e non ci lasceranno salire sui treni

Metteranno in prigione o uccideranno chiunque non obbedirà agli ordini

Metteranno in prigione o uccideranno quelli che non sono di loro gradimento

La gente ha iniziato a trasferirsi. I Dunn sono andati in Galles, visto che Lizzie è sorda e a Hitler non piacciono i bambini difettosi. La sinagoga dove accompagniamo Silvie è sempre piuttosto vuota poiché molti ebrei si stanno allontanando dalla costa, ma hanno deciso di tenerla aperta comunque, nel caso ci siano degli ebrei tra i soldati. Ovviamente siamo terrorizzati per Silvie. Mamma voleva che andassimo a stare da una cugina in Scozia, ma Papà si è opposto.

“Resteremo sempre inglesi, anche se quei nazisti cercano di fare qualche stupidaggine.” Aveva un’aria severa e orgogliosa mentre colpiva con il frustino la gamba ignara di una poltrona, tanto che mi sentii felice di appartenere a una nazione dallo spirito così indomito, ma al tempo stesso terribilmente impaurita perché il coraggio serve a poco quando ci si ritrova con una dozzina di pistole puntate contro.

La gente sta impazzendo. Tutti si accusano a vicenda di essere delle spie. I tedeschi e gli italiani che vivevano qui sono stati mandati al confino sull’Isola di Man, compresa Mrs Barone, una donna adorabile che gioca a bridge con Mamma. Non riesco a immaginarla in un campo di concentramento. Dove terrà tutte le sue pellicce e quei vezzosi cappellini? Ci hanno detto di tenere gli occhi aperti per cercare di individuare eventuali spie, di sorvegliare i nostri vicini e denunciare chiunque tenga un comportamento sospetto. Ho pensato di dire a qualcuno di Proggett, che ficca il naso dove non dovrebbe. La settimana scorsa l’ho persino trovato nello studio di Papà che sfogliava delle carte – si è giustificato dicendo che stava cercando un gemello dei polsini della camicia – ma Papà mi ucciderebbe se lo portassero via. Credo che sia l’ultimo maggiordomo rimasto in questa parte del paese.

Ci hanno detto che tra poco gli aerei nazisti cominceranno a bombardarci e il vicario ha assunto il ruolo di responsabile dei rifugi antiaerei. Molta gente ha scavato delle buche in giardino per costruire dei rifugi Anderson, chiamati così dal nome del capo della protezione antiaerea, piccole capanne di metallo che sembrano del tutto inadeguate a sopravvivere a una bomba. Sono contenta che la nostra cantina sia abbastanza grande per dormirci, anche se è piena di polvere e ospita una comunità di ragni molto prolifica.

Il governo ha distribuito dei volantini in cui si spiega cosa fare quando i nazisti ci invaderanno (mantenere la calma) e cosa evitare (spaventarsi e fuggire). Sui volantini hanno messo anche delle foto di soldati nazisti e un elenco dei comportamenti da tenere se ne incontriamo uno (rivolgersi alla polizia) e da evitare (cercare di farli ragionare perché equivarrebbe a farsi sparare). Quanto a noi, abbiamo tolto tutta la segnaletica stradale, così almeno, quando arriveranno, non sapranno dove si trovano.

A quanto pare sono riusciti a invadere il resto d’Europa abbastanza facilmente perché la gente non era preparata e si è lasciata prendere dal panico. Non capisco come il governo pensi che si riesca a fermare un esercito di Unni perfettamente equipaggiato con queste poche precauzioni, comunque è quello che ci hanno ordinato di fare.

Come prepararsi all'invasione

Bisogna:
Stare calmi, non scappare
Non dare ascolto alle chiacchiere e fidarsi degli ordini – verificando però che provengano dal governo
Nascondere le mappe, i generi alimentari, il carburante e altre provviste, un paracadutista potrebbe cercare di sottrarli
Collocare su spiagge, campi e strade degli strumenti di difesa, quali bunker di cemento, mine antiuomo o barriere di filo spinato
Scavare dei fossati anticarro sulle vie di comunicazione – è importante impedire ai nazisti di dirigersi verso nord
Bloccare le strade con veicoli e altri oggetti ingombranti, o con tronchi d'albero
Se necessario, utilizzare del filo elettrico per simulare la presenza di una bomba (una scatola collegata a un filo andrà benissimo)
Suonare le campane soltanto per avvertire di un'imminente invasione
Formare un gruppo locale di Volontari della difesa composto da uomini che non sono stati richiamati (Papà sta organizzando i pochi rimasti)
Costituire un comitato anti-invasione che elabori i sistemi difensivi del villaggio

Il Comitato anti-invasione di Chilbury (Caic)

Mrs B. si è assunta il compito di coordinare il Caic (oggigiorno vanno forte le sigle perché suonano più ufficiali). In questo periodo è stata particolarmente dispotica, tanto che anche gli ultimi esemplari rimasti della sua servitù l'hanno lasciata, e ora che deve cavarsela da sola chiede le ricette a Mrs Tilling (anche se tutti sospettano che si faccia mandare i pasti dal Claridge's). Ha convocato una riunione speciale del Caic con le signore del Sv, il Servizio di volontariato, che si terrà oggi pomeriggio nella sede del comune.

"In qualità di capo, ritengo mio dovere prepararvi all'imminente invasione. Prima di tutto, vorrei ricevere qualche suggerimento su quello che potremmo fare se una schiera di abominevoli nazisti si presentasse nella piazza del villaggio domattina."

"Ma non abbiamo nessuna certezza che succeda," obiettò balbettando Mrs Gibbs. Da quando Ralph è tornato, il suo viso ha un'espressione tormentata. Non so se abbia più paura di Ralph o dei nazisti.

Mrs B. marciò decisa verso di lei, avvicinando la faccia alla sua con un atteggiamento da sergente maggiore.

"Comunque dobbiamo essere pronti," ruggì. Poi, voltandosi a guardare il resto dell'assemblea, continuò: "Non stiamo scherzando. Mi aspetto delle proposte serie".

"Tirerò fuori il vecchio fucile ad aria compressa di mio marito," suggerì Mrs Tilling. "Non so come funziona, ma fa sempre molta impressione."

"Be', deve imparare a usarlo," gridò Mrs B. "Chi ha accesso alle armi da fuoco, deve saperle pulire, capire come funzionano e caricarle." Si guardò attorno con aria minacciosa. "E lei, Mrs Quail?"

"Io so maneggiare i coltelli da cucina," rispose questa con sicurezza, e io scambiai un sorrisetto con Hattie, che stava dondolando la carrozzina di Rose. Per un attimo mi ero immaginata Mrs Quail che si arrabbiava con il vicario e lo minacciava con un coltello per disossare.

Mrs B., chiaramente delusa dalla nostra mancanza di spirito combattivo, si lanciò in una dimostrazione di come era possibile attaccare utilizzando degli oggetti di uso comune come un attizzatoio, una lampada da tavolo o un'alzata per le torte a tre piani. Ci divertimmo molto e ce ne andammo con l'impressione di essere molto coraggiose.

Purtroppo la riunione successiva non riuscì altrettanto bene, perché, verso la metà, arrivarono i Volontari della difesa di Chilbury (Cvdc).

Il Comitato volontari della difesa (Cvdc) contro il Comitato anti-invasione (Caic)

Papà si è assunto il compito di istituire il Comitato volontari della difesa di Chilbury (Cvdc). Siamo convinti che l'abbia fatto perché Mrs B. gli ha rubato il Caic da sotto il naso e lui aveva bisogno di un gruppo che dipendesse interamente da lui.

I Volontari della difesa sono una variegata combriccola formata dagli uomini rimasti nel villaggio, che si preparano a difenderlo nel caso arrivino i nazisti. È un'ottima idea, senonché il gruppetto comprende, oltre a Papà, Proggett, il vecchio Mr Dawkins, i suoi due braccianti e altri individui in diversi stadi di decadenza, il vicario, Ralph Gibbs (che deve ancora farsi vedere) e, non ci credereste, anche Mr Slater, il quale, secondo Venetia, trova l'intera faccenda piuttosto divertente.

Si riuniscono due volte alla settimana e fingono di essere un vero esercito. Papà impartisce gli ordini urlando e loro si esercitano marciando avanti e indietro e cercando di colpirsi a vicenda con dei forconi, visto che non sono ancora forniti di armi vere e proprie.

Il problema è che anche il Comitato anti-invasione di Mrs B. si riunisce nella sala annessa alla chiesa due volte alla settimana, così ieri gli uomini cominciarono ad arrivare con i forconi mentre Mrs B. stava perfezionando l'affondo con l'alzata a tre piani, circondata da un gruppo di donne che eseguivano la stessa mossa. "Puntare, attaccare, colpire."

"La sala spetta a noi adesso," annunciò Papà con aria pomposa. "La prego di uscire con la sua squadra immediatamente."

"Non ci penso nemmeno," ribatté Mrs B., facendo oscillare l'alzata verso di lui.

"Abbiamo delle esercitazioni importanti da fare," continuò Papà alzando la voce. "Su, sgombri il campo."

"Generale, vorrei ricordarle che il mio Comitato anti-invasione è l'organizzazione più importante del nostro villaggio per prevenire l'occupazione da parte dei nazisti. Come può vedere, siamo nel bel mezzo di un'esercitazione cruciale."

"Ma noi abbiamo prenotato la sala, non è vero, vicario?" Papà si voltò cercando con gli occhi il vicario che si era nascosto dietro

Mr Slater e, prendendolo per la collottola, lo trascinò davanti. "Non è vero, vicario?"

"Be', sì, ma abbiamo diritto tutti di usufruire della sala..."

"Non mi interessa," disse Mrs B., scostando il vicario con uno spintone. "Siamo arrivate prima di voi e quindi vi toccherà aspettare finché non abbiamo finito."

"In questo caso, dovremo prendere il controllo con la forza." Papà si voltò verso il gruppo che stava già indietreggiando per raggiungere la porta e abbaiò: "Compagnia, in riga!".

Gli uomini tornarono ad avanzare e si misero sull'attenti, impugnando i forconi.

Le donne li guardarono smarrite, finché Mrs B. strillò: "Puntare, attaccare, colpire".

Le donne, obbedienti, allungarono il braccio, colpendo quelli che si erano fatti troppo avanti, come era nelle intenzioni di Mrs B.

Si scatenò il caos.

Molti tra i più anziani, uomini e donne, cercarono di raggiungere l'uscita per battersela. Ma gli altri continuarono la battaglia per qualche minuto finché non si udì il rumore della porta che sbatteva e il suono aspro di una voce da maestrina. "Che cosa sta succedendo?"

Si girarono tutti. Era Hattie, con la carrozzina blu. "Che cosa diavolo state facendo?"

"È stato il generale a cominciare," esordì Mrs B. "Tocca a noi utilizzare la sala, ma loro hanno fatto irruzione e hanno cercato di intimidirci." Guardò le sue compagne con orgoglio. "Ma noi gliela abbiamo fatta pagare, vero?"

"Era il nostro turno, ma loro non hanno voluto andarsene," disse Papà, con il naso puntato verso l'alto, come se solo parlare della vicenda fosse troppo per lui.

"Be', propongo che tutti depongano le armi e si stringano la mano," disse Hattie. "Dopodiché accendiamo la radio e mettiamoci ad ascoltare il notiziario per informarci sulla guerra vera."

Tutti cominciarono lentamente a deporre quello che avevano in mano, mentre Mrs B. precisava in tono brusco: "Non ho fatto altro che ripeterlo per tutto il tempo".

Cattive notizie per il coro – e per la mia carriera canora

La finale del concorso è stata rimandata a data da destinarsi. Prim ce l'ha annunciato durante un'esercitazione, anche se poi ha precisato che la settimana successiva avremmo tenuto una prova speciale, aperta a tutti gli abitanti del villaggio. Mi ha prestato un certo numero di dischi di musica moderna, perché mi esercitassi a cantarla a casa. Alcuni sono dischi di jazz, il che è molto eccitante. Proverò a eseguire qualche pezzo durante le nostre lezioni di canto.

Questa sera, durante l'esercitazione, abbiamo eseguito *Jerusalem*, dandone un'interpretazione particolarmente bellicosa, al punto che verso la fine eravamo quasi rauche, tanto eravamo irritate con i nazisti che ci impediscono di cantare alla cattedrale di St. Paul. Si sarebbe potuto pensare che la nostra variegata congregazione di signore fosse pronta a impugnare le borsette e a scagliarsi contro il nemico. Mi chiedo se Hitler abbia idea della forza e della determinazione di cui sono capaci tredici donne appassionate. Comunque sospetto che non abbia mai preso in considerazione il potenziale letale che si nasconde in un'alzata a tre piani.

Biglietto di Miss Edwina Paltry al Gen. Winthrop

3 Church Row,
Chilbury,
Kent

Lunedì, 17 giugno 1940

Caro Generale,

dopo aver atteso per più di un mese di ricevere i soldi che lei mi deve e che innegabilmente mi spettano, mi sono decisa a ricordarle che, in base all'accordo tra noi stabilito, lei deve ancora versarmi la seconda metà della somma pattuita. Io ho mantenuto il mio impegno e ora spetta a lei mantenere il suo.

Propongo di incontrarci alla casetta nel bosco sabato mattina alle dieci.

Miss E.M. Paltry

Annuncio affisso alla bacheca
del municipio di Chilbury
Lunedì, 17 giugno 1940

Mercoledì sera il coro si esibirà in un'esecuzione speciale in memoria dei caduti a Dunkerque. L'evento è aperto a tutti gli uomini e le donne del villaggio.

Prim

Dal diario di Mrs Tilling

Mercoledì, 19 giugno 1940

La sera dell'esibizione siamo arrivate presto. Alcune di noi si sono messe a chiacchierare su quello che Prim aveva in mente di farci fare, mentre altre si scambiavano le loro riflessioni legate agli avvenimenti di Dunkerque. Avevo convinto una delle signore del laboratorio di sartoria, Mrs Poultice, a unirsi a noi. A Dunkerque ha perso il suo unico figlio. Da allora non parla più, si limita a cucire, persa nel suo mondo.

Ero sorpresa dalla quantità di gente che si era presentata. Noi del coro, le sarte e altre signore che con il coro non avevano niente a che fare. C'erano anche degli uomini, tra cui il vicario e Mr Slater, e persino il colonnello Mallard. Cercai di ignorarlo, ma lui evidentemente aveva voglia di parlare. Per fortuna, mentre si stava avvicinando, Prim sbucò dal fondo della navata, risparmiandomi una scomoda conversazione.

Invece di rivolgersi a noi con la sua solita voce drammatica, Prim ci chiese a gesti di fare silenzio.

"Questa è una serata speciale, dobbiamo sforzarci di affrontare quello che è successo e quello che ci aspetta. Ciascuno di voi prenda una sedia dal fondo e la porti all'altare, in modo da formare un cerchio."

Eseguimmo quello che ci chiedeva. Accanto a me c'era la povera Mrs Poultice, pallida e triste quasi una parte di lei avesse cessato di vivere, anche se il suo corpo continuava a muoversi, come una macchina senz'anima.

"Quando ero giovane," cominciò Prim, "mi recai in Italia, e fu lì che imparai un nuovo tipo di canto. Un canto che porta la pace e aiuta ad accettare il ciclo naturale della vita, di cui anche la morte è parte. Parlo della salmodia." Allargò le mani. "Ora diamoci la mano fino a chiudere il cerchio."

Le obbedimmo con un po' di imbarazzo. Era una cosa semplice, infantile, ma molto rara nel nostro mondo, dove toccarsi era tutt'altro che consueto. Sentii nella mia mano il dorso di quella rugosa, con le vene in rilievo, di Mrs Poultice, che la nostra strana intimità faceva tremare appena. Era come se ci fossimo strappati di dosso la maschera che portavamo tutti i giorni per esporre il bambino impaurito che avevamo dentro.

"Adesso chiudete gli occhi e cominciate con una sola nota a bocca chiusa."

E Prim emise una nota mediana, né alta né bassa, un suono inizialmente debole, poi sempre più deciso. A esso si aggiunsero i toni delicati di Kitty, poi quelli di Mrs Quail e in breve un'unica nota echeggiò intorno a noi, riempiendo lo spazio con una vibrante connessione. Un rumore che annientava il caos in cui eravamo immersi.

Il suono si spense piano, affievolendosi fino a ridursi a un sussurro, poi all'eco di un sussurro.

Dopo qualche istante di commosso silenzio, Prim ci distribuì gli spartiti. "Questo è un semplice canto gregoriano," ci disse. "È stato composto per la commemorazione dei defunti."

Eseguì a bocca chiusa la nota iniziale, poi subentrammo tutte, con Kitty a guidare il discanto. Era bello. Alla fine, quando gli echi si spensero, restammo per qualche istante avvolte da un silenzio caldo, con le mani sempre allacciate.

Prim fu la prima ad alzarsi, riportò la sedia al suo posto e recuperò la borsa dove teneva gli spartiti.

"Che la pace vi accompagni per il resto della notte," disse gentilmente e scivolò fuori come trasportata da un'onda tranquilla.

A quel punto anche noi ci alzammo in ordine sparso, chiacchierando piano. Persino Mrs B. sembrava pacificata. "Che serata straordinaria," disse. "All'inizio ero piuttosto perplessa, ma poi mi sono lasciata prendere. Sembravamo delle suore," aggiunse ridacchiando.

È buffo come il canto abbia la capacità di unire. Prima ognuna di noi era chiusa nel suo piccolo mondo, con i suoi problemi, poi tutt'a un tratto è stato come se questi si dissolvessero, e ci siamo rese conto che eravamo qui, insieme, a sostenerci.

E che questa era la cosa più importante.

Dal diario di Silvie

Mercoledì, 19 giugno 1940

Dopo Dunkerque sono tutti tristi. Prim ha fatto un'esercitazione speciale e io mi sono seduta vicino a Kitty e a Mrs Poultice. Suo figlio è morto a Dunkerque. Le tremava la mano e io gliel'ho stretta forte.

Poi abbiamo cantato un canto gregoriano.

Era bello e io ho cominciato a piangere. Mi ha fatto pensare alla *shiva*, i sette giorni di lutto quando è morto il nonno e tutte le sere cantavamo. Anche Mrs Poultice piangeva.

I nazisti arriveranno presto. Mrs Winthrop mi nasconderà in soffitta. Quando sono arrivati in Cecoslovacchia, hanno scovato tutti quelli che si erano nascosti. Picchiavano la gente per le strade. Ricordo che hanno portato in una casa una donna che gridava. Quando è uscita era ferita e sanguinante, quasi morta.

Cerco di non pensarci, ma il pensiero è sempre lì.

Ho cantato a Kitty il nostro *Kaddish del Lutto* e lei lo ha trascritto. Forse lo canteremo a Mrs Poultice.

Lettera di Miss Edwina Paltry
a sua sorella Clara

3 Church Row,
Chilbury,
Kent

Sabato, 22 giugno 1940

Cara Clara,

non tutto è perduto, anche se devo confessare che c'è stato qualche intoppo, primo fra tutto il mancato versamento del resto dei quattrini da parte del generale. Oggi l'ho incontrato nel bosco; era furioso e mi ha detto che non mi avrebbe dato niente.

"Perché?" gli ho chiesto, stringendo forte la borsa nera, pronta a dargliela in testa.

"Perché, mia cara signorina, non è stata molto abile a nascondere le sue tracce." Stava cercando di controllare la rabbia, ma in realtà era pronto a scattare. Sembrava un lupo incatenato. Sentii che mi si piegavano le ginocchia, ma mi sforzai di assumere un'aria sicura.

"Come la mettiamo con le voci che girano?" Mi si avvicinò di un passo e mi guardò minaccioso, così io indietreggiai di un passo e finii tra le ortiche. Le sentivo pungere sotto le calze. "Mrs Tilling ha tempestato mia moglie di domande. Non poteva trovare una scusa migliore del ventilatore meccanico? O pensare a qualcosa di diverso per l'altro neonato?"

"Credo che lei non abbia capito quali difficoltà ho dovuto affrontare, generale," dissi in tono altero. "Abbiamo stipulato un accordo, no? Io la mia parte l'ho fatta. Quindi voglio i miei soldi."

"Le ho detto che non le avrei dato niente se avesse fatto nascere dei sospetti. Quindi, se quella donna riesce a fare due più due per colpa della sua sbadataggine, sarà lei a pagarmi," ringhiò, avvicinando il viso con aria feroce. "Con il suo sangue."

L'odore del suo fiato così vicino mi fece cadere all'indietro nei cespugli, e lui mi guardò soddisfatto mentre mi rialzavo e mi spolveravo la gonna dai rametti che vi erano rimasti impigliati. È un uomo che odia le donne. Li riconosco ovunque quelli come lui. Nella mia professione se ne sentono di storie; sono anche gli uomini a raccontarle, convinti di essere in gamba perché hanno maltrattato qualche poveraccia. Credimi, il generale pensa che il compito di noi donne sia quello di servire gli uomini e scodellare figli. E fare sesso, naturalmente. Non sa che anche noi siamo umane. Con la testa, il cuore e una tasca dove infilare i quattrini.

"Non lo capirà mai," dissi. "E la faccenda si sgonfierà, come succede sempre. Quei soldi sono miei, me li deve, e se non me li dà solleverò un polverone."

"Sa benissimo che le conviene star zitta se non vuol finire in galera," mi disse con espressione furba, giocherellando con un baffo. "Ma le faccio una proposta. Se non sento altre chiacchiere da qui alla fine dell'estate, le darò il suo denaro. Fino ad allora non voglio pettegolezzi o supposizioni, e soprattutto non voglio ricevere altri messaggi. La facevo più furba. Non è stata una buona idea quella di mettere le sue lamentele per iscritto. Ci avrebbero arrestati entrambi se il biglietto fosse caduto nelle mani sbagliate."

Mi ficcò in mano il biglietto tutto stropicciato e se ne andò di furia, lasciandomi a togliere a uno a uno i rametti residui dalla gonna e a meditare, piuttosto sollevata, sui due fatti seguenti. Primo, la Tilling aveva solo dei sospetti, nessuna certezza; secondo, bastava solo aspettare con pazienza e il resto del malloppo avrebbe trovato la strada di casa.

Non era il massimo, ma decisamente meglio che intascarne solo la metà.

Un altro problema era quella stupida di Elsie. Un giorno mi piombò in casa pensando di tenermi in pugno.

"So tutto del suo accordo," disse, entrando decisa e allungandosi sul mio divano con la stessa disinvoltura di un gatto. "E voglio la mia parte."

"Di che cosa stai parlando?" le chiesi, sorridendo stupita.

"Dello scambio dei neonati. So quello che ha fatto."

"Non capisco a cosa ti riferisci."

"Non faccia la furba con me. L'ho vista mentre li scambiava. So che è stata pagata per farlo."

"E secondo te, chi mi avrebbe chiesto di fare una cosa del genere?" dissi con espressione sbalordita.

"Il generale. Be', ci ho pensato, ho messo insieme tutti i pezzi. Non sono stupida come pensa, sa?"

"Credimi, Elsie. Sembri molto più in gamba di quello che sei."

Ignorò il mio commento, ma forse non l'aveva capito. "L'ha pagata per avere il figlio che voleva, no? E io invece voglio la mia parte."

"Ma se non hai fatto niente," obiettai, decidendo di scoprire le carte.

"L'ho aiutata ad andarsene con uno dei due. Comunque sia, so tutto e posso raccontarlo in giro. Non è sufficiente? Quindi voglio duecento sterline." E allungò la mano alzando il mento con aria di sfida, bianca e scheletrica come un cadavere.

"Come fai a sapere quanto mi ha dato?"

"Una come lei non si sarebbe mossa per meno di ventimila sterline." Feci una smorfia. Sapevo che avrei dovuto chiedergli di più.

"Te ne do cinquanta. Fine della storia. E se sento che ne hai parlato con qualcuno, la pagherai cara." Poi, citando il generale, soggiunsi minacciosa: "Con il tuo sangue".

Lasciai la stanza e tornai con le banconote. Disgraziata che era, sapevo che non avrei dovuto fidarmi. Una ragazza capace di trastullarsi con Edmund Winthrop doveva per forza essere priva di senso morale.

Gliele sbattei in mano e lei balzò in piedi.

"Stia tranquilla, non dirò niente. Il generale può ficcarsi il mio stupido lavoro dove dico io. Nessuno vuole fare la cameriera di questi tempi e non è difficile capire perché. Li ho serviti come una schiava in cambio di quattro soldi, ma adesso la musica è cambiata." Lanciò un'occhiata alla tasca del suo vecchio cappotto in cui aveva riposto i soldi. "Adesso che ho questi, voglio cominciare una nuova vita. Come mi sono trovata Edmund, posso beccarmi un altro di quei ricconi. Basterà un piccolo assaggio perché vengano a mangiarmi in mano. Vedrà! La prossima volta che mi incontrerà non mi riconoscerà nemmeno."

Detto questo se ne andò con aria vittoriosa. *Com'era stupida*, pensai. Se non era riuscita a tenersi un idiota come Edmund

Winthrop, non aveva nessuna speranza di conquistarsi qualcuno con un minimo di buonsenso. Mi chiedo, però, a chi ha messo gli occhi addosso.

E quindi, Clara, per ora me ne resto qui, inchiodata in questo villaggio finché non avrò intascato il resto dei quattrini, facendo di tutto perché il mio sgradevole segreto non trapeli. Brucia questa lettera quando avrai finito di leggerla. Mi rifarò viva presto.

Edwina

Lettera di Venetia Winthrop ad Angela Quail

Chilbury Manor,
Chilbury,
Kent

Mercoledì, 3 luglio 1940

Cara Angela,

non indovinerai mai che cosa è successo ieri. Spero che la cosa non provochi incidenti, ma mi sembra assolutamente divertente. È cominciato tutto ieri sera a casa di Alastair. Era verso mezzanotte, più o meno l'ora in cui chiudono il bar al Fox & Ferret. Sentivo le voci degli uomini che passavano in piazza; sono molto più chiassosi da quando i soldati sono tornati a casa dopo Dunkerque. Ralph Gibbs è diventato un attaccabrighe, la settimana scorsa ha mollato un pugno sul naso a un tizio, facendolo sanguinare, e ha minacciato un altro con un coltello. Si dice che sia implicato nel mercato nero.

Ieri sera, quando arrivai, Alastair mi aveva preparato la cena. Merluzzo al forno, niente di meno. Aveva apparecchiato il tavolino e aveva messo in un barattolo di marmellata una rosa, una di quelle con il gambo floscio, molto profumate, che chissà dove aveva trovato.

"Dove hai imparato a cucinare?" gli chiesi.

"Un po' qui e un po' là." E sorrise, senza svelare nient'altro. "Sono contento di vedere che approvi."

Posò una candela sul tavolo e rimase a guardarmi nella luce tremolante. "Non sarebbe fantastico se potessimo cenare insieme tutte le sere?"

"Sì," ammisi. "Ma purtroppo io devo mangiare quasi sempre con la mia noiosa famiglia."

Lui fece un gran sorriso. "In realtà so cucinare soltanto altri due piatti. Alla fine della settimana avrei esaurito tutte le opzioni."

Scoppiammo a ridere e lui mi sistemò una ciocca di capelli dietro l'orecchio, accarezzandomi la guancia e il collo. "Mi piacerebbe averti sempre qui," disse con dolcezza. "Potresti scioglierti i capelli e lasciarmi vedere la vera Venetia, non la creatura appariscente, la ragazza irrequieta e sicura di sé che fingi di essere." Sorrise, ma dall'intensità del suo sguardo trapelava una serietà disarmante.

Mi scostai, a disagio. "Ma io sono così," obiettai con voce pacata, anche se non ero più tanto sicura che quella fosse la verità.

Dopo cena andammo in soggiorno. Aveva acceso delle candele, che brillavano come piccole stelle nell'angolo buio dove aveva ricavato il suo studio. L'aria era satura del profumo di cera e i cuscini di velluto e il tappeto morbido e spesso riempivano il locale di calore. Mi spogliai e mi rimisi in posa come al solito. È incredibile come ci si abitui a stare senza niente addosso, a denudarsi per amore dell'arte. Il ritratto sta venendo molto bene, anche se Alastair si ferma ogni due per tre per venirmi a sussurrare qualche parolina dolce all'orecchio. Più tardi, quando stava per dare gli ultimi tocchi, udimmo qualcuno bussare alla porta, così forte da far pensare che l'avesse colpita con un pugno.

"Slater, lo so che ci sei," sentimmo gridare con tono brusco. Capii subito di chi si trattava, come Alastair peraltro, a giudicare dall'occhiata che ci scambiammo, e mi sfuggì un sorriso.

"Apri questa porta," gridò la stessa voce, impastata dall'alcol.

Era David Tilling. Evidentemente aveva bevuto troppo ed era in vena di rappresaglie. Da quando è tornato da Dunkerque non ha smesso un attimo di vantarsi di essersela cavata, come se fosse un atto eroico, un'assurdità, soprattutto pensando a Henry che ha abbattuto tre aerei nazisti in un giorno solo. David ha un abbozzo di baffi, stile pilota della Raf, che gli danno un'aria ridicola, e ha cominciato a fumare. È troppo divertente.

Ha scoperto la mia storia con Alastair perché mi ha seguito. Alastair e io passiamo insieme tutto il nostro tempo, tale è la forza del nostro amore appena sbocciato!

Da allora David non mi ha risparmiato i suoi piccoli commenti maligni, tipo: "Slater non è alla tua altezza, Venetia. Cosa ci fai con un simile codardo?", o un altro, piuttosto accusatorio: "Stai tradendo te stessa".

Posso solo dedurre che nell'esercito ha imparato molto, oltre a combattere. Non se ne era mai uscito con frasi del genere prima di partire.

Per tornare a ieri sera, quando si è messo a bussare alla porta, Alastair ha deposto il pennello e si è avviato con calma verso l'ingresso chiudendosi alle spalle la porta del soggiorno. Io mi sono infilata il vestito, tralasciando la biancheria intima. Una mossa decisamente osé, non ti pare?

"Ah, buonasera, David," sentii Alastair annunciare mentre apriva la porta. "Come mai da queste parti?"

"Devo parlare con te, Slater," biascicò David. Sembrava così giovane e sprovveduto rispetto alla compostezza matura di Alastair.

Dopodiché si udì una serie di colpi forti, come se si fosse scatenata una rissa, poi il rumore di un oggetto che si frantumava a terra. Ero preoccupata, perché David è alto e si è allenato molto prima di partire per la Francia. Pensai che avesse preso a pugni Alastair.

Mi sporsi a guardare.

Nell'ingresso c'era Alastair, senza un capello fuori posto, che stringeva David in una specie di morsa. Sul pavimento una bottiglia di birra rotta, appartenente con molta probabilità a David.

Mi scoprii a guardare Alastair con rinnovata ammirazione. Dove aveva imparato queste tecniche di combattimento?

"Non ho ben capito che cosa vuoi, David," disse in tono leggero. "Comunque, cercare di colpirmi con una bottiglia non è un modo efficace di comunicare."

"So che lei è qui, Slater." David aveva alzato la voce. "Lasciami passare."

Un attimo dopo, superato lo sbarramento costituito da Alastair, irrompeva in soggiorno, dove io ero seduta composta sul bordo del divano, le mani allacciate in grembo e un sorrisetto sulle labbra. "Ciao, David."

"Venetia," disse lui, confuso, la bocca aperta per la sorpresa. Posso solo chiedermi che faccia avrebbe fatto se mi avesse scoperto senza vestiti.

Si avvicinò e mi si sedette accanto, prendendomi le mani nelle sue. "Venetia, devo vederti. Riparto domani." Era più ubriaco di quanto non avessi pensato, le mani umide e appiccicose, l'alito tossico. "Volevo un ultimo bacio, visto che sei così generosa con tutti."

Gli diedi uno schiaffo, non troppo forte. Sapevo che si trattava solo di una provocazione. "David, posso andare con chi voglio. Devi capire che non appartengo a nessuno, soprattutto adesso, con la guerra che incombe. Ognuno di noi ha più che mai bisogno di sentirsi libero, di essere se stesso."

Uscii in una risatina, anche perché nemmeno io sono libera. Alastair mi ha completamente soggiogata.

Tutt'a un tratto David mi si buttò addosso, cercando di baciarmi. Sentii le sue labbra molli, flaccide come quelle di un pesce, che mi risucchiavano.

"David, ti prego, smettila!" gridai.

Alastair me lo strappò di dosso e David si voltò per colpirlo con un pugno, ma Alastair si abbassò di scatto e David, perso l'equilibrio, volò dall'altra parte della stanza, schiantandosi a terra.

Poi si voltò e vide il ritratto.

"Mio Dio, Venetia," disse con un sussulto, guardandomi esterrefatto.

Io rimasi seduta dritta sul bordo del divano con l'aria più innocente del mondo, mentre Alastair schizzava verso il cavalletto e copriva il dipinto con un grande telo nero.

"È frutto dell'immaginazione, spero che tu capisca," disse in tono leggero, cercando di reprimere la tentazione di scoppiare a ridere.

"Venetia, hai posato nuda per questa canaglia?" David si alzò e strappò via il telo, restando a fissare incantato la figura, le curve, la... be', lascio il resto alla tua fantasia, Angie. Ti basti sapere che ha visto tutto.

"Questa è arte, David," gli dissi semplicemente, buttando indietro i capelli con un gesto disinvolto. "È quello che fanno gli artisti."

"Ti sei tolta i vestiti per questo bastardo," ringhiò, il viso rosso e atteggiato a una smorfia di disgusto. "Hai permesso che ti dipingesse. Ti sei lasciata toccare, vero?"

"David, sono una donna ormai."

"E io sono un uomo." In un silenzio incombente, il suo sguardo carico di rabbia passava da me al ritratto.

"David, so che parti domani, ma ora te ne devi andare. Siamo ospiti di Mr Slater. Non puoi fare irruzione a casa degli altri in questo modo..."

"Lo dirò a tuo padre," mi interruppe in tono conclusivo. "Ci penserà lui a fermare Slater. Lo sistemerà una volta per tutte." E se ne uscì in una risata soffocata.

"Non farlo, David." La faccenda mi stava sfuggendo di mano. Papà avrebbe ucciso Alastair e forse anche me. "Non avrai mica il coraggio di tradirmi così."

Mi fissò negli occhi, poi il suo sguardo mi percorse tutto il corpo e io capii che con la fantasia mi stava palpando, sollevandomi l'abito, toccandomi dappertutto. Poi, rapido come il vento, afferrò il quadro e uscì nell'aria fredda di mezzanotte. Feci per inseguirlo, ma lui mi sbatté la porta in faccia. La spalancai e corsi fuori, ma lui era già sparito nel buio totale causato dall'oscuramento.

Alastair mi raggiunse ed entrambi corremmo attorno alla piazza, allungando le orecchie per sentire qualche eventuale rumore che ci facesse capire da che parte fosse andato, ma era svanito. Non avrei mai pensato che potesse essere così audace, né così incredibilmente veloce.

La nostra ricerca finì quando inciampai in un sasso e rotolai verso lo stagno, svegliando qualche anatra che stava sonnecchiando.

"Tutto bene?" sussurrò Alastair, venendomi accanto. Ma prima che potesse dire altro, lo attirai verso di me e lo baciai lì, nei giardinetti.

Secondo te, che cosa avrebbe detto Mrs B. se ci avesse visto?

E così non riuscimmo a trovare David, che questa mattina è ripartito per il fronte. Mi sono domandata se abbia avuto il tempo di mostrare il quadro a Papà, ma evidentemente non l'ha fatto, visto che mio padre non ha ammazzato nessuno. Comunque avrebbe corso dei bei rischi anche lui. Papà è tutt'altro che affidabile quando ha in mano un fucile. Ricordi cosa è successo a quel bracconiere l'anno scorso?

Non so che cosa abbia fatto David del dipinto. Era troppo grande per portarlo con sé e di sicuro non l'ha lasciato a casa perché Mrs Tilling lo scovasse. Forse l'ha affidato a qualcuno. Spero solo che non sia una persona che mi conosce, come Ralph Gibbs.

Nel frattempo ho continuato a insistere perché Alastair mi racconti dove ha imparato quelle tecniche di difesa, ma lui cambia sempre argomento. Più lo conosco, Angie, più penso che stia tramando qualcosa. È successo uno strano incidente domenica, dopo la funzione, sul viottolo fuori dalla chiesa, dove tutti si fermano a conversare. C'era anche Alastair – dice che gli piace sentirci cantare – e Mrs B. si è precipitata da lui.

"Deve permettermi di presentarle delle persone," insistette, prendendolo per un braccio e portandolo verso il suo gruppo.

Be', quando arrivarono vicino al colonnello Mallard, lo vidi esitare appena.

"Devo veramente andare, Mrs B.," disse garbatamente, arretrando.

"Non sia ridicolo," tuonò Mrs B. "Le conviene conoscere tutti se vuole fare qualche soldo, no?" E gli diede di gomito, ridacchiando.

La cosa strana è che anche il colonnello Mallard sembrava a disagio. Evidentemente non era dell'umore giusto per incontrare Alastair, quindi, quando Mrs B. riuscì a metterli uno di fronte all'altro, si creò una strana situazione di imbarazzo.

"Come va?" proruppero all'unisono, poi nient'altro per un lungo istante.

"Bella giornata, vero?" esordì Alastair. Eppure, se non mi sbaglio, aveva l'aria vagamente divertita. Sorrideva educatamente come al solito, e il suo corpo era rilassato, ma nella sua voce c'era una sfumatura di ironia.

Sembrava quasi che si fossero già conosciuti. E in circostanze completamente diverse.

"È probabile che questo tempo non duri." Il colonnello gli rivolse un breve sogghigno, poi si voltò rapidamente e, sorprendentemente, trovò delle cose importanti di cui discutere con il vicario.

Possibile che Alastair conoscesse il colonnello Mallard? E se lo conosceva, in che occasione si erano incontrati? Era una situazione piuttosto inquietante, e quindi decisi di chiedere a Hattie che cosa ne pensava, quando mi recai a casa sua a prendere il tè.

"Che cosa sai del colonnello che abita con Mrs Tilling?"

"A sentir lei è molto maleducato e le rivolge a stento la parola," mi disse. "Ma anche lei sta molto sulle sue, soprattutto dopo che lui ha avuto la sfacciataggine di offrirle un passaggio da Litchfield, la settimana scorsa. Pioveva a dirotto e lei era in bicicletta. Lui le si è fermato accanto e praticamente l'ha costretta a entrare in macchina." Fece una risatina. "Pensa alla tensione che c'era in quell'auto mentre tornavano!

"Poi lui ha lasciato la stanza quando David è tornato ed è andato a stare in un albergo di Litchfield. Anche se lei sostiene che è il minimo che poteva fare." Si strinse nelle spalle. "Continuano a inciampare uno sull'altro, ma nessuno è disposto a chiedere una tregua. Perché me lo domandi?"

"Ha avuto uno scambio piuttosto strano e neanche tanto simpatico con Mr Slater, come se si conoscessero. Mi sono chiesta se Alastair non sia implicato in un'attività illegale, qualcosa come il mercato nero."

"Oh, santo cielo," proruppe, abbassando gli occhi. "Avrei già voluto dirtelo, ma non sapevo bene come fare. L'altra notte, quando Rose mi ha svegliato, l'ho visto lasciare la casa alle due del mattino e attraversare la piazza a grandi falcate. Sa Dio dove fosse diretto."

"Sei sicura?" Non riuscivo a crederci. "E quando è tornato?"

"Non l'ho visto tornare, anche se sono rimasta in piedi fino alle tre." Trasferì la bambina sull'altro braccio. "Venetia, esce sempre alle ore più strane e adesso mi dici che il colonnello Mallard aveva l'aria imbarazzata. Mi sembra chiaro che è invischiato in qualcosa di losco."

"Ma nel villaggio lo adorano tutti. La settimana scorsa ha montato i tavoli per la vendita di beneficenza. Mrs Quail aveva i capelli dritti prima che arrivasse. E si è offerto di portare a Litchfield i passamontagna preparati dalle sarte nella sua auto. E sai anche tu che ha aiutato Silvie a tornare a casa dopo che era caduta da cavallo a Bullsend Brook. Lei lo trova fantastico."

"Ma che cosa ci faceva a Bullsend Brook a metà del pomeriggio? Non riesco a spiegarmelo," disse Hattie.

"Forse traffica un po' con il mercato nero, così, tanto per fare qualche soldo."

"Per la verità sembra che nuoti nell'oro, con la macchina che possiede, gli abiti eleganti e tutti i regali che ti fa."

"E se vendesse i suoi quadri?" azzardai. "Mrs B. ha sempre cercato di mettere le mani sulle sue opere."

"Ne manca qualcuno?"

"No," risposi, scuotendo la testa e sentendo le energie che mi abbandonavano. "Non ha venduto nemmeno uno schizzo a Mrs B., se appena può la evita. I suoi dipinti sono ancora tutti a casa sua." Tranne quello che ha rubato David Tilling, pensai. Chissà dov'è finito. "Non lascia presagire niente di buono, vero?"

"No, Venetia. Mi dispiace," rispose Hattie.

Per un po' mi abbandonai all'autocommiserazione, poi tornai padrona di me. "Be', c'è un'unica soluzione. Devo mettermi a pedinarlo."

"Oh, Venetia! Potrebbe essere pericoloso. Non è meglio cercare delle altre prove prima di arrivare a questo?"

Discutemmo a lungo della faccenda e lei mi convinse a fargli ancora delle domande, a dargli un'altra possibilità. Promisi che l'avrei fatto, ma mi sembra un tentativo senza speranza. Quando siamo insieme, è tutto perfetto e io mi sento un'idiota per aver dubitato di lui, ma poi, quando siamo lontani e saltano fuori questi dettagli strani, i sospetti prendono il sopravvento.

Devo averti annoiato a morte, cara Angie, quindi ti lascio. Mi farò viva presto per darti altre notizie. Forse pensi che dovrei trovarmi un'altra vittima, ma Alastair è l'uomo che fa per me. Anche se non so bene che tipo di uomo sia. Appena ho delle novità, ti scrivo.

Con affetto,
Venetia

Dal diario di Mrs Tilling

Sabato, 13 luglio 1940

Oggi ho preso l'autobus per andare a Parnham a consegnare a Carrington l'anello di Berkeley. Sono settimane che rimando il viaggio e, francamente, vorrei non essere stata così svelta a promettere che me ne sarei occupata. Non sapevo nemmeno chi mi sarei trovata davanti o, nel caso ci fosse più di un Carrington, quale di loro era quello giusto. Ma sapevo di dover andare adesso, visto che i nazisti hanno cominciato a bombardare i porti. Dover è stata colpita la settimana scorsa: palazzi ridotti in polvere, molte vittime tra i civili. Tra breve li avremo addosso e diventeremo prigionieri in casa nostra. Non ci permetteranno di viaggiare e ci costringeranno a lavorare per un incredibile numero di ore. Cerco di non pensarci, perché la prospettiva mi spaventa a morte.

Sulla corriera mi misi a riflettere a fondo su tutta quella faccenda. Non avevo mai conosciuto nessun omosessuale, a parte Berkeley, naturalmente. Ho sempre pensato che l'omosessualità fosse una fase, una sorta di crisi adolescenziale protrattasi troppo a lungo. Harold soleva dire che c'era qualcosa di sbagliato in loro, così mi chiesi come sarebbe stato l'uomo che avrei incontrato, come avrebbe reagito. Speravo che non fosse pericoloso. Insomma, non si può mai dire, soprattutto se una persona ha in sé qualcosa di sbagliato. In che situazioni ridicole ci ha messo questa orribile guerra! Ma a cosa stavo pensando quando ho detto di sì a quel ragazzo? Cambiai mezzo a Litchfield e mi trovai seduta vicino a una signora estremamente loquace, depositaria di tutti i pettegolezzi del villaggio. Era un colpo di fortuna, anche se piuttosto fastidioso, e approfittai per chiederle dove potevo trovare Carrington.

"Davvero non lo sa? Vive a Parnham House. È Sua eccellenza il visconte Carrington," disse scherzando, con un finto accento aristocratico.

"Oh, non lo sapevo," confessai, senza capire cosa ci fosse da ridere. Comunque, avevo avuto l'informazione che mi serviva. "È giovane?"

"No, ma ha due figli. Il maggiore, che è nella Raf, è il tipico snobbone. Il minore è stato ferito a una gamba in Francia ed è a casa in convalescenza. È un ragazzo simpatico, ma a quanto pare non va affatto d'accordo con il visconte."

"Il visconte è suo padre, vero?"

"Sì." E tirò su con il naso. "È un tipo orgoglioso e tradizionalista. Non gli piace il modo in cui il ragazzo passa il suo tempo. Personalmente, sono convinta che sia lui a non piacergli." Arricciò le labbra, scuotendo la testa con aria di disprezzo. "La servitù parla, non so se mi spiego."

Poco dopo, la corriera mi lasciò al villaggio e io approfittai della camminata fino all'imponente dimora per raccogliere le idee. I miei contatti con l'aristocrazia sono sempre stati pochi e poco frequenti e anche se i nobili non hanno più l'autorità di un tempo, il pensiero di trovarmi in loro presenza mi suscita immancabilmente un'ondata di panico. Se solo fossi stata Mrs B., con la sua instancabile sicurezza e i suoi presunti rapporti con la famiglia reale! Anche se dubito che avrebbe acconsentito a impegnarsi in un'impresa del genere, che ha un risvolto sgradevole e legalmente trasgressivo. Povero Carrington, se fosse toccato a lei, nel giro di un'ora sarebbe stato prelevato dagli agenti per essere portato alla centrale di polizia di Parnham.

Ero anche incredibilmente nervosa perché il mio compito non era né semplice né piacevole. E se il visconte fosse stato l'unica persona presente e avesse insistito per sapere qual era la ragione che mi portava lì? Cosa avrei dovuto dirgli?

Dopo una lunga camminata attraverso il parco, mi si parò davanti agli occhi la magione, con la sua lunga facciata in stile Reggenza e la doppia scalinata che convergeva davanti al massiccio portone d'ingresso. Mentre mi avvicinavo ebbi un brivido, rendendomi conto di essere osservata. Avevo visto un'ombra sparire da una finestra a pianterreno; qualcuno, quindi, si aspettava che io suonassi il campanello e si stava ponendo delle domande sulle ragioni della mia visita.

Il vetusto maggiordomo che venne ad aprirmi tenne la porta socchiusa, come per farmi capire che la mia presenza non era gradita, e mi informò con sollecitudine e in tono pomposo che il visconte non era in casa.

"Sono venuta a trovare suo figlio," dissi rapida, infilandomi nell'apertura. Non avevo fatto tutti quei chilometri per farmi scaricare così in fretta.

"Vado a informarmi," disse con voce nasale e mi introdusse in un salotto gelido.

Il locale era grandioso e austero, ma piuttosto cupo e disadorno. I colori chiari – verde salvia e azzurro polvere – si erano ingrigiti con il tempo, e io ero certa che, se avessi visto un piumino per spolverare nei paraggi, non avrei potuto trattenermi. L'odore di cera per pavimenti e di naftalina contribuiva a creare un'atmosfera depressiva. Mi sentivo estranea e decisamente a disagio.

La porta si aprì e un giovanotto entrò nella stanza. Capii subito che era la persona che cercavo. Era snello, di altezza media, con la carnagione scura. Procedeva a passo lento e pesante, quasi controvoglia. Una gamba era ferita e bendata; si intuiva lo spessore della medicazione sotto i pantaloni mentre il giovane avanzava zoppicando. Quando mi fu vicino alzò gli occhi ma, invece di guardarmi, li fissò sulla grande finestra che dava sul terrazzo, spostandoli poi sul camino. Sembrava molto vulnerabile. Trasmetteva una sensazione di sconforto e di totale estraneità a tutto quello che lo circondava.

"Buongiorno." Gli rivolsi un sorriso caloroso, rendendomi conto all'improvviso che la mia missione mi avrebbe resa più vicina a quest'uomo di quanto non lo fossero molte persone di sua conoscenza. "Sono Mrs Margaret Tilling e vengo da Chilbury."

"La prego, si accomodi," disse in tono distaccato. Non mi ricambiò il sorriso, il che, se da un lato era perfettamente comprensibile, dall'altro era indubbiamente maleducato. D'altra parte, come poteva immaginare lo scopo della mia infelice missione? Mi appollaiai sul bordo di un divano rigido foderato di broccato beige. Lui si spinse zoppicando fino al sofà di fronte e, prima di sedersi, tirò su un cuscino, muovendosi solo quel tanto che gli permetteva la sua gamba. Sospirò e tornò a guardare fuori dalla finestra, oltre la linea sinuosa delle colline, fino al blu agrodolce del mare, oltre al quale la Francia occupata, distante solo una trentina di chilometri, si levava all'orizzonte come una presenza maligna.

"Che cosa la porta da queste parti, Mrs Tilling?" disse come se stesse leggendo un manuale di etichetta e fosse esasperato dal fatto di doversi intrattenere con me.

"Ho un messaggio da parte di Berkeley."

I suoi occhi si fissarono nei miei, stabilendo per la prima volta un contatto intenso e totale. La bocca si dischiuse, come per assimilare quello che avevo detto. Una cascata di pensieri doveva avergli invaso la mente.

"Di che messaggio si tratta?" chiese con il fiato sospeso.

"Sono l'infermiera che si è occupata di lui a Dover. Mi ha fatto promettere che le avrei consegnato questo." Aprii la mano e gli porsi l'anello.

Carrington diede un colpo di tosse, forse per nascondere un grido. Non si affrettò a guardare l'anello. Magari lo conosceva già, l'aveva visto, toccato, tenuto. Si sedette per qualche istante, poi si avvicinò e lo prese, ficcandolo in una tasca interna. Andò fino alla portafinestra e rimase a guardare i giardini curati e le colline, le file parallele di statue di ispirazione classica e le guarnigioni di cespugli potati secondo precise forme geometriche.

"È mio l'anello," disse piano, voltandosi. "Gliel'ho regalato quattro anni fa. Eravamo insieme in collegio." Si guardò le mani, lievemente imbarazzato. "Le ha detto qualcosa?"

"Solo che la amava." Rabbrividii appena. "Era molto debole." La mia voce si spense, mentre mi tornava alla mente l'immagine penosa di Berkeley, la paura e la disperazione che gli leggevo negli occhi, la sua giovane figura che si afflosciava, priva di vita.

Guardai Carrington. Cercava di riprendere il controllo, ma sembrava che qualcosa dentro di lui si fosse spezzato. Volse di nuovo lo sguardo fuori dalla finestra, verso l'orizzonte, mentre le lacrime sgorgavano inesorabili. I minuti passavano, dolorosi. Forse mi ero sbagliata, forse non sapeva che il suo amico era morto. Possibile che fossi stata io a portargli una notizia così orribile?

"Mi dispiace," balbettai. "Non immaginavo. Pensavo che lo sapesse."

"Certo che lo sapevo," mormorò, schiarendosi la gola. "Sua madre mi ha telefonato. Sapeva che eravamo amici, anche se ignorava fino a che punto..." Lasciò la frase in sospeso, aggrottando la fronte. "Non mi importa se mi denuncia," disse, controllando in un moto d'orgoglio le lacrime. "Faccia come crede. Non mi importa, davvero. Non ho più niente da nascondere." Guardò con aria pensosa le nuvole che si rincorrevano in cielo e soggiunse con aria trasognata: "Non mi resta più niente".

"Non la denuncerò," gli dissi il più gentilmente possibile. "Gliel'ho promesso." Feci una pausa, pensando che era tutto molto più strano di quanto avessi immaginato.

Carrington tornò a sedersi sul divano di fronte a me. "Mi racconti tutto."

"Continuava a parlare di voi – di come avevate bisogno uno dell'altro, di come era fortunato a morire per primo – poi si girò e il respiro divenne sempre più lento finché non si arrestò," conclusi con la voce ormai ridotta a un sussurro.

Le cose non si erano svolte esattamente così, ma questo era sicuramente quello che Berkeley aveva voluto che raccontassi. Ricordo quando morì Harold. Desideravo disperatamente che, prima di esalare l'ultimo respiro, pronunciasse il mio nome o mi lasciasse un messaggio. Ma lui non lo fece e ora penso che la cosa migliore per trovare un po' di pace è che io faccia questo dono a qualcun altro.

Carrington si prese la faccia tra le mani e pianse. Io rimasi seduta a guardarlo per un po', sentendomi un'intrusa e chiedendomi se non dovessi andarmene. Poi, guardando a mia volta l'orizzonte, pensai che la perdita di una persona cara è identica ovunque: soffocante, inesorabile, lacerante. Che grande resistenza hanno gli esseri umani! Quando restano soli, imparano lentamente a tirare avanti e a riempire il vuoto meglio che possono.

Sempre che non ne vengano inghiottiti.

Mi alzai e andai a sedermi accanto a lui, poi, dopo qualche istante, gli misi un braccio attorno alle spalle. Lui voltò la testa e si mise a piangere silenziosamente sulla mia spalla. Chissà, forse la mia era l'unica spalla su cui poteva farlo.

Il rumore lontano di una porta che si apriva, seguito da un suono di passi pesanti nell'ingresso, annunciò il ritorno del visconte. Carrington si alzò in fretta e andò zoppicando alla finestra, ricomponendosi e asciugandosi il viso con un fazzoletto.

"Questo è mio padre," disse, senza guardarsi attorno. "Non capirebbe."

"No, penso di no."

"La ringrazio di essere venuta," aggiunse piano e io lo intesi come una sorta di commiato. Non voleva certo che suo padre indagasse sui motivi della mia presenza.

Mentre mi alzavo per andarmene, si voltò e disse: "La ringrazio molto, Mrs...".

"Mrs Tilling."

Sorrise e sul suo viso colsi per un attimo l'immagine di un uomo diverso, di un mondo diverso, di un giovane attraente che avrebbe potuto godersi la vita se non fosse stato travolto da una guerra sanguinosa.

"Mrs Tilling, posso venire a trovarla qualche volta? Se riuscirò a sopravvivere, naturalmente."

"Certo che può. L'indirizzo è Ivy House, Chilbury." Sorrise di nuovo, negli occhi un'espressione sincera, e io capii che l'avrei rivisto, forse in tempi migliori, in circostanze più felici. "Vedrà, le cose cambieranno."

Aprì la porta per farmi passare e ci ritrovammo nello splendido ingresso. Due scale salivano su entrambi i lati per riunirsi nell'imponente balconata che sovrastava l'ampio pavimento a parquet. Una pendola mandava un ticchettio sonoro e l'unico mio desiderio era quello di andarmene, di lasciare questo luogo opprimente e di ritrovarmi all'aria aperta, nella natura.

Ad aspettarci c'era il maggiordomo, che per un attimo incrociò il mio sguardo. Poi si girò e rivolse una smorfia circospetta al giovane Carrington.

"Ho informato il visconte che lei aveva un'ospite e lui ha chiesto di incontrarla," disse nel solito tono pomposo. "Signora, se vuol essere così gentile da aspettare qui, vado ad avvertirlo." Si inchinò e si allontanò.

Sentii un colpo allo stomaco. Volente o nolente, stavo per incontrare il visconte. Carrington era impallidito. "Immagino che voglia verificare se il mio ospite è una ragazza. La speranza è dura a morire, non so se mi spiego," disse, tentando di prodursi in un sorriso.

"Già," commentai in tono stanco. Mi auguravo che avesse ragione, anche se avevo molti dubbi in proposito.

Infatti aveva torto. Avvicinandosi con aria bellicosa, il visconte sbraitò: "Che cos'è questa faccenda?". Era un uomo imponente in molti sensi, con una testa di capelli grigi che si arricciavano sulla nuca, appena sopra la cravatta bordeaux.

Era decisamente elegante, ma altrettanto furioso. Mi si piazzò davanti e mi domandò in tono scortese: "Scusi, ma lei chi è? E che cosa vuole da mio figlio?".

"Sono Mrs Margaret Tilling," risposi, cercando di padroneggiare la voce e annaspando mentalmente per trovare una scusa buona da propinargli. "Ero a Dover come infermiera e avevo un messaggio da riferire a suo figlio da parte di un amico." Mi interruppi, mentre lui mi guardava in attesa che continuassi. "Il poveretto non ce l'ha fatta."

"Se si tratta di quel porco di Berkeley, è meglio che sia morto," ruggì rivolto a Carrington, che lo guardava senza vederlo, con una calma che doveva essere frutto di un severo addestramento. "Ha avvelenato mio figlio con le sue teorie..."

"Quel ragazzo non c'è più." Sentii la mia voce alzarsi ed echeggiare con forza nell'ampio ingresso. "È morto a Dover, per una ferita che si è procurato combattendo contro i nazisti a Dunkerque. Era un soldato coraggioso e merita di essere ricordato così."

"Era un degenerato ed è così che va ricordato. Avrebbe dovuto essere impiccato."

"Ma le va bene che abbia dato la vita per questo paese, no? Perché non si toglie i paraocchi e si decide a guardare le cose come stanno? Berkeley era solo un ragazzo, che si è battuto per aiutare tutti noi a sopravvivere ancora un po'."

Lo sguardo allarmato di Carrington mi riportò bruscamente sulla terra. Non sarei mai riuscita a convincere quel tiranno di suo padre. Dovevo andarmene se volevo evitare di peggiorare le cose. Era chiaro che, non appena la porta si fosse chiusa alle mie spalle, quel povero giovane sarebbe stato tormentato e denigrato fino a togliergli ogni voglia di vivere.

"Penso che dovrebbe andarsene," disse il visconte, congedandomi. "Mia cara signora, io non la conosco, ma le suggerisco caldamente di imparare le buone maniere."

Lanciai una breve occhiata a Carrington, che se ne stava lì, pensoso, misurato e silenzioso, e mi avviai verso la porta, che il maggiordomo tenne aperta per farmi passare, scendendo poi la maestosa scalinata che portava al viale.

Mentre camminavo a passo spedito, respirai a fondo la dolcezza sciropposa dell'estate, pullulante di api e di uccelli, e pensai che il mondo può essere davvero bello e che siamo fortunati a esserne parte per tutto il tempo che ci è riservato.

Presi la corriera per tornare a Chilbury, provando un forte disagio per la situazione che si era creata con il visconte. Era stupefacente la malvagità e l'arroganza di questi pochi fortunati, che se ne stavano abbarbicati ai loro privilegi mentre noi gente comune rischiavamo lo sterminio. A volte la natura umana mi risulta incomprensibile, e mi domando come sia possibile che avidità e cattiveria convivano con il coraggio e lo spirito di sacrificio.

Mi sentivo responsabile – o forse era il senso di colpa a tormentarmi – per essermi sempre sminuita davanti a questi uomini pomposi, mentre avrei dovuto rivendicare il diritto di ragionare con la mia testa. Se noi donne l'avessimo fatto anni fa, prima dell'ultima guerra, prima di questa, il mondo sarebbe diverso.

E Carrington, quel povero giovane devastato? Dopo aver conosciuto lui e Berkeley, anche se solo superficialmente, mi domando perché si faccia tanto chiasso sull'omosessualità. Non può essere una cosa così tremenda! E comunque, non è meglio l'amore dell'odio in questo mondo di lutti e violenze? Nel loro amore c'era una dolcezza fragile che è sopravvissuta a questa guerra maledetta. Anche se uno di loro non ce l'ha fatta.

Arrivai a Chilbury quando il sole proiettava lunghe ombre sul negozio e sulla piazza. Ero molto agitata, così decisi di andare in chiesa per vedere se riuscivo a calmarmi. Mi ci rifugiavo spesso di questi tempi, lasciandomi consolare dal silenzio. Mentre passavo dal cimitero incolto, respirando l'aria della sera in cui si mescolavano il profumo della lavanda selvatica e del biancospino, mi fermai quasi involontariamente davanti alla vecchia tomba barocca di un giovane eroe su cui riposava un leone addormentato, le cui grosse zampe sembravano custodire il corpo prezioso conservato all'interno.

Ma prezioso per chi? A distanza di duecento anni, chi era rimasto a ricordare quest'uomo sepolto con evidente cura, che un tempo era stato vivo e amato?

Ora di lui non era rimasto altro che un mucchietto di polvere, che forse conservava ancora la forma di un essere umano, la cui transitorietà risaltava ulteriormente se paragonata all'indistruttibilità del leone di pietra che lo sovrastava.

Sentii montare le lacrime. Era troppo per me. Non sono il tipo di donna che può scontrarsi con un visconte. Non sono fatta per sopportare con coraggio che mio figlio sia in guerra e che possa soffrire come Berkeley, o che il suo fragile corpo possa corrompersi come quello di tutti gli altri essere umani. La guerra mi stroncherà. Mi lasciai cadere sul terreno erboso accanto alla tomba, prendendomi la faccia tra le mani, desiderando di poter andare lontano, di tornare indietro nel tempo, quando ancora regnava la pace, e di dormire per un migliaio di anni.

Qualche goccia di pioggia mi cadde sulla nuca, riportandomi con un brivido alla realtà. Mi alzai lentamente – ora aveva preso a piovere con più decisione – e mi avviai verso la chiesa.

Aprii un'anta della doppia porta ad arco, scivolai silenziosamente in una fila di panche sul fondo e mi misi a sedere. Qui, isolata dal mondo, avrei potuto esaminare i miei pensieri uno per uno, senza temere che si impadronissero della mia mente e mi tenessero in ostaggio.

C'era qualcuno nelle prime file, nella parte a sinistra, davanti a me. La luce proveniente dalle finestre di vetro colorato sopra l'altare circondava di un alone azzurro e violetto la figura che stava a testa china e si copriva il viso con le mani. Era il colonnello Mallard.

Cosa ci faceva nella mia chiesa? Infuriata dalla sua presenza, dimenticai le mie preoccupazioni e sentii crescere in me la rabbia e la frustrazione all'idea della guerra e di tutti questi uomini che pretendevano di comandarci a bacchetta. Fui tentata di andarmene, poi decisi di fermarmi ancora un po', sperando comunque di filarmela prima di lui. Ma il mio piano fallì qualche minuto dopo, quando il colonnello si alzò e prese a percorrere la navata verso l'uscita. Mi vide e parve esitare, poi riprese a muoversi, rivolgendomi un cenno del capo mentre passava. Finsi di non averlo notato, cercando di distogliere i miei pensieri, che tornavano ostinatamente a lui e alle ragioni della sua presenza.

Quando la porta si richiuse alle sue spalle, rimasi seduta per un po', poi, sentendo un improvviso bisogno di normalità, mi alzai e mi precipitai fuori, nel mondo, attraversando il cimitero e scendendo giù per la collina diretta a casa, la mia bella casa calda.

Mentre camminavo, mi ritrovai a pensare a come era cambiata la mia visione del mondo. Era davvero strano che avessi parlato con tanta durezza a un visconte, che avessi sfidato la legge, decidendo autonomamente di aiutare quel povero ragazzo ferito. Nonostante tutto, questa guerra ha portato anche qualcosa di buono: il modo di vedere il mondo è cambiato, le ingiustizie sono diventate tristemente evidenti. E noi donne comuni abbiamo trovato il coraggio di far sentire la nostra voce e di batterci per noi e per gli altri.

Anche perché, in questo mondo di caos e di morte, abbiamo meno da perdere.

Dal diario di Kitty Winthrop

Mercoledì, 24 luglio 1940

Notizie dei genitori di Silvie

Oggi lo zio Nicky è venuto a trovarci. Ero molto eccitata perché adoro le nostre conversazioni; ce ne stiamo seduti in terrazza, sempre che sia una bella serata, a parlare del mondo e di che cosa significa crescere. Ma oggi lo zio non aveva tempo per le chiacchiere. Aveva delle notizie per Silvie e, invece che in terrazza, eravamo tutti solennemente seduti in salotto. "Silvie, purtroppo i tuoi genitori e tuo fratello sono scomparsi. Crediamo che si siano nascosti per proteggersi dai nazisti, magari nella cantina di qualcuno, oppure che stiano cercando di fuggire all'estero per raggiungerti. Ovviamente speriamo che le cose stiano così e che riescano in qualche modo a farcela, nonostante ora sia molto più difficile, visto che i nazisti controllano porti e confini."

Lei continuava a fissarlo con i suoi grandi occhi scuri, senza dire niente e senza versare nemmeno una lacrima.

"Dobbiamo essere forti e sperare per il meglio," continuò lo zio Nicky, prendendole le mani e stringendole tra le sue.

Lei accennò un piccolo inchino con la testa, come se non riuscisse ad aprire la bocca per ringraziarlo, poi si alzò e uscì compostamente dalla stanza, richiudendo la porta. Solo a quel punto la udimmo sfrecciare attraverso l'ingresso, poi sentimmo i suoi passi di corsa su per le scale e la porta della sua stanza che sbatteva.

La mamma mi chiese di andare a vedere come stava. Questo è un ruolo che mi riesce bene, lo sanno tutti. Salii senza fare rumore e bussai alla porta. Lei non rispose, ma io entrai lo stesso. Era meglio che non restasse da sola. La trovai sdraiata sul letto, con il viso voltato dall'altra parte, in silenzio.

"Ti prego, Silvie, non abbatterti," le dissi, sedendomi sul letto. "Probabilmente si sono già messi in viaggio."

Il problema è che il viaggio potrebbe essere incredibilmente pericoloso ora che quasi tutta l'Europa è sotto il controllo nazista. I nazisti potrebbero invadere persino noi da un momento all'altro. I loro aerei hanno già cominciato a sorvolare le città costiere e i porti, e ora bombardano Dover ogni settimana. So che Silvie pensa che stiano cercando lei, lo rivela la paura che le affiora negli occhi quando sentiamo il ronzio insopportabile di quei mostri.

"Si stanno avvicinando," mi sussurra con voce appena udibile.

A volte mi chiedo se, quando era ancora in Cecoslovacchia, non abbia visto i nazisti all'opera in tutto il loro orrore. Forse nella sua mente rivede qualche scena di violenza, in cui però si immagina che le vittime siano lei o la sua famiglia.

Prima che zio Nicky se ne andasse, gli chiesi che cosa era successo nel paese quando i nazisti l'avevano occupato.

Che cosa è successo a Silvie, da quello che ho capito

Nel 1938 Hitler si è annesso la parte occidentale della Cecoslovacchia e l'anno scorso ha invaso con carri armati e soldati quello che restava del paese, rubando e saccheggiando, imprigionando la popolazione e togliendo di mezzo quelli che lo ostacolavano.

Un sacco di case e di negozi sono stati distrutti e le SS, che pattugliavano le strade con le loro uniformi nere, hanno messo svastiche dappertutto.

Molti di quelli che erano in carcere sono stati uccisi e le loro famiglie sono state costrette a pagare il costo dell'esecuzione.

Le carte d'identità degli ebrei sono state marchiate in modo speciale e quindi Silvie è dovuta partire in fretta prima che le succedesse qualcosa.

Dopo aver appreso tutto questo sono stata molto carina con lei. Non ha ancora ricominciato a parlare, ma forse non parlerei nemmeno io se avessi patito quello che ha patito lei. Quella sera ho chiesto alla mamma che cosa le succederà se i suoi genitori non riescono ad arrivare prima della fine della guerra.

"Purtroppo non possiamo tenere Silvie con noi a lungo perché Papà non sarebbe contento. Ma può stare ancora un po', finché non troverà un altro posto adatto." Si asciugò una lacrima. Lei vorrebbe che Silvie si fermasse con noi, ma deve fare tutto quello che dice Papà. Più tardi, quando l'ho incontrato, ho provato a sollevare l'argomento, ma lui è stato irremovibile come al solito.

"Non possiamo avere in casa dei piccoli rifugiati provenienti da Dio sa dove," proruppe. "Certo che tu e tua madre avete delle strane idee." E prese ad aggirarsi nervosamente per la stanza raccattando carte e libri e sbattendoli giù di nuovo. "Non sai che c'è la guerra?" gridò. "I nostri cieli sono solcati da aerei nazisti; uno è stato abbattuto la settimana scorsa vicino a Dover e i Volontari della difesa non hanno ancora trovato il maledetto pilota. Il paese è in grave pericolo e tu non sai pensare ad altro che a una stupida rifugiata!"

Fine del discorso. Naturalmente dovrò elaborare qualche piano fantastico per farlo capitolare.

Un'altra litigata con Venetia

Venetia è assolutamente insopportabile. Questa mattina mi è piombata in stanza con addosso solo la sottoveste e ha cominciato a guardarsi intorno con aria furiosa e le mani sui fianchi.

"Sei una ladra. Dov'è il mio vestito azzurro cielo?"

"Non ti va più bene, così l'ho requisito." Le rivolsi un sorrisetto maligno. "Sono sicura che anche la mamma mi avrebbe autorizzata a farlo."

"Mi va benissimo, scema che sei. Tutte le volte che mi sparisce qualcosa, so benissimo che sei tu. E comunque l'educazione vuole che uno chieda prima di prendere qualcosa."

Si era fatta sotto, la faccia contratta a una decina di centimetri dalla mia. Io indietreggiai.

"Ho preso solo questo," le dissi. "Non so dove sono finiti gli altri. Forse li ha fatti sparire la cameriera. Questo mi serviva per un picnic."

"Un picnic? E con chi?"

"Con Silvie. È stato un nostro piccolo segreto. Volevo farle vedere come si viveva ai bei vecchi tempi. Prima della guerra, insomma."

"Ricordi la volta che siamo andate a Box Hill con Henry?" Si raddrizzò e per un attimo parve dimenticarsi la lite sui vestiti, mentre tornava con la memoria a quel giorno di luglio. "Fu la prima volta che Henry si dichiarò," continuò ridendo. "Che giornata divertente è stata! Ti ricordi che io..."

"È a *me* che si è dichiarato Henry!" la interruppi, sentendo il sangue che mi affluiva alle guance. Non riuscivo a credere che parlasse sul serio.

"Non essere ridicola, Kitty," disse con una smorfia. "Non può essersi dichiarato a tutte e due. L'avrà fatto con una sola." Indietreggiò con una risatina, mettendosi a braccia conserte.

"Già, e quella ero io," tenni duro, stringendo le braccia ai fianchi per controllare l'impulso di prendere a pugni quella sua stupida bocca.

"Ah, ora che ricordo, ho rifiutato la sua proposta, quindi forse hai ragione," scherzò con aria condiscendente. "Forse era disperato perché l'avevo respinto, e allora ha visto te, povera piccolina, e si è intenerito. Lo sappiamo tutti che gli corri dietro da anni."

Se avessi avuto con me il fucile di papà l'avrei imbracciato, mirando dritto a quel suo cuore spregevole e abietto. "Comunque lui si è dichiarato e io gli ho detto di sì," conclusi, sempre più arrabbiata.

"Ti stava solo prendendo in giro, Kitty." E scoppiò a ridere. "Come puoi pensare che sia interessato a una stupida ragazzina come te? È me che vuole, una vera donna." A questo punto arricciò le labbra in quella ridicola smorfia che fa di solito e che la fa assomigliare a un grosso salmone appena uscito dall'acqua. Mi ritrassi disgustata.

"Non so cosa farmene di te, e nemmeno Henry."

"Lui sa benissimo cosa farsene di me, carina." Sul viso aveva un'espressione determinata, imperiosa. "È pazzo di me."

"E allora perché non gli hai detto di sì?" le chiesi.

"Perché aspiro a qualcosa di meglio."

"Alludi a quel serpente di Slater?"

"Non è un serpente." Distolse lo sguardo e io percepii un'ombra di incertezza. "Se lo mangia in insalata uno come Henry."

"Davvero, Venetia?" E a questo punto decisi di giocarmi il mio asso nella manica. "L'ho visto a Peasepotter Wood che tramava con un balordo che chiamano Vecchio George."

"E quando è successo?"

"Non vedo perché te lo dovrei dire." Mi avvicinai alla toilette e cominciai a sistemare le mie mollette per capelli. "Prima devi chiedermi scusa per aver sostenuto che Henry non si è dichiarato."

Rimase perfettamente immobile per un attimo, poi si voltò verso la porta. "Non lo farò mai, piccola strega. Quanto al resto, lo scoprirò per conto mio."

E tornò in fretta e furia in camera sua, dimenticando il vestito, il picnic, la dichiarazione. Io tirai fuori il vestito azzurro cielo e lo provai di nuovo. Lo indosserò la prossima volta che vedrò Henry per ricordargli del nostro fidanzamento. Sono sicura che gli risveglierà la memoria.

Lettera del Ten. Carrington a Mrs Tilling

Parnham House,
Parnham,
Kent
Telefono: Parnham 47

Venerdì, 26 luglio 1940

Cara Mrs Tilling,

voglio ringraziarla per essere venuta a Parnham a portarmi l'anello. Immagino che non sia stato un compito piacevole e so che non era affatto obbligata a venire, ma questo non fa che aumentare la mia riconoscenza.

Da quando ci siamo visti ho iniziato a lavorare, cosa che soddisfa il duplice scopo di farmi uscire di casa e di aiutarmi a distogliere il pensiero dalla guerra e dagli amici che non ci sono più. Il medico che mi ha visitato mi ha ritenuto inidoneo a riprendere servizio, almeno per il momento, quindi mi è stato assegnato un lavoro a Litchfield Park, che consiste nello spostare dei pezzi di carta e nel telefonare alla gente per dire che cosa contengono. È molto noioso, ma dicono che mi trasferiranno a fare qualcosa di più interessante appena possibile. Spero di essere mandato a Londra, il che comporterebbe anche andare a vivere per conto mio.

Se le capitasse di venire in zona, la prego di farsi viva con me. Penso di non essere stato gentile come avrei dovuto e vorrei ringraziarla di persona per tutto il disturbo che si è data. Se c'è qualcosa che posso fare per lei, la prego di farmelo sapere. Sarei solo felice di poter ricambiare la sua cortesia.

Con i miei migliori saluti,
Ten. Rupert Carrington

Lettera di Venetia Winthrop ad Angela Quail

Chilbury Manor,
Chilbury,
Kent

Sabato, 27 luglio 1940

Carissima Angie,

è sempre tutto più complicato. Ieri sono stata mandata a Dover per valutare i danni dei bombardamenti. La città è mezza distrutta, è diventata un angolo di inferno. Mentre ero lì, in cielo sono comparsi alcuni aeroplani nemici, che si sono messi a girare in cerchio sopra le nostre teste, con le svastiche ben visibili su entrambi i lati. Ho temuto di star male. Poi sono arrivati a respingerli i nostri Spitfire e Hurricane, e a quel punto si è scatenata una sorta di battaglia. La gente del luogo è uscita dai negozi e si è fermata con il naso per aria ad applaudire, ma io non ce l'ho fatta. Tutta questa farsa per altre morti, altre vite rovinate. Che cosa siamo diventati?

Molte cose sono successe dall'ultima volta che ti ho scritto. La notizia più importante è che credo di essere incinta. Non so ancora che cosa pensare e, per la verità, spero che non sia così. Credevo di essere stata attenta, ma non si può mai essere sicuri. Ovviamente non ho detto niente ad Alastair né a nessun altro. Vorrei tanto che fossi qui, Angie. So quello che stai pensando: in fondo è molto semplice, basta che Alastair e io ci sposiamo. Ma, vedi, sospetto che Alastair sia implicato nel mercato nero. Così, invece di sposare un artista romantico e di andare a vivere in un castello diroccato su un'isola in mezzo a un fiume, diventerei la moglie di un criminale incallito, schiava della paura, perennemente in fuga. Francamente, Angie, non è questa la vita che sognavo.

Pensa un po', l'ho scoperto da Kitty mentre eravamo impegnate in una delle nostre stupide liti. Avevamo appena smesso di litigare, quando lei mi ha colto di sorpresa, annunciandomi che aveva visto Alastair a Peasepotter Wood mentre intrallazzava con una specie di balordo. Non riesco a smettere di pensarci. Mi sembra una cosa totalmente estranea a lui, per niente in sintonia con l'artista gentile e sofisticato che conosco. Certo, anch'io ho avuto dei sospetti. Ma questo poi!

Quando uscii dalla stanza ero furiosa, ma poi ho dovuto ricompormi per il battesimo di Rose, fissato per il pomeriggio.

Abbiamo provato molto, perché il coro femminile di Chilbury potesse prodursi in qualcosa di speciale. Uscimmo dagli stalli in una specie di processione per andare a sistemarci attorno a Hattie e Rose e, mentre procedevamo, attaccammo *Tutte le cose belle e luminose*, dandone una versione memorabile. Quando arrivammo alla parte che dice *Ogni piccolo fiore che si apre, ogni uccellino che canta*, le avevamo ormai circondate e Hattie sembrava scoppiare di gioia.

Dopo il servizio andammo tutti a casa di Hattie in Church Row a prendere un tè e io mi fermai a rassettare, anche se quello che mi interessava veramente era un suo consiglio sulla faccenda di Alastair.

"Kitty l'ha visto a Peasepotter Wood con un tizio del mercato nero. Stava facendo affari con lui, Hattie!" Mi stavo scaldando, mentre camminavo su e giù nel soggiorno prendendo i piatti e depositandoli rumorosamente nel lavello. "Santo cielo," esclamò Hattie, allontanando la carrozzina di Rose da quell'attività frenetica. Sta diventando una vera chioccia. "Be', forse è arrivato il momento di prendere le distanze, Venetia. Non voglio essere crudele, ma mi preoccupo per te e non credo che stare con lui ti renderà felice."

"Non so." Mi lasciai cadere su una poltrona. "L'unica cosa di cui sono sicura è che, se non dovessimo più stare insieme, mi si spezzerebbe il cuore. Ti sembrerà ridicolo, ma non posso lasciarlo senza sapere prima la verità. Significa troppo per me."

"Che cosa pensa tua madre di questa storia?"

"Mamma è completamente assorbita dal piccolo Lawrence, che, ancora adesso, non riesce a trattenere il latte. Senza contare Papà, che è sempre più irascibile. Da parte sua, Kitty è fuori controllo e comunque si occupa di Silvie con tata Godwin. Nessuno si interessa di noi o di quello che può succedere."

"Be', lasciali perdere per il momento. Pensa a quello che devi fare." Mi diede qualche piccolo colpetto sulla mano. "Non riesci a procurarti qualche altra informazione prima di decidere?"

"Se è per questo ho già deciso. Lo seguirò ovunque vada," dichiarai, improvvisamente convinta.

Lei diede un gran sospiro e in quel momento capii che Hattie è l'unica persona a cui io sto veramente a cuore. "Be', almeno cerca di stare attenta," disse. "E per favore rinuncia se la faccenda diventa troppo pericolosa. Non è necessario che tu faccia sempre la parte della donna coraggiosa, di quella che sfida il destino."

Andai alla porta e mi girai a guardarla, commossa dall'affetto che mi dimostrava e dal suo coinvolgimento. "Ti farò sapere come vanno le cose."

"Lo sai che mi preoccupo sempre per te, Venetia," mi disse, e all'improvviso sentii salire le lacrime. Mi voltai rapidamente e presi a camminare spedita nel giardino della piazza, mentre le anatre filavano via rapide per evitare i miei piedi. Respirai a fondo l'aria estiva e pregai di poter uscire viva da questo pasticcio.

Ti scriverò al più presto per raccontarti gli ultimi sviluppi. Teniamo le dita incrociate.

Venetia

Dal diario di Mrs Tilling

Lunedì, 29 luglio 1940

Oggi ho avuto uno strano pensiero, che sto ancora cercando di elaborare. La mattina è passata come di consueto a dare una mano in ambulatorio per cercare di alleviare i dolori di chi si presentava. Da quando è iniziata la guerra, la gente arriva anche quando non ha niente, solo perché è depressa o giù di morale. Mrs Turner, il cui marito è morto durante uno dei raid aerei su Dover, è affetta da una tosse insistente, apparentemente inspiegabile. Viene spesso a trovarmi. Io cerco di consolarla, ma lei si ritrae come se non riuscisse a sopportare le mie parole, la faccia grigia come quella di un fantasma. Tutto quello che possiamo fare è preparare del tè e darle un'aspirina. Mrs Quail l'ha convinta a entrare nel coro, e nonostante all'inizio abbia tenuto la bocca chiusa per una buona mezz'ora, alla fine è riuscita a cantare qualche verso di *Loda il Signore, anima mia.* È stato uno strano momento per tutte noi, come se stessimo cercando di riportare in vita un uccellino ferito grazie al potere del canto.

Dopo pranzo ho fatto un salto da Hattie, la quale ha cercato di convincermi che Rose è sputata a suo padre, mentre invece secondo me non assomiglia né a lei né a Victor. Ugualmente il piccolo Lawrence, con i suoi ciuffetti di capelli scuri, è più simile a Hattie, non solo, ma al battesimo mi è venuto spontaneo notare che Rose ha gli stessi colori della sua madrina, Venetia. E questo mi ha fatto pensare di nuovo a tutta quella strana storia: il medicinale dal sapore tremendo, il fatto che entrambe le nascite si siano verificate nello stesso pomeriggio, quello in cui ero a Litchfield. E che entrambi i neonati abbiano avuto lo stesso problema respiratorio e siano stati portati a casa di Miss Paltry per essere rianimati.

Quel giorno, quando l'avevo incontrata in piazza, avevo avuto l'impressione – cosa che all'epoca mi era sembrata ridicola – che dalla sua borsa provenisse un suono. E se fosse stato il vagito di un bambino? Se Miss Paltry avesse scambiato i due neonati? Fui percorsa da un brivido all'idea. Dovevo sembrare disorientata perché Hattie mi chiese: "Va tutto bene, Mrs Tilling?".

Mi riscossi subito. Nessuno deve sospettare niente finché non avrò avuto il tempo di riflettere bene sulla questione. Finché non avrò delle prove. "Certo, cara," le dissi sorridendo. "Purtroppo ho un po' fretta perché devo andare a visitare anche il bambino di Mrs Winthrop." Rimasi un attimo in silenzio come se stessi riflettendo, poi le chiesi: "Ricordi quando la povera Rose ha avuto quel problema respiratorio il giorno in cui è nata?".

"Come potrei dimenticarlo? È stato il momento più brutto della mia vita."

"Miss Paltry te l'ha fatta vedere prima di portarla via?"

Negli occhi le si accese un dubbio, come se non capisse la ragione della mia domanda, quindi mi affrettai a tranquillizzarla.

"Be', penso che avrai potuto almeno tenerla in braccio per qualche istante prima di vederla sparire, no?"

Il viso sottile di Hattie si raggrinzì e lei scoppiò a piangere. "No, è successo tutto così in fretta che non ho nemmeno fatto in tempo a vedere il suo faccino." Guardò la bambina che teneva in braccio e i suoi tratti si rilassarono. "È stata via almeno cinque minuti. Ero fuori di me. Mi alzai dal letto e mi trascinai fino alla porta d'ingresso, quando finalmente Miss Paltry tornò con il mio angioletto."

Diede a Rose un bacio leggero e vedendo i loro volti vicini e così diversi, uno magro e delicato, l'altro a forma di cuore e dai colori chiari, mi domandai che senso avesse rivelarle i miei sospetti. Dopotutto anche Mrs Winthrop era felice del suo piccolo, no? E l'arrivo di un maschietto non era stata forse una benedizione, visto che permetteva loro di conservare l'eredità?

Fu a quel punto che ebbi una specie di folgorazione. Forse dietro a questa faccenda non c'era solo il capriccio di una levatrice senza scrupoli. Forse c'era più di quanto non si intuisse. Salutai Hattie e mi affrettai verso Chilbury Manor, dove ero certa di trovare Mrs Winthrop. Ci sedemmo in salotto e lei chiese a Elsie di portare del tè. Mi sembrava di essere tornata a prima della guerra, anche se lei aveva l'aria stanca e stressata, il che voleva dire che il generale era di nuovo insopportabile.

"Sto studiando dei casi di bambini nati con problemi respiratori, quindi mi chiedevo se potrei farle qualche domanda sulla nascita di Lawrence," azzardai con prudenza. Non volevo metterla in sospetto.

"Pensavo che ne avessimo già parlato a sufficienza," disse con un sospiro. "È stato molto penoso. Non so se ho voglia di rivangare quell'esperienza."

"Sarò breve. Volevo solo sapere se Miss Paltry ha portato via subito il bambino o se le ha permesso di tenerlo in braccio per un po'."

"No, tutto si è svolto molto rapidamente. Il bambino era in grave pericolo." La sua versione consolidava la mia teoria, quindi decisi di proseguire.

"Quando è tornata il piccolo Lawrence era nella sua borsa nera?"

"Ma no, certo che no!" esclamò Mrs Winthrop e io capii di essermi spinta troppo in là. Comunque fosse, persino Miss Paltry avrebbe avuto l'intelligenza di toglierlo dalla borsa prima di entrare.

Elsie era arrivata con il tè e io mi chiesi se non avesse udito l'ultima parte della conversazione. Aveva uno strano sorrisetto. "Vuole lo zucchero?"

Prima di riuscire ad andarmene dovetti fermarmi a parlare di banalità, poi mi precipitai a casa per riflettere in pace sull'intera vicenda. Era incomprensibile che una persona avesse preso una decisione così grave per la vita degli altri.

A meno che non fosse stata pagata da qualcuno.

Dal diario di Kitty Winthrop

Mercoledì, 31 luglio 1940

Prim ha avuto un'idea geniale. Ha deciso di tenere una commemorazione per i caduti perché tutti si stringano attorno a chi ha subìto un lutto. Penso che sia stata Mrs Tilling a suggerirglielo, parlandole di Mrs Turner che ha perso il marito in un bombardamento sopra Dover. Ma c'è anche la povera Mrs Poultice di cui tener conto.

"Devono sapere che condividiamo il loro dolore," mi disse Prim oggi, durante la lezione di canto, che si è svolta in chiesa dove l'acustica è migliore. Ho cantato il *Padre nostro*, e il suono era così ricco da far sembrare la mia voce estremamente professionale. Prim ha detto che alla commemorazione, che si terrà fra qualche settimana, lo canterò da sola.

Arrivo sempre in anticipo alle prove, perché è un momento fantastico. L'idea di cantare mi eccita, tutte sono contente di vedersi, e anche oggi è andata così. Non c'è niente di strano, perché i nazisti ci incalzano, pronti a invaderci, e quindi vogliamo goderci la vita finché possiamo.

"Ho lavorato sodo tutto il giorno per preparare la riunione del Servizio di volontariato femminile," si lamentava Mrs B. "Senza una parola di ringraziamento o un attimo di respiro."

"Ci faccia sapere come possiamo aiutarla," disse Mrs Tilling.

"Sfortunatamente sono l'unica che ha doti di comando."

Mrs Tilling continuò: "Potrei...".

"No, non ci sono soluzioni," ribadì Mrs B., alzando la voce per sovrastare quella di Mrs Tilling, come un tornado travolge una brezza leggera.

"E Mrs Quail dice che..." insistette Mrs Tilling.

"Se vuoi che le cose vengano fatte," tuonò Mrs B. e noi, che conoscevamo a memoria il seguito, continuammo in coro: "Devi farle tu".

Prim arrivò in tempo per sentire la fine della conversazione e per vedere Mrs B. che arrossiva di rabbia mentre noi ridevamo facendoci schermo con la mano.

"Diamoci da fare, signore," disse, nascondendo un sorriso mentre distribuiva gli spartiti. "Come sapete, terremo una commemorazione per la comunità di Chilbury, perché tutti si sentano più vicini gli uni agli altri in questo momento doloroso."

Annuimmo in silenzio e aprimmo gli spartiti.

"Ho scelto un pezzo tratto dal *Requiem* di Mozart, il *Lacrimosa*, che descrive perfettamente la profondità dei sentimenti dell'autore. È più complicato dei brani che cantiamo di solito, ma penso che valga la pena di tentare. È uno dei miei pezzi preferiti, un oceano di dolore."

Aprimmo i nostri spartiti e davanti ai nostri occhi si dispiegò il disegno complesso delle note.

"Vogliamo provare? Su, alzatevi in piedi. Mi raccomando, lasciatevi possedere dalla musica, e non preoccupatevi se sbagliate qualcosa."

L'introduzione ebbe inizio e io capii immediatamente che cosa aveva voluto dire Prim. Il pezzo è come una serie di onde travolgenti, che diventano sempre più alte e potenti fino all'incredibile *Amen* conclusivo. Un inno alla sopravvivenza che ti fa sentire più forte che mai.

"Bello," disse Prim alla fine del pezzo, ansimando un po' dall'emozione. "Direi di ripeterlo, se siete d'accordo. Questa volta provate a sentirne tutta la tristezza, lasciatevi andare alla musica. Fate in modo che esprima il vostro dolore."

Partì l'introduzione, questa volta più lenta, più pensosa e poi attaccammo noi con le prime timide note.

Mentre cantavamo, Mrs Turner, nello stallo dei contralti, crollò, le mani a coprire il viso, il corpo curvo che tremava per il pianto. Mrs Poultice le si sedette accanto, circondandole le spalle con un braccio e mettendosi a piangere a sua volta. Nelle nostre voci si insinuò una nuova commozione, come se stessimo cantando per tutti quelli che avevano perso qualcuno o temevano di perderlo.

Quando arrivammo agli accordi potenti che annunciavano la conclusione del pezzo, le nostre voci si levarono forti, quasi intrise di pianto, più aspre di prima, fino all'*Amen* finale, dove restammo unite, convinte della forza del nostro coro che ci aveva insegnato ad affrontare insieme questa guerra.

"Per questa sera può bastare," disse Prim a bassa voce.

Piegammo in silenzio i nostri spartiti e ci avvicinammo a Mrs Turner e a Mrs Poultice, che abbracciammo, tenendo loro le mani, sussurrando le nostre condoglianze. Ed era come se, fra le nostre, ci fossero anche le mani di Mamma, che piange la scomparsa di Edmund, e di Silvie, così lontana dalla sua famiglia, e di Mrs Tilling e delle altre madri e mogli, che vivono con il cuore stretto all'idea dei loro cari lontani.

"Non siete sole, ci siamo noi," disse Mrs Quail. Poi, rivolta a Mrs Turner: "So che non possiamo sostituire suo marito, ma non dimentichi che siamo qui, tutte insieme. Il coro femminile di Chilbury non vi abbandonerà mai".

Lettera di Venetia Winthrop ad Angela Quail

Chilbury Manor,
Chilbury,
Kent

Giovedì, 1° agosto 1940

Carissima Angie,

mi sono svegliata all'alba semiparalizzata dalla paura, perché avevo deciso che oggi avrei pedinato Alastair. Sapevo che stamattina sarebbe stato impegnato nelle sue cosiddette riunioni, perché avevo tentato di organizzare qualcosa e lui si era risolutamente opposto.

Naturalmente stanotte non ho quasi chiuso occhio. Ero così sicura che, seguendolo, avrei rischiato di morire che sono stata lì per lì per mollare tutto e rannicchiarmi sotto le coperte in cerca di protezione. Quello che mi ha convinto ad alzarmi è stato il pensiero che la mia gravidanza è sempre meno una possibilità e sempre più una certezza. Voglio sapere che cosa mi aspetta.

Mi sono tirata su verso le quattro, mi sono vestita in silenzio e ho rivolto un'ultima occhiata alla mia cameretta. L'avrei più rivista? Sgusciai senza far rumore per la scala di servizio e attraversai la dispensa, poi uscii nell'aria immobile che era ancora buio.

Procedetti con cautela fino alla stradina; mi sembrava di essere l'unica persona viva nei dintorni, anche se a Dawkins Farm i braccianti erano già al lavoro nei campi. La lieve foschia che indugiava nell'aria aveva avvolto il villaggio in un silenzio tranquillo.

Arrivando nella piazza, che la nebbiolina aveva colorato di un grigio argento, per poco non sono andata a sbattere contro un furgone parcheggiato davanti al negozio di Ralph Gibbs. Senza dubbio gli serviva per le sue consegne al mercato nero, che speravo non avessero niente a che fare con Alastair. Lo avevo mai visto parlare con Ralph? Non che io ricordassi. Ma i miei ricordi significavano qualcosa, o fino ad allora ero vissuta in un mondo dimezzato, un sogno dentro un sogno?

Ho raggiunto la mia postazione in fondo a Church Row, da dove potevo vedere la facciata anteriore e quella posteriore della casa di Alastair, e lì sono rimasta ad aspettare. Starsene seduti al buio in attesa che compaia qualcuno è molto noioso, anche perché non ero affatto sicura che quella di seguirlo fosse una buona idea. Verso le sei, mentre stavo controllando se il mio orologio funzionava bene, lo vidi finalmente apparire sul sentiero del giardino posteriore, aprire il cancelletto e incamminarsi verso i pascoli. Impeccabile come al solito, con indosso il suo completo sotto l'impermeabile beige, si avviò di buon passo in direzione opposta al punto in cui mi trovavo io. Fece una breve sosta per respirare l'aria mattutina – la foschia si era dissipata ed era sbocciata un'alba bellissima, un tripudio di giallo pallido, rugiadoso e frizzante. Non vedevo l'ora di portare a termine quel mio maledetto piano!

Un po' intorpidita, uscii saltellando da dietro la siepe e mi accucciai mentre lui avanzava spedito lungo il bordo del campo, allontanandosi. Dopo essere passato nel campo successivo, si diresse verso casa mia, un itinerario piuttosto bizzarro. Trotterellandogli dietro, lo vidi svoltare bruscamente, attraversare i cespugli lungo il ciglio e subito dopo, rapido come una freccia, superare il viottolo per poi dirigersi, svoltando più volte, verso Peasepotter Wood. Non è stato facile controllare il suo percorso senza che si accorgesse di me. Sospetto che abbia scelto un tragitto così contorto per evitare di incontrare qualcuno e per poter seminare chi lo tallonava.

Ma ci voleva altro per seminarmi.

Prima di raggiugere il bosco, ha tagliato per un campo molto esposto, privo di cespugli e di siepi ai lati, e io ho dovuto fermarmi sul fondo finché lui non ha raggiunto gli alberi. A quel punto, mentre me ne stavo nascosta dietro un arbusto spinoso, si girò per guardarsi attorno e, prima di scomparire nel folto, mi parve che i suoi occhi si posassero su di me per una frazione di secondo. Non pensai che mi avesse vista. Chissà se in tal caso si sarebbe avvicinato, ma in quel breve attimo trattenni il respiro. Dovevo essere prudente.

Attraversato d'un balzo lo stretto sentiero, mi tuffai nel bosco. Da anni non andavo a Peasepotter Wood, eppure ricordavo tutti i viottoli e sapevo anche come raggiungere Pixie Ring, il nostro cerchio magico. Alastair si stava dirigendo verso un luogo preciso, l'angolo dei castagni, dove da piccole io e Kitty eravamo solite giocare accanto ai tronchi grossi come botti, vecchi e robusti come l'Inghilterra. Pensando a lei, mi ricordai che tanto tempo fa eravamo amiche.

All'improvviso Alastair si fermò in una radura e io mi fiondai dietro uno dei castagni più grandi, sbucando con la testa da dietro il tronco quel tanto che serviva a sbirciare attraverso i rami.

Poi scorsi un uomo che gli si stava avvicinando. Massiccio, forte, con la stazza di un gladiatore, indossava un vecchio completo che di certo non era suo perché le maniche e i pantaloni erano troppo corti.

Hanno parlato per un po' a bassa voce. Osservando lo sconosciuto, conclusi che doveva trattarsi di un latitante che viveva alla macchia, forse nel bosco stesso.

Era arrabbiatissimo per qualcosa, di questo sono sicura, e io ero spaventata per Alastair e per il nostro villaggio, ma soprattutto per me, pensando a quello che mi sarebbe capitato se mi avesse trovata lì.

Alastair discuteva pacatamente e gesticolava come se stesse tentando di rabbonirlo. Si tolse un pacchetto dalla tasca interna e glielo consegnò. Lo sconosciuto lo prese con cautela, e stava per intascarlo a sua volta quando cambiò idea, lo aprì con uno strappo brusco e ne esaminò il contenuto. Per qualche ragione mi ero aspettata di scorgere una mazzetta di soldi, ma non era così. C'erano invece due libricini neri e, mentre lui li rigirava in mano, ho riconosciuto una tessera annonaria e un passaporto. Alastair aiutava quell'uomo a scappare dall'Inghilterra.

Lo sconosciuto, sempre più agitato, riavvolse i due documenti nella carta del pacchetto e se li cacciò in tasca. Alzò il tono di voce, una specie di ringhio che mi arrivava attraverso le felci. Con orrore mi accorsi che non parlava inglese. Senza alcun dubbio la lingua che usava era il tedesco.

Che ci faceva lì? Era una spia? Come ci era arrivato? Era stato paracadutato? Perché era vestito in quel modo raffazzonato? Ci avrebbe ammazzati tutti? Ci avevano avvertiti di tenere gli occhi aperti per individuare un eventuale nemico, ma non mi sarei mai immaginata di vederne uno.

O che uno di loro avrebbe avuto un abboccamento con Alastair.

Tendendo l'orecchio per captare la risposta di Alastair, per poco non vomitai sentendolo esprimersi in una lingua così diversa dalla sua solita parlata inglese. All'improvviso intuii la portata e la gravità della situazione. Lo conoscevo pochissimo.

Dopo qualche parola irata l'uomo si allontanò, sparendo nel bosco, per fortuna nella direzione opposta a quella in cui ero io. Alastair rimase a guardarlo per un minuto, poi si girò e con mio grande sgomento si avvicinò al punto in cui mi ero nascosta.

Sono saltata dietro l'albero e mi sono schiacciata con la schiena e le braccia contro il suo tronco protettivo, ascoltando il fruscio dei suoi passi che calpestavano il fogliame. Non sapevo se mi avesse vista, se stesse uscendo dal bosco o si stesse dirigendo apposta verso di me. Cosa mi avrebbe fatto? Ho deglutito con forza in preda a un panico crescente.

Quando si fermò vicino all'albero, sull'altro lato del tronco, ebbi la certezza che sapesse che ero lì. Lo sentii camminare intorno al castagno con passo leggero e lo vidi apparire lentamente, tenendo un dito sulle labbra. Si accostò con cautela e si mise al mio fianco. Mentre stavamo entrambi appiattiti con la schiena contro il tronco, la sua mano trovò la mia e le nostre dita si allacciarono. Sentii una vampata di calore che attraverso il braccio mi arrivava al cervello. Che cosa non va in me, Angie? Avevo paura che mi attirasse a sé e mi tagliasse la gola, eppure lo desideravo al punto che mi si era bloccato il respiro.

Ma lui non fece nessuna delle due cose. Si limitò a girare la testa per fissarmi e io lessi nei suoi occhi un'espressione diversa, una malinconia che non avevo mai notato prima.

Dopo qualche minuto, ha distolto lo sguardo, si è staccato dal mio fianco e, con un'occhiata intorno, si è allontanato prendendomi per mano e sfrecciando attraverso gli alberi a tutta velocità. Sono stata lì lì per inciampare un paio di volte, ma la sua mano mi sorreggeva, tirandomi. Ero esausta e pietrificata. Che cosa mi avrebbe fatto?

All'improvviso ruzzolammo in una radura, con il sole dorato

dell'alba che filtrava attraverso i rami degli alberi. Era come se, nonostante tutto, il mondo fosse sopravvissuto, glorioso e splendente nella pallida luce di quelle ore mattutine.

"Da che parte?" sussurrò ansimando nell'aria tiepida.

"Di qui," risposi sottovoce, prendendogli la mano e facendogli strada. "Siamo quasi al margine del bosco, da là, rasentando il frutteto, possiamo raggiungere Bullsend Brook e arrivare sul retro della fattoria dei Dawkins. Proseguendo in quella direzione si torna al villaggio." Quella era anche la via più breve per arrivare ai campi dove lavoravano i braccianti, che avrebbero potuto sentire le mie grida di aiuto, se fosse stato il caso.

Quando siamo spuntati dal frutteto e ci siamo inoltrati fra i cespugli lungo il torrente, abbiamo rallentato il passo. Lui mi teneva ancora per mano e con il pollice mi accarezzava le dita. Era strano, perché non ci piace mostrarci insieme in pubblico. Io sto attenta a non farmi vedere da Papà e lui, be', è solo prudente, ma ormai questo non mi stupisce. E ora eravamo lì, mano nella mano, due giovani innamorati che camminavano tra gli alberi, passando da una zona ombrosa all'altra, con l'acqua del ruscello che scorreva sulle pietre grigie e levigate, in un insolito accostamento di bene e male.

"Sei imprevedibile, Venetia," mi disse con voce calma.

"Anche tu!" borbottai, non sapendo da dove cominciare.

"Perché mi hai seguito?"

"Non riuscivo a credere che fossi coinvolto nel mercato nero. Ma sembra che ci sia ben altro."

Per un attimo mi parve confuso, poi osservò: "Devi averlo saputo da Kitty," come se questo spiegasse tutto.

"Ti ho seguito perché volevo saperne di più sul mercato nero. Ovviamente non potevo pensare che fossi anche una spia nazista," ribattei. "Esiste una qualche attività illegale che tu non pratichi, Alastair?"

Mi sorrise. Sì, *mi sorrise*, come se fosse orgoglioso di sé. "Non ne pratico molte in realtà, se per caso pensi a reati come il furto con scasso. Una volta mi sono dato alla contraffazione di documenti... è stato interessante. Mi è servito a migliorare la tecnica pittorica."

Rimasi attonita e per assimilare meglio quell'informazione mi fermai un attimo. Insomma, sapevo che trafficava con il mercato nero e chissà che altro, ma da come parlava sembrava un criminale efferato, un delinquente senza scrupoli.

"E adesso sei anche un traditore," conclusi scoraggiata. Mentre pronunciavo quest'orribile parola, che suonava così goffa sulla mia bocca, fissai lo sguardo nei suoi limpidi occhi scuri. "Come hai potuto collaborare con il nemico e sul suolo della tua patria, per giunta?" Ero arrabbiata con lui per avermi delusa, arrabbiata per quello che faceva. "Non sapevo che conoscessi il tedesco! Quante altre persone vivono in te, Alastair?"

"Molte," mi rispose con semplicità. "Parlo anche il francese, se questo può consolarti."

"Perché dovrebbe consolarmi?" chiesi, riprendendo a camminare.

"È molto più complicato di quello che sembra, Venetia. Ora come ora non posso spiegarti di più, ma devi fidarti di me." Mi seguiva, cercando di riprendermi la mano.

"Cosa vuol dire che è complicato?" replicai con durezza, scostandolo. "Sei un delinquente e un traditore. Molti si accontenterebbero di essere uno dei due, un delinquente *o* un traditore. Ma no, Alastair Slater deve essere entrambi." E aggiunsi: "E sei anche un artista assai mediocre, per giunta".

A questo punto scoppiò a ridere. "Oh, Venetia! Non sono poi così male come artista, ti pare?"

"E invece sì," risposi sarcastica. "Quel mio ritratto è tutto sbagliato. Tu non mi conosci. Non mi hai mai capita."

"Forse hai ragione," continuò con un sorrisino, ma notai che era turbato. "Lo cambierò, Venetia. Ti giuro che lo cambierò. Ti dipingerò come la dea gentile che sei veramente."

"Perché darti tanto disturbo?" gridai. "Cercati un'altra sfacciata che sia in linea con il tuo stile!" Mi girai a guardarlo negli occhi. "Hai una bella faccia tosta a chiedermi di fidarmi di te quando non hai fatto che mentire e vivere di sotterfugi."

Mi prese la mano. "Venetia, sarò anche l'uomo peggiore del mondo, ma con te sono sempre stato sincero." La sua voce era vellutata, ferma, seria. "Ti amo, Venetia. Pensavo che anche tu mi amassi; lo sentivo nel profondo. Siamo fatti l'uno per l'altra."

"Non so se posso stare con un traditore," risposi con voce

spezzata, mentre le lacrime mi salivano agli occhi. Poi, con una risatina fiacca ed esitante, aggiunsi: "Passi il mercato nero, ma un traditore è un'altra cosa". E cominciai a piangere, proprio lì, nel bosco, tra gli alberi silenziosi che trasmettevano al mondo un senso di stoica perseveranza.

"Le cose non sono così tremende come te le immagini, Venetia." Mi abbracciò, stringendomi a sé e cercando di recuperare il fascino della nostra intimità notturna. "Fidati di me. Come ti ho detto, la situazione è molto complicata."

Mi accasciai contro il suo corpo tiepido quasi fosse un liquore corroborante da cui attingere forza. Eppure, sapevo dentro di me che i fatti di quella mattina illuminavano di una luce diversa sia lui sia il nostro rapporto.

"E spiegati, allora!" Lo respinsi, arrabbiata perché aveva rovinato tutto. "Dimmi perché è così complicata."

"Non posso," mi rispose con semplicità e un'espressione di rimorso nello sguardo. "Posso dirti soltanto che ti amo e che devi credermi." Si infilò la mano in tasca e tirò fuori una medaglietta senza catena, un oggettino d'argento dai bordi consunti.

"Prendila," mi disse.

Non sapevo cosa fare, ma prevalse la curiosità. La presi e me la rigirai in mano. Era una medaglietta portafortuna con l'immagine di san Cristoforo.

"Era di mio nonno," ha detto piano, e il ricordo lo ha fatto sorridere. "John MacIntyre, l'uomo migliore del mondo ai miei occhi." Mi ha chiuso la mano intorno alla medaglietta. "Tienila."

"No," ho detto allargando con forza le dita. "Sei tu che ne hai bisogno." Ho sorriso incerta. "Sono sicura che dozzine di delinquenti e di spie, per non parlare della polizia e dei servizi militari di intelligence, ti stanno dando la caccia."

"Non mi fanno paura, ho solo paura di perdere te."

C'era una strana espressione sul suo viso, un'espressione che non sapevo leggere. Era forse tristezza? Era una supplica o una preghiera?

Lo guardai, incerta. "Non mi hai mai parlato di tuo nonno," dissi. Fu un momento strano, come se il mondo avesse smesso di girare, l'aria immobile, il silenzio assoluto.

"Non mi piace parlare di me," sussurrò, prendendomi una

mano tra le sue. “Lo sai quello che provo per te. Quando tutto questo sarà passato, potremo sposarci.”

Il vento che frusciava tra i rami mi diede un brivido. Mi sentivo intrappolata dall’enormità di quello che mi si prospettava: la vergogna, l’odio, la povertà, il senso di perdita. Il bambino che mi cresceva dentro. Mossi un passo incerto all’indietro.

“Ho bisogno di tempo per pensare a ogni cosa,” dissi esitante e poi, sentendo il suono flebile e spaventato della mia voce, aggiunsi in tono baldanzoso: “Sono sicura che ti ci vorrà del tempo per liberarti del nazista che ho visto nel bosco”. Poi scossi la testa incredula, come per cancellare quell’immagine dalla mia mente. “Non hai paura che ti denunci?” chiesi, quasi incuriosita dal fatto che non ne avesse fatto cenno.

“No,” rispose con calma.

“Caspita! Sei davvero sicuro di te, eh?” sbottai. “Credi di avermi incantata al punto da farmi smettere di ragionare?”

“No, Venetia. È solo che non ho paura di essere denunciato,” rispose gentilmente, allungando una mano per levarmi una foglia color smeraldo che dai capelli mi era finita sulla spalla. “Ho molta più paura di perdere te.” Nei suoi occhi colsi un desiderio così intenso che ebbi il timore di esserne sopraffatta se mi fossi trattenuta ancora.

“Non so chi sei, Alastair Slater,” replicai furente. Mi dava sui nervi che fosse così evasivo. “Non so a che gioco stai giocando, ma tanto vale che ti trovi una nuova musa.”

Così dicendo, gli voltai le spalle e sbucai dal folto degli alberi per dirigermi verso il frutteto. Mossi dalla brezza leggera i rami disegnavano ombre mutevoli simili alla vita, che oscilla tra la luce e il buio. Sopra di me volteggiava un uccello da preda, le ali spiegate, possente nella pallida luce dell’alba.

Mentre raggiungevo il limitare del bosco, non potei fare a meno di voltarmi per guardarlo un’ultima volta. Era ancora lì, al margine degli alberi, e mi fissava in silenzio. Irritata, mi sono girata, ho attraversato il frutteto a passo di marcia e mi sono messa a correre fino a casa.

Ed eccomi qui, confusa e arrabbiata, senza sapere cosa fare. Lo *desidero*. Ma come posso amare un traditore? Forse suo figlio sta crescendo dentro di me, ma come posso fidarmi di quest’uomo che non si fa scrupolo di tradire il nostro paese, il nostro mondo, il nostro amato villaggio? Ovunque volga lo sguardo – al coro, al gruppo delle sarte, a Mrs B., a Hattie e alla sua piccola Rose, a Silvie, persino a Kitty – scorgo persone cui sono incredibilmente affezionata. Con che coraggio ci mette in una situazione di pericolo? Come può contribuire alla nostra fine in modo così diretto e definitivo?

Mentre pensavo al peggio, sentii qualcosa sotto le dita. Era la medaglietta di san Cristoforo. Dovevo averla infilata in tasca quando mi ero arrabbiata. L'ho tirata fuori e l'ho tenuta stretta, ricordando quell'attimo in cui il tempo si era fermato, quando mi aveva detto che le cose erano più complicate di quanto sembravano. Quando mi aveva pregato di fidarmi di lui. Lo vorrei tanto, Angie, ma come posso?

In quel momento qualcuno bussò alla porta. Era Kitty.

"Ti ho sentita piangere," sussurrò entrando piano in camera mia. "Volevo assicurarmi che stessi bene."

"Be', non sto bene, se proprio vuoi saperlo." All'improvviso la sentii di nuovo vicina e le indicai di venire a sedersi sul letto accanto a me. Ci abbracciammo, come facevamo da bambine, quando Papà strepitava e noi scappavamo nel bosco, tenendoci strette come per rassicurarci.

"Posso fare qualcosa?" mi chiese.

"No. Non sto bene, ho un nodo in fondo allo stomaco."

"Perché non vai da Mrs Tilling? Riesce sempre a consolarmi."

E mentre condividevamo quella fugace alleanza, decisi che forse non era una cattiva idea andare da Mrs Tilling.

Prometto di scriverti presto,
Venetia

Dal diario di Mrs Tilling

Giovedì, 1° agosto 1940

Questo pomeriggio, al ritorno dall'ospedale, ho avuto una visita inaspettata. La bicicletta blu appoggiata al muro imbiancato a calce era di Venetia, ma di lei nessuna traccia.

Che cosa sta succedendo?, pensai, mettendomi a cercarla. Alla fine girai attorno alla casa ed eccola seduta in terrazza su una poltroncina di vimini, sotto la magnolia che si curvava su di lei come un ombrellone rosa avorio. La testa piegata all'indietro, gli occhi chiusi, i capelli color oro che rilucevano al sole, la pelle chiara e morbida, Venetia era bellissima nel suo grazioso vestito verde. Peccato che sia così sventata, e certamente l'influenza di Angela Quail non le è d'aiuto. Sono sicura che sotto quel trucco e quella sicumera non è una cattiva ragazza.

"Venetia," la chiamai toccandole piano il braccio.

Aprì gli occhi, sbattendo le palpebre. Capii che era stanca. Il lavoro a Litchfield Park la impegna per molte ore, e ho motivo di credere che abbia trascorso molte ore anche da qualche altra parte.

"Devo essermi assopita," disse, raddrizzandosi sulla sedia e riemergendo, annebbiata, da un mondo diverso.

"Sei venuta a trovarmi per un motivo preciso?" le chiesi. Con la cena da preparare e i molti impegni pomeridiani speravo che non mi facesse perdere tempo.

"Sì." Mi guardò nervosamente per qualche istante, mentre, appoggiandosi con le mani color perla ai braccioli della poltroncina, si piegava in avanti e si alzava in piedi. "Possiamo andare dentro?"

Aprii la porta sul retro e lei mi seguì attraverso la cucina e l'ingresso, fino in salotto. La mattina, uscendo, avevo lasciato la finestra aperta e lo squisito profumo della lavanda che cresce nel giardino davanti a casa aveva diffuso nella stanza una freschezza corroborante, come di lenzuola di bucato. La tenda bianca a rete svolazzava dentro e fuori della finestra; il tepore dell'estate ignorava la guerra.

Mi sedetti sulla poltrona beige mentre lei si appollaiava sul sofà di fronte. Con tutte le cose che avevo da fare, decisi di non offrirle il tè.

"Allora," dissi, sperando che si affrettasse a spiegare.

E lei attaccò.

"Credo di essere incinta."

Seguì una lunga pausa. Aveva gli occhi fissi sulle mani che teneva giunte in grembo e che apriva e chiudeva in continuazione. Per non pensare alle cose che immediatamente mi erano saltate in mente, ho cominciato a porle delle domande.

"Da quanto tempo?"

"Non lo so veramente..."

"Ricordi quando hai avuto per l'ultima volta le tue cose?"

"Circa cinque o sei settimane fa."

Alzò lo sguardo e colse l'espressione del mio viso, che ovviamente manifestava disapprovazione.

"È stato uno sbaglio," disse sottovoce, "un grosso sbaglio. Io..." Si interruppe e scoppiò a piangere. Una strana reazione per la ragazza volitiva e caparbia che era diventata, e che mi fece tornare in mente la bambina che conoscevo un tempo, quella che scappava spaventata da suo padre e da suo fratello. Mi avvicinai e le appoggiai un braccio sulle spalle. Il tumulto del suo animo dissolveva la distanza tra noi, così come l'alba disegna trame di luce nel cielo buio.

"È Mr Slater, vero?"

"Sì," borbottò tra i singhiozzi. "Cosa devo fare?"

"Glielo hai detto?"

"No." Si scostò con una certa caparbietà malgrado le circostanze. "Voglio essere sicura. Voglio capire come mi sento prima di dirglielo." Poi mi lanciò uno sguardo duro, inquieta e impaurita. "Non lo dirà a nessuno, vero?"

"No, naturalmente." Le presi la mano. "Ma prima o poi lo si verrà a sapere."

Ricominciò a piangere, singhiozzando disperata. "Voglio trovare qualcuno che me ne liberi. Ho sentito che ci sono donne che..."

"Dimentica queste cose, Venetia," intervenni. Non voglio che si rivolga a persone come Mrs Nees, nascoste in una qualche stradina secondaria di Litchfield. "È illegale e pericoloso."

"Ma non posso avere un bambino!" Era furibonda e si mise a camminare avanti e indietro. "Non posso credere che sia successo proprio a me! Ci sarà sicuramente qualcuno che può aiutarmi."

"Venetia," dissi gentilmente, tentando di calmarla. "Tanto per cominciare, si sa come succedono queste cose, quindi è inutile che tu faccia la santarellina."

Abbassò lo sguardo, il suo bel viso sgomento.

"Poi, le donne come Mrs Nees non sanno quello che fanno. Potrai sbarazzarti del bambino, sì... ma a che prezzo? Vuoi correre il rischio di contrarre un'infezione che potrebbe impedirti di averne altri in seguito? O addirittura di morire?"

"Ma succede di rado, no?"

"Quella donna usa forbici vecchie, lame spuntate, arrugginite." Mi accorsi di avere le lacrime agli occhi. "L'anno scorso è venuta da noi in ospedale una ragazza di appena quindici anni, di cui si era approfittato un vecchio zio, che era passato per caso da casa sua e l'aveva trovata da sola. Ci ha raccontato delle sofferenze, del lungo, terribile intervento effettuato con vari strumenti, nessuno dei quali era disinfettato, sul pavimento sporco del salotto di quella donna. Era crollata in strada e un poliziotto l'aveva portata in ospedale."

Venetia era tornata a sedersi e fissava il disegno del tappeto.

"La ragazzina è morta." Inghiottii, stringendo le labbra per l'orrore. "È subentrata una setticemia e lei non ce l'ha fatta."

Nella stanza calò il silenzio, ma io potevo quasi sentire i pensieri che vorticavano nella mente di Venetia, il cui sguardo saettava da un lato all'altro del tappeto quasi a valutare i rischi.

"Com'è riuscita a cavarsela? Dopo aver lasciato morire una giovane donna in quel modo?" mi chiese alla fine con voce sommessa.

“È illegale. Può cavarsela come meglio le pare.”

“Ci sarà certo qualcuno che lo fa come si deve, con l’attrezzatura giusta.”

“No, Venetia. Ci sono altri che lo fanno, ma non nel modo giusto, con gli strumenti sterilizzati, secondo la procedura corretta e con un’adeguata preparazione clinica. È un rischio terribile e io farò tutto quello che posso per impedirti di correrlo.”

“E lei, Mrs Tilling? Non potrebbe liberarmi di questo bambino?”

Per un istante ammutolii per lo stupore.

“No, Venetia, non ho la competenza per procurarti un aborto, e non sarebbe nemmeno nelle mie possibilità. È illegale, ti ho detto. Saremmo entrambe colpevoli.”

“Ma nessuno verrebbe a saperlo... nessuno sa che sono incinta.”

“Non importa, Venetia. Non so come si fa e non voglio mettermi in una situazione in cui rischio di rendermi responsabile della tua morte.”

Rimase in silenzio. Poi arrivarono le lacrime.

“Non so cosa fare.”

“Quello che fanno le ragazze nella tua situazione. Devi dirlo a Slater e chiedergli di sposarti.”

A questo punto sopraggiunse una nuova crisi di pianto. “Non sono sicura di volerlo sposare.”

“Che cosa stai dicendo?” Cominciavo a seccarmi. “Lo hai frequentato per mesi e ti sei fatta mettere incinta. Perché non vuoi sposarlo? Credevo che ti piacesse.”

“Sì, mi piace. Cioè, lo amo tantissimo, a volte mi sembra che il cuore mi esploda, ma lui non è quello che dice di essere. Ho paura, Mrs Tilling.” Le posai un braccio sulle spalle e lei si girò verso di me. “Ho tanta paura.”

“Paura di che cosa, piccola mia?”

“Non posso dirglielo.” Mi ha guardata con gli occhi pieni di lacrime, grandi pozze in cui sembrava annegare.

“Vuoi tenere il bambino?”

“Sì, naturalmente, ma non oso immaginare come sarebbe la mia vita. Non posso sposarlo, Papà mi caccerà di casa e sarà tutto terribile.” Levò lo sguardo su di me. “Per favore, Mrs Tilling, mi aiuti a liberarmene.”

Rimasi seduta scomoda, la sua testa appoggiata sulla mia spalla, soppesando le implicazioni morali e pratiche di un aborto illegale. Da quando la storia di Carrington mi ha portata a riconsiderare il giudizio sull'omosessualità, ho dedicato molto tempo a riflettere sui miei valori, ponendomi domande alle quali pensavo di avere già tutte le risposte.

"No, Venetia," dissi alla fine. "Non posso aiutarti. E non ti permetterò di rivolgerti a Mrs Nees o ad altri come lei che potrebbero ucciderti."

Si raddrizzò, poi si soffiò il naso, quasi sapesse che era inutile insistere.

"Cosa dovrei fare?"

"Parlarne a Mr Slater."

Si alzò in piedi, ficcò in borsa il fazzoletto e rispose con durezza: "Non posso farlo". Poi, lanciandomi un'occhiata furibonda, aggiunse: "Allora chiederò a Miss Paltry. Sono sicura che saprà aiutarmi".

"Venetia, per favore," la implorai, "qualsiasi cosa tu abbia intenzione di fare, sta' lontana da gente come Mrs Nees."

"Ma Miss Paltry sa..."

"Miss Paltry non ha sempre a cuore l'interesse dei pazienti. Sono sicura che, se ti consiglia di andare da una macellaia come Mrs Nees, ne ha la sua convenienza." Mi avvicinai a lei, prendendole il polso come se fosse una bambina piccola. "Se non puoi dirlo a Mr Slater, torna da me e io ti sarò vicina per tutta la durata della gravidanza e ti aiuterò ad avere il bambino. È possibile fare in modo che nessuno se ne accorga."

I suoi occhi si accesero di dubbio e di speranza, ma anche di una paura così intensa che parve avvolgerle la mente, facendola oscillare tra l'orrore e la sofferenza. Poi lei sottrasse bruscamente il polso alla mia stretta e si avviò con passo sicuro verso la porta senza nemmeno salutarmi.

Mentre si allontanava in bicicletta, respirai a fondo, e quel respiro mi confermò che ormai ero coinvolta in quella faccenda e che Venetia sarebbe tornata da me quando non avesse avuto più la forza di farvi fronte da sola. A quel punto decisi di riordinare il ripostiglio sul retro. C'era un piccolo divano lì dentro, sepolto sotto degli scatoloni e una cassa. Forse Venetia avrebbe avuto bisogno di un letto quando il generale fosse venuto a sapere la storia.

Il colonnello Mallard rientrò mentre, al piano di sopra, mi affaccendavo con lenzuola e coperte. Guardandomi pensoso, mi chiese: "Posso aiutarla?".

"No, grazie," sbottai entrando nella stanzetta e spostando gli scatoloni per fare un po' di spazio.

"Stiamo aspettando un ospite?" si informò venendomi alle spalle e cercando di aiutarmi con la cassa.

"La metta là," borbottai, riluttante ad accettare il suo aiuto. Poi pensai che era un uomo grande e grosso e che poteva anche rendersi utile.

Spostò alcune delle cose più pesanti, sistemando gli scatoloni sopra la cassa, ripulendo il letto e ricavando alla fine abbastanza spazio.

"Grazie," gli dissi, scontrosa. "No, non aspettiamo ospiti." Poi guardai dalla finestrella le cime degli alberi del giardino sul retro, dove una gazza solitaria mi fissava da un ramo. "Non per il momento almeno."

Lettera di Miss Edwina Paltry a sua sorella Clara

3 Church Row,
Chilbury,
Kent

Giovedì, 1° agosto 1940

Cara Clara,

oggi sono incappata in una notizia utilissima, un vero asso nella manica. Il bocconcino ghiotto è il seguente: la figlia nubile del generale è incinta. Scommetto che non indovinerai mai come sono venuta a conoscenza di questa chicca scandalosa – è stata quella sciocchina a dirmelo.

Intorno alle quattro del pomeriggio sentii bussare piano alla porta di casa e quando andai ad aprire, eccola lì, tutta ben messa ma in stato di evidente agitazione. Si precipitò in soggiorno passandomi accanto e guardandosi alle spalle per accertarsi che nessuno l'avesse notata. Più scortese di così non poteva essere, ma ero talmente stupefatta che l'ho seguita con un bel sorriso di benvenuto sulle labbra.

"Ho bisogno del suo aiuto, Miss Paltry," disse con voce tremante.

Mi sedetti, rallegrandomi alla prospettiva. "Naturalmente l'aiuterò, mia cara. Di cosa ha bisogno?"

"Di abortire," rispose a denti stretti, e dentro di me si levò una sensazione di giubilo, come se un coro invisibile si fosse messo a cantare le lodi di un'occasione senza precedenti.

Mi conosci, Clara! Non me la sarei lasciata scappare.

"Quanti sono a sapere che è incinta?" mi affrettai a chiedere.

"Può aiutarmi?" sbottò lei. Era in un abisso di disperazione, la faccia contratta in una smorfia che la faceva assomigliare a quel suo odioso fratello morto.

"Certo che posso aiutarla, mia cara." Mi avvicinai e le diedi un buffetto sulla pancia. “Conosco qualcuno a Litchfield che è specializzato in questo tipo di interventi. Facile come tirare il collo a una gallina.”

Si scostò con una smorfia e io la guardai raggiante. “Però bisogna agire con assoluta discrezione. Perciò devo sapere chi ne è al corrente. I suoi genitori?”

“No, naturalmente, loro non lo sanno,” sbottò, alzandosi in piedi e lisciandosi la gonna. Le narici le si erano arricciate come se avesse fiutato odore di pipì di gatto. “Non si riferisce a Mrs Nees, vero?”

“Mrs Nees?” ripetei in fretta, aggrottando la fronte. Con chi aveva parlato per conoscere quel nome? La Nees è l’unica che soddisfa questo tipo di richieste nei dintorni, ma io ho finto di riferirmi a qualcun altro. “Mai sentita nominare,” risposi, fingendo assoluta innocenza. “Non le consiglierei di rivolgersi a una persona meno che perbene, se è quello che intende. Una signorina a posto come lei! Ho in mente uno specialista decisamente migliore, un uomo che ha fatto il medico.”

Non tornò a sedersi, ma fissò lo sguardo sulle sponde del laghetto, fuori dalla finestra, come se all’improvviso le fosse venuto in mente qualcosa. “Perché non fa più il medico?”

“Non faccia troppe domande, ragazza mia. Comunque ha sempre lavorato bene in passato. Ancora nessuna delle sue pazienti è morta.” Poi, tossicchiando, aggiunsi: “A quanto ne so”.

All’improvviso si sciolse in lacrime e si precipitò alla porta.

“Devo chiedergli se ha tempo?” le domandai a gran voce mentre attraversava il prato di corsa, affondando nell’erba i tacchi delle scarpe, con lo scialle che le si gonfiava alle spalle come il manto di una statua greca, l’immagine della figlia perfetta.

Tranne che io conoscevo il diavoletto rannicchiato nel suo piccolo, sporco grembo.

Rientrata in casa, chiusi la porta a chiave. Non morivo dalla voglia di procurarle un aborto. No, mi interessava molto di più lo splendido bottino luccicante che avrei potuto ottenere dal generale. Che colpo sarebbe stato per lui apprendere che sua figlia era stata contaminata da un borghese qualunque. Gli avrei chiesto subito il resto dei soldi che mi spettano, e se si fosse minimamente opposto, avrei tirato fuori il mio asso nella manica.

Dovevo agire in fretta perché non venisse a saperlo da qualcun altro. Mi ricordai di aver sentito dire da Kitty, mentre eravamo al coro, che suo padre oggi sarebbe andato a Londra. Vedi quanto mi è stato utile entrare in quell'assurda combriccola? Kitty ha raccontato che aveva una riunione sulla guerra, ma secondo me è più probabile che sia andato dalla sua amante. Secondo le mie previsioni sarebbe tornato con il treno della sera, quello delle 9.21. Così, dopo cena, corsi in stazione ad aspettarlo.

Arrivai in anticipo e rimasi fuori a leggere gli orari, nel caso qualcuno mi avesse vista. Non volevo testimoni durante la mia piccola chiacchierata con il generale. Ma l'unico a scendere dal treno è stato il vicario che rientrava da Litchfield.

Per qualche istante mi aggirai nei dintorni, furiosa, e stavo per andarmene quando sentii delle voci provenire dalla banchina. Sporgendo la testa dall'angolo dell'edificio, vidi il generale che prendeva a male parole il capotreno per qualcosa, forse un ritardo del treno, la sporcizia del vagone, gli scossoni durante la corsa. Comunque ci avevo visto giusto, aveva preso quello delle 9.21.

E chiaramente non era di buonumore.

Sono tornata fuori e ho respirato a fondo. Era quasi buio, il cielo a chiazze azzurro scuro con le stelle che ammiccavano tra le nuvole, lo sferragliare del treno che sbuffava verso l'ignoto. Ebbi un brivido di disagio, ma la cosa andava fatta. Ricordati che hai la carta vincente, mi dissi.

"Generale," lo chiamai a bassa voce mentre la sua ombra si profilava all'uscita, "speravo proprio di trovarla."

"Che cosa? Chi è?" chiese burbero, guardandosi intorno minacciosamente, dritto come un fuso.

Avanzai di un passo. "La sua socia in affari," dissi sorridendo.

Si girò nervosamente per vedere se ci fosse qualcuno nei dintorni. "Che cosa ci fa qui?"

"Sono venuta a scambiare quattro chiacchiere. Ho pensato che potevo farle un po' di compagnia mentre torna a casa. Vede, voglio il resto dei miei soldi subito."

Si fermò per qualche attimo. "Non sia ridicola. Dovrà aspettare fino alla fine dell'estate, se mai li avrà," ha sputato. "Girano delle voci tra la servitù. Perciò attenta a dove mette i piedi se non vuole finire in gattabuia."

Quella maledetta Elsie. L'ho vista gironzolare in paese, e tutte le volte che ci incontriamo in negozio mi oltrepassa sfiorandomi e ammiccando. Lo sapevo che non era capace di tener chiusa quella sua boccaccia.

"Generale, credo che le convenga ascoltarmi perché ho delle informazioni che potrebbero infangare il buon nome della sua famiglia."

"Che cosa significa?" disse continuando a camminare a passo di marcia. "Mi sta minacciando? Stia attenta a non sottovalutare la mia collera."

"E se si trattasse di qualcosa di molto umiliante, qualcosa di catastrofico?" continuai a bassa voce.

A questo punto si bloccò. "So tutto, disgraziata. Mi lasci in pace."

"No, lei non sa tutto," sbottai. "Non sa che la sua figlia maggiore è incinta di Slater."

Pensai che mi sarebbe stramazzato davanti. È diventato paonazzo e si è portato una mano al cuore. Ha vacillato, poi ha emesso un muggito lungo, possente. "Come osa insinuare una cosa simile?"

"È la verità," borbottai, indietreggiando. Temevo che mi si sarebbe avventato contro, che avrebbe sfogato la sua ira su di me.

"Non è vero," urlò. "Non può assolutamente essere vero." E si mise ad arrancare rabbiosamente su per la collina. "Adesso vedremo."

"Che ne dice di pagarmi per tenere nascosti i suoi sporchi segretucci?" chiesi, affrettandomi per stargli al passo.

Si fermò di colpo, poi con la mano ossuta mi afferrò il braccio affondando le dita nella carne. "Resti fuori da questa storia, Paltry," grugnì. "Se non vuole fare una brutta fine."

Al chiarore della luna il bianco dei suoi occhi brillava di una luce omicida. Era fuori di sé per la rabbia. Ero stata precipitosa, irriflessiva. Avrebbe potuto ammazzarmi solo perché avevo insinuato una cosa simile.

"Se si lascia scappare anche una sola delle sue abominevoli menzogne, cara mia, la sua insignificante vita avrà fine a breve. E adesso si levi di torno."

Così dicendo, mi diede uno spintone, buttandomi a terra.

Caddi sul fianco e per qualche attimo rimasi paralizzata dal dolore. Quando mi tirai su, era già sparito nell'oscurità.

Mi rimisi in piedi a fatica e tornai a casa con passo vacillante, commiserandomi. Il mio piano era fallito. Avevo sbagliato tattica. Non avevo previsto che non mi avrebbe creduta, che non avrebbe mai accettato la verità e che mi avrebbe ammazzata piuttosto che darmi ascolto.

E adesso che sono qui, seduta nel mio salottino, intenta a contare la metà dei soldi che mi spettano, so bene, cara sorella, che se voglio contenere le perdite devo andarmene domani all'alba. Il generale finirà per ammazzarmi, soprattutto con Elsie che parla a briglia sciolta. Ho decretato la mia condanna.

Ti raggiungerò tra pochi giorni e studieremo un modo per rimediare.

Edwina

Dal diario di Kitty Winthrop

Giovedì, 1° agosto 1940

Il mio personalissimo sforzo bellico

Altre cattive notizie. I nazisti hanno invaso le nostre isole nel Canale della Manica. Hanno prelevato i giovani per mandarli al fronte e cominciato ad affamare tutti gli altri. Sappiamo che adesso toccherà a noi. Ecco perché ho deciso che era mio dovere confidare a qualcuno che ho visto il Vecchio George e Mr Slater nei boschi e dire anche che ho dei sospetti su Proggett, che sicuramente non è solo un maggiordomo. Forse alla fine mi daranno una medaglia e diventerò l'eroina del villaggio.

In un primo momento pensai di prendere la bici e andare alla polizia di Litchfield, ma è molto distante e ora sono piuttosto presa con le lezioni di canto. Poi mi chiesi se non dovessi rivolgermi a Mrs Tilling, la persona più servizievole nei dintorni, e la risposta è stata lampante. Da Mrs Tilling abita un importante colonnello che lavora a Litchfield Park, a cui sono piaciuta molto quando ho cantato durante il concorso. Sono sicuro che darà alle mie informazioni l'attenzione che meritano.

Così, stasera, dopo cena, dissi a Mamma che dovevo andare a casa di Prim per una lezione supplementare e, presa la torcia, mi diressi al villaggio nella luce ambrata e viola del crepuscolo. Intorno c'era un silenzio di tomba, niente pipistrelli svolazzanti o il solito scalpiccio delle volpi nel bosco. C'era un senso di premonizione, come se quella notte dovesse accadere qualcosa di orribile, come se il male si stesse insinuando nascostamente nel nostro mondo.

Mi misi a correre e arrivai a Ivy House senza fiato, spaventata dalle creature invisibili che mi inseguivano. Suonai il campanello, e neanche un minuto dopo la porta si socchiuse e Mrs Tilling mi tirò dentro.

"Kitty, cosa ci fai qui?"

Ero lì, nell'ingresso, felice di vedere la tappezzeria a fiori che ben conosco, la porta della cucina aperta in fondo al corridoio, e di annusare il profumino che si sprigionava dallo stufato.

"Sono venuta per parlare con il colonnello," dissi baldanzosa. "È qui?"

Mrs Tilling parve sorpresa per un attimo, poi alzò le spalle. "Entra pure in soggiorno. Ora sta cenando, ma verrà non appena avrà finito. Nel frattempo faccio un tè."

Il colonnello è una specie di gigante. L'ho visto in paese e al concorso per i cori, ma lì, nel soggiorno di Mrs Tilling, arretrai di un passo per paura di soffocare. Non ho mai visto uno alto come lui e così robusto, con le spalle larghe e un torace che pare quello di un orso.

"Accidenti, lei è grosso da far paura," mi sfuggì, prima che riuscissi a fermarmi.

"Sì." E mi sorrise. "Sono così da quando avevo qualche anno più di te. Mrs Tilling mi ha detto che volevi vedermi."

"Sì," balbettai. "Sono Kitty Winthrop e abito a Chilbury Manor. Penso di avere scoperto..." e a questo punto mi sono guardata attorno trattenendo il fiato, "che tra noi c'è una spia."

Fece un breve sorriso prima di dare un rapido colpo di tosse e adottare un'espressione più seria; poi si sedette sul divano a fiori, facendomi segno di accomodarmi sulla poltrona di fronte. "Perché non mi racconti tutto?"

"Be', quando siamo andate nel bosco, e cioè a Peasepotter Wood, Silvie, la piccola profuga che vive con noi, e io abbiamo visto il Vecchio George, uno che traffica sul mercato nero e nasconde tutto quello che vende in un cespuglio, e lui era lì con Mr Slater, l'artista che è andato ad abitare in Church Row nella casa vicino a quella di Hattie. Sono sicura che stavano tramando qualcosa e poi Silvie mi ha raccontato che lei vede spesso nel bosco Proggett, il nostro maggiordomo, e anch'io ce l'ho visto una volta. Non so se è una spia o è legato in qualche modo con Mr Slater e il mercato nero." Mi fermai e mi guardai le mani che tenevo intrecciate e appoggiate sulla gonna.

"Santo cielo," disse piano, tossicchiando dietro la sua manona chiusa. "Abbiamo bisogno di cittadini come te, gente che sa tenere gli occhi aperti." Mi fissò per qualche istante, valutando la mia altezza e la mia età. "Mrs Tilling mi dice che hai la testa ben avvitata sul collo, il che significa che farai attenzione a quello che sto per dirti, vero?"

Feci cenno di sì con decisione, assai contenta dell'apprezzamento di Mrs Tilling, che fra l'altro corrisponde alla verità.

"Ti chiedo di continuare a guardarti attorno ovunque tu vada, anche se non è il caso che cambi strada per scoprire qualcosa. Puoi credermi se ti dico che abbiamo molte persone addestrate che possono occuparsi di questo tipo di faccende. Non voglio che ti esponga a pericoli, capito?"

Annuii, delusa.

"Vedi, stiamo parlando di un tipo di criminalità molto pericolosa. Devi promettermi che non racconterai niente ad anima viva."

"Prometto," confermai in tono seccato. "Può fidarsi di me."

"Ne sono sicuro." Sorrise e il suo viso si illuminò tutto, facendolo sembrare del tutto normale e anche piuttosto simpatico. "Lo sai? Ho una figlia della tua età. Devi avere più o meno dodici anni, no?"

"No, io ne ho quasi quattordici," protestai.

"Certo! Mia figlia ne ha dodici. È la minore e adesso sta dalla zia a Oxford con le due sorelle maggiori. Credo che anche lei saprebbe mantenere un segreto, ma le costerebbe una gran fatica." Si lasciò andare a una risata che pareva uno starnuto, e io non riuscii a trattenere un sorriso perché di colpo era diventato divertente e cordiale, come un grosso sanbernardo con il pelo tutto arruffato o un vecchio orsacchiotto malandato.

"Viene a trovarla qualche volta?" chiesi.

"Lo spero," rispose sottovoce. "Mi piacerebbe che venissero

tutte a vedere dove vivo, in questo bel villaggio con le colline alle spalle."

"Non ho mai pensato che il nostro villaggio fosse particolarmente bello. Sono sempre stata qui, è casa mia. Lo dice sul serio?"

Rimase in silenzio per un po', tanto che mi chiesi se mi avesse sentito, poi rispose: "Nessuna guerra può distruggere questo modo di vivere, che continuerà anche quando noi non ci saremo più". Poi, distogliendosi bruscamente dai suoi pensieri, si alzò in piedi. "Le scriverò che ti farebbe piacere che venisse. Si chiama Alexandra," disse, tendendo la sua manona per stringere la mia, piccola e sottile. "Se ti capita di scoprire dell'altro, vieni a dirmelo, Kitty. E non andare a Peasepotter Wood. È pericoloso. So che sei una ragazzina in gamba, che sa tenere la bocca chiusa, ma mi raccomando, non far capire a Proggett che sai qualcosa. Intesi?"

"Sì," dissi, soddisfatta che qualcuno avesse finalmente riconosciuto che ero una ragazza matura.

A quel punto entrò Mrs Tilling e mi chiese se potevo seguirla in cucina per fare due chiacchiere. Il colonnello mi ha dato la buonanotte e ha chiesto a Mrs Tilling se poteva usare il telefono. Chissà se avrebbe chiamato il quartier generale per riferire le cose che gli avevo detto e per informarli che mi ero comportata come un'eroina.

"La tua mamma sa che sei qui?" chiese Mrs Tilling, riordinando la cucina.

"No."

Si girò a guardarmi con un sospiro. "Non so perché sei venuta a trovare il colonnello stasera e non ti chiedo di dirmelo, ma per favore, non immischiarti in questa guerra, Kitty."

"Ma siamo tutti immischiati, che lo vogliamo o no."

"Certo, per alcuni è vero, Kitty. Alcuni di noi lo sono." Mi fissò, con un'improvvisa tristezza negli occhi, e capii che era preoccupata per David. Poi mi strinse la spalla con una mano. "Adesso va' e, ti prego, tieniti lontana dai guai."

Mentre raggiungevo l'ingresso, sentii il colonnello Mallard che parlava al telefono. "Sì, lo scappamento è saltato e mi serve un ricambio," stava dicendo. "Immediatamente." Dopo tutte le rivelazioni che gli avevo fatto, lui stava parlando della sua macchina.

Quando Mrs Tilling aprì la porta, ci arrivò il rombo lontano degli aerei che venivano da sud. Uscii sul vialetto per vedere meglio, seguita da Mrs Tilling che mi stava alle calcagna, simile a uno scoiattolo pronto a captare il minimo pericolo. Il colonnello Mallard ci raggiunse senza far rumore. Il rombo si intensificò, facendosi meno omogeneo, come se molti motori diversi si stessero dirigendo verso di noi. Scrutammo l'orizzonte, oltre il campanile, alla luce della luna che all'improvviso era sbucata da uno spesso strato di nubi, una sottile falce luminosa e argentea che rischiarava il fianco della chiesa di un bagliore celestiale.

E poi li vedemmo. Quelli che erano dei puntini lontani si fecero più distinti, prima un bombardiere nazista, poi altri due, in una freccia meccanica che avanzava con precisione, foriera di morte.

Restammo a osservarli sgomenti, un'ondata di distruzione nazista che ci sorvolava. Erano passati su Dover? Puntavano sul Tamigi? Il colonnello si diresse verso la strada per avere una visuale migliore della loro traiettoria.

A un tratto le sirene cominciarono a ululare, un suono acuto e spaventoso, un'eco spettrale che per la prima volta segnalava una vera incursione aerea.

"Scendiamo in cantina," disse Mrs Tilling in tono brusco, facendoci strada verso casa. "Probabilmente ci sorvoleranno diretti chissà dove, ma è meglio essere prudenti, soprattutto perché c'è Kitty con noi."

Ci precedette attraverso una porticina in cucina che dava su una stretta scala di legno. Quando accese la luce, mi resi conto con sollievo che la sua cantina era arredata e accogliente, non come la nostra, sporca e piena di insetti. Mrs Tilling aveva piazzato un vecchio tappeto logoro davanti a un divanetto e a una poltrona, completi di cuscini ricamati a mano. Su una piccola mensola c'erano un orologio, una dozzina di libri, una scatola di metallo nero, che mi augurai fosse piena di cose da mangiare. In un angolo, arrotolate, erano state sistemate alcune coperte e dei cuscini. Pensai che doveva essere comodo starsene accucciati per terra in quella piccola tana accogliente.

Il colonnello si strizzò nella poltrona e chiese a Mrs Tilling se aveva carta e penna, per tenersi al passo con la sua corrispondenza. Lei si mise a rovistare sulla mensola e, trovato quello che cercava, glielo porse senza una parola. Chissà perché il colonnello non le va giù? A me sembra simpatico.

"Dunque, Kitty," disse. "Fammi guardare se c'è qualcosa per te." Si chinò a esaminare i libri. "*Grandi speranze*? L'hai letto? Oppure *Anna Karenina* di Tolstoj, che però forse è adatto a ragazze più grandi di te."

Non c'è niente che non sia adatto anche a me, così presi *Anna Karenina* e lo aprii alla prima pagina. *Tutte le famiglie felici si somigliano; ogni famiglia infelice lo è a modo proprio.* Era tutto così strano. Chilbury era il centro di trattative spregiudicate. Proggett, una spia pericolosa. Mr Slater, un trafficante del mercato nero. Naturalmente è un bene che, a controllare la situazione, ci siano gli uomini del colonnello, ma confesso di essere un po' delusa che il mio unico e solo contributo allo sforzo bellico fosse stato liquidato in una breve conversazione.

Tutte le famiglie felici si somigliano; ogni famiglia infelice lo è a modo proprio. La prima incursione aerea. Che era forse l'inizio di molte altre in cui le bombe sarebbero cadute sulle nostre case, distruggendo tutti i nostri averi. Tesi l'orecchio, ma gli aerei dovevano essersene andati. E mentre il ticchettio dell'orologio si perdeva sullo sfondo, cominciai a sentirmi intrappolata dal tempo. Era come se ogni momento fosse diventato contemporaneamente più lungo e più corto, più importante, perché poteva essere l'ultimo, e insieme più effimero e insignificante. E tutti questi momenti si univano per intessere la mia vita, come una trapunta fatta di pezze di forme e colori diversi, di giornate buone e brutte, che si combinavano in un insieme sgradevole, male assortito.

Poi suonò la sirena del cessato allarme, un unico squillo a modo suo confortante, anche se era la stessa terribile sirena che annunciava l'incursione aerea, con l'unica differenza che ora squillava una volta sola. Il colonnello guardò Mrs Tilling che si alzò rassettandosi la gonna scura di lana, poi si voltò verso di me e disse: "Allora, Kitty, spero che non sia troppo tardi per tornare a casa. Se vuoi, puoi restare nella stanza sul retro".

"Grazie, Mrs Tilling, ma se non torno Mamma si preoccuperà."

Mentre risalivamo al piano di sopra, mi girai verso il colonnello, ancora intento a finire la sua lettera e gli augurai la buonanotte.

“Buonanotte anche a te,” mi ricambiò in tono lieve, alzando gli occhi e sorridendo. “Grazie di essere venuta.”

Augurata la buonanotte a Mrs Tilling, uscii di corsa e risalii la strada fino alla piazza. La luna rischiarava il cimitero con una luce sinistra. Lì sotto sono sepolte centinaia di persone, che si consumano finché di loro non rimangono altro che le lapidi, a testimonianza della loro morte.

Mi misi a correre a precipizio, finché non mi trovai a metà della stradina che portava a casa, con la massa buia di Peasepotter Wood sulla sinistra. In quel momento, dal folto degli alberi, esplose il rumore assordante di uno sparo. Mi fermai, tremante di paura, e di lì a un attimo sentii rimbombare un altro colpo, ancora più spaventoso. Papà mi aveva portato a caccia qualche volta, ma il rumore dei fucili era diverso. Questo era più forte, più secco, un dardo che sfrecciava nel limpido cielo notturno.

Rimasi in ascolto nell’eventualità che ci fossero altri spari, cercando di riprendere fiato, di rallentare il cuore che martellava, ma non accadde niente. Dopo qualche minuto di silenzio, mi rimisi in cammino. Quando svoltai l’angolo, colsi qualcosa davanti a me, un movimento nell’ombra. Mi paralizzai scorgendo nella luce fioca la forma ricurva di Proggett che avanzava nel folto del bosco.

Dopo pochi minuti di silenzio, mossi qualche passo furtivo, poi mi misi a correre verso casa, infilandomi nella porta di servizio. Mi aspettavo quasi di vedere tutto sottosopra, diverso dal solito.

Ma non era così. La casa era esattamente come l’avevo lasciata.

Sul tavolo, sotto la campana di vetro, trovai dei panini appena fatti. Me li infilai in tasca e mi avviai verso la mia stanza. Mamma mi venne incontro sulla scala. Il suo sguardo era quello di un topolino in trappola, incapace di scappare. Papà doveva essere di nuovo sul sentiero di guerra.

“Dove sei stata? Hai sentito la sirena?” mi chiese sussurrando.

“Ero da Mrs Tilling,” risposi, cercando di andar dritta per la mia strada.

“Hai visto Venetia?” La sua voce aveva lo stesso suono del ghiaccio quando si spacca.

“No. Perché?”

Per un momento mi guardò come se mi leggesse dentro, poi si riprese. “Volevo chiederle una cosa. Ecco tutto.”

"Va tutto bene?"

"Sì, naturalmente." Un sorriso nervoso. "È ora di andare a letto. Buonanotte."

Raggiunsi stancamente la mia stanza, tirai le tende e mi infilai a letto. Cosa era accaduto a Venetia per spaventare tanto Mamma? Quando c'è di mezzo lei, nasce sempre qualche dramma.

Probabilmente si tratta di una sciocchezza.

Dal diario di Silvie

Giovedì, 1° agosto 1940

Stasera il generale era molto arrabbiato con Venetia. È rientrato tardi e si è messo a urlare. Ha detto che era incinta. Vuol dire che avrà un bambino. Il bambino di Mr Slater. Che brutta cosa! Il generale l'ha portata nel suo studio e le ha urlato delle cose orribili. Poi l'ha picchiata. Lei strillava, poi è scappata.

"Lo ammazzo," urlava il generale. Ed è andato a prendere il fucile.

Mi sono spaventata e le sono corsa dietro. Ma lei se ne era andata.

Così mi sono nascosta in camera mia. Poi ho sentito Kitty che saliva. E infine il rumore sempre più assordante di un aereo che volava basso. Mi sono tirata la coperta sulla testa dalla paura.

Prima pagina del "Kent Times"
Venerdì, 2 agosto 1940

CHILBURY DISTRUTTA DA
UN BOMBARDAMENTO

Nel cuore della notte, un unico aereo nazista
ha lanciato tre bombe sul villaggio.
Alcuni volontari del posto hanno lottato fino all'alba
per soccorrere i feriti e spegnere le fiamme
che hanno devastato Church Row e altri edifici.
Tre persone risultano scomparse;
si teme che siano morte.

Lettera di Venetia Winthrop ad Angela Quail

Ivy House,
Chilbury,
Kent

Venerdì, 2 agosto 1940

Cara Angela,

sono esausta, non immagini quanto. Di sicuro saprai che Chilbury è stata bombardata la notte scorsa. Ero lì quando è successo – ho visto il nostro mondo esplodermi davanti. Ma lascia che cominci dall'inizio.

Ho avuto uno scontro terribile con mio padre – è venuto a sapere che sono incinta e ha minacciato di ammazzare Alastair. Sono scappata di corsa nella notte, perché volevo avvertirlo, volevo dirgli del bambino, il nostro bambino. Poi ho sentito uno sparo tra gli alberi, e un altro ancora. Ho pensato che Papà lo avesse trovato e ucciso. Terrorizzata, mi sono messa a correre fino al villaggio. Volevo accertarmi che stesse bene. Dovevo raggiungerlo al più presto, indipendentemente dai rischi.

Dapprincipio, mi sforzai di ignorare il rombo lontano di un aereo, ma il rumore si intensificava man mano che mi avvicinavo alla strada che porta in piazza. Volava basso, un ruggito roco e qualche scoppiettio mentre entrava e usciva dalle nuvole. Continuai a correre, cercando di fuggire da tutto, dalla mia situazione, dalla guerra, da ogni cosa.

Quando mi trovai nel punto in cui, all'imbocco della piazza, la strada si allarga, il rumore era diventato assordante; l'aereo era alle mie spalle, mi braccava.

Sentii delle urla venire dall'altro lato della piazza – qualcuno chiamava il vicario per dirgli di azionare la sirena, e infatti un attimo dopo, il gemito, all'inizio sommesso poi sempre più lacerante, si scontrò con il ruggito dell'aereo che era diventato così fragoroso da farmi temere che mi scoppiassero le orecchie.

Ma ormai era troppo tardi. Troppo tardi. L'ombra mi passò sopra e, levando lo sguardo, scorsi un aereo nazista che incombeva su di me. Il rumore era insopportabile e io mi rannicchiai, terrorizzata da quella presenza grigia e scura. Mi sovrastava come la morte, la grande mietitrice, e alzando gli occhi, scorsi l'enorme pancia gonfia e nera, vidi aprirsi gli sportelli della stiva che contiene le bombe, poi il carico mortale riversarsi nel cielo notturno, dritto su Church Row.

Mi trovai a correre verso il cottage di Alastair per avvertirlo, con l'illusione di precedere le bombe. L'aereo si impennò perpendicolarmente, poi riprese a volare in orizzontale per rientrare alla base, senza aspettare di vedere l'imminente devastazione.

Vidi un lampo accecante di luce bianca quando lo scoppio della prima bomba squarciò l'oscurità, seguito da un altro e da un altro ancora, mentre nella notte echeggiavano i boati delle deflagrazioni. Frammenti di case, mobili, persone venivano scagliate in aria, per poi piombare a terra. Poi dalle macerie si levarono gli incendi: grandi lingue di fuoco blu e oro, che saettavano verso l'alto tra il fumo denso e pieno di detriti.

La forza delle esplosioni mi scaraventò a terra, mentre schegge di vetro mi ferivano il viso e le braccia. Mi alzai e mi precipitai verso l'incendio. Sembrava che provenisse dal cottage di Alastair, ma gran parte di Church Row era stata distrutta, e tra i muri rimasti in piedi si erano creati profondi avvallamenti, avvolti dalle fiamme. Perdevo sangue da una ferita sul braccio, ma continuai a correre. Mi chiedevo se la gente aveva avuto il tempo di uscire prima che le loro case venissero colpite e se Alastair era ancora vivo. E Hattie? Che ne era stato di Hattie?

Urlai "Alastair, Alastair", ma non ricevetti risposta. Non si udiva altro che il ruggito fragoroso delle fiamme e di tanto in tanto un'esplosione, quando il fuoco veniva a contatto con del materiale infiammabile.

Man mano che mi avvicinavo, il calore diventava insopportabile. Vedevo il profilo del cottage di Alastair e di quello di Hattie, lì accanto.

Mi bloccai per un istante e guardai le fiamme gonfiarsi e disperdere tutto di Alastair, ogni ricordo, ogni pezzetto del suo essere, si disperdeva nell'universo. Scoppiai in lacrime, continuando a urlare il suo nome, senza preoccuparmi di coprirmi il viso, implorando Dio perché Alastair emergesse incolume dall'incendio.

Fu in quell'istante che sentii il vagito. Rimasi immobile, inorridita, ad ascoltare gli strilli acuti della bambina di Hattie. Guardai verso la sua casa. Era meno danneggiata di quella di Alastair ed era ancora in piedi, anche se molto vicina a crollare.

Mi guardai alle spalle. Non c'era nessuno.

"Aiuto, vi prego, aiuto!" urlai verso la piazza, senza risultato.

La bambina riprese a piangere. Mi si strinse lo stomaco. Mi avvicinai al cottage muovendomi con prudenza e con un calcio aprii la porta d'ingresso, che crollò ai miei piedi in un mucchio incandescente, mentre le fiamme infuriavano nell'edificio ischeletrito. Balzai all'indietro e urlai di nuovo.

"Aiuto, vi prego!"

L'aria era piena di fumo e di polvere. Indietreggiai di qualche passo per respirare a fondo, ma ogni respiro era una frustata rovente. Poi, con le braccia davanti al viso, mi buttai dentro la casa. Sapevo che la scala era accanto alla porta. Salii di corsa e trovai la bambina su un lettino nella cameretta. Le fiamme azzurrine lambivano la parete di fronte e una densa nuvola nera toglieva l'aria. La afferrai, avvolgendola nella sua copertina, e uscii di corsa. Il calore era insopportabile, sentivo la scala sciogliersi sotto i miei piedi mentre sfrecciavo al pianterreno trattenendo il fiato e pregando di riuscire ad allontanarmi prima che l'intera casa crollasse.

Quando arrivai in fondo alla scala, l'ultimo gradino cedette e io caddi sul pavimento accanto alla porta, tenendomi sollevata sui gomiti per proteggere la bambina dal peso del mio corpo. Il sangue che zampillava dal mio braccio aveva imbrattato la copertina e il mio vestito. Mi rialzai e, inciampando nei detriti, oltrepassai la soglia. Non vedevo il terreno davanti a me perché tenevo la bambina stretta al petto. Mi allontanai fino a che l'aria tornò a essere fresca e libera da fumo e fuliggine, allora mi fermai a prendere fiato, voltandomi nel momento stesso in cui la casa esplodeva in un milione di schegge.

Tenendo stretta la bambina, rimasi a guardare le fiamme e le esplosioni. Il sangue mi colava dalle molte ferite e io mi curvavo sulla piccola, aggrappandomi a lei come a un'ancora di salvezza. All'improvviso vidi avvicinarsi la grossa sagoma di un uomo. Ero pronta ad affrontare un nuovo orrore, quando l'uomo si fermò sorpreso. "Venetia!"

Era il colonnello Mallard e anche lui aveva l'aria stravolta.

"È un bambino?" mi chiese con urgenza, strappandomi il fagottino dalle braccia perché proprio in quell'istante sentii vacillare la terra sotto di me e mi accasciai tra le macerie.

Devo essere svenuta, perché non ho idea di come arrivai a casa di Mrs Tilling, e nemmeno che ora fosse quando finalmente mi svegliai. Sapevo solo di essere in una cameretta minuscola, su un lettino morbido. Non riuscivo quasi a muovermi. Sentivo dolori in tutto il corpo, soprattutto al braccio. Rimasi distesa fissando il buio finché mi resi conto di essere nella piccola stanza sul retro di Mrs Tilling. Una grossa benda mi fasciava il braccio e addosso avevo una vecchia camicia da notte bianca. Era tutto sfocato intorno a me e tossendo mi sembrava di avere in gola un sacco di terriccio.

"Come ti senti?" mi chiese Mrs Tilling accarezzandomi la fronte. Vedendo lo sguardo ansioso dei suoi occhi, mi tornò in mente quello che era successo e cominciai a piangere, appena un po', perché ero troppo dolorante.

"E la bambina?" chiesi tra i singhiozzi.

"Sta bene. Si è calmata e adesso dorme in un cassetto al pianterreno."

"Un cassetto?"

"Sì, non abbiamo una culla. Così il colonnello ha svuotato un cassetto del suo armadio, lo ha tirato fuori, vi ha messo dentro qualche coperta per renderlo morbido e l'ha sistemato sul tavolo della cucina. È un po' fuori moda usare un cassetto," aggiunse con un'alzata di spalle, "ma per Rose è l'ultimo dei problemi. È salva, grazie a te."

"E sua madre? Hattie..."

Scosse la testa. "No, non ce l'ha fatta," disse in un sussurro. Aveva la voce rotta dal dolore. "Anche Prim è rimasta uccisa." Un'espressione di rabbia le passò sul viso, poi tornò a essere la solita donna pratica. "Non so cosa ne sarà della piccola Rose. Non ha nessun parente prossimo. Victor ha una zia, la sorella di sua madre, nel Wiltshire. Scriverò a lei."

Le notizie mi passavano sopra come una nube gonfia di pioggia in attesa di rovesciarsi in un momento successivo. Hattie se ne era andata. Anche Prim. Ma per il momento erano ancora soltanto parole.

"Alastair?"

Mi prese le mani, anche quella fasciata. "Non sappiamo che ne è stato di lui," disse a bassa voce. "Credi che fosse in casa quando è caduta la bomba? Ti aspettava?"

L'ho guardata; non capivo la sua domanda.

"Non l'hanno ancora trovato," continuò lentamente, scegliendo con cura le parole. "Non sappiamo se fosse in casa quando è caduta la bomba. Tu lo sai, per caso?"

Ero confusa. Ripensai a tutti i luoghi nei quali avrebbe potuto essere. Insieme con una spia o qualche trafficante del mercato nero, oppure morto a Peasepotter Wood. Mi tornò in mente l'uomo alto, arrabbiato, quello con gli abiti troppo corti con cui si era incontrato, e lo rividi mentre gli porgeva il passaporto.

Perché non ci avevo pensato prima? L'uomo alto era sicuramente il pilota nazista che era stato abbattuto e che i Volontari della difesa avevano cercato invano. Così si spiegavano gli abiti corti e perché stesse tentando di scappare. Non riuscivo a crederci. Alastair che aiutava un soldato nemico. Come aveva potuto fare una cosa simile?

E io, come potevo amare un uomo simile?

Ero squassata dal dolore. Nel groviglio di dubbi e paure, ancora non riuscivo ad accettare l'idea che fosse morto. Era stato a casa la notte scorsa? Mi ero davvero aspettata di trovarlo lì? Non avevamo fissato di incontrarci. L'ultima volta che ci eravamo visti era stato ieri mattina quando ero fuggita furente senza neppure dirgli addio, passando per il frutteto.

Non ci siamo detti addio.

Ricominciai a piangere piano e Mrs Tilling mi prese una mano tra le sue. Era troppo. Alastair scomparso, Prim morta. Hattie – la mia cara amica Hattie – uccisa anche lei lasciando orfana la sua bambina. Era troppo.

Alla fine mi addormentai. Mrs Tilling deve essere rimasta accanto a me tutta la notte perché al risveglio, al mattino, era ancora lì. Il pianto della bambina riempiva la casa.

"Chi si prende cura della piccola Rose?" chiesi. Gli strilli mi innervosivano, anche se penso che sia questo il loro scopo, quello di costringerci a darci una mossa. A un tratto il pianto si interruppe, come se qualcuno l'avesse presa in braccio.

"Il colonnello Mallard," rispose. "Sembra molto portato nell'occuparsi dei bambini." Ha sollevato le sopracciglia, quasi incredula, anche se a me sembrava che la cosa avesse un suo senso.

"Sta bene? Tutto quel fumo..."

"Ha la tosse, ma davvero, Venetia, è un miracolo che sia viva. E anche tu!" Mi guardò con un'aria di rimprovero. "Lo sapevi che la casa stava per esplodere quando sei entrata a prendere la bambina?"

"Non ci ho pensato." Feci per alzarmi. Mi sentivo meglio, volevo muovermi, sapere che ne era stato di Alastair. "Non sopportavo quel pianto e in un certo senso mi sono sentita obbligata." Parlando, sono tornata con il ricordo a quel momento. "Ho gridato, chiedendo aiuto, ma non c'era nessuno, e la bambina strillava, strillava. C'ero soltanto io. Non potevo non andare."

"Resta a letto, Venetia." Mi fece distendere, avvolgendomi nel logoro copriletto. "Hai perso molto sangue."

Guardando la benda che mi fasciava il braccio, mi ricordai dei tagli. "È grave?"

"Ti ho dato dei punti," mi rispose con calma.

"E il bambino? Il mio bambino?" sussurrai.

"Tutto bene per il momento. Ma ti stai riprendendo da un trauma cranico, senza contare i lividi e le ferite. Se ti alzi, il tuo bambino non avrà alcuna possibilità di farcela. Vuoi che chieda a tua madre di venire?"

La guardai. "Devo trovare Alastair."

Scosse la testa lentamente. "Venetia," cominciò in un tono che mi fece subito scoppiare in lacrime, immaginando quello che sarebbe seguito, "se era in quella casa, non ce l'ha fatta."

"Cosa significa? Ne è sicura?" chiesi tra i singhiozzi.

"No, non sappiamo con sicurezza se era lì. Di solito ti aspetta, Venetia?"

"Quasi sempre," mentii. Molto spesso non lo trovavo e allora ero io ad aspettarlo. Entravo, mi distendevo sul divano, sfogliando le sue poesie, oppure guardando con ammirazione mista ad avversione il ritratto che mi aveva fatto, e quando entrava avevo la sensazione che i colori e il tono della stanza cambiassero, che i grigi e i marroni si trasformassero in oro e bronzo. Anch'io a volte ero in ritardo perché avevo avuto problemi ad allontanarmi da Chilbury Manor. C'era sempre qualcosa che si metteva di mezzo, il maltempo, la sorella, mio padre che pretendeva questo o quello. Ma eravamo entrambi disposti ad aspettare tutto il tempo necessario.

"Be', in tal caso..." disse incerta, incapace di concludere.

Dopo una pausa, di botto le spiattellai quello che mi assillava. "Forse l'ha ucciso mio padre."

Per un momento smise di asciugarmi la fronte, mentre il suo viso prendeva un'espressione ansiosa. "Tuo padre sa che sei incinta?"

"Sì." La fissai. "Qualcuno deve averglielo riferito ieri sera prima che rientrasse."

"Che sia stata Miss Paltry? Lo sapeva?"

Sussultai. "Non glielo avrebbe certo riferito, sapendo che mi avrebbe uccisa." Avevo la bocca arida. "Non pare anche a lei?"

"Non lo so, mia cara," rispose Mrs Tilling con una smorfia, scuotendo la testa con aria dubbiosa. "Davvero non lo so."

Mi rimboccò la coperta e andò a prendere del latte caldo per farmi riaddormentare. Si preoccupava che potessi perdere il bambino, e anche a me l'idea terrorizza, più di quanto non riesca a dire. Se Alastair non c'è più, perché è morto nel bombardamento o perché gli hanno sparato nel bosco, allora questo bambino è l'unica cosa che mi resta di lui. Lo so che può sembrare sentimentale e forse un po' ridicolo, ma mi manca in modo totale, come se senza di lui non riuscissi più a vivere, quasi mi dissolvessi nel nulla. Questo bambino, il suo bambino, è la mia unica speranza, l'unica stella luminosa in un universo di disperazione.

Oh, Angie, che brutto che tu non sia qui con me. La povera Hattie. Ancora non posso credere che la nostra amica dagli occhi luminosi, così calda e affettuosa, se ne sia andata. Non so cosa farò senza di lei. Ricordo la sua voce mentre mi dice: "Venetia, devi imparare ad avere cura di te stessa". Mentre ascolto i gorgoglii di Rose, la sento vicina. E così come lei è stata per me come una sorella maggiore, lo stesso sarò io per Rose.

Scrivimi appena puoi.

Con tutto il mio affetto,
Venetia

Dal diario di Mrs Tilling

Sabato, 3 agosto 1949

Due giornate orribili! Ho dei brutti presentimenti su questa guerra. Temo che saremo sopraffatti, che perderemo il nostro paese, la nostra cultura, la nostra libertà. Che dovremo rinunciare a tutto, alla lotta, alle speranze e ai sogni, a noi stessi. Arriveranno i nazisti e non ci sarà più niente. Non saremo che scheletri vuoti, e loro ci calpesteranno; saranno loro a guidare la nostra vita, i nostri affetti, i nostri figli – se qualcuno di loro sarà sopravvissuto.

Il colonnello Mallard pensa che il bombardiere abbia oltrepassato Dover, si sia perso, e per rientrare alla base, al di là della Manica, abbia dovuto scaricare le bombe. Non avrebbe dovuto colpire la popolazione civile. Tante perdite e tanta distruzione per un orrendo errore, un banale sbaglio di rotta.

Venetia è tornata a casa questa mattina, ma non sta ancora bene. Ha perduto molto sangue e temo che possa perdere anche il bambino. Ha avuto una brutta commozione cerebrale, e non è più lei. È molto addolorata per Hattie e continua a parlare di Slater come se dovesse tornare. Non hanno trovato il suo corpo tra le rovine della casa, e lei non sa dove possa essere.

Un intero lato della piazza non esiste più. Abbiamo lavorato e continuiamo a lavorare sodo – noi, le donne del villaggio – per sgombrare le macerie e ammucchiare i mattoni e i rottami, alcuni dei quali scavano nelle nostre ferite, come i vestiti di Hattie e gli ornamenti d'oro di Prim, ormai distrutti. Nel frattempo gli sciacalli, sempre più numerosi, rovistano tra le rovine alla ricerca di gioielli o ninnoli vari. Ieri ho visto Ralph Gibbs che spintonava una donna per arraffare qualcosa di prezioso, gli occhi traboccanti di avidità. La guerra ha fatto di lui un mostro.

Anche la casa di Miss Paltry è andata distrutta, ma per fortuna quando l'hanno tirata fuori dalle macerie aveva solo una frattura all'anca. L'hanno subito portata all'ospedale di Litchfield, così, quando avrò tempo di andare a trovarla, le chiederò spiegazioni su questa strana storia dei bambini.

Ieri Mrs Quail ha trovato i resti del grammofono di Prim e qualche altro oggetto. Il vicario ha detto che domani potremo darli alle sue sorelle che verranno ad assistere alla commemorazione speciale che si terrà durante la funzione domenicale.

Abbiamo trovato anche alcune cose di Hattie, e tra queste un barattolo di metallo per i biscotti con le sue lettere. Tutti hanno detto che dovevo occuparmene io per darlo alla zia di Victor quando verrà a prendere la bambina. Così me lo sono portato a casa e ho chiesto al colonnello di forzare il coperchio che si era fuso col resto.

"Non è illegale?" mi ha chiesto, tutto preoccupato di fare la cosa giusta.

"Lo apra," gli ho detto. "Mi assumo io la responsabilità, se lei ha qualche riserva. Se non se la sente, troverò io il modo di aprirlo."

Mi ha guardata come se fossi impazzita.

"Qualcuno deve pur sapere cosa contiene," ho detto con calma. "E sono sicura che Hattie preferirebbe che fossi io a scoprirlo e non la zia di Victor, non le sembra?"

Farfugliando con scarsa convinzione, ha cominciato ad armeggiare con un cacciavite e, una volta aperto il barattolo, me l'ha consegnato e io ho esaminato il contenuto.

"Non le pare di frugare nella vita personale di Hattie?"

"No, mi pare di non aver tempo di rispondere a certe domande in questo momento." Ho continuato per un po' e poi, fermandomi, l'ho guardato. "Voglio essere sicura che la zia e la sua famiglia si affezioneranno alla bambina, che l'accoglieranno con amore, che ricorderanno Hattie con affetto." Ho abbassato lo sguardo sul barattolo. "Non possiamo lasciare che trovino questa lettera d'amore che non è stata scritta dal loro nipote," ho detto, mettendo la lettera da parte insieme con altre cose che intendevo tenere distinte. "O questa."

"Sì, sì, immagino che lei abbia ragione. È molto saggio."

Ho smesso di sfogliare le lettere e l'ho fissato. "Mi limito a fare quello che vorrei si facesse per me." Ho temuto di scoppiare in lacrime conoscendo Hattie come l'ho conosciuta, sapendo quanto aveva amato la bambina e suo marito. Che ironia del destino essere stata tanto in apprensione che succedesse qualcosa a Victor, in mezzo all'Atlantico, e poi morire in casa sotto le bombe.

"Lei è una donna coraggiosa," ha detto il colonnello in tono gentile e mi ha posato sul braccio la sua grossa mano, tenendola lì per un attimo. Nella luce cruda del mattino, quel suo gesto mi è stato stranamente di conforto.

C'era una fotografia di Hattie e dell'intero gruppo: Venetia, Henry, Angela Quail, poi il mio David e Ralph Gibbs venuto dal negozio. Erano per strada diretti a Chilbury Manor. Qualcuno – forse Victor? – aveva scattato la foto mentre nessuno di loro guardava nell'obiettivo. Procedevano in ordine sparso. In primo piano, Hattie e Venetia sorridenti, a braccetto; David e Ralph sghignazzavano e si spintonavano, ancora giovani e innocenti, prima che arrivasse la guerra e li facesse diventare rapidamente adulti. E sullo sfondo, seminascosti, Angela e Henry si tenevano per mano. Lei, con l'altra mano sul suo braccio, gli sussurrava qualcosa nell'orecchio e lui rideva. Sembravano due fidanzati. Chissà perché non ci avevo mai pensato. Angela era innamorata di Henry, ma lui era infatuato di Venetia. Studiando la fotografia da vicino, si nota che ha gli occhi puntati su di lei, che cammina davanti a lui ancheggiando, mentre Angela lo guarda di sottecchi. Mi sono chiesta se Venetia ne era al corrente. Probabilmente no.

"Cosa vuole farne?" mi chiese il colonnello con un'occhiata alla pila.

"Metterò tutto in una busta e la consegnerò a Rose quando sarà abbastanza grande da capire," dissi, come se fosse una chicca preziosa da conservare per il futuro. "Crescendo con suo padre, non saprà niente di sua madre. Queste poche cose l'aiuteranno a colmare le lacune."

"È molto difficile mantenere viva l'immagine di una persona dopo la morte," osservò il colonnello semplicemente. "Mi creda, ho tentato. Ci sono tante cose inafferrabili in ciascuno di noi, i dettagli, il passato, le piccole abitudini fastidiose, il modo di parlare, l'odore. Sono queste cose e infinite altre che danno a ciascuno una pienezza che è impossibile ricreare. Possiamo usare fotografie, ritratti, poesie, fragranze, tutto quello che può aiutarci a richiamare alla mente una persona, ma riuscire a trasmettere ai figli chi era davvero la loro mamma è un compito quasi impossibile."

"Lei ha perso sua moglie? Mi dispiace molto..." Devo essere arrossita furiosamente pensando a come avevo trattato quel pover'uomo, anche lui vedovo, come me. Non mi era mai passato per la testa di informarmi sulla sua vita privata.

"Sì." Rivolse lo sguardo al giardino dove la brezza, scuotendo la clematide, ne faceva ondeggiare i rigogliosi fiori viola. "Le mie figlie avevano sette, nove e dieci anni quando morì Vera. Loro se la ricordano come una donna malata, esigente, schizzinosa, che spesso le intimidiva. È duro convincerle che un tempo era stata una persona bella e gioiosa." Prese la fotografia di Hattie e la guardò con tristezza. "Anche lei era piena di vita e aveva tanti sogni, proprio come questa poveretta."

Le sue parole mi hanno colpita profondamente. Aveva spesso accennato alle sue figlie, ma non sapevo che fosse stato sposato e che la moglie fosse morta. All'improvviso provai per lui una grande pena. Sapevo cosa vuol dire essere soli, allevare dei figli, lottare.

"David aveva solo otto anni quando morì Harold. Siamo andati avanti noi due soli e siamo stati molto vicini. Dove sono ora le sue figlie?"

"A Oxford con la zia, mia sorella. Sono cresciute; adesso hanno dodici, quattordici, quindici anni. Pensavo di prendere una casa in affitto e di portarle a vivere con me. Mi mancano, sa." Tossicchiò, quasi imbarazzato dalla sua franchezza. "Ma ora..."

"Forse è meglio che rimangano lì," dissi piano, colpita dal fatto che avesse pensato di andarsene e affittare una casa invece di restare a Ivy House. Non gli piaceva vivere qui? Perché non me l'aveva detto? Forse avrei dovuto accoglierlo con più calore.

Preparai il tè e, mentre eravamo seduti al tavolo di cucina, gli chiesi di raccontarmi tutto sulle sue ragazze.

Dal diario di Kitty Winthrop

Lunedì, 5 agosto 1940

La vita senza Prim

Questa sera c'è stata un'esercitazione speciale del coro, la prima senza Prim. Mi è stato difficile entrare nella chiesa fredda sapendo che lei non ci sarà più. E nemmeno il nostro coro sarà più lo stesso. Molti di noi non potranno andare al suo funerale, che si terrà a Londra, così ieri il vicario ha celebrato per lei una funzione domenicale speciale.

Mi ha chiesto di dire qualche parola – ed è stato un vero onore – e allora ho deciso di raccontare a tutti come era stato il periodo che avevo passato con lei, lo slancio che aveva dato alla nostra vita. E tuttavia quando venne il momento di salire sul pulpito e prendere la parola, non ero più sicura che ci sarei riuscita tanto tremavo per il nervosismo e la tristezza.

Poi a un tratto la rividi davanti a me e ricordai come mi incitava a essere forte.

"Nella mia prima lezione a casa sua abbiamo parlato della morte. Mi ha raccontato che per poco la malaria non aveva avuto la meglio su di lei. Ha detto che il pensiero della morte non la turbava. Anzi, aveva capito che dà senso alla vita, perché soltanto se si rischia di morire poi si sceglie di vivere come si vuole e non come vogliono gli altri. Assaporando fino in fondo ogni minuto."

Mi fermai per riprendermi. C'erano tutti gli abitanti di Chilbury e anche qualcuno venuto da Litchfield. Ed erano tutti lì per ascoltarmi. "È terribile che se ne sia andata, ma lei non avrebbe voluto che fossimo qui raccolti per commemorare la sua morte, ma per celebrare la sua vita. È stata una persona esuberante – attiva, autentica – e nel mio pensiero vivrà per sempre."

A questo punto scoppiai in lacrime e Mrs Tilling si avvicinò per aiutarmi a tornare al mio posto. È difficile accettare che una persona così straordinaria se ne sia andata.

Piangevamo tutti mentre cantavamo *Discendi amor santo*. Ci mancheranno la sua fierezza e il suo coraggio, e guardando gli stalli del coro, mi sono chiesta se un po' di queste sue qualità non si fossero trasmesse a ognuna di noi coriste. Forse anche noi, per il semplice fatto di esserle state vicine, eravamo diventate fiere e coraggiose, pronte a sfidare il mondo al suo posto.

Cosa succede quando si muore

Le anime andranno in Paradiso dove forse le rivedrò quando muoio (ma chissà a quel punto che aspetto avranno)
I corpi vanno sottoterra e diventano leccornie per i vermi
I morti continuano a vivere in tutti quelli che li hanno conosciuti, una responsabilità che ci siamo assunti, senza esserne stati richiesti, nel momento in cui li abbiamo incontrati
La loro essenza si rifrange nell'universo, dove colora l'aria con le sfumature particolari a ciascuno, le quali alla fine si fondono con i colori del tramonto, formando a ogni vespro una sorta di corteo dei morti

Chi guiderà il coro femminile di Chilbury

Questa sera, durante le prove, abbiamo dovuto decidere cosa faremo per il funerale di Hattie, che si terrà domani. Com'era prevedibile, Mrs B. ha preso subito il posto di Prim, ma i suoi modi da calabrone affaccendato sembravano bruschi e rozzi a paragone di quelli di Prim, così vivi nel nostro ricordo.

"Dopo la tragica settimana trascorsa, oggi siamo qui per provare ciò che canteremo al funerale di Hattie," esordì. "Dobbiamo fare del nostro meglio in onore di uno dei nostri migliori soprani."

"È il minimo che possiamo fare per lei," le fece eco Mrs Tilling facendosi avanti. "Mi è quasi insopportabile pensare che canteremo senza di lei, ma so che l'avrebbe voluto. Ma avrebbe anche voluto che al suo funerale noi dessimo il meglio di noi."

Si levò un borbottio di assenso, poi Mrs B. chiese il silenzio. "Sì, sì, lo sappiamo benissimo, Mrs Tilling. Grazie del pensiero. Lo prenderemo in considerazione." Voleva ricondurre Mrs Tilling al suo posto, ma Mrs Tilling non si muoveva dalla prima fila dove stava esaminando degli spartiti, e Mrs B., visibilmente sulle spine, continuò: "Dopo lunga riflessione, penso che sarebbe meglio cantare di nuovo l'*Ave Maria*. Possiamo tentare, sotto la mia direzione, di ripetere la gloriosa esecuzione di Litchfield".

Altri mormorii di protesta. Nessuno voleva ripetere l'*Ave Maria*. In qualche modo ci sembrava brutto limitarci a rimestare, in occasione di un evento che non ci sembrava affatto glorioso, qualcosa che avevamo eseguito per vincere una gara. Tenevamo gli occhi fissi su Mrs Tilling che era occupata a esaminare una pila di spartiti.

"Non possiamo cantare quel brano!" dichiarò, alzando la testa. "È una scelta sbagliata. No, ci serve qualcos'altro. Qualcosa che vada bene per Hattie."

"Forse potremmo tentare con la *Lacrimosa* di Mozart visto che la commemorazione pensata da Prim non avrà luogo. Lo so che dobbiamo ancora perfezionarla, ma è stata scritta per un funerale," intervenne Mrs Quail.

"No, non va bene," sospirò Mrs Tilling. "È un pezzo troppo serio e drammatico. A Hattie sarebbe piaciuto qualcosa di più semplice, un inno dei suoi preferiti."

"Insomma, Mrs Tilling, ci dica di grazia che cosa ha in mente," sbottò Mrs B.

"Be', il vicario ci ha lasciato tutti i vecchi spartiti che si usavano in chiesa. Sono impolverati, ma sicuramente possiamo trovare qualcosa."

Mi avvicinai e la aiutai a spulciare tra le carte. Alcune copie erano a brandelli, o in numero insufficiente, e non sarebbero bastate nemmeno se avessimo usato lo stesso spartito in tre o quattro. E procurarsene delle altre era impossibile.

"Che ne dite di questo?" dissi alzando un foglio. "Il *Messia* di Händel?"

"Forse è un po' troppo solenne, Kitty," obiettò gentilmente Mrs Tilling, continuando a sfogliare. "Ah, ecco quello che ci vuole. *Amazing Grace*, uno dei brani musicali più commoventi che siano mai stati scritti."

Si levò un mormorio generale di assenso e tutte riconobbero che era una scelta eccellente.

"È un inno che racchiude il senso della vita," osservò pensierosa Mrs Tilling, poi aggiunse con decisione: "È esattamente quello che ci vuole".

Distribuì i fogli e tutte cominciarono a canticchiare tra sé. Raggiungemmo i nostri posti, poi alzammo gli occhi, pronte a cominciare.

"Dirige lei, Mrs Tilling?" chiesi. Era la scelta più ovvia, perché sa leggere la musica e ha anche una voce molto bella.

"Sì, diriga lei," insistette un contralto.

"Be'," balbettò Mrs Tilling. La vedevo a disagio all'idea di sostituire Prim, una presenza così speciale e autorevole, a pochi giorni dalla sua morte.

"Su, Mrs Tilling," intervenne Mrs Quail dall'organo. "Lei è l'unica che può farlo."

Mrs B., rimasta in prima fila, si spostò verso il centro e disse: "Non credo che sia giusto forzare la nostra povera Mrs Tilling. Dopotutto, si è fatta avanti solo per aiutarci a trovare il brano giusto e ora che è stato scelto, è bene che torni fra i contralti, dove c'è molto bisogno di lei". Sorrise benevolmente a Mrs Tilling, tendendo la mano per ricondurla al suo stallo.

Per un attimo ci parve che Mrs Tilling avrebbe obbedito, poi qualcosa la trattenne. Raddrizzandosi, sorrise a Mrs B.

"Sì, credo di poterlo fare," disse. "Non sarà come se ci fosse Prim, ma tutte noi dobbiamo dare il massimo, no? Riuscirò a dirigervi, tenendo il tempo e assicurandomi che i crescendo e i rallentando siano eseguiti come si deve. D'accordo, lo farò."

"Questo è lo spirito giusto," intervenne Mrs Quail. "Lei è la persona più adatta qui dentro. Farà un bel lavoro."

Sbirciai Mrs B. che tornava al suo posto, tenendo la testa alta per nascondere l'irritazione. Non l'avevo mai vista perdere in modo così clamoroso, soprattutto per opera di Mrs Tilling, che solitamente si schierava lealmente dalla sua parte. La situazione si sta ribaltando.

Mrs Tilling non aveva una bacchetta, ma alzò le braccia e, con un cenno del capo, invitò Mrs Quail a cominciare. Poi mi guardò dritta, come se sapesse che sarei stata io a far entrare i soprani. Sentii che gli occhi mi si riempivano di lacrime mentre ricordavo la bella Hattie, che aveva sempre fatto parte del mio mondo, un mondo che, lentamente ma inesorabilmente, si stava frantumando, dissolvendosi in modo irreversibile.

Venetia è l'eroina di Chilbury!

La piazza del villaggio è un caos. Il negozio è chiuso, ma, quel che è peggio, Venetia è l'eroina del momento! Non posso andare da nessuna parte senza essere bombardata da domande su di lei. Come ha fatto a salvare la bambina? Ha ricevuto la torta che Mrs Quail le ha preparato? Le avrebbero dato una medaglia al valore? E ovunque "Povera Venetia" e "Brava, Venetia".

È stata fortunata essere al posto giusto nel momento giusto. Tutti avrebbero fatto quello che ha fatto lei. Io certamente sì, se fossi stata presente. In quel caso l'eroina sarei io.

Ma Venetia è incinta!

Me lo ha detto Elsie, la nostra cameriera, questa mattina mentre preparava delle focaccine fresche per attirarmi in cucina.

"Hai sentito le ultime novità?" mi chiese sottovoce, imburrando abbondantemente un'altra focaccina e tendendomi un piattino di marmellata di fragole.

"Che novità?" chiesi io con la bocca piena.

"Che Venetia avrà un bambino." Non riuscii a vederla in viso perché si era girata, facendo frusciare il grembiule sul suo corpo magro come quello di una ballerina. Vista da lontano, così alta e particolare, sembra bellissima, ma da vicino le si legge negli occhi un'amarezza ostile che rovina l'insieme. Oggi, però, pareva più contenta del solito, e nei suoi grandi occhi verdi c'era un luccichio degno del gatto di uno stregone a caccia di prede.

"Be', si sa che ha salvato la bambina di Hattie," cominciai, ma lei saltò su sgarbatamente.

"No, sto parlando del suo bambino." Si girò verso di me, avvicinando il viso appuntito al mio. "Del bambino di Mr Slater."

Indietreggiai di un passo. "Venetia è incinta?"

"*Sssst!*" sibilò in fretta. "Non dire a nessuno che l'hai saputo da me." Deve aver paura che si dica che è una pettegola e una ficcanaso. Poi sfrecciò fuori della cucina, lasciandomi dapprima confusa e infine sgomenta.

All'improvviso è tutto chiaro!

Perché Papà è furibondo con Venetia
Perché Venetia non parla con Papà
Perché Mamma è tanto in ansia per la salute di Venetia
Perché Venetia è tanto angosciata per l'assenza di Slater
Perché tutti si comportano in modo strano e, soprattutto,
Perché nessuno mi dice niente

Eppure mi sembra strano che sia stata proprio Elsie ad accennare alla cosa. Non mi rivolge quasi mai la parola – spesso mi sono chiesta se non le secchi l'idea di fare la cameriera. Venetia dice che per questo è così difficile trovare del personale al giorno d'oggi. Nessuno vuole ricevere ordini. Forse Elsie ha voluto vendicarsi soprattutto adesso che ha il doppio del lavoro, dopo che Proggett se n'è andato. Era un paio di giorni che non lo vedevamo e quindi abbiamo forzato la porta della sua camera. Aveva portato via tutto. Deve essersela filata la notte del bombardamento. Siamo rimasti tutti sconcertati, tranne Papà, che è addirittura livido di rabbia.

Decisi di chiedere a Mamma perché non mi aveva detto che Venetia era incinta, ma quando l'ho trovata nella nursery con Lawrence in lacrime, ho preferito star zitta. È meglio che mi comporti come al solito, così nessuno sospetterà che io so. Ho continuato a rimuginarci per tutto il giorno, e non posso che rallegrarmi all'idea che questa sarà sicuramente la fine per Venetia.

Sarà un peso che si tirerà dietro per tutta la vita.

Dal diario di Mrs Tilling

Martedì, 6 agosto 1940

In questo pomeriggio desolato, sotto una pioggerellina leggera, il nostro piccolo gruppo si è raccolto in lacrime, infreddolito e nervoso, davanti alla vecchia chiesa per il funerale di Hattie, l'ultimo atto nella vita di quella cara ragazza. È l'evento che di solito chiude il cerchio, ma in questo caso sembrava totalmente in contrasto con la persona vitale e generosa che era stata Hattie.

"È strano. Ho come l'impressione che stia per arrivare di corsa da dietro l'angolo con il suo solito sorriso smagliante in viso," sussurrò Kitty tirando su col naso rumorosamente e tutte noi guardammo nella direzione dalla quale sarebbe potuta comparire.

"Sento che è vicina a noi in spirito," risposi, stringendo a me la piccola Rose che, col suo visino sorridente, non si rendeva conto che questa orribile giornata avrebbe cambiato tutto il suo mondo – e quasi sicuramente in peggio.

"Non sa che sua madre se ne è andata, vero?" ha mormorato Kitty.

"No, ci vorrà qualche anno prima che abbia l'età per capire. Non conoscerà mai Hattie, soltanto Victor e le persone che si occuperanno di lei."

"Ma chi baderà a lei finché Victor non sarà di ritorno?" Lo sguardo di Kitty si spostò fulmineo dalla bambina a me.

Bella domanda.

La zia di Victor ha scritto che loro sono troppo anziani per prendersene cura. Non sapevo che avessero più di ottant'anni.

Purtroppo non sono neppure potuti venire al funerale. Perciò al momento Rose sta da noi, a Ivy House – con il colonnello e con me. Credo che dovrò trovarle una famiglia, una bella famiglia a cui affidarla.

Da mesi nessuno sa niente di Victor. Il colonnello ha fatto una ricerca, la sua nave si trova in una zona remota dell'Atlantico e sembra che vada tutto bene. Victor probabilmente non sa nemmeno che Hattie è morta. Forse vive in una realtà diversa, una realtà nella quale sua moglie e la sua bambina se ne stanno felici in una linda casetta, mentre lui affronta le bombe e rischia di morire perché loro possano vivere libere. Che tragica ironia.

Prima di aprire le grandi porte della chiesa per farci entrare, il vicario è scivolato fuori a parlarmi.

"Non abbiamo nessuno che porti la bara," mi ha sussurrato in gran fretta.

L'ho guardato perplessa.

"Non ci sono uomini per portarla," mi ha spiegato tossicchiando per nascondere l'imbarazzo. Ci siamo guardati intorno. Dalla scuola di Hattie era arrivato un gruppo di mamme e di bambini, ma tranne l'anziano Mr Dawkins e il generale, che ovviamente non era dell'umore adatto per portare una bara, eravamo tutte donne. Mi è sembrato che il mondo sbiadisse davanti ai miei occhi. La povera Hattie, che era stata come una figlia per me, strappata alla vita prematuramente, e noi che non riuscivamo nemmeno a farle un funerale decente.

"Sono desolato," borbottò il vicario. "I nostri becchini sono al fronte, nei campi oppure nelle fabbriche di armi. Non posso fare niente."

"È tutto molto difficile oggigiorno," dissi pacatamente, seccata che questa maledetta guerra ci avesse rubato il tempo per fare qualsiasi cosa. Se è necessario intervenire, siamo noi donne a doverci arrangiare.

A un tratto trovai la soluzione.

"Porteremo noi la bara," annunciai.

Un mare di occhi si levò su di me.

Ci fu un momento di imbarazzo mentre gli sguardi passavano da me al vicario per afferrare bene la situazione.

Poi, dopo qualche bisbiglio, qualche sussurro, a una a una si sono fatte avanti: prima Kitty, poi Mrs Winthrop e Venetia, Mrs Gibbs, Mrs Turner e Mrs Poultice, poi Mrs B. Di lì a poco si erano tutte silenziosamente offerte come volontarie.

"Le coriste di Chilbury porteranno la bara," dichiarò Mrs B., prendendo in mano la situazione col suo solito piglio, per una volta utilmente. "Accompagneremo nel suo ultimo viaggio Hattie, il nostro leale secondo soprano."

Mentre il vicario ci faceva strada in sacrestia, mi resi conto che avevo bisogno di qualcuno cui affidare Rose e, dopo essermi guardata intorno, capii di non avere altra scelta che quella di consegnarla al generale.

"Può tenermi Rose per un po'?" gli dissi in tono secco, mettendogliela tra le braccia. Colto alla sprovvista, prese la bambina avvolta nello scialle azzurro con la faccia aggrottata. Mi sono fermata per un attimo chiedendomi se si rendeva conto che, se i miei sospetti erano corretti, quella bella creatura era sua figlia. Chissà se stava provando un brivido di rimorso.

"Ci faccia strada, vicario," proclamò ad alta voce Mrs B., e noi lo seguimmo in sacrestia. Trattenemmo il respiro alla vista della povera bara, una stretta scatola di legno che conteneva tutto quello che era rimasto della nostra meravigliosa Hattie. Della giovane donna vivace e piena di vita non restava altro che un corpo senza vita e colore, immobile dentro una bara.

"Come facciamo a sollevarla?" chiese nervosamente Mrs Gibbs.

"Quelle che si sentono abbastanza forti si mettano agli angoli, le altre lungo i lati," ordinò Mrs B.

L'atmosfera si incupì mentre sollevavamo la nostra compagna di coro, all'inizio con qualche incertezza, poi ci facemmo forza ed entrammo, in attesa che Mrs Quail, all'organo, desse il via alla processione.

Ma lei aveva un'altra idea.

Nel momento preciso in cui imboccammo la navata, risuonò la solenne introduzione di *Resta con me*. Il motivo semplice ma toccante scaturiva melodioso dall'organo e ci spingeva a cantare come un unico fronte, per Hattie, per Prim, per la nostra piccola, tenace comunità, per il nostro amato paese in pericolo.

Resta con me, la sera scende già,
la notte è scura, se non sei con me.

E così un coro di dodici donne, turbate e profondamente tristi, iniziò a cantare, all'inizio sommessamente, poi con più decisione, avanzando lentamente lungo la navata. Cantammo come se da quell'inno dipendesse la nostra stessa vita, come se la nostra libertà, le nostre passioni e il nostro coraggio fossero chiamati a testimoniare delle atrocità che accadevano davanti ai nostri occhi. Eravamo unite e forti, e io ho capito lì, in quell'istante, che niente avrebbe potuto spezzare lo spirito del coro femminile di Chilbury.

Dapprincipio non riuscii a cantare, l'emozione era troppo intensa, la musica che echeggiava nella grande chiesa era troppo tragica per eclissare l'orribile inesorabilità della morte, il peso che portavo sulle spalle mi faceva tremare per lo sforzo. Davanti a me Kitty faticava a sorreggere il cofano, la sua voce usciva rotta come una porcellana sul punto di creparsi, e dietro di me Venetia, inconsolabile, piangeva tutte le sue lacrime. Lo so che impariamo a pensare alla morte come a un gentile passaggio dell'anima da un luogo a un altro, ma la fine violenta di una giovane mamma sembrava contraddire tutto questo, manifestandosi per quello che era, l'omicidio abietto di uno spirito forte e vitale.

Venetia, dietro di me, mi posò la mano sul braccio e all'improvviso mi sentii meno sola nel mio lugubre giudizio sugli uomini e ritrovai la voce. All'inizio uscì fioca e un po' rauca per le lacrime, poi si rinvigorì subito, facendosi chiara e risoluta, finché il canto ci ha avvolte come un alone tiepido e protettivo, facendoci apprezzare il valore della vita, lunga o breve che sia, e il suo significato.

Raggiunto il solenne finale, restammo vicine, ascoltando con il fiato mozzo le ultime note che echeggiavano nella chiesa.

Con un certo sforzo deponemmo la bara sul basso catafalco, mentre Mrs B. sussurrava con voce roca: "Piano, Mrs Gibbs, piano!".

Poi ci guardammo attorno, nell'ampio spazio vuoto. Da un lato c'erano le mamme e i bambini della scuola, dall'altro soltanto l'anziano Mr Dawkins, il generale con Rose e ora anche Henry, che era arrivato mentre eravamo in sacrestia.

Poi notai che, proprio in fondo alla chiesa, il colonnello era scivolato nella fila di sinistra, al mio posto, quello dove mi siedo abitualmente. Mi rivolse un sorriso triste, a labbra serrate, e io, con un cenno della testa, gli indicai il generale, sperando di fargli capire di andare a prendere Rose. E così fece, restando in prima fila mentre le coriste di Chilbury raggiungevano in silenzio i loro stalli.

Il vicario, visibilmente addolorato, officiò la triste funzione, pronunciando una serie di parole che mi sembrarono del tutto inadeguate a esprimere la pena che provavo dentro di me. Nonostante tentassi di tenerlo a bada, il pensiero di David e di cosa avrei fatto se fosse arrivato quel telegramma continuava a invadermi la mente, infausto barlume di un possibile futuro.

Venni strappata da queste funeste considerazioni dal vicario che annunciò: "Il coro femminile di Chilbury ora canterà per noi".

Ci alzammo in piedi e io respirai a fondo un paio di volte prima di sistemarmi davanti alle mie compagne, sentendomi inadeguata ad assumermi il compito di dirigerle. Mi sembrava una prova al di sopra delle mie forze quella di mettermi nei panni di una morta – la magica Prim con la sua irresistibile presenza – per commemorare la povera Hattie.

E poi sentii montare una rabbia improvvisa. *Chi erano i malvagi che avevano fatto tanto male a queste due donne?* Una nuova emozione si impadronì di me: un sentimento di integrità e di orgoglio per i nostri valori. Orgoglio per Hattie che aveva tenuto duro, mentre Victor era lontano, perduto in mezzo al mare. Orgoglio per Prim che aveva creduto in noi e aveva portato il coro a livelli mai raggiunti. Orgoglio per noi, le coriste di Chilbury, e per il nostro attaccamento a quello che consideravamo il nostro dovere: non dimenticare chi non c'era più, mostrarci forti e tenaci per tenere lontano il nemico, assicurarci che chi era mancato non fosse morto invano.

L'organo intonò l'introduzione di *Amazing Grace.* Le note risuonavano nella chiesa spaziosa, investendoci come una brezza pulita e frizzante. Alzai la bacchetta in attesa che il coro si esibisse nella migliore esecuzione della nostra breve e avventurosa esistenza. Mi sentii invadere da un sentimento di stupore quasi reverenziale mentre le voci pure e cristalline fendevano l'aria con tutta la bellezza che può raggiungere una voce femminile, colombe bianche che si levavano sull'eterno tumulto della guerra.

Quando abbiamo finito, il vicario ci annunciò che i bambini della scuola volevano cantare per la loro amata maestra. Mi si è spezzato il cuore guardando quegli scolaretti per lo più di otto o nove anni, che si chiedevano cosa fosse accaduto alla loro meravigliosa Mrs Lovell.

È stata la scena più commovente che avessi mai visto. I bambini poi si sono coperti il viso con le manine per non vedere la bara, scossi dalla cruda realtà della morte che era riuscita a distruggere qualcosa di così caldo e vivo.

Durante la sepoltura, mentre la bara di Hattie veniva calata nella terra bagnata accanto ai suoi genitori, il nostro gruppo, affranto, rimase in silenzio. Poi siamo venuti tutti a Ivy House a prendere un tè con i pasticcini. Ho fatto la strada con il colonnello che aveva adagiato la bambina addormentata in una carrozzina – un affare nero che mi era stato imprestato da un'amica infermiera di Litchfield. Quella azzurra era andata distrutta nel bombardamento. Hattie ne era molto orgogliosa. Ricordavo quando era venuta a mostrarmela, felice come una pasqua e capii che quello era solo il primo di tanti ricordi simili che non mi avrebbero più lasciata.

Cominciai a riflettere su Hattie e Prim, sulla loro vita, sugli anni insignificanti che mi restavano da vivere su questa terra, sul fatto che avrebbero potuto essere bruscamente interrotti da un bombardamento o da un'invasione, o da chissà che altro. Più tardi, quello stesso giorno, dopo che la nostra triste riunione si era sciolta tra lacrime e abbracci, mi trovai a parlarne con il colonnello.

"Quello avrebbe potuto essere il mio funerale," dissi piano, seduta al tavolo di cucina, seguendo con un dito una fessura nel legno. "La bomba avrebbe colpito noi se fosse caduta cento metri più in qui, in questa direzione."

"Sì, ma aspettiamo a pensarci quando succederà, eh?" rispose il colonnello, accostando una sedia. Era ormai sera e il grigiore cupo della giornata si stava scurendo per culminare in una notte tempestosa.

"Se non pensiamo alla morte per tempo, come possiamo decidere il modo in cui vogliamo vivere?" Mi guardai le mani, sottili, rugose, ossute, ormai prive di freschezza. "Eh sì, sarebbe stata una bella tragedia se quello di oggi fosse stato il mio funerale."

"Lei è stanca," disse il colonnello alzandosi. "Mi permetta di prepararle una tazza di tè." E andò a riempire il bollitore.

"Pensavo a Hattie e a Prim, e mi chiedevo perché ho trascorso la mia vita a fare di tutto per rendere felici gli altri. Perché non mi sono divertita di più, non mi sono concessa più gioie, non ho dato un senso diverso alle mie giornate?"

Il colonnello tornò a sedersi. "Senta," disse in tono autorevole, "la sua è una vita molto bella. Ha una casa deliziosa, ha cresciuto David..."

"Che è in guerra e forse non tornerà," lo interruppi.

"Lei ha un figlio," continuò. "Ed è di grandissimo aiuto alle persone che le stanno intorno." Poi appoggiò con forza le mani sul tavolo. "Non vede che la cercano tutti? Sarebbero perduti senza di lei!"

Chinai la testa, imbarazzata, poi mi alzai di colpo e afferrai con un gesto brusco lo strofinaccio per i piatti. "Basta compatirsi," borbottai. "C'è da preparare la cena e temo di essere in ritardo."

Mi venne dietro e mi guidò verso il tavolo, tenendomi saldamente le spalle con le sue mani robuste.

"Si metta seduta," disse gentilmente. "Stasera cucino io." Poi andò nella dispensa ed esaminò il contenuto. "Ottime notizie! Abbiamo delle uova, e le uova sono la mia specialità." Prese la confezione e si guardò attorno alla ricerca di una padella. "Strapazzate o alla coque?" mi chiese, aprendo l'armadio e cominciando a sbatacchiare pentole e padelle.

"Strapazzate," ho detto sorridendo. Non ricordo quando è stata l'ultima volta che qualcuno mi ha preparato la cena, anche se si trattava di un unico piatto.

"Ottima scelta, signora," ha risposto, sorridendo anche lui. "Le mie ragazze giurano che le mie uova strapazzate sono le migliori di tutto l'Oxfordshire."

Erano buone, anche se un po' stracotte, preparate con l'accompagnamento musicale di *It's a Long Way to Tipperary*, in una versione particolarmente stonata. Naturalmente mi sono sentita in dovere di unire la mia voce alla sua, perché continuava a sbagliare le parole e a non tenere il tempo. Forse era un po' ridicolo starcene lì in cucina a cantare cucinando le uova, ma la cosa mi ha messo di un gran buonumore.

E così, caro diario, mentre me ne sto andando a letto, sento che questa guerra è per me un punto di svolta. Ho bisogno di essere più sicura di me, di impiegare nel modo migliore il tempo che mi resta.

Di alzarmi in piedi e farmi sentire.

Lettera di Miss Edwina Paltry
a sua sorella Clara

Ospedale di Litchfield,
Litchfield,
Kent

Martedì, 6 agosto 1940

Cara sorella,

perché tutto questo è capitato proprio a me? La mia casa è stata pesantemente bombardata e io sono bloccata qui, a Litchfield, in questo maledetto ospedale, senza la possibilità di recuperare i miei soldi sepolti sotto le macerie prima che li arraffino gli sciacalli.

Probabilmente ti chiederai cosa è successo. Una maledetta bomba, una bomba grossa come una casa, ecco quello che è successo! Giovedì notte me ne stavo al calduccio nel mio letto quando sento arrivare gli aerei e, pur stanca com'ero, sono saltata giù. Stavo proprio andando a tirar su le piastrelle del pavimento per prendere il mio gruzzolo quando *BOOM!* Poi più niente, finché non mi sveglio in questo orribile posto con un tremendo dolore all'anca che neanche ti immagini e una gamba tutta fasciata.

"Stia calma e tranquilla, Miss Paltry," mi disse l'infermiera con quei suoi modini condiscendenti. "È solo una frattura dell'anca. Uscirà tra qualche settimana. Abbiamo qui dei pazienti con ferite assai più gravi delle sue."

E i miei soldi?, avevo voglia di urlare.

Invece mi sono messa a piagnucolare e ho cominciato a pensare a come tirarmi fuori da questo guaio. E poi mi si è accesa la lampadina. Accanto al mio letto c'è una di quelle orribili braccianti che raccolgono il luppolo a Dawkins Farm. Viene qualche giovanotto a trovarla. Ieri le ho chiesto se suo nipote avrebbe potuto farmi un favore; ho detto che lo avrei pagato. Ma solo se era una persona di cui ci si poteva fidare. Il giorno dopo l'ha fatto venire per capire di cosa si trattava.

"Cosa le serve, signora?" mi chiese il giovane senza tanti preamboli. Lo squadrai, per niente convinta. Alto, pelle e ossa, sporco come uno spazzacamino, le mani sgraziate che gli pendevano ai fianchi, pallido e umidiccio in viso.

"Sei Tom, vero?" chiesi, cercando di ammorbidire la mia espressione corrucciata. Mi domandai se quel tipo era davvero la soluzione migliore. "Come posso essere sicura che manterrai la parola, Tom? Ho un incarico impegnativo da affidarti, ma devo essere certa di potermi fidare di te."

"Si fidi, signora," rispose con scioltezza, portandosi le mani sui fianchi. Non era il massimo della rassicurazione, ma nonostante tutto ho continuato.

"Vedi, ci sono dei soldi nascosti tra le macerie di casa mia. Non si tratta di una grande somma. Ma li ho messi da parte per la mia povera sorella, che ha bisogno di una sedia a rotelle."

"Forse adesso ne servirà una anche a lei con quella sua gamba e il resto," disse senza voler essere impertinente. Stavo per rinunciare lì per lì.

"Forse prima la userò io, e dopo la passerò a lei. Ma, per farla breve, intanto che sono inchiodata qui in ospedale, è possibile che gli sciacalli facciano man bassa di quello che è rimasto della mia casa. Ho bisogno che tu prenda i soldi e me li porti qui. Ti pagherò per il disturbo."

Mi guardò, succhiandosi il labbro. "Quanto?"

"Dieci scellini," dissi in tono deciso.

"D'accordo," accettò, tirando su col naso e pulendoselo sulla manica della camicia. "Dove devo andare?"

Per temporeggiare gli chiesi di portarmi un po' d'acqua. La sua faciloneria mi inquietava. Adesso gli andavano bene dieci scellini, ma una volta che avesse visto il malloppo, che non è niente male, avrebbe cambiato musica alla velocità di un lampo. Avrei rivisto i miei soldi? Il fatto che non avesse discusso sulla ricompensa mi rendeva inquieta.

"Ecco, signora." Mi tese il bicchiere d'acqua. Forse mi sbagliavo su di lui. Forse era un sempliciotto pronto a dare una mano.

Non avevo scelta, cara sorella. E se i soldi erano già spariti o finiti in cenere? Quel ragazzo era la mia unica possibilità, la mia unica speranza.

"D'accordo. Stammi a sentire." Ha avvicinato la testa e io gli ho spiegato dove era il nascondiglio, assicurandomi che avesse capito che forse l'onda d'urto della bomba poteva aver spostato il pavimento e di conseguenza anche i quattrini. E quindi doveva guardare sotto ogni mattonella.

"Farò del mio meglio," disse con un sorriso storto che ha messo in mostra i denti accavallati. Il cuore mi è sprofondato. A che punto siamo arrivati!

Ti saprò dire com'è andata. Mi ha promesso di tornare appena avrà trovato i soldi. Nel frattempo non mi resta che starmene qui a sperare.

Edwina

Lettera di Venetia Winthrop
ad Angela Quail

Chilbury Manor,
Chilbury,
Kent

Martedì, 6 agosto 1940

Cara Angela,

non puoi capire quale sia stata la confusione dopo il bombardamento, per non parlare del senso di impotenza. Al solo pensarci mi monta l'angoscia e cerco di stare il più possibile in camera mia a riposare. Sono riuscita però a partecipare al funerale di Hattie, che è stato straziante. Non riesco ancora a credere che non ci sia più. Ci conoscevamo da quando siamo nate, e siamo sempre state amiche, da bambine, da adolescenti, fino ad ora. Di noi due oggi ne resta una sola, io. È come se un intero pezzo della mia vita fosse stato cancellato.

Sono ancora molto debole. Mrs Tilling viene a trovarmi ogni giorno e ha sempre da ridire perché secondo lei non faccio abbastanza progressi. Mamma è meravigliosa e mi aiuta con zuppe e buon cibo. Temo che dia a me le sue razioni e probabilmente anche quelle di Kitty, perché ogni giorno mangio uova e, questa settimana, per almeno tre volte, anche pancetta. Papà è furibondo con Mamma perché è così premurosa con me, ma se ne sta alla larga, e di questo non posso che essere contenta. Credo che stia semplicemente aspettando, acquattato in silenzio dietro le quinte, che io riacquisti le forze per poter sfogare la sua collera.

Si auspica che sposi qualcuno in fretta per poter fingere che il bambino sia di mio marito – e per tutti in famiglia questo qualcuno è Henry, anche se nessuno lo nomina. L'unico scopo è nascondere la polvere sotto il tappeto, per non parlarne più. Non gli passa neanche per la testa che io voglia sposare un altro, mentre io ho un unico desiderio, che Alastair torni. Continuo a chiedermi dove sia finito e perché non si fa vivo con me. Me lo vedo che entra dalla porta e mi abbraccia come se niente fosse. Lo so che ora come ora dovrei odiarlo, ma non mi è possibile. Con quella poca forza che riesco a racimolare, sento di amarlo ancora di più. È come se le bombe mi avessero aperto gli occhi. Ora so quello che voglio: lui.

Ma sono ormai trascorsi cinque giorni dal bombardamento e a ogni momento che passa diminuiscono le probabilità che sia vivo e magari nascosto da qualche parte. Tre sono le circostanze che potrebbero spiegare la sua scomparsa, ma nessuna di loro è positiva. La prima è che sia stato ucciso nel bosco, da mio padre o da qualcuno della malavita, e che ora giaccia, cadavere, in un fossato; la seconda è che sia morto nel bombardamento della sua casa, anche se mi hanno detto che non hanno trovato i suoi resti tra le macerie. La terza è che, dopo la nostra lite, se ne sia andato per non tornare mai più.

Ogni giorno mi metto al collo la medaglietta d'argento di san Cristoforo, nascondendola sotto il vestito perché nessuno possa vederla. Mi fa sperare che ovunque si trovi, sia qui sulla terra o in qualche sorta di paradiso, lui pensi a me e in qualche modo mi protegga.

Henry, intanto, tornato per il funerale di Hattie, è venuto a trovarmi questo pomeriggio. Lo avevo visto in chiesa, naturalmente, e avevamo parlato di Hattie. Ammetto che è stato bello averlo vicino, un altro pezzo della nostra combriccola di quando eravamo piccoli. È molto gentile in questi giorni. Difficile non affezionarsi a lui. Non ha però lo stesso slancio della primavera scorsa, e mi sono chiesta fino a che punto sa di Alastair. Mrs B. è una gran pettegola, anche se non conosce i dettagli di quello che c'è stato tra me e Alastair, ne sono certa. Henry di sicuro disapprova che io abbia passato del tempo con lui, ma ovviamente non lo darebbe mai a vedere.

Mamma mi ha implorato di scendere a salutarlo, e io mi sono appoggiata al suo braccio mentre mi accompagnava in salotto, che mi è parso luminoso, arioso, ordinato rispetto alla mia cameretta. Lei aveva lasciato aperta la porta che dà sul patio, e con la brezza entrava il profumo fresco dell'erba falciata. Il sole si rifletteva nel grande specchio d'argento sopra il caminetto, illuminando le pareti chiare e i mobili. Come sarebbe bello vivere in un'epoca passata quando le persone erano civili ed equilibrate, e tutto aveva un senso. Quando gli innocenti non morivano sotto le bombe o sparivano, come se si fossero dissolte nell'aria.

"Henry," lo accolsi con qualche reticenza, porgendogli la mano e sedendomi sul rigido sofà grigio. Per qualche motivo ero nervosa; mi ero messa il rossetto e ravviata i capelli. Lui appariva fin troppo distinto e rispettabile nella sua uniforme impeccabile; la sua stretta di mano era misurata.

"Salve, Venetia," mi disse, fissandomi negli occhi e sorridendo. "Che bello vederti!" Guardandosi intorno, decise di sedersi sul divanetto di fronte a me, poi si tolse il berretto e se lo posò accanto. "Ho saputo che ti considerano un'eroina da queste parti."

"Così dicono," commentai con una risatina imbarazzata. "A dire la verità, ho fatto una stupidaggine a entrare di corsa in una casa che stava per esplodere."

"Ma è stato un gesto assai coraggioso. Non tutti sarebbero stati così pronti a mettere a repentaglio la propria vita. Dicono che te la sia cavata molto bene, nonostante le tue ferite e tutto il resto."

A quel "tutto il resto" sussultai e mi chiesi se per qualche strano motivo avesse saputo che ero incinta. No, ovviamente non lo sa. Non lo sa neanche Alastair. Notai che aveva captato il mio moto di sorpresa e mi affrettai a ricompormi.

"Hanno fatto un gran chiasso, tutto qui," sorrisi cercando di cambiare argomento. "Anche tu ti sei fatto notare, però. Mrs B mi ha raccontato che sarai decorato."

"Be', Mamma esagera. Non sono affatto sicuro che mi daranno una medaglia, ma ho abbattuto molti nemici, ed è quello che conta."

"Dobbiamo molto a voi piloti che vi battete contro i nazisti. Ci avrebbero già invasi, se voi non li aveste respinti." Cercavo di mostrarmi forte e spavalda, ma le parole mi uscivano di bocca incerte e titubanti.

Vedevo che non gli sfuggivano i miei tentativi di essere normale, anche se questo comportava una rinuncia alla perfezione di prima. Avevo la sensazione di essere molto cambiata ai suoi occhi. Ed era così: io *sono* cambiata. Ma non volevo che lo pensasse; volevo apparirgli esattamente identica a prima.

"Sono in disordine, temo," dissi, buttando indietro i capelli com'è mia abitudine e mettendo nella voce un po' più di slancio. "Dal giorno del bombardamento non sono stata tanto bene."

"Sì, l'ho saputo," confermò con calore. "Spero di non averti importunata facendoti alzare..."

"No, è un piacere vederti. So che partirai tra qualche giorno e non volevo perdere l'occasione di incontrarti."

"È strano essere qui di nuovo dopo tutto quello che è successo. L'incursione aerea, Prim e Hattie, la scomparsa di quel tizio, come si chiamava?" Si alzò e si avvicinò alla mensola del caminetto, manifestando un improvviso interesse per la ricca decorazione della cornice bianca.

"Slater," dissi in fretta, cercando di pronunciare il nome senza dargli alcuna inflessione. "Mr Slater. Nessuno sa che fine abbia fatto."

"Ho saputo che stavi andando a casa sua la notte del bombardamento." Continuò a studiare la mensola del caminetto, senza girarsi. "Mi sono chiesto se eri in qualche modo legata a lui."

"Sì, lo ero, a dir la verità," dichiarai in tono spavaldo. Non potevo mentire ora che lo sapevano tutti, ma confesso che non ci tenevo a parlarne con Henry. Non volevo che lo sapesse. Non erano affari suoi e in qualche modo non credevo che fosse utile. "Ma non è stata una cosa seria. L'ho fatto così, tanto per passare il tempo."

"Ah, davvero." Questa volta si girò e mi guardò dritto negli occhi. "Me lo chiedevo, ecco tutto." Si avvicinò e si sedette accanto a me sul divano. Sul viso aveva un'espressione seria. "Tutto bene, Venetia? Insomma, stai bene? Dentro di te, intendo."

Per poco non scoppiai in lacrime.

No, non va tutto bene. Anzi. L'uomo che amo se ne è andato, e suo figlio sta crescendo dentro di me. Ho una paura tremenda di perderlo e cerco di stare tutto il giorno a letto. Sono terrorizzata da quello che succederà.

"Sto bene, davvero," risposi piano, rassettandomi la gonna sulle ginocchia.

"Sei diversa, non sei la stessa Venetia che conoscevo. Sembri, be'..." Si è interrotto come se stesse riflettendo: "Sì, sembri smarrita".

Ho dovuto alzarmi. Era davvero troppo... lui seduto così vicino a me, che mi parlava con tanta franchezza. Troppo facile scoppiare in lacrime e piangere sulla sua spalla. Ci conosciamo da quando eravamo bambini, è uno dei miei migliori amici, ma so che rivelargli ogni cosa non mi sarebbe servito. Mi sono avvicinata al pianoforte e ho cominciato a riordinare gli spartiti che erano stati posati alla rinfusa.

"Ho perso molto sangue, ecco tutto. Francamente è stata un'esperienza estenuante."

"Sì, mi immagino," convenne, ma sembrava immerso in tutt'altri pensieri.

I nostri sguardi si incrociarono e io capii che cercava di leggere dentro di me, di scavarmi nel profondo. Deve avere intuito che avevo abbassato la guardia perché si è alzato rapidamente e mi è venuto vicino.

"Venetia."

Non so se la sua intenzione fosse quella di prendermi tra le braccia, baciarmi o solo essermi accanto, ma io arretrai, tenendolo lontano.

"Non ti ho nemmeno offerto una tazza di tè!" E schizzai verso la porta. Mentre mi allontanavo, mi resi conto che era deluso – o forse seccato – e mi ricordai con un certo disagio quanto lo avevo incoraggiato le ultime volte che ci eravamo visti. Un lampo sgradevole del party di addio di David mi squarciò la testa. Perché l'avevo preso in giro con tanta ostinazione?

Tornando qualche minuto dopo, lo trovai accanto alla porta che dà sul patio, intento a guardare il prato che ingialliva, le rose non potate, la fontana asciutta per risparmiare acqua. Il suo tono era completamente cambiato, adesso era cortese e impersonale, quello di un pilota della Raf in licenza, pronto a raccontare storielle divertenti ai suoi commilitoni. In questi giorni è molto spiritoso e mi fa ridere, intrattenendomi con la storia di un suo amico burlone che si era trovato ad aver dato appuntamento a troppe ragazze alla stessa ora. Lo so che le ragazze sono affascinate dai piloti e immagino che lui con l'amabilità e la simpatia che lo contraddistinguono ne abbia una bella schiera, ma in qualche modo era sparita l'intensità di poco prima. Cercai invano di recuperarla, ma lui continuò con decisione a sfoderare battute salottiere e impersonali.

Fino al momento di andarsene. Lo avevo accompagnato alla porta ed eravamo insieme sulla soglia. L'azzurro luminoso del cielo stava sbiadendo verso una tonalità più cupa; dal bosco, il grido stridulo di un barbagianni fendeva l'aria immobile. A un tratto

Henry si girò verso di me, lo sguardo di nuovo penetrante, la mano tesa verso la mia.

"Mi dispiace lasciarti in questo modo, Venetia. Permettimi di aiutarti, ti prego." Mi baciò la mano con uno stile antiquato, poi i suoi occhi si alzarono, incrociando i miei per un istante di grande intensità. Infine sorrise, si accomiatò e si avviò lungo il vialetto. Appoggiata allo stipite della porta, sono rimasta a fissare la sua schiena che si allontanava nella foschia del tardo pomeriggio. Aveva un'aria così con quella uniforme, un uomo razionale che non perdeva la testa. Faticavo a ricordare il ragazzino che era stato un tempo, la volta in cui, entrambi quattordicenni, ci eravamo baciati vicino al fiume. Ce ne eravamo subito dimenticati e non ne avevamo più riparlato, ma in quel momento, guardandolo mentre si allontanava, mi sono chiesta come sarebbe stato essere sua moglie. Forse non così male, alla fin fine.

Ho passato il resto della notte pensando a lungo, intensamente, ad Alastair. Dove era andato? Perché mi aveva lasciata? Se anche non sapeva niente del bambino, che ne era stato del suo amore per me? Ero così insignificante che poteva piantarmi in asso in quel modo? E se fosse sparito tra le fiamme, o se fosse stato ucciso da Papà o da qualche spia o trafficante di quelli che bazzicava? O forse stava fuggendo dalla polizia, dall'esercito, dai servizi segreti. Cosa mi era saltato in mente di innamorarmi di uno come lui?

Eppure quando ricordo la passione, la poesia...

Dov'è finito, Angie? Come ha potuto abbandonarmi nel momento in cui ho più bisogno di lui?

Ho cominciato a valutare la cosa da un punto di vista pratico. Se si sta nascondendo o è sparito per rifugiarsi in un luogo sicuro, allora vuol dire che non gli importa di me e che devo cavarmela da sola. Se è morto, be', a quel punto dovrò cavarmela comunque. Ad ogni modo, non posso starmene seduta in camera ad aspettarlo. Dentro di me sta crescendo un bambino e presto sarà troppo tardi per trovare una soluzione.

Stanotte mi sono sfilata la medaglietta di san Cristoforo e ne ho percepito la leggerezza sul palmo della mano. Ho guardato nella notte dalla finestra aperta e, concentrandomi sulla prima stella che ho visto, ho pregato con tutta l'anima perché si decidesse a tornare.

E così, cara Angie, stasera vado a letto con il cuore pesante. Forse domani Alastair si presenterà alla mia porta. Le probabilità però diminuiscono di giorno in giorno, come le stelle lontane che a poco a poco muoiono lasciando dietro di sé lo scintillio fioco e insondabile di un ricordo.

Ti scriverò di nuovo, presto,
Venetia

Dal diario di Mrs Tilling

Giovedì, 8 agosto 1940

Ho preso l'abitudine di andare ogni giorno a Chilbury Manor a trovare Venetia. Non sta affatto bene; è ancora pallidissima e debole per la perdita di sangue. Si vede subito che ha il cuore spezzato. Non riesce a dire una parola senza scoppiare in lacrime e rifiuta di mangiare quasi tutto, nonostante Mrs Winthrop stia mettendo a soqquadro l'intera contea per procurarsi la frutta e la carne che più le piacciono. Mi preoccupa che possa perdere il bambino anche se a volte mi chiedo... be', vediamo come si mettono le cose.

Oggi, mentre stavo per andarmene, Mrs Winthrop mi raccontò che Henry era venuto a trovare Venetia. Non è difficile immaginare quali fossero le sue intenzioni, ora che la Raf è impegnata in combattimenti quotidiani e i caduti sono sempre più numerosi.

"Le ha chiesto di sposarlo?"

"No, ma forse lo farà," mi rispose. "Ovviamente non sa molto di Slater e niente del bambino."

"Venetia accetterà?"

"Non ne sono sicura." Mi fissò a lungo. "Sa di essere in un vicolo cieco. Giura che Slater la ama, ma dove diavolo è finito?"

Di ritorno a casa quella sera, dopo aver cenato e lavato i piatti, andai in salotto a bere un tè con il colonnello, che si era messo a leggere il giornale. Mi sedetti vicino a lui aspettando che finisse per rivolgergli la parola. Alla fine ha sorriso e ha alzato gli occhi.

“Mi sono accorto che mi sta fissando,” disse con un sorriso. “Che cosa c’è?”

“Devo farle una domanda,” dissi, pensando che tanto valeva essere il più diretta possibile. “Riguarda Mr Slater. Ho la sensazione che lei sappia quello che gli è successo.”

Mi guardò al di sopra del giornale, poi voltò rumorosamente la pagina, dandosi un gran daffare a metterla in pari con le altre. “Mrs Tilling, lei sa che io non posso parlare di queste cose,” replicò con calma.

“Sì, ma mi chiedo se non possa fare un’eccezione, solo per una volta. Vede, c’è una giovane donna che ha il cuore spezzato e che ora sta per accettare una proposta di fidanzamento da parte di un altro.” A questo punto mi fermai, domandandomi come mettergliela perché facesse effetto. “Lo so che non può dirmi niente, ma sarebbe molto utile se almeno mi facesse capire se è vivo.”

“Purtroppo non è possibile.” Riprese a studiare il giornale, come se la cosa lo assorbisse completamente.

“Forse potrebbe limitarsi a voltare pagina per farmi capire se è vivo?” Era solo un tentativo da parte mia. Stavo giocando il tutto per tutto.

Dopo averci pensato su per qualche minuto, voltò la pagina del giornale.

“È in prigione? Non può mettersi in contatto con la ragazza?”

Questa volta si precipitò a voltare un’altra pagina, tenendo gli occhi incollati sul testo.

“E quindi non dovrebbe sposare l’altro giovane, vero?”

A questo punto abbassò il giornale sulle ginocchia e mi fissò dritto negli occhi. “Se Slater è vivo, è perché la fortuna lo ha assistito. Un giorno morirà o finirà in galera da qualche parte. Secondo me, la ragazza ha più probabilità di essere felice con quell’altro, se vuole sapere cosa ne penso.”

“Ma lei non è innamorata di lui. È innamorata di Slater.”

“Be’, è contro ogni buonsenso. Non è il tipo di uomo di cui innamorarsi.” Tirò su il giornale, scuotendolo con forza per raddrizzare le pagine, e riprese a leggerlo.

“Non tutti possiamo scegliere le persone di cui innamorarci,” gli dissi, piuttosto seccata dalla sua insensibilità.

Abbassò il giornale e mi guardò per un istante, improvvisamente pensoso, poi rispose: "Ha ragione".

Versai il tè. "Devo dirle di aspettarlo?"

"Dipende da quanto tempo ha," osservò sottovoce, poi aggiunse, come se ci avesse pensato in quel momento: "E da quanto dolore è disposta ad affrontare quando lui tornerà a mettere a repentaglio la sua vita, e lo farà ancora, e ancora, finché alla fine la perderà".

Non riuscii a tirargli fuori altro, nemmeno con le lusinghe più convincenti. Che uomo testardo!

Cercai di farmi venire in mente se c'erano altri modi per saperne di più su Slater e mi ricordai di Carrington. Anche lui adesso lavora in quel dipartimento. Forse potrebbe scoprire qualcosa e dirmelo. Se c'è uno che sa quanto io sia affidabile, questo è Carrington.

Nonostante fosse piuttosto tardi, composi il suo numero.

"Parnham House," rispose in tono formale il maggiordomo.

"Vorrei parlare con il tenente Carrington," chiesi, sforzandomi di avere un tono sicuro.

"Non è disponibile."

"Si tratta di un'emergenza," ho detto in fretta.

Una pausa e un colpetto di tosse. "Vado a chiedere. Chi devo dire?"

"Mrs Margaret Tilling di Chilbury."

Un minuto dopo ho sentito la voce morbida e educata di Carrington che sussurrava nella stanza piena di echi. "Buongiorno." Sembrava contento di parlarmi, il che era un buon segno. "Vedo che ha superato bene il bombardamento."

"Sì, ma una mia amica si trova in un guaio. Una faccenda di cuore. Mi chiedo se lei con le sue conoscenze a Licthfield Park può prendere informazioni su una persona."

"Ci proverò," rispose subito. "Non le prometto niente, però. Di chi si tratta?"

"Di un certo Alastair Slater. Potrebbe essere uno che traffica con il mercato nero. Forse lo hanno preso ed è in prigione. O forse è morto, ma sicuramente è conosciuto nell'ambiente che lei frequenta, tenente. Vorrei sapere chi è per capire se è il caso che la mia amica lo aspetti o no."

"D'accordo. Mi metto subito al lavoro," disse allegramente, come per mascherare la natura della nostra conversazione. Ha fatto una pausa e ho sentito delle voci sullo sfondo. "Senta," ha sussurrato, "ora devo lasciarla, ma ho capito quello che vuole e chiederò in giro. Le telefonerò se scopro qualcosa. A presto." E chiuse la comunicazione.

Il colonnello, che stava scendendo, mi lanciò un'occhiata sospettosa, così presi uno straccio della polvere e spolverai rapidamente l'apparecchio telefonico rivolgendogli un sorrisetto allegro.

Dal diario di Kitty Winthrop

Giovedì, 8 agosto 1940

I soldi

Questa mattina, sono andata in piazza con Silvie a dare un'occhiata all'enorme cumulo di rovine lasciate dal bombardamento. In molti hanno già cominciato a scavare tra le macerie, alcuni con la speranza di recuperare le cose delle persone che avevano abitato lì, altri, in gran parte sciacalli, per rubare tutto quello che trovano.

Con nostra grande sorpresa abbiamo incontrato Tom. Mani sui fianchi, sporco come un bandito, se ne stava in piedi su una massa di detriti.

"Cerco una busta con dentro dei soldi," mi disse sottovoce mentre con Silvie mi arrampicavo sulla catasta di calcinacci. "Mi ha chiesto Miss Paltry di trovarla. Ha detto di averla nascosta sotto il pavimento."

"Allora stai cercando nel posto sbagliato," lo informai con aria severa. "Miss Paltry abitava nella casa adiacente a quella di Hattie, laggiù."

Lo portai sul posto e ci arrampicammo per cercare la busta. Ci tenevo a trovarla per poter diventare un'eroina come Venetia. Alla fine ci riuscii. Sventolandola in aria, chiamai Tom: "Eccola!".

Naturalmente si girarono tutti, e alcuni si avvicinarono incuriositi.

Tra costoro anche Ralph Gibbs, che teneva gli occhi fissi sulla grossa busta. “Sai quanti soldi ci sono lì dentro?”

“No,” disse Tom, strappandomela di mano con mio grande fastidio, e ficcandosela, tra tutti i posti possibili, proprio sul davanti dei pantaloncini. “Su, Kitty, andiamo.”

“Ma sono io l’eroina!”

Mi afferrò la mano con un gesto brusco e mi trascinò via, mentre Silvie ci correva dietro.

Scendemmo di corsa dal cumulo di rovine, attraversammo i campi verso le baracche dei braccianti ed entrammo in fretta e furia in quella di Tom chiudendoci la porta alle spalle. Ridendo, abbiamo aperto la busta e tirato fuori tutti i soldi.

Erano tanti! Un mucchio! “Dove li ha presi?”

“Non lo so,” sussurrò Tom.

“Su, festeggiamo,” esclamai, saltando in piedi. “Vado a vedere se i braccianti nel fienile hanno dei biscotti o del latte.”

“Vengo anch’io,” disse Tom. “Bada tu ai soldi, Silvie.”

E via di corsa. Tom mi batté per pochissimo, ma io non mi ero impegnata granché. Il luogo era deserto e dopo aver cercato per un po’, abbiamo capito che non avremmo trovato niente.

Stavo controllando l’ultimo angolo quando Tom mi prese per la vita e mi baciò sulla bocca con le sue labbra umidicce.

“Fermo, fermo!” strillai, respingendolo. “Non lo sai che sono fidanzata?”

“No? Davvero?” Scoppiò a ridere, incredulo, strofinandosi la bocca.

All’improvviso arrivò Silvie, chiedendo in tono innocente: “Cosa fate?”.

“Niente, Silvie.” La presi per un braccio e mi avviai verso la porta. “Non abbiamo trovato neanche un biscotto, perciò ne faremo a meno. Non è così, Tom?”

Lui si avvicinò e mi prese per l’altro braccio, ridacchiando in modo irritante, e insieme tornammo alle baracche.

Una volta arrivati, notammo che la porta di quella di Tom era aperta e cigolava oscillando sui cardini.

“Silvie, hai tu la busta?” chiese Tom.

Incapace di parlare, lei scosse la testa.

Entrammo di corsa per controllare, ma già lo sapevamo: i soldi erano spariti.

Dentro non c'era nessuno. Ci siamo guardati, ma sapevamo benissimo chi era stato a seguirci. Io e Silvie siamo tornate a casa di malumore, lasciando Tom a escogitare qualcosa da dire a Miss Paltry.

"Be', almeno non erano soldi nostri," commentai mentre costeggiavamo il bosco.

"Perché non hai baciato Tom?" mi chiese Silvie. "È simpatico."

Mi fermai di colpo. "Sono fidanzata con Henry, Silvie. Non posso andare in giro a baciare i ragazzi che raccolgono il luppolo, non ti pare?"

Già, come le era saltata in mente una cosa simile?

Lettera di Venetia Winthrop ad Angela Quail

Chilbury Manor,
Chilbury,
Kent

Giovedì, 8 agosto 1940

Cara Angela,

questa mattina, quando mi sono svegliata, ho provato una spiacevole sensazione di paura in fondo allo stomaco, quasi sapessi come si sarebbe svolta la giornata, quello che sarebbe successo, quali decisioni sarebbero state prese.

Il campanello è suonato alle dieci e non mi sono stupita quando Mamma ha bussato alla mia porta per dirmi che Henry era tornato. Ho subito pensato che non volevo che le cose andassero come erano andate ieri. Non volevo la sua commiserazione e neppure i suoi commenti sul fatto che gli sembravo, per dirla con le sue parole, "smarrita". Così mi sono messa il prendisole giallo per avere un'aria più allegra e mi sono spazzolata i capelli fino a farli brillare come l'oro. Volevo che mi trattasse come aveva fatto sempre, come se niente fosse cambiato. Come se tutto fosse esattamente come era stato sei mesi fa quando ero l'indiscussa reginetta del villaggio.

Mi sono messa il vecchio rossetto e, guardandomi allo specchio, mi sono sentita incoraggiata dalla trasformazione. Non è incredibile che una possa sembrare una reginetta e al tempo stesso sentirsi fragile e inconsistente?

Henry si era seduto sullo stesso divanetto di ieri, impeccabile nella sua uniforme. Ho tentato di inscenare un'entrata teatrale come avrei fatto prima, ancheggiando e ruotando la mia gonna gialla intorno alla cornice della porta, portando la mano ai capelli con un gesto seducente e dicendo scherzosamente a voce alta: "Oh, Henry, vedo che non puoi stare lontano da me".

Ma tutto mi sembrava banale e artificioso.

Henry si alzò rigidamente, pur continuando a sorridere con cortesia. È sempre così cortese – non so decidermi se considerarlo adorabile o tedioso. Smisi di far svolazzare la gonna e mi sforzai di pensare a come dovevo comportarmi. Non riuscivo a decidere se preferivo che mi adorasse come aveva sempre fatto, oppure no. Scusami, Angie, se dico cose insensate. Confesso che sembrano insensate anche a me. Davvero, non so più cosa pensare.

"Come stai oggi?" mi chiese, avvicinandosi e prendendomi per un braccio per condurmi verso una poltrona, come se fossi un'invalida.

"Sto bene, Henry," borbottai, scostando la sua mano e fermandomi vicino al divanetto. "Ascolta, non parliamo di me, oggi. Preferisco di gran lunga sapere di te, del tuo aereo e di quante volte hai avuto la meglio in un combattimento." Lo guardai con aria implorante. Anche lui mi fissò per un attimo e poi sorrise con gentilezza, piegando leggermente la testa di lato.

Infine si abbassò, appoggiandosi su un ginocchio.

Mi sono raggelata. Non so esattamente cosa mi aspettassi da quell'incontro e sapevo che Papà non aveva dubbi sul fatto che Henry sarebbe arrivato di corsa se appena avessi detto una parola, ma io non mi sentivo più tanto sicura. Non mi sentivo sicura di niente. Perché all'improvviso la sua proposta di matrimonio avrebbe dovuto interessarmi, se non fosse successo qualcosa che mi aveva resa più disponibile, più bisognosa di accettarla? Perché all'improvviso lui pensava di avere qualche possibilità?

Forse si stava bilanciando tra due posizioni estreme: quella di essere, da una parte, il migliore degli amici, l'uomo che ti dà una mano nel momento del bisogno, che ti offre aiuto e sostegno; dall'altra, l'opportunista che intuisce la debolezza della controparte e coglie al volo l'occasione.

"Venetia, tesoro mio," disse prendendo le mie mani tra le sue e premendole leggermente quasi a voler suggerire una vaga urgenza. "Lascia che ti porti lontano e ti dia l'amore e la felicità che provo nel cuore." Mi sorrise con calore mentre i suoi occhi accarezzavano i miei, pieni di gioia e di speranza. Avevo voglia di piangere e una lacrima mi scese lungo la guancia. *Almeno potessi amarlo*, pensai. Se non avessi conosciuto Alastair, se non avessi sperimentato il vero amore. Ma allora non mi troverei nei guai. Sarei la Venetia di un tempo e non mi passerebbe per la testa di prendere in considerazione uno come Henry Brampton-Boyd.

"Venetia, mi concedi l'onore di accettare la mia proposta di matrimonio?" mi chiese in un mezzo sussurro, portandosi la mia mano alle labbra. "Posso offrirti una vita meravigliosa nella splendida Brampton Hall, una vita di agi, oltre al mio tenero ed eterno amore, che spero non sia da meno."

Una serie di immagini si susseguì rapida nella mia mente: l'ombra di una donna in avanzato stato di gravidanza, dapprima tenuta nascosta nella casa dei genitori per essere poi confinata in un orribile convento; il suo adorato bambino che, strappato dalle sue braccia tese, le sarebbe stato tolto per sempre. Non sopportavo il pensiero di rinunciare a mio figlio. Sapevo di non avere alternative. Mi si offriva una via d'uscita, un compromesso brutale tra due sacrifici. C'era un'unica cosa da fare.

"Sì," dissi. Mi sembrava che fosse stata un'altra Venetia a parlare, una donna pratica, una Venetia che aspirava a una vita comoda, ricca, rispettabile, con dei figli legittimi e una dimora avita dove vivere secondo lo stile a cui era abituata. Una Venetia che avrebbe sempre guardato il primogenito con un crescendo di scontento in cui confluivano rimpianto e colpa.

Ero io questa Venetia?

Sfilai le mie mani dalle sue e mi sedetti, sforzandomi di non scoppiare a piangere, di imprimermi sul viso un sorriso fisso, di tenere alto il mento e affrontare la situazione. Mi resi conto che essere adulti vuol dire scegliere il meno peggio e gestire alla meglio orribili compromessi. Imparare a sorridere, cercare di fare una buona impressione quando sembra che il mondo circostante stia sul punto di crollare per diventare un luogo desolato, una fotografia sbiadita delle antiche illusioni.

Mi irrigidii quando si sedette sul divano al mio fianco. Scostandomi leggermente, mi rassettai la gonna gialla, timorosa di quello che sarebbe seguito.

Vedendo il suo viso avvicinarsi al mio, mi imposi con tutta me stessa di non scansarlo. Mi sfiorò delicatamente le labbra con le sue e, anche se il mondo non smise di girare, l'esperienza non fu sgradevole. È molto migliorato rispetto a quella volta nel frutteto, quando mi ha appioppato un bacio bavoso e soffocante. Questo è stato un bacio delicato, senza slancio, senza passione, niente a che fare con i baci ardenti e fervidi che avevo scambiato con Alastair.

"Amore mio," mi disse. Mi parve così strano sulle sue labbra. "È il giorno più bello della mia vita." Sorrise con l'aria di chi è sopraffatto dalla felicità. Riuscii a sorridere anch'io cercando di rispecchiare il suo entusiasmo. Era tutto molto imbarazzante.

"Dovremo fissare la data al più presto," mi sussurrò all'orecchio, baciandomi il collo e la gola. "Non credo di potere aspettare molto a lungo."

"Sì, meglio non aspettare," acconsentii con scarso entusiasmo, chiedendomi per quanto ancora avrei potuto nascondere la gravidanza. "Prima è, meglio è."

"Allora siamo d'accordo!" esclamò, battendosi con forza le mani sulle ginocchia. "Lo comunicherò al mio comandante appena ritorno alla base. Dovrebbero riuscire a concedermi qualche altro giorno di licenza più avanti, questo stesso mese." Mi prese la mano e se la portò alle labbra, baciandomi prima il dorso e poi il palmo, poi lo spazio tra un dito e l'altro.

Ebbi la sensazione che la stanza mi si chiudesse intorno, umida e soffocante, e mi venne voglia di saltar su, di spalancare le porte della veranda, di mettermi a correre giù per il prato, di fuggire nella valle come un cavallo selvaggio per non fermarmi più. Capii che questo sentimento non mi avrebbe più lasciata, che mi avrebbe fatto compagnia in tutti gli anni a venire.

"Diciamolo alla mamma," esclamai, strappando la mia mano dalla sua e avviandomi alla porta. "Chissà che faccia farà."

Mi ritrovai nell'atrio e lo precedetti su per lo scalone. Salendo, mi afferrai al lungo corrimano, cercando a ogni passo una via di fuga.

Trovammo Mamma nella cameretta di Silvie, intenta ad aiutarla a rammendare l'abito di una bambola, mostrandole come impunturare la cucitura per rafforzarla, proprio come aveva fatto con Kitty e me quando eravamo bambine. Tanto tempo fa.

"Mamma," la chiamai ansante dalla soglia, "ci sposiamo."

Si alzò e l'attimo di panico che l'aveva colta si trasformò subito in un sorriso non appena Henry mi comparve accanto. "Che bellezza!" esclamò, precipitandosi ad aprire la finestra per lasciar entrare l'aria fresca. Inspirò a fondo, si girò e, avvicinatasi a Henry, gli diede un bacio sulla guancia. "Sono molto contenta." Mi guardò dritta negli occhi, con il viso a pochi centimetri dal mio, e le sue labbra sillabarono: "Sarà l'argomento del giorno nel villaggio," ma il suo sguardo sembrava quello di chi sta per essere schiacciato da una tonnellata di carbone. So che non è mai stata felice con Papà, che è stata costretta a sposarlo per il bene della sua famiglia. Il peso di tutti quegli anni era racchiuso in quello sguardo. Voleva che io facessi la cosa giusta, ma non poteva evitare di pensare a se stessa, alla vita oppressiva e senza amore che aveva condotto.

Si voltò verso Silvie, la sua nuova beniamina, e poi disse a Henry: "Va' subito a dirlo a tua madre. Si arrabbierà se scopre che non è stata la prima a saperlo! Venetia, tu rimani qui a discutere i preparativi".

"Ha ragione, mia madre sarà furibonda. Lei la conosce!" ridacchiò Henry, tutto allegro, e io mi scoprii a detestarlo. "Allora mia cara," continuò, prendendomi di nuovo la mano, "ora ti saluto, ma tornerò oggi pomeriggio. Faremo una lunga passeggiata insieme e progetteremo il matrimonio e la luna di miele." Gli brillavano gli occhi mentre mi squadrava da capo a piedi senza pudore.

Se ne andò via velocissimo; la mamma e io restammo in silenzio ad ascoltare i suoi passi che scendevano lo scalone di marmo ed echeggiavano nell'atrio, seguiti dal tonfo sordo del massiccio portone che sbatteva.

Tutt'a un tratto crollai. Mamma mi aiutò a sedermi in poltrona e disse a Silvie di andare a prepararci il tè.

"Ho dovuto farlo, Mamma," singhiozzai. "Lo sai che è così."

Non replicò, chiudendosi in un lungo silenzio pacato. "*Sssst!*" disse soltanto, come se avesse imparato che con la forza di volontà, una volontà lenta e tenace, era possibile assorbire gli affanni del mondo, mettendoli a tacere. Ed era questo che lei faceva da vent'anni.

Silvie tornò con il tè, che sorseggiammo in pace, chiacchierando su come sarebbero andate le cose. Di questi tempi si celebrano molti matrimoni e, date le circostanze, è una fortuna che sia così, anche se ci scambiavamo occhiate meste all'idea che lo si officiasse addirittura la settimana seguente.

"Ovviamente tu desideri... consumare il matrimonio prima

della cerimonia," disse Mamma frettolosamente, imbarazzata. Devo averla guardata stranita perché si affrettò ad aggiungere: "Così non avrà dubbi circa la paternità del bambino". Sorrise a Silvie che appariva particolarmente attenta. Non riuscivo a credere che stessero entrambe recitando quella stupida commedia, come se Silvie non sapesse quello che le succedeva intorno e come era successo.

Dopo un po', lasciai a malincuore la nursery e la sua atmosfera gradevole e scesi in camera mia, dove mi trovo in questo momento. Mi arrovello sempre sulle stesse domande: perché sono arrivata a questo punto? Che cosa pensavo? Perché è questa la scelta migliore? Possibile che non ci siano alternative? E lui dov'è? Possibile che non senta la mia pena che si espande nell'universo e che arriva a milioni di galassie con un urlo senza fine?

Seduta alla toeletta, ho preso la medaglietta, desiderando con tutte le mie forze che Alastair arrivasse come un cavaliere nella sua armatura scintillante e mi rapisse, portandomi lontano. Oppure augurandomi di svegliarmi e scoprire che si era trattato di un incubo, e che a farlo era stata un'altra Venetia, su un altro pianeta, perduto al di sopra di noi nell'universo brutale e indifferente.

Ti scriverò presto.

Con tutto il mio affetto,
Venetia

Lettera di Miss Edwina Paltry a sua sorella Clara

Ospedale di Litchfield,
Litchfield,
Kent

Giovedì, 8 agosto 1940

Cara Clara,

che giornata! Come prima cosa è arrivato quello stupido ragazzo a dirmi che aveva perso i miei soldi. Come ho fatto ad affidare il mio tesoretto a un tale idiota incompetente? L'ha trovato, l'ha portato nel suo tugurio e poi qualche delinquente glielo ha rubato. È convinto che sia stato Ralph Gibbs. Me la vedrò con lui non appena uscirò di qui.

Non basta: me ne stavo su questo bitorzoluto letto d'ospedale quando lungo il corridoio arriva la Tilling. Si avvicina a grandi passi, con un'aria pimpante e baldanzosa del tutto nuova in lei, e mi fissa con quei suoi occhi a capocchia di spillo. Era ben messa, abbottonata in un soprabito blu marino che non le avevo mai visto – diversissimo da quello vecchio, grigio e sformato, che si mette di solito – e reggeva una borsa di cuoio marrone che sarebbe stata perfetta per appioppare a qualcuno una brutta sventola.

"Si sta godendo la vacanza?" cinguettò con quella sua voce cantilenante, sfoderando un sorriso stentato e scostante che pareva quello di un giudice sul punto di condannarti. "Bello, eh, riposare?" Mi diede un colpetto sulla gamba e io sussultai al pensiero di quanto male avrebbe potuto infliggermi se le fosse venuto il ghiribizzo. Ringraziai il Signore che fosse una mezza calzetta, ma ammetto che non è più la vedova affranta di prima. La guerra le ha dato la carica. Va anche detto, a proposito, che ha un bel portamento, che sta più dritta, non ha più le spalle cascanti e il viso mesto. Mentre una volta correva a passettini per starti dietro, adesso avanza in modo deciso, come se fosse più brava di tutti noi, si ado-

Qualcosa dentro di me è sbottato. Che diritto aveva quella stupida donna di venire da me e tormentarmi con quelle accuse? In ogni caso i modi ingrazianti non mi avevano portata da nessuna parte. Per lei ero solo un facile bersaglio. Dovevo cacciarla via.

"Posso prendere un treno quando mi pare e piace, Mrs Tilling." Mi scaldai, alzando la voce. Poi mi raddrizzai, sistemando la gamba sul letto. "Come osa venire qui ad accusarmi di questi ridicoli crimini? Come osa, proprio lei che è un'infermiera? Dovrebbe saperlo che chi è convalescente deve essere lasciato in pace."

Rimase seduta imperterrita, il viso sereno e composto, gli occhi fissi su di me che ero sempre più a disagio.

"L'ho intuito vedendo Venetia che teneva tra le braccia la piccola Rose,"disse, vantandosi di essere stata così brava a capire tutto, come una maledetta Miss Marple. "La bambina le assomiglia tantissimo. Venetia potrebbe essere sua madre." Mi guardò, sollevando un sopracciglio con aria dubbiosa. "O sua sorella."

Maledetta la bambina e quella spregevole ragazza. Se non fosse stata così bella, nessuno avrebbe notato un bel niente. Mi sentivo braccata, come un animale in trappola.

Poi, d'improvviso, ebbi un colpo di genio e intuii come fare a pezzi le sue accuse. Presi la brocca che stava sul comodino e urlai con quanto fiato avevo in corpo: "Infermiera! Infermiera". Poi, con una risatina, la lasciai scivolare dalle dita e rotolare sul pavimento.

Lo schianto ruppe il silenzio mentre mille schegge di vetro rimbalzavano in aria prima di ricadere a pioggia per terra, ricoprendo le piastrelle, i letti, i mobili con una delicata crosta scintillante simile a uno strato di ghiaccio.

Ci sarebbero volute ore per ripulire.

Le infermiere, arrivate di corsa, cominciarono a darsi da fare con scope e spazzoloni, allontanando Mrs Tilling, spostando la sedia, cambiando le coperte del mio letto, assicurandomi infine che era tutto a posto.

Mi sforzai di apparire sconvolta, annuendo con aria di scusa. Sbirciai Mrs Tilling, in piedi lontano dal letto, le mani contratte sulla borsa, un'espressione incollerita sul viso corrugato. Rimase a consumarsi dalla rabbia a una certa distanza finché un'infermiera non si avvicinò a dirle qualcosa, poi le portò il soprabito blu marino e l'accompagnò alla porta. Mentre veniva condotta fuori, voltò verso di me il suo viso lungo, guardandomi con occhi adirati e rivelando un po' della Mrs Tilling di un tempo, quella che veniva messa da parte e spinta di qui e di là. Solo che ora non ne era affatto contenta. Ora voleva fare a modo suo. Mi sentii gelare la nuca quando la porta si chiuse con un tonfo alle sue spalle.

Che cosa farà adesso? Il mio primo pensiero, naturalmente, è stato che avrebbe tentato di ricattarmi, di carpirmi dei soldi in cambio del suo silenzio. Ma non è nel suo stile. Ha abbastanza soldi per quella sua squallida vita tutta praticità. È più probabile che intraprenda qualcosa in nome della morale e del rispetto o per qualche altro motivo non meno nauseabondo. È animata dal desiderio rivoltante di essere un membro esemplare della comunità e questa piccola vittoria l'avrebbe portata ad appollaiarsi su un nuovo trono.

Esiste naturalmente l'eventualità che faccia a tutti noi il grande, grandissimo favore di lasciar perdere tutto. Perché dovrebbe darsi la briga di portare la cosa fino in fondo? Non ha nessuna prova. La sua preziosa Hattie è morta. Mrs Winthrop sprizza gioia da tutti i pori per il suo maschietto. Non è nell'interesse di nessuno scambiare di nuovo i bambini. Sarebbe un trauma per la loro piccola comunità e causerebbe più guai che vantaggi. Finirebbero tutti per odiarla e lei non è così stupida da non saperlo.

Il che mi porta a una conclusione allarmante. Potrebbe spifferare tutto al generale, dirgli che l'ho tradito, acquistare potere in questo piccolo villaggio.

E il generale verrebbe da me a spezzarmi il collo, come ha promesso di fare se qualcuno avesse scoperto la faccenda. Santo cielo, mi sento come una volpe in trappola, braccata dai segugi.

Per prudenza mi assicurai che spostassero il letto e lo mettessero vicino all'infermiera, e proprio mentre mi stavo sistemando, chi arriva se non Elsie? Elegantissima in un vestito verde a fiori, graziosa come un giovane cigno, finché non ha aperto quella sua boccaccia.

"Ho saputo da Kitty che un ragazzotto ha cercato di recuperare i suoi soldi." Si chinò su di me. "E so che una parte del gruzzolo mi spetta di diritto."

"Non minacciarmi, piccola. In ogni caso non ho più niente. I soldi sono spariti. Li hanno rubati. Se hai fame di quattrini, cercali da un'altra parte."

Si rassettò i capelli, pavoneggiandosi. “La stessa cosa che penso anch’io. Ho un piano per acciuffare un marito ricco. Mi servono degli spiccioli, capisce? Per avere l’aria di una signora.”

Sbottai in una risatina di scherno. “Ti occorre qualcosa di più che un bell’aspetto per acciuffare un aristocratico.”

“Vedrà,” disse, tirando su col naso. “Ma mi servono dei contanti e so delle cose su di lei che la costringeranno a sganciarli.”

Mi stavo arrabbiando. “Elsie, non ho più niente da darti.”

“Dove sono finiti?”

“Tom pensa che li abbia presi Ralph Gibbs. Diglielo, se ti va, che li voglio indietro.” Ero furente ormai. “Quei soldi sono miei e lui lo sa benissimo.”

Un’espressione pensosa si è soffusa sul suo bel viso. “Be’, meglio che me ne vada adesso,” disse, contraendo le labbra. Probabilmente aveva deciso di sgraffignarglieli per conto suo. Poi se ne andò saltellando, un sorriso furbetto sulla bocca larga come se avesse inghiottito un rospo.

Ho girato la testa sul cuscino con un gemito. Ci mancava anche questa. Non bastava che mi stessero alle costole la Tilling e il generale. Ci mancava Elsie, che voleva mettere le mani sui miei soldi. Ti conviene bruciare questa lettera, Clara, e anche le altre, nel caso che di questa faccenda abbia sentore tu sai chi. Di questi tempi anche i muri hanno orecchie.

Edwina

Dal diario di Kitty Winthrop

Giovedì, 8 agosto 1940

Cosa non fare

Ho saputo di Venetia e Henry. Me l'ha detto Silvie, che è venuta a cercarmi di corsa nelle stalle.

"Ci sono novità," gridò, vedendomi in cortile mentre sellavo Amadeus, che cominciava a scalpitare nervosamente.

"Che novità?"

"Venetia sposerà Henry," ansimò, avvicinandosi. Sul viso un'espressione turbata. "Lei ha detto di sì!"

"Cosa?"

"Henry ha chiesto a Venetia di sposarlo e lei ha detto di sì," ripeté, il viso contratto per la preoccupazione.

"Non può farlo," reagii in tono deciso. "È incinta del bambino di Slater."

"Lo so. Per questo si sposa."

"Non è giusto!" esclamai, ribellandomi all'enormità del fatto. "Povero Henry! E se lo scopre? Non si dovrà annullare ogni cosa?"

"Non lo so," disse, arrivandomi accanto.

"Ma perché ha chiesto a lei di sposarlo dal momento che è fidanzato con me?"

"Forse se ne è dimenticato," rispose in tono sommesso. "A lui Venetia piace molto, Kitty. Vuole sempre parlarle."

Mi girai urlando: "Non sai quello che dici".

Schizzò via più veloce della luce, e io rimasi lì a strigliare Amadeus, tentando di convincermi che si era sbagliata, che non era altro che uno scherzo assurdo.

"Su, Amadeus," gli sussurrai, accostando la faccia al suo collo. "Andiamo a fare un giro."

Una volta salita in sella, guardando il mosaico verde e oro dei campi che mi si aprivano davanti, mi sono sentita più calma per valutare la notizia che mi aveva dato Silvie.

Ragioni per cui Venetia non può sposare Henry

È innamorata di Mr Slater
È incinta del bambino di Mr Slater
Henry dovrebbe sposare me

Non era così che dovevano andare le cose. Se penso al futuro, vedo sempre Henry e me a Brampton Hall con quattro bambini, tre gatti, un grosso cane che si chiama Mozart. Venetia non è compresa in questo quadro. Non le andrebbe di abitare in quella casa, non credo che aspiri ad avere tanti bambini e non le piacciono i cani, e tantomeno Mozart.

Non funzionerebbe, ecco tutto.

Misi al trotto Amadeus e mi avviai lungo il sentiero, poi lo spinsi a un galoppo sfrenato nei pascoli. Non mi ero prefissa una meta, e perciò non mi sono stupita di trovarmi davanti a Brampton Hall, la grande casa neogotica di mattoni rossi, illuminata dalla luce intensa del sole. Era stata costruita qualche generazione fa dal primo Brampton, un mercante che si era arricchito in India. La famiglia è una delle più illustri della zona, e Mrs B. è determinata a renderla ancora più illustre.

Quando suonai, fu Henry stesso a venire ad aprirmi. Sembrava sconvolto e io mi ricordai che tutti i loro domestici se ne erano andati.

"Henry," dissi raggiante.

"Kitty? Che bella sorpresa."

"Ho pensato che forse ti sarebbe piaciuto fare una passeggiata."

"D'accordo. Avverto la mamma," disse, lanciando un'occhiata verso l'interno della casa.

Lasciò aperta la porta e si allontanò a grandi passi.

Io tornai da Amadeus. "Vedi? Non è fidanzato con Venetia. Silvie si è sbagliata."

Quando riapparve, ci mettemmo in moto, risalendo a piedi il sentiero fino al viottolo, mentre lui si affrettava ad abbottonarsi il colletto e ravviarsi i capelli. Io ero a piedi e camminavo quasi di corsa per non essere distanziata dalla sua falcata. Amadeus mi trotterellava accanto. Ben presto raggiungemmo la stradina con i suoi ripidi bordi erbosi. Sopra di noi, il cielo era azzurro e sereno.

"Mi dispiace, Kitty, ma non posso stare fuori molto oggi," esordì. "Comunque ho una bellissima notizia da darti."

"Oh, sulla guerra?" chiesi, sentendo la terra che mi ondeggiava sotto i piedi, quasi fossero le avvisaglie di un terremoto che di lì a poco avrebbe spaccato il terreno.

"No." Mi guardò sorridendo. "Se c'è una persona a cui lo devo dire sei tu. Venetia mi ha reso l'uomo più felice del mondo accettando di sposarmi."

Mi bloccai inorridita, quasi avessi messo radici nel punto in cui mi trovavo. "Allora è vero," borbottai. Il sole cocente mi accecava. "È vero."

"Sì." Si fermò e si girò verso di me. "Lo hai già saputo? Ehi, ma stai bene?"

Levai lo sguardo su di lui. "Eravamo noi due che dovevamo sposarci, Henry," esclamai. "Avevi detto che mi avresti sposata, quando fossi stata più grande. Lo hai detto tu." Delle grosse lacrime cominciarono a sgorgarmi dagli occhi e delle inutili dita d'acqua presero a rigarmi le guance.

Henry era inorridito. "Ma Kitty," disse piano, "non ho mai detto niente di simile. E quando, poi? E dove?"

"Vicino al fiume, la volta del picnic a Box Hill. Hai detto che se ti aiutavo a trovare Venetia, mi avresti sposata."

"Davvero? Che stupidaggine. Mi dispiace, Kitty. Ci deve essere stato un fraintendimento oppure volevo fare una battuta o... be', qualcosa del genere." Allargò le mani, poi gli sfuggì un risolino imbarazzato. "Ora sarai mia sorella, così come io sarò tuo fratello. Meglio ancora che essere sposati, ti pare?"

"No, non è così," urlai. "Non voglio che tu diventi il mio stupido fratello anche se finirai per sposare mia sorella, del che dubito molto."

"Che cosa vuoi dire?"

"Lei è incinta del bambino di Slater," gli strillai sul muso con tale veemenza che a ogni parola mi uscivano schizzi di sputo. Indietreggiò di un passo, il viso attonito, gli occhi fissi su di me.

"Kitty, non scherzare su queste cose."

"Va' a chiederglielo. È innamorata di lui. Vuole il suo bambino, ma lui è sparito e così lei deve accontentarsi di te."

Le sue spalle si curvarono e gli occhi persero ogni espressione e, come in uno specchio, vidi la disperazione passare da me a lui. Uscire da me come uno spruzzo denso giallo e nero per investire il suo corpo con un flusso di rabbia e disperazione. Si sedette sulla sponda erbosa, le ginocchia davanti a sé, la testa tra le mani, borbottando qualcosa. Rimasi a fissarlo per un po', il mio eroe che si sgonfiava sotto i miei occhi, poi cominciai a capire l'enormità di quello che avevo appena fatto.

"Vattene, Kitty," disse piano, con calma, senza guardarmi.

"Henry, mi dispiace. Io..."

"Ti ringrazio di avermelo detto e adesso lasciami." Alzò la testa, gli occhi pieni di furia.

"Ma, Henry..."

"Stammi lontano," ringhiò sottovoce, alzandosi e sovrastandomi. "Se ti dicessi quello che vorrei farti in questo momento, ti augureresti di non avermi mai conosciuto. Adesso vattene. Lasciami," urlò. Non avrei mai pensato che potesse trasformarsi così, che i suoi bellissimi occhi azzurri potessero incupirsi come quelli di un serpente rabbioso.

Afferrai le redini di Amadeus e corsi via, scossa da singhiozzi incontrollabili, con la sensazione che fosse davvero arrivata la fine del mondo.

Tornata nella stalla scura e ombrosa, stesi per terra in un angolo una vecchia groppiera e mi rannicchiai, chiudendomi come una conchiglia. Rimasi lì a singhiozzare mentre Amadeus mi commiserava urtandomi lievemente con il naso.

Perché avevo fatto una cosa simile? Perché lui *aveva fatto una cosa simile?*

Alcune ore dopo, sentii dietro di me una vocina. Era Silvie che sbirciava nell'ombra.

"Cosa vuoi?" le chiesi con durezza.

"Ho dei panini," rispose sottovoce.

"Posali fuori, sulla panca."

"Ti stanno cercando tutti."

Non risposi, lasciai solo che le parole mi fluissero dentro e venissero assorbite. Papà sarà furibondo. Voleva che Venetia sposasse Henry così sarebbe andato tutto a posto. Venetia che stava a letto. Papà che cercava di parlarle. Mamma che tentava di placare gli animi. Venetia che cambiava idea e accettava di sposare Henry. Mamma che piangeva fino a tardi di notte. E poi? Papà mi ucciderà di sicuro, se prima non lo fa Venetia.

"Grazie dei panini," dissi piano a Silvie, ricordando che ormai era la mia unica alleata. Lei si ritrasse nell'ombra, pensando che forse non era una scelta saggia avermi per amica.

Era ormai notte quando tornai a casa, infreddolita e affamata, tremante di paura. Avevano lasciato aperta la porta della dispensa perché potessi entrare, e qualcuno aveva messo anche una pagnotta nel portapane. La presi e, salendo per la scala di servizio, raggiunsi la mia camera, dove mi trovo in questo momento. Caro diario, la casa è immersa nel silenzio. Avevo pensato che la famiglia mi avrebbe aspettata, che tutti si sarebbero scagliati contro di me, che avrebbero pianto. Ma questo silenzio è assai più inquietante.

Questa notte, passata la mezzanotte, mentre tutti dormono, io impacchetterò poche cose e sparirò.

Lettera di Venetia Winthrop
ad Angela Quail

Chilbury Manor,
Chilbury,
Kent

Giovedì, 8 agosto 1940

Cara Angela,

ti scrivo di nuovo, questa volta per dirti che il fidanzamento è andato a monte dopo una scenataccia. Ringrazio Dio di averla scampata per il rotto della cuffia – non avevo idea che Henry Brampton-Boyd fosse un simile mostro. Sono stordita ed esausta; tutta questa faccenda mi ha fatto venire la febbre. Devo stare a letto, e confesso che sono felicissima di starci.

È stato con sentimenti contrastanti che lo sentii arrivare nel primo pomeriggio. Era previsto che tornasse più tardi. Mamma aveva insistito perché riposassi e cercassi di riprendermi da tante emozioni. Ma all'improvviso, intorno all'una, udii il campanello che suonava con impazienza, poi un secondo squillo, e infine il suono di voci alterate che si diffondeva nell'ingresso e il mio nome che veniva chiamato con impazienza.

Capii che era successo qualcosa, che forse l'aveva scoperto. Respirai a fondo, mi rassettai il vestito giallo e in punta di piedi raggiunsi il pianerottolo sovrastante l'ingresso. Lo vidi alzare gli occhi verso di me, paonazzo in viso e furibondo, i pugni stretti, i capelli biondi arruffati, il colletto dell'uniforme sbottonato, l'espressione torva.

"Venetia," urlò. Non avevo mai visto Henry in collera, ma neppure in mille anni me lo sarei immaginato così inferocito, così fuori di sé com'era in quel momento. Lui, sempre gentile, corretto. Era come vedere un labrador trasformato in lupo.

Scesi la grande scala lentamente, trattenendo il fiato, pregando perché tutto si risolvesse in fretta.

"Devo parlarti," mi disse a denti stretti, afferrandomi il braccio e trascinandomi in salotto e infine chiudendo la porta per impedire che Mamma, rincantucciata in una nicchia del corridoio, ci seguisse. Precauzione inutile perché da dov'era poteva sentire ogni parola. Non mi sarei mai immaginata che Henry avrebbe alzato la voce a tal punto. L'intera casa vibrava e i lampadari tintinnavano per le sue urla.

"Avanti, adesso parla," mi ordinò con prepotenza spingendomi sul divano e guardandomi dall'alto con furia. "Sei incinta?"

Annuii lentamente. Sarò sincera, Angie: ero così stremata che non ho trovato l'energia di contrattaccare. Ero pietrificata come non avrei mai pensato fosse possibile e, sinceramente, sollevata all'idea che intendesse mandare tutto all'aria. A quel punto sarei stata libera, indipendentemente dal fardello che avrei dovuto accollarmi. In quel momento capii che avrei avuto la forza di andare fino in fondo, con o senza il sostegno della mia famiglia.

"Sì, Henry, è così," risposi con decisione.

"Cosa?" ruggì, il viso rosso e stravolto dalla rabbia. "Mi avresti sposato sapendo che portavi il figlio di un altro?"

"Mi dispiace, Henry. È stato uno sbaglio. Ora me ne rendo conto."

"Davvero hai pensato che te la saresti cavata?" Mi sovrastava fissandomi con aria minacciosa.

"Non lo so," risposi semplicemente, guardandomi le mani. "Ho pensato che fosse la cosa migliore, ma ora capisco che sbagliavo."

"Ci saremmo sposati! E quanti anni sarebbero dovuti passare prima che qualcuno venisse a dirmelo? Non l'avrei mai saputo se non me l'avesse detto Kitty stamattina."

"È stata Kitty, allora," dissi a bassa voce. Sì, ovvio che era stata lei. È innamorata di Henry. Ha usato l'unica carta che le era rimasta. Eppure non lo nego: ero contenta che l'avesse fatto. Per qualche strano motivo ero quasi orgogliosa di lei. Mi sentivo sollevata all'idea che, chiunque fosse stato, *qualcuno* glielo avesse detto, mettendo fine a quella orribile farsa. Non posso credere di aver pensato che sposarlo fosse la soluzione migliore.

"È tutto quello che hai da dire? 'Oh, è stata Kitty!' Come se non te ne importasse niente?"

"Sono contenta che tu lo sappia," dissi freddamente.

"Non provi rimorso?" ribatté con sarcasmo. Mi si sedette accanto e si chinò verso di me, con il viso davanti al mio, vendicativo e minaccioso. "Hai scoperto che, in fondo in fondo, forse anche tu hai una coscienza?"

"Sì, immagino di sì," risposi a disagio. "Ho capito che era uno sbaglio."

"Oh." Si alzò di scatto. "La signora ha capito che avrebbe commesso uno 'sbaglio' se si fosse sposata con uno essendo incinta di un altro. Bene, bene, Venetia." Scoppiò in una risata sarcastica. "Ora che ci penso, parte del tuo fascino stava proprio nella tua spregiudicatezza. Nel tuo spietato, assoluto egocentrismo. Mi chiedo come non me ne sia mai accorto. Sei un guscio vuoto, solo un guscio vuoto, Venetia. Una bella ragazza senz'anima." Marciò verso le porte della veranda, guardò fuori, il glicine avvizzito, l'acciottolato rotto, poi aggiunse piano, quasi parlando tra sé: "Sono contento di vederti finalmente per come sei".

Seguì una pausa, un lungo silenzio durante il quale avrei potuto dire qualcosa, difendermi, giustificarmi, cercare di placarlo. Ma non lo feci. Alastair mi aveva mostrato che sono un essere umano di carne e sangue, qualcosa di più di quella bambolina che Henry credeva di conoscere. Quello che diceva era irrilevante. Non sapeva chi ero e forse non l'aveva mai saputo. Ero arrabbiata con me stessa per avere acconsentito a sposarlo, augurandomi in silenzio che quell'imbroglio finisse. Avevo dolori dappertutto, mi pulsava la testa, sentivo il gelo di un vento invisibile che soffiava nella stanza, mi alitava sulla nuca, si infilava sotto i capelli.

"Ma Venetia!" Si voltò verso di me. La sua voce era cambiata, si era fatta implorante, un anelito disperato. "Perché mi hai fatto questo? Lo sai quanto ti amo. Ci conosciamo da tutta la vita. Perché ferirmi così?"

Mi sentii sopraffare da un'ondata di nausea. "Non ho mai voluto ferirti. Credevo che, sposandoti, ti avrei fatto un favore – lo so che lo sognavi da sempre. Certo, non era la perfezione, ma ho pensato che avrei superato il passato, che sarebbe stato un nuovo inizio. Nessuno avrebbe saputo che il bambino non era tuo. Sono in molti ad avere un figlio subito."

"Ma noi non siamo quei 'molti' che dici," ruggì, avvicinandosi furioso. “Io sono una persona, Venetia. A volte mi chiedo se te ne sei mai resa conto.” Si sedette vicino a me. “Guardami. Guardami con attenzione, a lungo.” La sua voce era ferma, brusca. Quando alzai lo sguardo, fissò gli occhi nei miei. Non l’avevo mai visto così: aperto, vivo, tutto concentrato in questo momento.

“Sì, lo so,” mormorai. Poi il suo sguardo mutò, si fece più morbido e, al posto della rabbia, lessi nei suoi occhi il desiderio.

“Venetia, ti desidero a tal punto che stavo quasi per decidere di sposarti lo stesso, nonostante il bambino. Ho tentato di rimuoverlo dalla mia mente, ma non ci sono riuscito. Odio Kitty per avermelo detto. Sarebbe stato perfetto, se lei non avesse rovinato tutto. Sarei stato l’uomo più felice di questo mondo e tu saresti stata mia.” Mi squadrò da capo a piedi e mi appoggiò la mano alla vita. “Saresti stata mia,” ripeté, mentre le sue mani si muovevano rapide su e giù lungo il fianco, abbrancandomi le cosce con le dita grosse, sgraziate. Gli urlai di fermarsi e cercai di allontanarlo, ma lui continuava a strillare: “È questo il tipo di ragazza che sei, Venetia? Quello a cui piace farsi palpare?”.

Dovevo andarmene, così ho fatto ricorso a tutta la mia forza per scostarlo, poi mi sono alzata e sono scappata dalla stanza. Ma lui ha riacquistato rapidamente l’equilibrio e mi si è precipitato dietro. Quando mi ha raggiunta mi ha schiaffeggiata con tanta violenza che sono caduta a terra con un tonfo poderoso.

In un attimo arrivò la mamma che, in piedi su di me, si mise a strillare: “Che succede? Santo cielo, cosa stai facendo?”.

Lui si fermò subito e si lisciò i capelli.

“Meglio che te ne vada, Henry,” disse Mamma in tono deciso, mettendomi una mano sulla fronte e aiutandomi ad alzarmi.

Strinse le labbra, seccato. “Sì, ne ho abbastanza di lei,” proclamò convinto e a passo deciso è uscito sprezzante dalla stanza.

Lo sguardo triste di Mamma ha incrociato il mio mentre entrambe sentivamo, per la seconda volta quel giorno, i suoi passi pesanti sul pavimento di marmo dell’ingresso e la voce della cameriera che lo accompagnava fuori. Il portone si chiuse sbattendo e il tonfo scatenò una pioggerellina di particelle di polvere che rimasero a ondeggiare nell’aria, simili a uno spettro sul punto di svanire per sempre.

Scoppiai in lacrime, avevo dolori dappertutto, la testa mi esplodeva. Mamma mi aiutò a salire di sopra e io crollai sul letto.

Dormii per un po', poi mi svegliai sentendo Papà che urlava al pianterreno. Mamma, seduta accanto al mio letto, si alzò in silenzio e chiuse la porta a chiave. Sapevo che era spaventata per me, molto più spaventata di quanto lo fossi io. Che venga pure, per quel che me ne importa. So di poter affrontare il suo pessimo carattere, ormai posso affrontare qualunque cosa. Sono diventata insensibile a tutto.

Ed eccomi qui, Angie, seduta a letto, che cerco di venire a capo di questo squallido pasticcio. Mamma dice che ho la febbre e confesso di sentirmi stanchissima. A questo punto ti saluto e cerco di riposarmi un po'.

Venetia

Dal diario di Mrs Tilling

Venerdì, 9 agosto 1940

Che notte triste è stata questa!

Era mezzanotte passata quando Kitty venne a grattare alla porta di casa mia. Andò ad aprire il colonnello che si affrettò a chiamarmi. Indossai la vecchia vestaglia di Harold e scesi in ciabatte a vedere cosa stava succedendo.

"È capitato qualcosa di brutto a Venetia e bisognerebbe che lei andasse a vederla," disse Kitty sottovoce, aggiungendo con un vago tremore: "Per favore, posso stare qui per un po'?".

Le dissi che poteva mettersi nella cameretta di sopra e, tornata a precipizio in camera mia, mi buttai addosso qualcosa e afferrai in fretta e furia la borsa del pronto soccorso prima di sfrecciare via nella notte. Raggiunsi di corsa la stradina, inciampando due volte sul terreno irregolare, appena rischiarato dalla debole luce della mia torcia. Entrai dalla porta di servizio e salii per le scale sul retro, fermandomi a riprendere fiato per qualche momento prima di bussare.

La mia paura maggiore, che Venetia avesse un aborto, è stata confermata non appena sono entrata. Una scena tragica. Alla luce rosata della lampada sul comodino ho visto Venetia distesa, sofferente. Piangeva, dicendo che non si sarebbe mai perdonata. C'era molto sangue e un forte odore di plasma. Mrs Winthrop si affaccendava con salviette e asciugamani.

Mi sedetti sul letto vicino a Venetia e le parlai piano, cercando di valutare come stava, quello che andava fatto e se era il caso di portarla in ospedale. Era incinta da poco, e quindi non c'era pericolo che si trattasse di un vero travaglio. Lentamente, alle prime ore del mattino, il frutto della sua gravidanza venne espulso dal suo fragile corpo.

"Si riprenderà?" chiese Mrs Winthrop.

"Sì," risposi, sebbene dentro di me non ne fossi affatto certa. Venetia era sottopeso, sfinita, traumatizzata. Era febbricitante e aveva perso molto sangue.

"C'è stata una brutta scenata," ha aggiunto. "Henry è venuto a sapere che era incinta e l'ha colpita. E lei è caduta pesantemente per terra."

Ci sedemmo accanto al letto e io le misi un braccio sulle spalle. Lo scoppio di rabbia di Henry era stata l'ultima goccia, dopo il bombardamento, la perdita di sangue, la debolezza, l'angoscia. Restammo a guardarla in silenzio e io provai un vero sollievo quando, verso l'alba, la situazione si stabilizzò e Venetia si assopì.

"Vada a letto anche lei e cerchi di dormire per qualche ora. Io posso stare fino alle otto," sussurrai a Mrs Winthrop.

"Sono troppo tesa per dormire, ma andrò a preparare un tè."

Io rimasi lì a controllare le condizioni di Venetia mentre Mrs Winthrop entrava e usciva portando il tè e un vaso colmo di ortensie viola raccolte in giardino. Dischiuse appena le tende quando il sole spuntò dalle colline coltivate a frumento, lasciando filtrare nella camera un fascio di luce ambrata.

Era finita e Venetia era viva.

Quando si svegliò, restò a letto a lungo, avvilita, i grandi occhi spalancati e fissi al soffitto, oppure chiusi, con le lacrime che filtravano dalle palpebre abbassate.

"Cosa ho fatto?" sussurrava di tanto in tanto. "Che cosa pensavo? Non avrei mai potuto sposare Henry."

Mrs Winthrop e io ci scambiammo qualche occhiata. Era come se dentro di lei la situazione, arrivata al suo culmine, fosse deflagrata.

Intanto il generale strepitava al pianterreno, dove pareva esserci un altro campo di battaglia e il fracasso di piatti rotti e di porte sbattute era in netto contrasto con il nostro quieto angolo di dolore.

Alle otto tornai tristemente al villaggio per riposare un po' prima di raggiungere l'ospedale per il turno in sala operatoria, la testa leggera per la mancanza di sonno. Rientrai a Ivy House giusto in tempo per vedere il colonnello che partiva per Litchfield.

"Venetia sta bene?" mi chiese sebbene non gli avessi parlato dell'accaduto. Come aveva saputo dove avevo passato la notte?

"Sì, si riprenderà."

"E lei?" Si fermò proprio davanti a me, sovrastandomi con il suo corpaccione.

"Io sto..." cominciai, con l'intenzione di dire, come al solito, che stavo bene. Ma non era vero. "Io sono stanca. È stato traumatico, a essere sincera." Lo guardai con un sorriso incerto.

"Perché non va a distendersi sul letto per un po'?" Abbassò leggermente la testa. "Sono sicura che i chirurghi potranno fare a meno di lei stamattina."

Avrei potuto scoppiare a piangere sulla sua spalla larga e rassicurante, ma sono rimasta ferma dov'ero, cercando di essere pratica e trattenendo le lacrime. "Ma le persone che mi aspettano?"

Mi fissò per un momento, poi protese le braccia, forse per stringermi a sé, ma si fermò a mezz'aria e alla fine mi appoggiò fermamente le mani sulle braccia. "Deve riposare per un po', altrimenti non sarà in grado di aiutare nessuno."

"Ci proverò," dissi e mi scostai imbarazzata. "Dov'è Kitty? Devo prepararle la colazione."

"Kitty l'ha già preparata per me," sorrise, alzando un sopracciglio, "e sono sicuro che la preparerà anche per lei."

Dal diario di Kitty Winthrop

Venerdì, 9 agosto 1940

La luce forte del giorno

Stamattina, quando aprii gli occhi, mi trovai a sbattere le palpebre nella stanzetta di Mrs Tilling e passai alcuni momenti agghiaccianti tentando di ricomporre i pezzi dei terribili eventi del giorno prima, che mi hanno scagliata in un pozzo di disperazione profondo al punto che non riuscirò più a uscirne.

Il mio futuro

La collera incontenibile di Papà – dovrò andarmene da casa, disonorata
La rabbia di Venetia e il suo inconsolabile tormento
Il disonore, totale e assoluto, che mi seguirà come un'ombra fatale
Il mio cuore spezzato che mi distruggerà come lava incandescente
I miei sogni distrutti – la fine di tutto ciò che conoscevo e volevo

Scesi al pianterreno ed entrai in cucina per la colazione.

"Mrs Tilling si è alzata?" chiesi al colonnello.

"È ancora a casa tua," rispose, cominciando a frugare nella credenza alla ricerca di qualcosa da mangiare. "Ha passato lì tutta la notte."

"Oh, santo cielo," borbottai, prendendo l'avena. "È per quello che è successo a Venetia. Spero che stia bene."

Mentre preparavo il tè e il porridge per il colonnello, non potevo fare a meno di pensare a Venetia dicendomi che era tutta colpa mia se aveva litigato di brutto con Henry. Doveva essersela presa a morte con lei. Non avrei dovuto dirglielo. Come fa la gente cattiva a vivere con il peso della colpa? La sentivo strisciare dentro di me, una melma velenosa che circolava viscida nel mio corpo trasformando tutto quello che dicevo o facevo in una fetida poltiglia giallastra puzzolente di vomito.

Il colonnello si sedette a tavola e si mise a leggere il giornale di ieri, commentando notizia per notizia.

"Ufficialmente viene chiamata la Battaglia d'Inghilterra. I nazisti stanno bombardano i nostri campi d'aviazione e le nostre fabbriche."

"Davvero," dissi senza ascoltare.

Mi lanciò un'occhiata mentre mescolavo lentamente il porridge. "Vediamo se c'è qualche notizia più allegra." Sui giornali c'è sempre qualche storiella divertente o a lieto fine che serve a tirar su il morale. Cominciò a leggermene una su un addetto alla protezione antiaerea di ronda nel villaggio di Upper Leigh che, sentendosi puntare qualcosa alla schiena, pensò che fosse una pistola e che i nazisti ci avessero invasi. Alzò rapidamente le mani e quando si voltò, si accorse che di fronte aveva un enorme airone – per via dell'oscuramento era andato a sbattere contro il suo becco.

Sorrisi, ma il mio morale non migliorò, così lui, prima di andarsene a Litchfield Park, mi diede una robusta pacca sulla spalla. Sono sicura che non sarebbe stato così carino se avesse saputo tutta la storia.

Stavo riordinando la cucina quando ho sentito rientrare Mrs Tilling. Incontrandosi nell'ingresso, i due hanno scambiato qualche parola sottovoce, poi il portone si è chiuso alle spalle del colonnello.

"Buongiorno," mi salutò tutta allegra Mrs Tilling mentre entrava in cucina. "Il colonnello mi ha detto che gli hai preparato la colazione. Sei stata davvero brava. Adesso riaccendi il bollitore e facciamoci una chiacchierata."

"Venetia sta bene?" chiesi con ansia, mentre mi affaccendavo a riempire il bollitore.

"Si riprenderà," disse con mio immenso sollievo. "Ma ha perso il bambino."

Un vero disastro. L'ultima cosa che le ci voleva era che io spifferassi tutto a Henry. Dal bombardamento in poi era diventata molto debole. E io sono stata la goccia che ha fatto traboccare il vaso. Mi accasciai su una sedia, incrociai le braccia sul tavolo e vi affondai la testa. "È tutta colpa mia."

"Non è colpa tua, Kitty," disse Mrs Tilling, mettendomi un braccio sulle spalle. "Henry è responsabile delle proprie azioni, anche se forse non è stato molto utile dirglielo. La scenata è stata terribile e alla fine lei non ha retto."

Nonostante mi sforzassi di controllarmi, scoppiai in lacrime. Povera Mrs Tilling! Ha tante cose cui pensare al momento e sicuramente non ha bisogno di un'insopportabile pettegola che le frigna sulla spalla, ma ogni volta che smettevo, ero travolta da un'altra ondata di lacrime che non vedeva l'ora di infrangersi su di me, come se la mia intera esistenza non fosse stata che una serie di orrori che ora premevano per uscire allo scoperto.

Mrs Tilling mi ha accarezzato la schiena. "Bisogna pensare che sei giovane e che hai ancora molto da imparare. Henry non avrebbe dovuto lasciarti credere che ti avrebbe sposato, ma c'è dell'altro. La tua mamma avrebbe dovuto dirti che Venetia era incinta invece di fingere che non fosse successo niente. Venetia non avrebbe dovuto ingannare Henry e portarlo al punto da chiederla in moglie. Tuo padre non avrebbe dovuto fare pressioni su Venetia perché accettasse Henry. Henry non sarebbe dovuto picchiarla. Slater non sarebbe dovuto sparire spezzandole il cuore. È un gran pasticcio. Non sei tu a dover portare sulle spalle il peso di questa storia."

"Perché Henry ama lei quando potrebbe amare me? Sono io quella che vuole sposarlo. Perché non amiamo chi ci ama? Perché tutti si innamorano della persona sbagliata?"

"Kitty, guardami," disse e io alzai la testa che tenevo appoggiata tra le braccia. "Essere adulti è difficile. Non possiamo scegliere di chi innamorarci e chi vogliamo si innamori di noi. Qualsiasi cosa ti succeda nella vita, Kitty, ricorda che non potrai cambiare il sentimento che qualcuno prova per te. L'amore è un'emozione terribilmente strana e ha pochissimo a che fare con il buonsenso. A volte si tratta di un sentimento profondo e rassicurante, un po' come avvolgersi in una bella coperta calda, altre volte è travolgente, impossibile da controllare." Per qualche momento rimase in silenzio, assorta in qualche suo pensiero, poi si riprese di scatto. "Sono sicura che Henry ti vuole bene come a una sorella, ma per Venetia prova un sentimento diverso."

"Ma io so cosa vuol dire essere innamorata," piagnucolai. "Non mi dica che quello che provo non è reale."

"Certo che è reale, Kitty." Mi posò un braccio sulle spalle. "È molto reale."

Piangevo e piangevo, perché avevo rovinato tutto, perché Venetia mi avrebbe odiata, perché Henry non mi avrebbe mai amata. Era uscito dalla mia vita per sempre.

"Troverai un altro," disse Mrs Tilling.

"No," risposi, scuotendo la testa. "Non troverò nessuno come Henry. Non c'è nessuno che sia bello e piacevole come lui; nessuno che mi guardi allo stesso modo. Quando è qui, è come il sole che sbuca dalle nuvole, e le cose malvagie che ho dentro, e quelle che sono nel villaggio, nel paese, nel mondo, non sono più così malvagie. È tutto perfetto, meraviglioso. Un paradiso." Spalancai la bocca in cerca d'aria prima di urlare di nuovo. "Non sarà mai più un paradiso. Henry se ne è andato. E tutte le cose malvagie non se ne andranno più."

Rimasi seduta al tavolo di cucina a lungo, anche dopo che Mrs Tilling uscì per andare in ospedale. Ma a metà pomeriggio sentii anch'io il bisogno di uscire e così mi avviai senza una meta particolare. Camminando, mi accorsi che mi dirigevo verso casa. Ero assillata dal desiderio di parlare con Venetia. Quanto più mi avvicinavo tanto più mi rafforzavo nella mia decisione; dovevo farlo. Dovevo scusarmi con lei.

Mi avrebbe perdonata?

Mentre aprivo la porta di servizio, mi resi conto di essermi dimenticata del mio principale oppositore: mio padre. Se mi avesse vista, mi avrebbe uccisa. Tutta la rabbia accumulata per Venetia, la sua prediletta, l'avrebbe sfogata su di me. In fondo ero la più piccola, quella meno capace di resistergli, quella con cui se la prende abitualmente. Perché rompere gli schemi che seguiva da una vita? Come un uragano violento, il castigo si sarebbe abbattuto su di me, finché non fosse rimasto altro che il silenzio di un'anima annientata.

Tremavo di paura mentre salivo furtivamente per la scala di servizio. La casa era tranquilla, a parte l'eco discordante della pendola del nonno, nell'ingresso. Salii la scala posteriore senza far rumore e bussai alla porta di Venetia. Mi aprì Mrs Tilling che era venuta direttamente dall'ospedale dopo il turno mattutino.

"Kitty, che cosa ci fai qui?" sussurrò.

"Devo parlare con Venetia."

"E se tuo padre ti vede?" chiese in tono ansioso, tirandomi dentro la camera.

"Devo vedere mia sorella." Mi sono guardata intorno. Le tende erano tirate e soltanto una piccola lampada sul comodino – quella viola – diffondeva una luce livida. Non c'era il solito disordine, i vestiti smessi, i flaconi di profumo rovesciati, i libri, la bigiotteria. Persino la toeletta era in ordine, ripulita e disinfettata per un nuovo domani.

Venezia si stiracchiò nel letto. Mrs Tilling si precipitò al suo capezzale, le spiegò che ero lì e che ci avrebbe preparato un tè.

"Lascia che si svegli a poco a poco, ti prego," mi raccomandò. "E ricorda quello che è successo, Kitty. Non sei tu il suo primo pensiero in questo momento, perciò non essere turbata se si arrabbia con te."

Rimasi ferma dov'ero per qualche minuto dopo che Mrs Tilling uscì.

"Vieni a sederti qui, Kitty," borbottò lei dal letto con voce fioca.

Mi avvicinai e mi sedetti.

"Venetia, sono addolorata. Non sai quanto mi dispiace. So di avere fatto un grave errore. Lo so, non occorre che tu me lo dica. Henry era innamorato di te e capisco che tu volevi il meglio per tutti noi. L'ho capito solo adesso. Ne sono desolata."

Venetia è rimasta immobile tanto che mi sono chiesta se avesse la forza per sostenere quella conversazione. Poi il suo sguardo confuso, offuscato dai pensieri, dallo smarrimento o dal delirio si fissò sul mio. Non riuscivo a intuire quello che pensava.

"In un primo momento ti ho detestata, lo sai vero?" disse con voce roca. "Ma ho finito col pensare che non è stato un male. Lo so che non era nelle tue intenzioni che andasse così. In ogni caso, ora sappiamo che Henry è un essere abietto, un uomo crudele, anche se il suo aspetto non lo farebbe mai pensare. Ti meriti di meglio, Kitty."

Non replicai, ma mi limitai a guardarla. Aveva un viso sofferente. I capelli le si appiccicavano al cranio e le scendevano in ciocche disordinate sulle spalle. La lavanda che qualcuno aveva spruzzato non bastava a coprire il cattivo odore imperante, forse di sangue. Il letto era umido per le lacrime e il sudore. Non l'avevo mai vista così.

Cominciai a piangere.

In quel momento si aprì la porta e Mrs Tilling entrò di corsa. "Va' via, Kitty. Tuo padre è in casa e sa che ci sei. Ti ha vista percorrere la stradina mentre parcheggiava." Mi ha presa per un braccio e mi ha tirata su. "Va' via subito. Ha minacciato di frustarti."

Mi spinse fuori della camera e io mi precipitai, correndo in punta di piedi, verso la scala di servizio. Il cuore mi batteva forte ed ero molto agitata mentre allungavo il braccio per afferrare il corrimano. Arrivata in fondo, mi nascosi di lato per vedere se la via era libera. Mi aspettava la parte più pericolosa del mio viaggio – per andare in cucina dovevo schizzare attraverso la parte posteriore dell'ingresso, passando davanti allo studio di Papà.

La porta della sua stanza era socchiusa e udii un movimento venire da dentro. Non riuscivo a vedere bene, ma non c'era dubbio che lui fosse lì, occupato a sfogliare delle carte a giudicare dal fruscio. Dovevo essere velocissima, così presi a contare in silenzio – uno, due, tre – prima di sfrecciare sul pavimento nudo di marmo. Nella corsa il piede mi scivolò di lato e io caddi di schianto. Cercai di rialzarmi per riprendere la corsa ma vidi la strada sbarrata da quell'uomo violento e pericoloso che era mio padre.

Vedendomi, si protese di colpo, la faccia paonazza contorta in una smorfia folle. Le sue mani cercarono la mia gola, come se volesse strangolarmi. Terrorizzata indietreggiai, cercando disperatamente di rimettermi in piedi.

"Eccola qui, la piccola traditrice," urlò. "Voglio parlarti." Mi afferrò per un braccio e mi trascinò nel suo studio, mollandomi per terra davanti alla scrivania. "Voglio sapere esattamente perché intendi distruggere il buon nome della tua famiglia." Poi, a passo deciso, andò dietro la scrivania, prese il frustino e tornò da me, sferzandosi ritmicamente gli stivali a ogni passo. Un sibilo e uno schiocco, un sibilo e uno schiocco.

"No, ti prego," borbottai terrorizzata, rannicchiandomi a terra. Papà, una volta, aveva frustato un cavallo fin quasi ad ammazzarlo – da ultimo era stato necessario sopprimerlo – e francamente non credevo di avere qualche possibilità di finire meglio. "Ti prego, lascia che ti spieghi. Fermati!"

Ma lui era già partito. Senza prendere di mira un punto particolare e senza prestare la minima attenzione a dove cadeva il colpo, cominciò a frustarmi con tutta la furia possibile. Mi accucciai in modo da affrontare l'attacco di spalle. Sentii che mi si spaccava il vestito sul dorso e poi le fitte di dolore quando la frusta mi lacerò la pelle, e poi il rivolo di sangue lungo la schiena, il sudore e le lacrime che non riuscivo a trattenere. Singhiozzavo, urlavo, gemevo, non sapevo cosa fare. Ogni volta che provavo a sollevarmi, lui tendeva il piede per farmi inciampare e mi ributtava giù. Ero alla sua mercé, e quando cercai di trascinarmi verso il suo stivale e di afferrarlo per la caviglia nel tentativo di fermarlo, mi allontanò con uno scossone, sempre più adirato. "Buona a niente" – frustata – "traditrice" – frustata – "capricciosa" – frustata – "miserabile" – frustata – "maledetta."

Poi sentii un'altra voce.

"Che cosa sta facendo, generale? Metta via quel frustino immediatamente." In un primo momento non la riconobbi, tanto l'intonazione era diversa dal solito. In quel momento risuonava forte, decisa, calma. La voce di una donna autorevole.

Era Mrs Tilling. Stava sulla soglia della porta aperta, dritta e composta, come un'insegnante alle prese con le birichinate di un monello.

"Se ne vada, ficcanaso," urlò mio padre in preda alla collera. "Questa faccenda non la riguarda."

"Invece credo di sì, che mi riguardi," rispose lei in tono secco.

Seguì una pausa. Papà si girò, esattamente come me, per vedere Mrs Tilling, la più gentile e mite delle donne, che chiudeva accuratamente la porta e avanzava di un passo con atteggiamento autorevole.

"Cosa le salta in mente?" muggì Papà, avvicinandosi a lei e facendo schioccare minacciosamente il frustino contro la sua gamba.

"Non mi provochi, generale," rispose lei in tono sferzante. "Non vorrà inimicarsi qualcuno che sa molte cose su di lei e il suo immorale accordo." La voce ticchettava come una efficiente macchina da cucire alle prese con un vecchio orlo.

Papà si bloccò, un'espressione rabbiosa sul viso rabbuiato.

Dire che ero attonita non descrive quello che provavo. Non avevo mai visto in tutta la mia vita Mrs Tilling contrastare qualcuno, tantomeno Papà. Ma nel momento del bisogno aveva trovato la forza di entrare in quella stanza e salvarmi la vita. Avrei voluto correre e abbracciarla con tutto l'amore possibile, e avvertirla che avremmo dovuto battercela al più presto.

"Non mi minacci, Mrs Tilling," sbottò Papà socchiudendo gli occhi con aria minacciosa. "Lei non sa niente."

"Non ho paura di lei, generale." Mrs Tilling restava dov'era, dritta e composta, come se parlasse da una posizione di forza e in nome della giustizia. "So abbastanza cose per avviare un'indagine, se è questo che vuole sapere." Pronunciava ogni parola con cura. "Basta una breve telefonata."

"Lasci perdere, Mrs Tilling," ordinò Papà. "Lei non si rende conto che sta giocando col fuoco. Sarebbe irresponsabile da parte sua immischiarsi in questa storia. Metterebbe in pericolo la nostra piccola comunità, ci renderebbe ancora più inermi davanti a questa orribile guerra."

Papà può davvero fare paura quando è in questo stato d'animo e per un attimo ho temuto che Mrs Tilling avrebbe fatto marcia indietro, se ne sarebbe andata e le frustate sarebbero riprese immediatamente.

Ma lei non ha ceduto. Ho visto addirittura il guizzo di un sorriso sulle sue labbra, un sorriso lieve, pacato, come quello di un giocatore di scacchi che, durante un torneo, sa di avere vinto molto prima che il suo avversario se ne accorga.

"Non prenda quell'aria di superiorità, generale." Avanzò di due passi, così da diminuire ulteriormente la distanza che c'era fra loro. "Non ho niente da temere da lei." Gli spolverò la spalla con un gesto della mano, un gesto leggero e al tempo stesso sprezzante. "Semmai il contrario."

Papà era visibilmente turbato. Indietreggiò di un passo e volse lo sguardo verso il lato opposto della stanza quasi a cercare ispirazione, una sorta di terreno solido. Aveva la fronte corrugata per la preoccupazione, lo sguardo cupo, gli angoli delle labbra piegati all'ingiù. Sembrava uno scolaretto contrariato.

Mi rannicchiai ancora di più nell'angolo. Che Mrs Tilling si opponesse a Papà era una cosa, un'altra era che avesse qualcosa contro di lui. Non sapevo come avrebbe reagito. Neanche quando è di buonumore ha simpatia per le donne, si limita a tollerare Mamma e noi ragazze. Cosa sapeva Mrs Tilling per costringerlo a tirarsi indietro? Non lo avevo mai visto ammettere una sconfitta. Non una tra le infinite volte in cui si era scontrato con qualcuno. Persino Mrs B. si muove con circospezione con lui, e tutti noi sappiamo che può essere spietato.

Mrs Tilling mi guardò e mi fece cenno di tirarmi su.

Mi alzai titubante, guardando le macchioline di sangue sul pavimento e tentando di raddrizzarmi il vestito lacero e rassettarmi i capelli.

"Adesso si scusi," gli disse lei con calma.

"Coraggio, scusati Kitty," ripeté lui con un muggito.

"Non è Kitty che deve scusarsi," urlò Mrs Tilling. Sì, urlò veramente! "Ma lei, generale. Le chieda scusa. Kitty ha tredici anni e lei l'ha picchiata con lo scudiscio. Si vergogni."

"Insomma, Mrs Tilling..."

"Le ho detto di chiedere scusa." Nei suoi occhi c'era uno sguardo che non avevo mai visto prima. Sembrava l'immagine stessa della Giustizia, completa di bilancia.

"Mi dispiace, Kitty. Ho l'impressione che Mrs Tilling sia impazzita," disse Papà con un certo imbarazzo.

"No, non deve chiedere scusa per me. So farlo per conto mio, se è necessario. Deve scusarsi per averla frustata, naturalmente."

"Scusami, Kitty." Era combattuto, le mani serrate a pugno, l'aria furiosa, lo sguardo rivolto altrove. "Adesso va', Kitty. E anche lei, Mrs Tilling. Credo che abbia già fatto abbastanza," concluse con durezza.

"Non sono d'accordo." Mrs Tilling mi si avvicinò, mi mise un braccio attorno alle spalle e mi condusse verso la porta. “Credo che la sua famiglia ne abbia abbastanza della sua tirannia. Da anni subiscono la sua crudeltà e non vedo perché dovrebbero subirla un minuto di più.” Si fermò di botto, poi, girandosi verso di lui, puntò il dito verso la finestra. “Lì fuori si combatte una guerra. Una vera guerra. Ci sono persone che muoiono per difendere questo nostro prezioso paese, e l’unica cosa che lei sa fare è picchiare le sue figlie per renderle sottomesse. Non dovrà succedere mai più, ha capito?”

Si girò verso di me. “Va’ a ripulirti, Kitty. Non ti minaccerà più, e se lo farà, ti chiedo di avvertirmi immediatamente.” Mentre parlava lo guardava fisso, come per essere sicura che avesse capito. Annuii e sgattaiolai fuori. Trattenendo il fiato, corsi su per le scale a due gradini per volta e mi infilai rapida nella camera di Venetia, chiudendomi la porta alle spalle.

“Ho sentito le urla, Kitty. Cosa è successo?” mi sussurrò.

Le mostrai la schiena.

“Oh, no! Di nuovo!” Con un sospiro mi indicò di prendere un asciugamano sulla toeletta.

Glielo portai con una ciotola d’acqua per inumidirlo e mi sedetti sul letto vicino a lei perché potesse pulirmi le ferite. Era una scena penosa, una vittima che aiutava un’altra vittima. Ma in qualche modo sembrava normale, eravamo diventate due alleate.

Le ho raccontato come si era arrivati alla tregua con Papà.

“Chi avrebbe detto che Mrs Tilling avesse tanto coraggio?” esclamò Venetia, perplessa. “Mi domando che cosa sappia...”

“Che Papà abbia un’amante?” ipotizzai. “Anche se mi sembra strano che si dia tanto da fare per tenere nascosta la relazione – ha così poco riguardo per Mamma. O forse è per via che compra benzina al mercato nero da quel tizio di Chartham, anche se con la sua posizione sociale e le conoscenze nell’esercito può infischiarsene della legge. Comunque dice che lo fanno tutti. No, deve trattarsi di altro. Qualcosa di molto, molto più grave.”

“Sì, deve trattarsi di altro.” Fece una pausa, continuando a tamponarmi le ferite e facendomi sussultare ogni volta che mi toccava. “Mrs Tilling non è più la stessa da qualche tempo. È come se avesse scoperto dentro di sé una nuova forza.”

“È la guerra,” risposi. “I nostri ruoli cambiano, no?”

"Sì," convenne Venetia con un lieve sorriso. "Siamo noi donne ora a occuparci di tutto," aggiunse nello stile altezzoso di un tempo. "Il coro femminile di Chilbury governerà il mondo."

Malgrado il bruciore che sentivo mentre mi ripuliva le ferite, mi misi a ridacchiare, e malgrado le tenebre e il fragore che ci circondava, ebbi la strana certezza che tutto sarebbe finito bene.

Lettera di Elsie Cocker al tenente dell'aeronautica Henry Brampton-Boyd

Chilbury Manor,
Chilbury,
Kent

Sabato, 10 agosto 1940

Caro Henry,

mi metterei a ballare per la gioia perché mi hai resa la persona più felice d'Inghilterra, bella serena come sono, sapendo di essere la tua ragazza. Se ripenso a questo pomeriggio, quando sei uscito da Chilbury Manor e io ti ho accompagnato a casa e ti ho fatto passare quel pessimo umore che avevi nella casetta nel bosco, non riesco a immaginare che tanta felicità mi appartenga davvero. Succeda quel che deve succedere, io so che tu sei lì e mi pensi, aspettando di essere di nuovo con me non appena questa stupida guerra sarà finita.

Ho dato il preavviso a Chilbury Manor, proprio come mi hai detto di fare. Pensavo che mi avrebbero chiesto quali progetti avevo, ma evidentemente a loro non importava, il che andava anche bene perché non sapevo come avrebbero reagito quando avessi detto che tu e io ci saremmo sposati. Il generale è un uomo così all'antica che avrebbe avuto un infarto all'idea di una cameriera che diventa la moglie di un aristocratico. Che spettacolo sarebbe stato!

Non sono sicura dove andrò al momento. Mi fermerò a Chilbury Manor per il periodo del preavviso e poi dovrò sloggiare. Ho una gran voglia di chiedere a tua madre se posso stabilirmi da lei, dato che noi due stiamo insieme. Lo so che non le garberà l'idea che tu mi sposi, ma ci si abituerà. Forse potresti scriverle una lettera raccontandole di noi e chiederle se posso stare a casa sua.

Per ora è tutto, amor mio. Penso sempre a te e al bellissimo pomeriggio passato insieme. Scrivimi presto, ti prego.

Con tutto il mio amore,
Elsie

Lettera di Miss Edwina Paltry a sua sorella Clara

Ospedale di Litchfield,
Litchfield,
Kent

Sabato, 10 agosto 1940

Cara Clara,

sono fortunata di essere ancora al mondo! Anche se temo che non sarà per molto. Vivo nel terrore, Clara. Sono terrorizzata e non riesco a pensare al da farsi.

Questa mattina, durante l'ora di visita, ecco che arriva il generale, la bava alla bocca come un rospo velenoso. Con indosso la sua solita uniforme dell'esercito, completa di medaglie e mostrine varie, tanto per far capire al mondo chi è che comanda, le spalle in avanti pronto alla battaglia, passò in rassegna i letti dove stavamo noi, donne malate, finché non individuò il mio, anche se mi ero seminascosta sotto le coperte. Si avvicinò a grandi passi fino a incombermi sopra, ribollendo di rabbia, il viso paonazzo, le vene del collo e delle tempie bluastre e pulsanti, simili a serpenti.

"Cosa ha spifferato a Mrs Tilling?" mi chiese con un ruggito. "Lo sapevo che avrebbe combinato un pasticcio e ci avrebbe ficcati tutti nei guai con la sua gretta stupidità. Non avrei mai dovuto fidarmi di una donna." Si chinò in avanti, appoggiando i pugni sul letto e avvicinando il suo viso al mio. Il fiato gli puzzava come carne guasta, fetido come la carcassa di un animale in stato di decomposizione.

"Non le ho spifferato niente, stupido," sussurrai, anche se non proprio sottovoce, anzi, sputacchiando a ogni parola con rabbia crescente. "È stata lei a capirlo."

"E come ha fatto?" urlò, raddrizzandosi e mettendosi le mani sui fianchi, come un qualsiasi brutale dittatore. "Se l'ha intuito è perché non ha fatto bene il suo lavoro."

Gli lanciai un'occhiata per segnalargli la presenza di un'infermiera che, seduta al suo tavolo, seguiva con grande interesse la nostra conversazione.

"Ehi, salve," le dissi, sorridendo allegramente, con un cenno di saluto della mano.

Il generale abbassò la voce, portandola a un rude mormorio. "Come avrebbe potuto intuirlo se non avesse lasciato tracce dappertutto?"

"La bambina è Venetia sputata," osservai in tono pratico. "Il bambino è il ritratto di Hattie. Facile mettere i vari pezzi al loro posto."

"Sa troppo perché sia solo un'intuizione."

"Non ha nessuna prova e non potrà procurarsela a meno che uno di noi non spiattelli tutto."

Rimase in silenzio a guardarsi le mani, rosee e rinsecchite come certi molluschi che avvizziscono quando escono dalla conchiglia. Poi si girò e si sedette lasciandosi cadere con un tonfo, sconfitto.

"Mi ha minacciato," disse sommessamente.

"Vuol dire ricattato?" chiesi con voce dolce.

"No, niente di così ignobile. Ci vuole la sua mente corrotta per saltare a una simile conclusione!" Poi prese a borbottare rabbiosamente, mentre guardava fuori dalla finestra le pesanti nuvole che si raccoglievano, annunciando un rovescio. Non riuscii a cogliere quasi niente se non "smascherati" e "prigione".

"Be', dobbiamo negare qualunque cosa e non ammettere niente," dissi con durezza. "Non ci sono prove. A meno che uno di noi due non confessi. Perciò ci conviene restare uniti." E dopo questa conclusione mi rivolsi all'infermiera. "Il mio amico sta per andarsene e io ho bisogno di aiuto per via della gamba," le annunciai con voce pacata e lei, obbediente, si avvicinò a vedere cosa volevo.

Il generale mi lanciò un'occhiata disgustata alzandosi con un movimento brusco. "Non c'è niente di peggio che restare incastrati con gente del suo stampo. Aspetti di uscire di qui, Miss Paltry." E aggiunse minaccioso: "Ne discuteremo come si deve". E con questo si girò sui tacchi, rivolse un orribile ringhio prima a me e poi all'infermiera, e si diresse verso la porta con passo deciso.

Mi lasciai cadere pesantemente sui cuscini. Sembravo uno che si fosse lanciato da un'alta scogliera e stesse precipitando verso un mare disseminato di scogli.

L'unica soluzione è sparire non appena la mia anca sarà guarita e sarò dimessa dall'ospedale. Prima, andrò a Chilbury per tentare di recuperare i miei soldi da Ralph Gibbs. Lo so che non sarà facile, ma ho un mio metodo, Clara, e al punto in cui stanno le cose, sono abbastanza disperata da accontentarmi anche di metà della somma. Poi verrò da te, a Birnham Wood. Non è il massimo della felicità, ma ormai spero solo di restare viva. Lo sa Dio quanto sono furibonda per questo pasticcio. Come vorrei non esserci cascata.

Prega per me, Clara, che possa uscirne tutta intera.

Edwina

Lettera del tenente dell'aeronautica Henry Brampton-Boyd a Elsie Cocker

Base aerea 9463,
Daws Hill,
Buckinghamshire

Lunedì, 12 agosto 1940

Mia cara ragazza,

che terribile sorpresa ricevere la tua lettera, sia perché me l'hai scritta, sia per il suo contenuto. Permettimi, ti prego, di sgravarti del peso di ogni possibile malinteso sui sentimenti che nutro per te e sulla natura della nostra relazione.

In primo luogo, il "bellissimo pomeriggio insieme" di cui parli, non è altro che un "bellissimo pomeriggio". Non c'era nessuna intenzione da parte mia di farlo preludere ad altri bellissimi pomeriggi. È stata questa la sua bellezza, quella di essere un'evasione, un unico diversivo dalle costrizioni della realtà. Qualsiasi accenno io abbia fatto a un tuo cambio di occupazione riguardava la necessità sempre più impellente che le donne contribuiscano allo sforzo bellico. Non sarebbe più utile se ti preparassi a fare l'infermiera o unissi le tue forze alle nostre, invece di sprecare le tue energie come cameriera in una casa di civili?

In secondo luogo, e di conseguenza, non è affatto necessario che ti metta in contatto con mia madre. Mi sento in dovere di avvertirti che se decidessi di ignorare questo avvertimento, la sua collera non conoscerebbe limiti e metterebbe in pericolo la possibilità di guadagnarti da vivere in tutta la zona.

Tanti auguri per la tua nuova carriera

Con i miei migliori saluti,
Ten. Brampton-Boyd

Lettera di Venetia Winthrop ad Angela Quail

Chilbury Manor,
Chilbury,
Kent

Lunedì, 12 agosto 1940

Cara Angela,

non è strano che, dopo il verificarsi di fatti sconvolgenti – catastrofi, malattie, morti – a distanza di una o due settimane si abbia l'impressione che tutto sia di nuovo normale? Oggi sono tornata al lavoro prendendo l'autobus delle 7.40 per Litchfield e, passando davanti alla cabina telefonica all'angolo, ho visto le stesse facce, le stesse nuvole che si addensavano su di noi. Mi sono diretta al nostro vecchio ufficio. Elizabeth stava preparando il tè e, come al solito, mi ha dato la tazza sbeccata. Mi sono seduta alla mia scrivania e ho esaminato i nuovi documenti. Sono stata via soltanto poche settimane, ma sembrava un'eternità. No, in realtà ho la sensazione di essere completamente diversa. La Venetia di una volta se ne è andata e ora è arrivata una Venetia nuova, che è identica all'altra nell'aspetto e ricorda come svolgere il suo lavoro, ma non è affatto la stessa persona.

Nessuno è al corrente di quanto è successo, tranne il colonnello Mallard, che mi si avvicinò e con molta gentilezza mi chiese come me la cavavo. Sanno che ho salvato la bambina perché era su tutti i giornali, ma non sanno che ho perduto il mio, di bambino. Rabbrividisco tutte le volte che qualcuno si congratula con me. "Bella cosa aver salvato la piccola Rose," dicono, oppure: "Vorrà averne uno suo ora!". Lo so che vogliono solo scherzare, ma sono seccata di dover correre ogni volta alla toilette a controllare il mio mascara.

Dopo il lavoro, il colonnello Mallard mi ha dato un passaggio per Chilbury e io ho fatto un salto da Mrs Tilling per salutare lei e

Rose. È una bambina coccolona, rotondetta e sorridente. A volte vado a imboccarla.

"Voglio dare una mano ad accudirla – lo devo a Hattie," dissi, dondolandola sulle ginocchia.

"Sì, ti capisco," rispose Mrs Tilling sorridendo e mi trovai ad arrossire pensando a come ero stata egoista e sprezzante, soprattutto nei confronti di Hattie.

"Avrei potuto essere un'amica migliore per lei, ma adesso almeno posso aiutare la sua bambina."

"Be', avrai tutte le occasioni che vuoi ora che la tua mamma ha accettato di tenerla finché non torna Victor. Rose starà con te a Chilbury Manor."

Ero raggiante e la strinsi a me con particolare intensità. Ma poi mi ricordai. "E Papà?"

"Tutto a posto, Venetia. Non hai più niente da temere da lui."

Mi ricordai quello che mi aveva raccontato Kitty. Mrs Tilling sapeva qualcosa. Che coincidenza vantaggiosa!

Sopraffatta dalla felicità, strinsi forte Rose. Verrà da noi venerdì e io la imboccherò ogni sera.

Al momento a Chilbury Manor regna la pace. Kitty, indicibilmente mortificata, è deliziosa. Papà se ne sta sulle sue, tutto preso dal compito di difendere il villaggio dai nazisti. Un giorno sì e uno no, convoca il gruppo dei volontari e li comanda a bacchetta. Per noi è di grande sollievo che abbia trovato un altro bersaglio su cui scaricare le sue energie.

Non appena sono rientrata, Mamma mi ha ordinato di riposare. Si è finalmente convinta ad affidare alla tata il piccolo Lawrence, che con lei starà benissimo. Dopo cena, Kitty e Silvie hanno voluto portare il grammofono in camera mia per rallegrarci un po'. Abbiamo ascoltato i dischi che Prim aveva imprestato a Kitty prima della guerra. Lei ha tentato di restituirli alle sorelle di Prim quando sono venute a prendere i suoi effetti personali – cioè quello che ne era rimasto, ma loro hanno insistito che li tenessimo noi e li ascoltassimo in onore della nostra amica scomparsa.

È stata una bella serata – noi quattro sedute attorno al grammofono a passare in rassegna i dischi –, ce ne devono essere più di quaranta, molti dei quali provengono dall'America. Mamma ci preparò il tè e io avevo portato dei biscotti dall'ufficio: una specie di festicciola, insomma.

"Questo mi piace più di tutti," disse Kitty sfilandone uno dalla sua custodia. "Era anche uno dei preferiti di Prim. Spero che in questo momento ci guardi dall'alto mentre ascoltiamo la sua musica."

"Che cos'è?" chiese Mamma.

"Aspetta e sentirai," rispose in una sorta di cantilena, mettendo il disco e sollevando la puntina.

Dopo qualche crepitio, iniziò la musica. Era un pezzo per orchestra, veloce e scattante, molto allegro. Kitty e Silvie dovevano averlo ascoltato mille volte, perché conoscevano tutte le parole.

"*Keep young and beautiful*," cantavano, molto fiere di sé. Kitty prese un piccolo asciugamano e se lo avvolse attorno al collo fingendo che fosse un boa di piume.

Era uno spettacolo divertente, davvero buffo. Poi ho trovato *Blue Moon*. Lo eseguiva un gruppo canoro americano e noi abbiamo unito le nostre voci alle loro. Questa canzone ha qualcosa di magico.

Mamma scelse un pezzo più vecchio, intitolato: *Putting on the Ritz.*

"Mi ricorda i tempi in cui Papà e io andavamo a ballare. A volte alcuni si scatenavano nel charleston. Avevo sempre voglia di ballare," aggiunse timidamente.

Kitty e Silvie si alzarono e accennarono alcuni passi, poi tirarono su Mamma per farla ballare. Silvie era abbastanza brava, ma Kitty era così patetica che mi sono sentita in obbligo di alzarmi e mostrarle come si faceva. Per una volta, Mamma non mi disse di tornare a letto.

"Ascoltate questo." Kitty mise un pezzo inglese che conoscevamo bene, intitolato *Kiss Me Goodnight, Sergeant Major.* Sedute in fila sul letto, le braccia allacciate, oscillando da parte a parte, prendemmo a cantarlo finché Kitty non si inclinò troppo e cadde per terra ridendo.

"Allestiamo uno spettacolo!" propose, illuminandosi in viso. "Impariamo le parole e andiamo in scena!"

"Perché non trascrivi il testo e tentiamo di cantarlo un'altra volta tutte insieme?" dissi, sperando che Mamma non facesse la noiosa dicendo che era troppo per me.

"Che bella idea," esclamò invece. "Possiamo chiedere a qualcuna delle coriste di unirsi a noi."

"Hurrah!" esultò Kitty, e Silvie applaudì, saltando sul letto.

"Potrebbe essere una resurrezione," dissi. "Il coro femminile di Chilbury organizza uno spettacolo canoro."

Ti terrò informata su questa nostra iniziativa, se mai si realizzerà, ma sono sicura che non sarà facile dissuadere Kitty ora che ha preso l'abbrivio.

Con tanto affetto,
Venetia

Dal diario di Mrs Tilling

Martedì, 13 agosto 1940

È evidente che Hitler intende lanciare un attacco aereo decisivo contro l'Inghilterra. Negli ultimi giorni, molte formazioni di aerei da combattimento hanno sfilato rombando nei nostri cieli. I nazisti hanno preso di mira le postazioni militari e noi siamo terrorizzati che possano colpire Litchfield Park o la base di Parnham.

Questo pomeriggio, al ritorno a casa, trovai Carrington ad aspettarmi. Appollaiato sulla panchina bianca della veranda, assaporava la luce aranciata del tardo pomeriggio. Indossava l'uniforme dell'esercito ma si era tolto il berretto e lo teneva in mano, mentre, a occhi chiusi, si gustava il calore del sole sul viso.

Vedendomi, si alzò e si precipitò ad aiutarmi a parcheggiare la bicicletta.

"Che piacere, Carrington," dissi, felice di vederlo sorridere. "La gamba sta migliorando?"

"Sì, è quasi a posto. A quanto pare non potrò più correre come una volta, ma di questi tempi è già una fortuna essere vivi."

"Su, venga a bere un tè," proposi, facendogli strada dentro casa. "Come va il lavoro a Litchfield Park?"

Mi seguì e ci accomodammo in soggiorno. "Mi hanno assegnato ai servizi segreti. Un'esperienza affascinante. Spero che mi trasferiscano a Londra."

Preparai il tè, lo portai in soggiorno e mi sedetti di fronte a lui, aspettando che mi desse qualche notizia.

"Ho scoperto un paio di cose," mi disse, quando finii di versare il tè. "Ho fatto qualche piccola indagine, ma alla fine ho trovato il bandolo della matassa, cioè uno che sa come operano questi signori e... tombola! Abbiamo un paio di risposte." Appariva molto compiaciuto di sé. "Ma, Mrs Tilling, deve promettermi di non raccontare a nessuno quello che sto per dirle. È un segreto di stato e finiremo tutti nei pasticci se si scopre che c'è stata una fuga di notizie."

"Naturalmente," mi affrettai a rispondere, sapendo che si sarebbe fidato di me dopo che mi ero data tanta pena per restituirgli il suo anello.

"Slater è un agente dei servizi segreti, uno dei migliori che abbiamo. È venuto qui per far saltare un'importante organizzazione di spionaggio nazista che si concentrava intorno a Litchfield Park. Ha individuato una delle fonti che, come copertura, vestiva i panni del maggiordomo, ed è scappato a Londra con lui e un altro, dove ha scoperto un'intera rete di spie naziste. È un vero eroe." Prese la tazzina e si mise comodo mentre io riflettevo su quell'informazione.

Mi ero completamente sbagliata su Slater, ma su una cosa almeno avevo visto giusto, e cioè che non era quello che dava a vedere. Mi sono tornate alla mente tutte le cose che un mese fa mi ha raccontato il colonnello e pensai che Venetia andava incontro a molte sofferenze se lui avesse continuato a rischiare la vita. Sempre che non l'avesse persa. Questo, però, spiegava tutto.

"Se ne è andato la notte del bombardamento?"

"Sì, ma non c'entravano le bombe. È partito di punto in bianco per Londra perché avevano ragione di credere che qualcuno sospettasse di loro... una ragazzina."

Kitty, ho pensato, ricordando la conversazione che aveva avuto quella notte con il colonnello Mallard, la successiva telefonata da lui fatta, e poi gli aerei, le sirene, le bombe.

"Una volta a Londra, sono stati messi in contatto con un organizzatore esperto, e Slater ha inchiodato l'intera cricca. Alcuni di loro sono stati convinti a passare dalla nostra parte, così adesso sono di nuovo in pista, ma lavorano per noi."

Mille domande mi attraversavano la mente. "Se era un agente

sotto copertura, ho ragione di pensare che non avrebbe potuto raccontare alla donna in questione chi era e cosa faceva, no?"

"Ha perfettamente ragione."

"Per questo lei era così confusa su tutta la situazione."

"Ovvio. In apparenza Slater fingeva di lavorare per il mercato nero, ma era solo una falsa pista. In realtà era un agente dei servizi segreti, che fingeva di essere una spia nazista, che fingeva di essere un trafficante, che fingeva di essere un artista. Davvero in gamba."

"Non capisco la necessità di simulare un legame con il mercato nero."

"Serviva a procurarsi documenti illegali, fornire viveri e tessere annonarie. Doveva rendere un servizio all'organizzazione per dimostrare di farne parte."

"Cosa farà quando avrà concluso il suo incarico? Potrà rivelare la verità alla ragazza?"

"Il prossimo passo sarà quello di trasferirlo. Non gli permetteranno di scendere nei particolari, ma sono sicuro che qualcosa potrà raccontare."

Dall'ingresso venne il suono della porta che si apriva e delle voci, quindi smettemmo subito di parlare, e per fortuna, perché di lì a un attimo ci raggiunse Venetia seguita dal colonnello. Era bellissima con quel vestito stampato con dei fiori di lavanda. Negli occhi aveva ancora quello sguardo allucinato ed era decisamente troppo magra, ma stranamente la trovai ancora più affascinante di quando giocava a fare la reginetta del villaggio. Entrò e andò a sedersi sul bracciolo del sofà.

"Il colonnello Mallard mi ha dato un passaggio sulla sua macchina e ho pensato di venire a salutarla," disse con un bel sorriso.

"Vi presento il tenente Carrington. Forse lei, colonnello, l'ha già conosciuto a Litchfield Park."

Carrington, che si era messo sull'attenti quando il colonnello era entrato, guardava Venetia affascinato. Cominciò a fissarla in viso, poi la esplorò da capo a piedi. Mi è sembrato piuttosto strano che proprio lui fosse rimasto incantato, ma poi notai l'espressione del suo viso. Era di assoluto stupore più che di ammirazione.

Venetia si fermò a chiacchierare raccontandoci come tutti loro, pur strizzati nei rifugi sotterranei, riuscivano anche a sbrigare un po' di lavoro.

"Ci laviamo molto più del solito perché, vicini come siamo, si capisce subito se uno non ha fatto il bagno." Scoppiò a ridere e Carrington, da vero signore, condivise l'allegria, anche se sono convinta che non avesse ascoltato una sola parola.

Quando Venetia se ne andò, mi riproposi di scoprire perché l'avesse guardata in quel modo.

"La conosceva già?" chiesi.

Arrossì e si guardò le mani. "L'ho fissata con troppa insistenza? Ne sono dispiaciuto." Sorrise. "Vede, mio padre si è procurato di recente un nuovo dipinto per il suo ufficio e..." esitò, cercando le parole, "insomma, guarda caso è il ritratto di una donna identica a Venetia."

"Magnifico," dissi. "Spero che l'artista le abbia reso giustizia."

"Be', sì," rispose, soffocando una risatina. "Vede, è un nudo."

Cercai di non ridere, senza riuscirci, e quando il colonnello scese, ci trovò entrambi vicino alla porta, piegati in due dalle risate.

"Deve essere opera di Slater. Che divertente. Dove l'ha trovato?" Ridacchiavo, accompagnandolo lungo il vialetto davanti a casa.

Carrington rideva. "Glielo ha venduto un tale dall'aria losca, un certo Gibbs."

"Oh! Chissà come se l'è procurato? Non credo proprio che glielo abbia dato Slater."

"Ne dubito, ma devo dire che sono rimasto colpito dal suo talento. In fondo è una spia."

Ridevamo ancora mentre raggiungevamo la sua bicicletta. L'aveva lasciata appoggiata al muro vicino alle mie rose rampicanti.

"Grazie di essere venuto," dissi, "e grazie per le informazioni. Sa il cielo cosa ne farò. Presumo che le terrò per me, in attesa che si rifaccia vivo."

"Sì," convenne Carrington, "meglio essere prudenti." Mi sorrise con calore e, con un "arrivederci" imboccò la strada per Litchfield.

Cominciai a riflettere su quello che avevo saputo. Dovevo raccontare a Venetia di Slater? Decisi di non farlo per il momento.

Credo che stia migliorando e non vorrei alimentare di nuovo le sue speranze.

Quando entrai in salotto, il colonnello mi rivolse un'occhiata di intesa.

"Non sapevo che fosse amica del giovane Carrington."

"Sì, è una fortuna avere gli amici giusti al posto giusto," risposi, lanciandogli un'occhiata sbieca.

Dal diario di Kitty Winthrop

Giovedì, 15 agosto 1940

Questa odiosa guerra!

Cominciò tutto oggi pomeriggio sul presto, quando Silvie e io tornammo dalla nostra cavalcata. Silvie si era lanciata al galoppo attraverso i campi come se fosse in ballo la sua stessa vita. Entrammo dalla porta di servizio e, passando per la cucina, ci dirigemmo in salotto con la speranza di imbatterci in Mamma che prendeva il tè e di rubarle qualche tramezzino. La sua voce cantilenante e i toni languidi di Venetia echeggiavano nitidi nel vasto atrio a galleria rivestito di marmo. Silvie e io ci scambiammo un sorrisino. Avevamo avuto fortuna.

Non potevo sbagliarmi di più! Avvicinandoci alla porta, sentii sul braccio la manina fredda di Silvie che mi tratteneva. Mi girai a guardarla con aria interrogativa, me lei si portò un dito alle labbra. "*Sssst!*"

"Sì, ho capito," stava dicendo Mamma, "ma sinceramente non so come dirglielo. Fammi leggere." Un colpetto di tosse, il fruscio di un foglio che veniva spiegato – forse una lettera. "'Siamo spiacenti di comunicarvi che i genitori di Silvie sono stati catturati. Da qualche mese si nascondevano nel fienile dei vicini, i Dornak.'"

Guardai Silvie che annuì. "Sono nostri amici. Giocavo con la loro figlia."

"'Ma sono stati scoperti. I Dornak, trascinati fuori, sono stati fucilati per punizione.'"

Lo sguardo di Silvie passò dai miei occhi al pavimento, il viso bianco come un cencio. Dopo le informazioni che ci avevano raggiunte attraverso la porta aperta, pensai che fosse arrivato il momento di farci vedere e la presi per un braccio. Ma lei mi trattenne con rabbia lanciandomi un'occhiata così dura che non osai muovermi.

"'I suoi genitori sono stati portati in un campo di lavoro destinato agli ebrei nel Nord della Cecoslovacchia. Di suo fratello non si sa niente.'"

Per un istante il viso di Silvie mi parve traslucido, come se fosse il fantasma pallido di una bambina emerso dall'antichità, poi, rapida come un lampo, lei si girò e fuggì, attraversando l'atrio, quindi la cucina da dove, uscendo dalla porta di servizio, si immerse nello spazio aperto della natura, perdendosi nel verde dalle sfumature ambrate della tarda estate, minuscola figura sotto l'infinito cielo azzurro. Con una breve corsa sparì nel folto del bosco, piccola creatura sotto attacco.

Passammo il resto del pomeriggio a cercarla.

Primi posti in cui ho cercato Silvie

Nelle stalle, accucciata con Amadeus, ma non c'era
I cavalli erano tutti al loro posto, perciò non si era allontanata al galoppo per andare chissà dove
Non era vicino alla diga del torrente e neppure accanto agli alveari
Non si era nascosta nel cespuglio del Vecchio George a Peasepotter Wood

Mamma e Venetia si erano precipitate in paese a cercare aiuto, e quando tornai, sfinita e angosciata, trovai sul prato antistante la casa un gruppo di signore che ricevevano istruzioni da Mrs B.

"Oggi ci aspetta una missione vitale," esordì, marciando su e giù sul prato davanti a loro. "È nostro compito trovare prima di sera questa ragazzina inerme, che è stata affidata alle nostre cure. Dobbiamo mostrarle che ha sì perduto la sua famiglia ma può contare su di noi, la sua nuova comunità, che si prenderà cura di lei e la proteggerà da quei bruti dei nazisti." A questo punto lanciò un'occhiata minacciosa verso la costa. "Dobbiamo mostrarle che esistono ancora dei luoghi in cui persone buone e perbene sono disposte ad accoglierla."

Seguì una salva di applausi, accompagnati da entusiastici "brava, brava", mentre Mrs B. cominciava a impartire ordini come in previsione di un attacco. "Io setaccerò Peasepotter Wood con lei, lei e lei," e indicò varie donne che fecero tutte un passo avanti, "le altre perlustreranno i campi. Mrs Quail, si metta a capo di un gruppo e proceda in direzione di Dawkins Farm e, lei, Mrs Gibbs, vada con un altro gruppo verso il lato occidentale del villaggio. Ci ritroveremo qui alle quattro e un quarto per il tè."

A queste parole tutte partirono nelle direzioni indicate e io rimasi, ansimante, le mani sui fianchi, con Venetia che mi guardava perplessa.

"Ci sarà pure un modo per capire dov'è sparita," disse sommessamente, quasi parlasse tra sé. "Pensiamoci bene, Kitty. Dove andresti se fossi in lei?"

"Nelle stalle, ma lì ho già guardato."

"Cerchiamo di metterci nei suoi panni." Si avvicinò di un passo. "Hai appena saputo che i tuoi genitori sono ancora vivi e si trovano in un campo di concentramento. Sei stata sopraffatta dalla gioia perché quello che temevi – e cioè che fossero morti – non era avvenuto, e al tempo stesso hai più paura che mai che possa succedere in un prossimo futuro. Il tuo fratellino non c'è più. I pilastri del tuo mondo stanno per crollare, e la catastrofe potrebbe essere di tali proporzioni che non sai se riuscirai a sopravvivere."

"Scapperei per trovare la mia mamma," dissi. "Mi sarebbe insopportabile non far niente e starmene ad aspettare altre brutte notizie."

"Hai ragione. Anch'io andrei dalla mamma."

Scoppiai a piangere. Povera Silvie, che scelte orrende le si prospettavano. Sarà dilaniata tra l'idea di restare qui e forse non rivedere più i suoi famigliari, o rischiare la vita attraversando l'Europa per stare con loro. Era troppo per una bambina!

"Forse si è diretta alla stazione," borbottai tra i singhiozzi. "Però non so se saprebbe dove andare, cosa fare, come trovare i soldi per il viaggio. Dovrebbe passare per Londra, naturalmente." Mentre riflettevo con la fronte increspata, nella mia mente si fece strada il barlume di un'idea. "Tom!" esclamai. "Tom viene da Londra. Forse è andata da lui a chiedere aiuto."

Senza aggiungere altro, mi voltai e, rapida come una freccia, superai il bosco e girai attorno al frutteto. Poi scesi giù per la collina tenendo le braccia spalancate per non perdere l'equilibrio, come una rondine che si getta in picchiata nella valle.

Era giovedì pomeriggio e tutti dovevano essere al lavoro nei campi, le baracche dei braccianti erano deserte, il solito ciarpame di carrozzine e legna da ardere giaceva abbondonato tra i cespugli al centro, mentre una serie di lattine era stata buttata da parte. Soffiava il vento. Quel posto sembrava una città fantasma. Era strano pensare che, di lì a qualche ora, sarebbero arrivate quaranta o cinquanta persone, chiacchierando o cantando, pronte per la serata.

E se avessi sbagliato? Forse aveva scelto un'altra destinazione. Personalmente, non avrei voluto aggirarmi da sola da quelle parti. E se Tom non avesse potuto aiutarla ad arrivare a Londra? In fondo lui stesso era un ragazzino.

Sentendomi un'intrusa, mi avvicinai cautamente ai cespugli nel mezzo, ricordandomi che il Vecchio George viveva lì, timorosa che fosse ancora acquattato nelle vicinanze e si preparasse ad aggredirmi, magari con un coltello. Sussultai sentendo un rumore improvviso, ma era soltanto una porta che, allentata sui cardini, aveva sbattuto, spinta dal vento. Mi avvicinai e la chiusi bene per prudenza.

A quel punto la vidi.

Per prima cosa notai gli occhi, spalancati e neri come quelli di un topolino pietrificato. Accucciata tra le due ultime baracche, si abbassò ulteriormente, indietreggiando nell'ombra. Sentii un fruscio, come di un movimento rapido, e allora mi resi conto che mi era sfuggita, scappando verso i campi di grano retrostanti. Mi misi a inseguirla a una velocità che non sapevo di avere, le gambe che scattavano in avanti con un'energia insospettata. Lasciandomi le baracche alle spalle, guardai giù per una lunga distesa erbosa e colsi una gonna blu e una gamba che scomparivano dietro un'altra baracca sul fondo, per tornare verso i cespugli stenti che crescevano al centro.

Tornai indietro di corsa appena in tempo per scorgerla che

correva a perdifiato verso le baracche sul lato opposto, apriva rapida una porta, balzava dentro e se la chiudeva alle spalle.

Era in trappola.

Mi avvicinai ansimando e tentai di aprire la porta. Niente da fare, era bloccata dall'interno.

"Silvie," la chiamai, "apri."

Nessuna risposta.

"Silvie," dissi con voce più tenera, "voglio aiutarti."

Ancora una volta, nessuna risposta.

"Silvie, per favore esci. Ti aiuterò a tornare a casa. Te lo prometto."

Un movimento confuso, poi lo schiocco metallico di un chiavistello che scorreva e la porta si socchiuse lentamente. Dall'interno buio veniva un odore muffito di indumenti sporchi. Silvie era seduta sul pavimento, gli occhi rossi, sgranati, insopportabilmente tristi.

Perché una bambina doveva affrontare tanto dolore?

Entrai e mi sedetti accanto a lei, posandole un braccio sulle spalle. E lei, scossa dai singhiozzi, iniziò a piangere tutte le sue lacrime con il viso nascosto sulla mia spalla. Guardai fuori e vidi il terreno incolto, abbandonato. Che mondo terribile in cui nascere.

"Devo tornare da loro," singhiozzò. "Devo andare a casa."

"Non so quale sia il modo migliore per arrivarci," le dissi. Ero incerta se aiutarla a scappare, ma mi sentivo in trappola perché glielo avevo promesso. Non avevo idea di come si facesse ad arrivare in Cecoslovacchia. Sembrava un posto così lontano e pericoloso. Poi mi venne in mente che, per trattenerla, l'unico modo era convincerla che la sua fuga era molto azzardata. Così mi sedetti sulla soglia e la tirai giù accanto a me. "Immagino che la cosa migliore sia andare a Dover e vedere se possiamo prendere un battello per la Francia."

Il suo corpicino fu scosso da un brivido. "I nazisti non sono in Francia?"

"Sì," risposi lentamente. "Forse sarà difficile trovare qualcuno che ci porta... non so quanti battelli vadano in quella direzione... ma sono sicura che ad andarci sono spie e gentaglia di ogni tipo che si nascondono nelle stive o fingono di essere contrabbandieri."

"Cosa vuol dire contrabbandieri?"

"Criminali che rubano in altri paesi e portano le cose qui," mi sono interrotta, chiedendomi se per caso non avevo esagerato. "Dovremo restare nascoste per tutto il viaggio, perché ci ucciderebbero se ci trovassero."

"E dalla Francia come ci andiamo in Cecoslovacchia?" ha sussurrato.

"Una volta in Francia, dovremo nasconderci, probabilmente nei boschi e tra i cespugli, perché se ci trovano ci portano in qualche campo di lavoro..."

"Allora starò con la mia mamma."

"Potrebbero portarci in un altro campo."

"Ma se sanno chi sono, non mi metteranno con i miei genitori?"

"No, hanno l'abitudine di separare le famiglie. Dovremo stare nascoste e forse soffriremo la fame perché non potremo comprare da mangiare. Tu parli francese?"

"No," rispose imbronciata. Capii che le mie parole cominciavano ad avere effetto.

"Porteremo con noi delle cose da mangiare, ma non sono sicura che dureranno un mese."

"Un mese? Ci vuole tanto per arrivare?"

"Non potremo certo prendere un treno o un autobus. Dovremo camminare."

A questo punto appoggiò la testa sulla mia spalla e scoppiò di nuovo a piangere. "Non ce la faremo mai! Moriremo tutte e due. Moriremo di fame oppure ci uccideranno i nazisti."

La tenni stretta mentre piangeva, oppressa dalla sua impotenza. "Silvie, mi dispiace molto per la tua famiglia."

Continuò a piagnucolare ancora per un po', poi si portò un dito alle labbra ed emise un sommesso, tremulo *sssst*. I suoi occhi sembravano penetrarmi, pieni di paura. "Io so quello che è successo a mio fratello." La voce era tesa e resa opaca dalle lacrime. Si guardò intorno, tremando all'idea che qualcuno potesse sentirci.

"Che cosa?" chiesi in un sussurro.

"La mia mamma lo ha dato via." Si prese il viso tra le mani e ricominciò a piangere, stringendosi nelle piccole spalle e rabbrividendo per il tumulto che aveva dentro. "L'ha consegnato a un'amica che non è ebrea."

La strinsi ancora più forte, mentre anche i miei occhi si inumidivano. Era questo il suo segreto.

"È stato terribile, gli voleva tanto bene… come a tutti noi. Era troppo piccolo per salire sul treno con me. Sapeva che non c'era altra via di scampo. Il giorno che è tornata a casa senza di lui, ha fatto finta che andasse tutto bene. Ma non andava bene niente. Ha pianto tutta la notte. Era la fine del suo mondo." La voce si spense, riducendosi a un fragile singhiozzo. Pensai a quanto doveva essere disperata una donna per dare via i propri figli sperando di salvarli.

Mi scostai e la guardai. "Ti ricorderai per tutta la vita quanto la tua mamma ha amato te e tuo fratello. Prova a pensare: quando questa orribile guerra sarà finita, andremo dall'amica della tua mamma e lo ritroveremo. Sai dove abita?"

Silvie accennò di sì.

"Bene, allora è deciso. Questa guerra non durerà all'infinito. Non lasceremo che ci porti via tutto."

Si rannicchiò contro di me e restammo così, abbracciate, mentre in cielo si addensavano le nuvole, oscurando il mondo con un'ombra sinistra, e lentamente, sommessamente, una pioggia leggera iniziava a picchiettare attorno a noi.

Un gheppio che volava in tondo si buttò a capofitto, le ali simili a mani spalancate, nere e arruffate contro il cielo scuro. E poi, all'improvviso, inaspettatamente, scomparve.

Silvie intonò piano un canto, all'inizio quasi sussurrando, poi in modo più ritmico, come una ninnananna; la gola serrata dai singulti, ripeté il *Kaddish*, in lutto per la perdita subita. Mi unii a lei nei passaggi di cui ricordavo le parole e le nostre voci echeggiarono strane tra le baracche deserte, quasi sospese nel tempo, come se l'orribile incertezza del presente fosse stata la stessa di mille anni prima.

Venti minuti, o forse un'ora più tardi, dalla collina cominciarono ad arrivare i fischi e le grida dei braccianti. Di lì a poco alcuni ragazzi irruppero di corsa davanti a noi, gareggiando tra loro sul terreno incolto. Tom era il primo e arrivato all'ultima baracca vi andò a sbattere fermandosi di colpo. Alzò le mani in segno di vittoria, il che era assurdo perché gli altri ragazzi avevano uno o due anni meno di lui. Che imbroglione!

"Cosa ci fate qui voi due?" ci chiese, avvicinandosi di corsa.

"Facevamo una passeggiata e quando ha cominciato a piovere, abbiamo cercato un riparo. Non te la prenderai, spero."

"No, ovvio che no," disse, guardando gli occhi arrossati di Silvie, il mio braccio che le circondava le spalle. Si accucciò accanto a lei, appoggiandole sul braccio una mano grande e sottile. "Tutto bene, ragazzina?"

"Hanno portato i suoi genitori in uno dei campi," spiegai, incerta se raccontargli tutto, ma mentre Silvie alzava gli occhi su di lui e per l'infelicità le si increspavano le labbra, mi ricordai che Tom le era molto simpatico. Per la verità, era simpatico a entrambe.

"Dobbiamo rientrare," dissi, alzandomi in piedi.

"Vi accompagno," si offrì, danzando attorno a noi, alto e dinoccolato, come un clown pelle e ossa. "Cercherò di tirarvi su il morale."

Senza dire una parola, Silvie infilò la sua manina in quella di Tom e si lasciò tirare in piedi. Poi, prendendo per mano anche me, Tom ci riaccompagnò a casa.

Fedele alla parola data, ci intrattenne raccontandoci le notizie del giorno, che comprendevano il rinvenimento di un coniglio morto e semidecomposto, con abbondanti e macabre descrizioni dei dettagli, il fatto che un ragazzo aveva mangiato una mela piena di vermi, e che una famiglia aveva dovuto andarsene in anticipo perché la mamma stava per avere un bambino.

Eravamo decisamente di umore migliore quando, superato il frutteto, svoltammo l'angolo di Peasepotter Wood e vedemmo davanti a noi il solito gruppo di donne che, sedute sulle panchine sul prato, erano intente a bere il tè. Mrs B. girava prendendo appunti sul suo taccuino. Non appena ci vide arrivare, annunciò la lieta novella e tutte saltarono in piedi ad applaudire.

"L'hai trovata!" strillò Mrs Quail.

"Ben fatto!" cinguettò una delle sarte, e qualcuna arrivò a promettere delle caramelle.

"Bentornata, Silvie!" disse Venetia raggiungendoci, sollevata e sorridente.

E giù pacche sulla schiena, finché Mamma non abbracciò Silvie che scoppiò subito a piangere di nuovo.

"Devi promettere che resterai con noi," le disse Mamma, accucciandosi davanti a lei per essere allo stesso livello. "E che non scapperai mai più di casa."

Silvie accennò di sì e seppellì il viso nel collo di Mamma.

"E Papà?" sussurrai a Mrs Tilling. "Non permetterà mai che Silvie resti."

"Non preoccuparti di lui, Kitty." Mi sorrise compiaciuta come un gatto che ha un topo sotto la zampa. "Non sarà mai più un problema."

Mi girai con aria interrogativa, ma lei si era allontanata per annunciare il ritorno di Silvie e io rimasi a chiedermi cosa ci fosse sotto.

Tom mi raggiunse con un balzo, interrompendo i miei pensieri. "Adesso sì che sei diventata un'eroina." Mi stava vicino fin quasi a sfiorarmi.

"Certo che lo sono!" sibilai. Ma poi mi ricordai delle mie recenti disavventure con Venetia e Henry. "Lo pensi sul serio?"

Ridendo mi diede una pacca sulla spalla, spingendomi in avanti. "Sei la migliore, Kitty. La damigella che salva la situazione!" Poi mi prese la mano e me la strinse nel suo modo rude.

Prima pagina del “Kent Times”
Domenica, 18 agosto 1940

INCURSIONE AEREA SU LITCHFIELD

Ieri sera, intorno alle ventuno, dodici aerei nemici hanno sorvolato il Kent e lanciato approssimativamente 60 bombe, molte delle quali dagli effetti devastanti, sulla cittadina di Litchfield, in particolare su Litchfield Park. Gli incendi sono divampati per tutta la notte e si teme che l'incursione abbia provocato più di cento morti, oltre a innumerevoli senzatetto.

Dal diario di Mrs Tilling

Domenica, 18 agosto 1940

Non appena la sirena suonò il cessato pericolo, inforcai la bicicletta e mi diressi nel buio totale a Litchfield. Era previsto che vi andassi perché ero di turno in ospedale, ma ero molto in ansia soprattutto per le persone che conoscevo. Venetia aveva ripreso a lavorare e naturalmente c'era il colonnello. E se fosse stato così sbadato da non andare nel rifugio antiaereo? Appena ieri sera mi aveva detto che, con tutto il daffare che ha, è stufo di allontanarsi dalla scrivania ogni volta che parte la sirena, e che ormai non si muove dal suo posto durante le incursioni.

Ho spinto sui pedali per tutto il tragitto, pregando che non avesse fatto così questa sera: se c'era una volta in cui doveva andarci, era proprio questa.

Arrivata in cima alla collina, vidi bruciare Litchfield Park. Impossibile non notarlo. Le fiamme si levavano rabbiose verso il cielo, avvolgendo gran parte dell'edificio principale; altri incendi stavano distruggendo le strutture annesse. Quante persone erano rimaste intrappolate nel rogo? In quel momento capii che, prima di presentarmi al mio turno di servizio, dovevo cercare di rintracciare il colonnello.

Attraversai i cancelli e mi avvicinai a un uomo in uniforme, fermo a osservare l'incendio.

"Cosa è successo a quelli che erano dentro? Sono riusciti a uscire?"

"Non tutti," rispose con aria smarrita. "Uno dei rifugi è crollato e molti mancano all'appello." Poi si girò verso di me, lo sguardo sgomento. "Circola voce che non tutti abbiano cercato riparo nei rifugi."

"Dove sono quelli che lavorano qui? Come posso sapere se un mio amico è sano e salvo?"

"L'ordine è quello di tornare a casa o raggiungere un centro di accoglienza, se la casa è stata bombardata. Molti di loro naturalmente si sono fermati a dare una mano. Chi sta cercando?"

"Il colonnello Mallard. Alloggia da me, ma non era in casa quando sono uscita."

"Non posso dirle di averlo visto dopo il bombardamento. E neppure nel rifugio." Rimase a riflettere per un attimo e io provai la tentazione di scuoterlo con forza. *Su, sbrigati, pensa.*

Ma si limitò a scuotere la testa.

"Grazie," dissi in fretta, saltando di nuovo sulla bicicletta. Se il colonnello era riuscito a salvarsi, si sarebbe fermato ad aiutare i feriti. Ma dove? Litchfield non è grande, ma con centinaia di case bombardate, chissà dov'era.

Decisi di raggiungere l'ospedale e di cercarlo strada facendo. Mentre attraversavo quella terribile devastazione, mi era difficile sopportare la vista dei tanti feriti e delle persone rimaste senza tetto che si trascinavano per le strade. Era uno spettacolo orribile, la gente piangeva accanto agli edifici, forse sapendo che qualcuno era rimasto sepolto sotto le macerie, le donne mi fermavano chiedendo aiuto e io ero costretta a dire che dovevo correre in ospedale. Non riuscivo a evitare di guardare gli uomini che incontravo, per vedere se non erano più alti o più goffi del normale.

L'ospedale di Litchfield era già pieno zeppo. Trovai la responsabile che mi assegnò a un tavolo della mensa perché valutassi le necessità dei pazienti, li indirizzassi a un medico specifico o li curassi io stessa se mi era possibile. Mi trovai immediatamente davanti a una lunga fila di feriti, alcuni di loro con profondi tagli dai quali sgorgava copioso il sangue, altri con gravi danni agli arti. Un uomo era stato colpito in testa, un bambino aveva problemi respiratori, un altro con una mano amputata che cercai di ricucire e chissà se il mio tentativo andrà a buon fine. Molti casi di ustioni gravi, tra cui una donna colpita alla gamba. Ha raccontato di essere rimasta intrappolata in casa sua, bloccata sotto una trave crollata e in fiamme e di aver dovuto aspettare che la squadra di soccorso la rimuovesse.

C'era un chiasso indicibile, segni di panico ovunque, e un fetore insopportabile di fuliggine e carne bruciata. Tendevo l'orecchio per cogliere il suono familiare della voce del colonnello e mi guardavo intorno appena possibile per dare un'occhiata a chi era stato portato in barella. C'era gente dappertutto, tanto che vedevo soltanto a sprazzi tra la folla in movimento, e un paio di volte, sicura di averlo scorto, mi allontanai dal tavolo per controllare meglio. Ma niente, lui non c'era. Lo stomaco si rivoltava, in preda a un gorgo bollente.

Dov'era finito?

Intorno a mezzanotte mi fu concessa una breve pausa e io corsi fuori a prendere la mia bicicletta. Non sapevo dove andare, sapevo soltanto che se era ancora vivo, doveva essere lì da qualche parte ad aiutare. Girai di strada in strada, controllando i luoghi bombardati, aguzzando lo sguardo nell'oscurità. Vedevo gente correre dentro e fuori gli edifici, raccogliere oggetti, spostare mobili, rubare.

Dopo dieci minuti trascorsi pedalando freneticamente, rifeci il percorso dal labirinto della distruzione fino all'ospedale.

Allora lo vidi.

Dovetti guardare due volte. La sua grossa sagoma si stagliava davanti a un incendio divampante, un edificio scolastico crollato, e i pompieri che si adoperavano per domare le fiamme. Sono saltata giù dalla bicicletta, lasciandola cadere per terra e sono corsa verso di lui chiamandolo: "Colonnello Mallard! Colonnello Mallard!".

Si è girato, prima solo la testa, poi tutto il corpo e, nel vedermi, mi venne incontro, aprendo le braccia e chiamandomi: "Mrs Tilling!".

Mi lanciai nel cortile, correndo sempre più in fretta, per fermarmi a breve distanza da lui, tutt'a un tratto intimidita, quasi impaurita.

Stava per abbracciarmi, forse?

"Ho pensato che fosse morto," dissi ansimante, non sapendo come comportarmi.

"Ero sicuro che l'avrebbe pensato," replicò, incrociando le braccia sul petto, come se fosse quello il gesto che aveva intenzione di compiere fin dal primo momento. “Ho chiesto a Venetia di passare a casa sua rientrando, ma naturalmente lei era già qui, vero?”

“Sì,” risposi, lasciandomi sfuggire una risatina imbarazzata e guardandomi i piedi. “Vedo che sta bene.”

Aprì le braccia e si avvicinò. Alzai lo sguardo sul suo grosso mento, e lui mi strinse, trattenendomi per qualche momento che mi parve lungo mille anni e al tempo stesso breve come un battito di ciglia. Non riuscivo a mettere ordine nei miei pensieri anche se dentro di me si agitavano decine di domande, nessuna delle quali trovava risposta. Ma la vita non è fatta solo di domande e risposte. È fatta di cose e sentimenti, come la sensazione di essere tra le braccia di qualcuno in una notte fredda, accanto a un edificio divorato dalle fiamme. Questa è la realtà. Eppure in questo caso la sensazione durò lo spazio di un attimo, diventando subito passato.

Mi scostai da lui, anticipandolo; sapevo che avrebbe preso il distacco meglio di me. Mi guardò e mi strinse una mano nella sua.

“È bello sapere che qualcuno tiene a me e sente la mia mancanza,” disse con un sorriso.

“Sono contenta che il fatto di correre in giro come un cane da soccorso impazzito mi qualifichi come persona attenta,” risposi ridendo. “Comunque, chissà che tipo di persona mi assegneranno la prossima volta.”

“Quando è arrivata qui?”

“Intorno alle nove e un quarto. Litchfield Park era in fiamme. Ho saputo che uno dei rifugi è crollato.”

“Sì, è stato orribile. Abbiamo perduto metà della nostra squadriglia di difesa aerea. Una vera tragedia.”

“Ma lei non era lì?”

“No, sono stato fortunato. Ero in un rifugio diverso, dall’altra parte del complesso.” Mi guardò con molta tristezza. “Questione di fortuna, vero?”

“A volte,” risposi, e poi, più lentamente: “A volte”.

Dalla scuola in fiamme venne il fragore di uno scoppio, forse una bomba inesplosa o qualcosa di infiammabile che si era incendiato, una bottiglia di paraffina, di vernice, chissà. Vidi degli uomini uscire di corsa, alcuni con gli abiti in fiamme, e ci precipitammo ad aiutarli.

È stata una lunga notte, difficile e angosciante. Sono rientrata in ospedale per occuparmi dei feriti che aspettavano in fila. Vi regnava un'atmosfera diversa, una sorta di tranquilla rassegnazione, i gemiti e i lamenti di chi soffriva si mescolavano di tanto in tanto al russare di chi a tratti si assopiva. Le luci erano state abbassate per permettere a tutti di tranquillizzarsi e dormire. Sul pavimento file di persone e bambini distesi su coperte, nuove o vecchie, di ogni tipo di tessuto; nell'oscurità spiccava il bianco delle bende che erano state impiegate per fasciare arti e teste.

"Che tristezza!" commentai con una collega infermiera.

"Perlomeno non sono all'obitorio, all'altro capo della città," rispose. "Non c'era abbastanza spazio all'interno e quindi hanno sistemati i morti fuori, sul marciapiede. La fabbrica di munizioni ha messo a disposizione i suoi magazzini, ma la proposta non è stata gradita. Meglio che essere sul marciapiede, ma non so se mi andrebbe di essere circondata da proiettili dopo essere morta per colpa loro."

Rincasai all'alba, lasciando l'ospedale in uno stato di relativa calma. Al rientro, mi lavai e andai a letto. Il colonnello non c'era e mi chiesi se non avesse trovato un posto dove dormire almeno per un po'. Comunque oggi sarebbe stato al lavoro, per occuparsi del mucchio di macerie che un tempo era stato Litchfield Park.

Lettera di Miss Edwina Paltry a sua sorella Clara

Vicariato,
Chilbury,
Kent

Lunedì, 19 agosto 1940

Cara Clara,

oggi mi hanno buttata fuori dell'ospedale perché hanno bisogno di letti per i nuovi feriti. Tremavo quando mi hanno portato dei vestiti da mettermi. È strano pensare che di mio non ho più niente tranne la camicia da notte, leggermente bruciacchiata, con la quale sono entrata in ospedale, e un paio di pantofole sfondate. La gonna e la camicia, entrambe usate, mi andavano bene, ma le scarpe erano strette, e mi hanno fatto venire una vescica sull'alluce valgo. Comunque non ho protestato. Ero terrorizzata al pensiero di quello che mi aspettava fuori.

Mi ero pianificata in testa l'intera giornata. Per prima cosa, dovevo recuperare i soldi da Ralph Gibbs. Senza di quelli non ho niente, nessun modo di sfuggire a Mrs Tilling, che ha minacciato di consegnarmi alla polizia, o al generale, che ha giurato di ammazzarmi.

Dovevo riprendermeli prima che quei due mi vedessero. Muovermi in silenzio, rapida e risoluta.

Non mi aspettavo naturalmente che Ralph Gibbs me li restituisse sui due piedi. Avevo deciso che avrei minacciato di denunciarlo alla polizia per i suoi traffici al mercato nero e i timbri sulle tessere annonarie, che si dimenticava di apporre in cambio di qualche favore sottobanco.

Avevo anche un paio di forbici, rubate dal tavolo dell'infermiera mentre lei era girata. Grosse, ingombranti, pesanti come un martello. Meno minacciose, però, di un coltello o di un pugnale. Ma sapevo come maneggiarle per ottenere il massimo effetto. Non pensavo di ammazzarlo o altro, solo di brandirle per fargli capire che gli affari sono affari. Avevo chiesto un sacchetto di carta per metterci dentro la camicia da notte, la tessera annonaria, la maschera antigas e in mezzo vi ho infilato le forbici, robuste e rassicuranti.

Uscendo nella tiepida mattina di agosto, respirai a fondo e mi avviai. Salii sul pullman per Chilbury (in ospedale mi avevano dato i soldi del biglietto, pochi centesimi che sono tutto quello che possiedo per il momento) e cercai di farmi coraggio mentre costeggiavamo i campi fino ad arrivare alla fermata in piazza. Scesi zoppicando e puntai gli occhi sul negozio. La porta, aprendosi, fece squillare la campanella e io vidi la massiccia sagoma di Ralph Gibbs che si avvicinava al banco squadrandomi maliziosamente.

Sembrava diverso. Lo ricordavo come un ragazzotto magro, piccolino, sempre alle costole di quelli più grandi di lui, sempre pronto a giocare stupidi scherzi e a fare la parte dello scemo. Be', era cambiato, eccome! Altro che scemo! Era grosso, massiccio, muscoloso, rude. Una lunga cicatrice irregolare, rossa e rabbiosa, gli solcava il viso, coperto da un'ispida barbetta rossiccia. Gli occhi erano di ghiaccio, segnati da occhiaie livide colore del sangue rappreso, lo stesso dei graffi e dei tagli sulla faccia e sulle mani.

Non mi era passato per la testa che l'esercito potesse averlo cambiato e che, dopo aver combattuto in prima linea, un giovane rischia di diventare un uomo pericoloso. Era circolata voce – ora me lo ricordavo – che avesse riportato un danno cerebrale e che Mrs Gibbs se la passasse brutta con lui, ma io avevo pensato che fosse solo un po' depresso.

Ora capivo esattamente l'entità del danno.

"Che sei venuta a fare qui?" ringhiò.

Rimasi ferma, stringendo il sacchetto di carta.

"Voglio i miei soldi," dissi, più determinata di quanto realmente non fossi.

"Quali soldi?" chiese, sgarbato. Mrs Gibbs, arrivata silenziosamente alle sue spalle, era seminascosta dalla cassa, mentre lui, girando con strafottenza intorno al banco, veniva a piazzarsi davanti a me.

"Lo sai benissimo di che soldi parlo," sbottai. Mi sentivo prudere la mano dalla voglia di tirar fuori le forbici. "I soldi che hai rubato a quel ragazzo. Sono soldi miei, Ralph Gibbs. Devi restituirmeli." Stavo urlando, urlando e piangendo, sillabando ogni parola come se fosse l'ultima che avrei mai pronunciato. "Ho perso la casa, ho perso tutto. Ho bisogno di quei soldi."

Rimase fermo a guardarmi per un momento, con un'aria tra il seccato e il divertito. Poi domandò: "Altrimenti?".

"Che cosa significa?" urlai.

"Altrimenti che cosa pensa di fare?" Il suo tono era insolente, beffardo. "Se non glieli restituisco, intendo."

"Ti denuncio alla polizia per i tuoi loschi traffici al mercato nero." Avevo assunto un'espressione decisa, come a dire, così è, punto e basta. "Per questo e per la disinvoltura con cui usavi le tessere annonarie nel tuo negozio, ti troverai dietro le sbarre in quattro e quattr'otto."

"Davvero, Miss Paltry?" Imperterrito, una mano appoggiata sul banco, lanciava occhiate agli scaffali. "E con che prove mi sbatteranno dentro?"

"Sono sicura che le troveranno," farfugliai, sentendo che la situazione mi stava sfuggendo di mano.

"È tutto quello che ha da dire, Miss Paltry?" rispose con un sorrisino, il viso atteggiato a un'espressione di compatimento. "Davvero non ha altro?"

Quella fu la goccia che fece traboccare il vaso. Frugai nel sacchetto in gran fretta e le mie dita si strinsero sulle forbici. "Adesso ti faccio vedere," replicai, tirandole fuori e agitandole in aria davanti alla sua faccia.

Scoppiò a ridere, sì, a ridere e indietreggiò di un passo. "Non intenderà davvero fare una cosa simile, Miss Paltry?" disse in tono scherzoso.

"Voglio i miei soldi," strillai, lanciandomi con un affondo contro la sua spalla.

"Oh, no, non ci pensi nemmeno," disse con voce aspra e, rapido come un lampo, afferrò l'estremità delle forbici con una mano e il mio braccio con l'altra, contorcendomelo dietro la schiena. Le forbici caddero a terra con un innocuo schiocco metallico. Sentii qualcosa di appuntito che mi pungeva sotto il mento, poi una fitta di dolore e il sangue che scorreva. Evidentemente era armato di coltello. Lanciai uno strillo, terrorizzata all'idea che volesse sgozzarmi come un maiale. Mi divincolai per liberarmi dalla stretta, ma i miei sforzi servirono solo a fare affondare la lama ancora di più.

"È avvertita, Paltry," mi grugnì all'orecchio in tono sinistro. "Se mi arrabbio, non rispondo di quello che faccio."

Trasalì sentendo la campanella della porta che tintinnava appena e mi fece voltare in modo da farsi scudo con il mio corpo.

E chi era? Chi, se non Mrs Tilling, che evidentemente aveva ascoltato e, aprendo la porta, aveva cercato di non azionare la campanella.

Per un istante ci paralizzammo tutti – Ralph, incerto se lasciarmi andare; Mrs Tilling, che fissava la scena; Mrs Gibbs, che sbirciava da dietro la cassa; e io stessa, incapace di muovermi per via di quella maledetta lama sotto il mento.

"Che cosa sta succedendo qui?" chiese Mrs Tilling con una voce tagliente come un rasoio, avvicinandosi rapida a Ralph, che aveva deciso di allentare la stretta e con calma si era infilato in tasca il coltello.

"Niente," rispose. "Stavo mostrando a Miss Paltry, qui, una o due mosse di lotta che ho imparato nell'esercito." E fece schioccare la lingua all'angolo della bocca con aria impertinente.

"Forse hai esagerato," osservò lei, irritata, avvicinandosi a guardare il taglio. "Non ti sei accorto che sanguina?"

"Davvero?" Si finse sorpreso. "Forse mi sono lasciato trascinare un po'." Incrociò le braccia con aria di sfida. Era uno strano miscuglio, composto in parti uguali dal soldato che aveva combattuto e dallo scolaretto intimorito dalla mamma dell'amico.

"Be', adesso basta." Gli lanciò un'occhiata di rimprovero. "Faremo i conti più tardi. Sono sicura che all'agente Richards questa storia interesserà molto."

Ralph parve rimpicciolirsi. Lo avrebbe denunciato? In parte speravo di sì, perché quel disgraziato se lo meritava, ma questo avrebbe significato anche un'indagine sull'origine dei miei soldi con il risultato che sarei finita in galera con lui. Emisi un lungo sospiro.

Mrs Tilling si girò verso di me e io mi ritirai nell'ombra. "Perché non rientra con me, Miss Paltry?" Il tono della sua voce, leggero e gentile, mi riempì di bruciante trepidazione al pensiero dell'orrore che mi aspettava. "L'aiuterò a disinfettare quel brutto taglio." E così dicendo, prese le forbici, le infilò nella borsa, poi, afferrandomi con forza al gomito, mi spinse fuori della porta.

Prima che potessi liberarmi dalla stretta, avevamo girato l'angolo della piazza e ci dirigevamo verso casa sua.

Mi fermai di botto, puntando i piedi. "Mi lasci andare, Mrs Tilling!" ringhiai. "Non può costringermi a seguirla."

"No, certo che no, ma date le circostanze si renderà conto che è la scelta migliore." Non minacciò di chiamare la polizia, ma sapevo che l'avrebbe fatto. La scenetta cui aveva appena assistito era una prova sufficiente a mandarmi al fresco se non per tutto, almeno per qualcosa.

Mi sono scostata da lei, sgradevolmente consapevole che la mia unica speranza di fuga era quella di zoppicare fino in stazione, ma con l'anca ridotta com'è, mi avrebbe bloccata con facilità. Ero bell'e incastrata.

"D'accordo," bofonchiai, arrancando al suo fianco come una bambina indispettita.

Comunque mi stava portando da lei, lontano dalla strada dove avrebbe potuto vedermi il generale. Lasciai che mi prendesse nuovamente per il gomito e, inciampando sul vialetto lastricato, arrivai alla porta di casa sua. La spalancò e mi fece entrare nel salottino soleggiato dove mi accasciai sul divano più vicino.

Mrs Tilling sparì per qualche istante e tornò con tè e tramezzini, risvegliando in me ulteriori sospetti circa le sue intenzioni. "Perché mi ha portata qui?" sbottai.

Rimase seduta imperterrita, senza reagire, sull'orlo di una poltrona e cominciò a versare il tè. "È stato un bene che sia entrata in negozio al momento giusto. Così ho potuto salvarla," rispose, ignorando la mia domanda. "Ralph Gibbs è diventato estremamente brutale di questi tempi."

"Sì," borbottai. "È stata una fortuna che lei sia entrata proprio in quel momento."

"La fortuna non c'entra," proclamò, levando lo sguardo dalla tazzina. "L'ho vista sull'autobus e ho intuito dove si sarebbe diretta."

Mi raddrizzai, allarmata. "Davvero?" dissi. Come diavolo faceva a sapere che quel maledetto aveva i miei soldi?

Come se mi avesse letto nel pensiero, soggiunse: "Me l'ha raccontato Kitty". Semplicissimo. Tutto il maledetto villaggio la teneva informata su quello che facevo. "Non si preoccupi," continuò, riprendendo la tazzina. "Non la denuncerò."

"Bene. È ora che la smetta di accusarmi di quell'assurdo scambio di neonati, le dico soltanto che è ora," la aggredii.

Emise un lungo sospiro sonoro. "Tranquilla, Miss Paltry. Lo so che è andata così, ma ho deciso di non intervenire. E adesso vuole che l'aiuti, sì o no?"

Restammo in silenzio per un paio di minuti. Cercavo di immaginare come diavolo potesse aiutarmi e se era tutta una finta quella di non denunciarmi. Lei, nel frattempo, stava mangiando un tramezzino al cetriolo con una calma esasperante. Avevo voglia di appiopparle un pugno su quella bocca che non smetteva di ruminare.

"Non che sia giusto," aggiunse dopo avere inghiottito lo squisito bocconcino. "Ma cosa fatta capo ha, e tirar fuori la storia adesso farebbe più male che bene, soprattutto ai due poveri piccini. Lo so che è disonesto, e mi dispiace di dovermi piegare ai suoi raggiri, Miss Paltry, ma non vedo altra via d'uscita. Mi sento in dovere di porre la stabilità della nostra comunità al di sopra della mia integrità."

Mi sono trattenuta dal levare gli occhi al cielo, ma, Signore! Il suo moralismo mi faceva venire voglia di mollarle un bel ceffone.

"Ha mai provato rimorso per quello che ha fatto?" mi chiese, la fronte corrugata pensosamente. "Non pensa che sia sbagliato affidare un neonato a dei genitori fasulli?"

La fissai con uno sguardo vacuo. Per quanto mi riguarda, i neonati si somigliano tutti. Ma mi sembrava uno scempio che il mio gran daffare fosse finito in niente. Anche se, ovviamente, avevo sbagliato sin dall'inizio. Così, sfoderando un bel sorriso, dissi: "Naturale che è riprovevole. Lo dice la Bibbia, no?".

Aveva un'espressione stranamente perplessa, poi ha continuato: "Be', i due bambini crescono bene in casa Winthrop, ed è quello che conta. Venetia si è presa a cuore la piccola Rose e le farà da madrina. Si occuperà di lei fino al ritorno di Victor. Devo dire che mi tranquillizza sapere che la bambina è circondata dalla sua vera famiglia".

"Sono contenta per loro e mi rallegro che lei intenda smetterla con le sue accuse," dissi in tono brusco. "Non che non sia successo niente, attenta."

"Su, su, Miss Paltry. Siamo in tre a sapere come sono andate le cose – lei, io," si interruppe, socchiudendo gli occhi, "e il generale. Mi ha raccontato del vostro piccolo, disgustoso imbroglio. So tutto... il vostro incontro, la ricompensa, lo scambio dei neonati, la bomba, il suo goffo tentativo di recuperare i soldi e l'epilogo finale." Mi rivolse un sorrisino degno di Miss Marple. "Non ha più niente da nascondere, sa."

Ammetto che a questo punto la mia combattività si era esaurita. Era già tanto che riuscissi a respirare. La paura mi stringeva come un serpente che mi si fosse avvoltolato intorno alla gola.

"Si calmi, Miss Paltry." Venne a sedersi accanto a me e mi posò la mano sul braccio. "Sono qui per aiutarla."

Tirai un profondo sospiro, chiedendomi cosa mi aspettava. "Aiutarmi? E in che modo?"

"Be', tanto per cominciare, le ho trovato un alloggio. Sono la funzionaria che si occupa delle assegnazioni, fa parte del mio lavoro." Sorrise e io ebbi la stranissima sensazione che quel noioso pilastro del volontariato femminile cercasse davvero di aiutarmi. Tirò fuori dei moduli. "Questo è il foglio informativo sulle assegnazioni. Per il momento lei starà presso il vicario e Mrs Quail. Ho qualcosa per lei, indumenti e roba per la casa. Sono di seconda mano, ma dovrà accontentarsi."

Fissavo imbronciata la mia tazzina di tè, incapace di afferrare la situazione. Che stava succedendo? Perché non mi denunciava?

"Ascolti, Miss Paltry, forse potremmo gestire la cosa in modo un po' diverso."

"Che intende dire?"

"E se mi raccontasse tutto?" Si interruppe, guardandomi con curiosità. "Con l'intesa che non la smaschererò."

"Perché vuole saperlo se non ha intenzione di denunciarmi?" le domandai con aria evasiva.

"Voglio capire bene che cosa è successo. Conoscere la verità." Premette la mano sulla mia. "In cambio le assicuro che il generale le starà alla larga."

Questo mi mise in allarme. Come poteva quello scoiattolo di donna avere la meglio su un uomo simile? L'interrogativo doveva essersi riflesso sul mio viso perché lei disse con un sorriso: "Non badi ai dettagli, Miss Paltry. Le basti sapere che non le darà più fastidio".

A quel punto tutti i pezzi si sono incastrati. Lei lo minacciava di rivelare la storia, e lui minacciava me per la stessa ragione. E allora si fece strada nella mia testa l'idea che quanto più Mrs Tilling sapeva, tanto meglio poteva garantirmi che il generale non mi avrebbe sfiorata neanche con un dito.

Penserai che ho sbagliato, Clara, lo so, ma le ho raccontato tutto. Nei minimi particolari. Una volta cominciato, dal momento in cui il generale mi aveva convocata nel suo studio dopo il funerale, le parole mi uscirono così in fretta che non riuscii più a fermarmi. Le raccontai tutto: che non era colpa mia, ma che avevo dovuto rubare per procurarmi un tetto e un piatto di minestra dopo che ero scappata da zio Cyril e mi ero trovata a King's Cross. Grazie a Dio, era scoppiata la Grande guerra e avevo ottenuto quel lavoro in ospedale, dove mi avevano permesso di seguire il corso per infermiera. Ma ero sempre senza soldi, sempre in fuga, pronta ad approfittare di ogni occasione, anche se spregevole e sporca. Mi è uscito tutto. Mi sono resa conto che ero diventata una specialista. Quanto c'era di spregevole e sporco al mondo si era impossessato della mia vita.

Si era impossessato di me.

Non diceva niente, si limitava ad annuire e di tanto in tanto ad aggrottare la fronte, offrendomi addirittura comprensione. Quando arrivai in fondo, mi diede un colpetto sulla mano e mi disse che mi aspettavano al vicariato.

E sarai sorpresa, Clara, ma una volta tanto ho provato sollievo. Avevo bisogno di riposare la gamba e Mrs Quail è una donna pratica. Oltre che una brava cuoca.

"Ho pensato che sarebbe stato una compagnia piacevole," disse, sistemando le cose in una borsa. "Almeno finché non troverà una sistemazione per conto suo."

"Non sanno del..." La verità era così evidente, ormai, così fuori dal mio controllo, che non mi pesava parlarne.

Si mise a ridere, non una risata sfrenata, ma pur sempre una risata. "No, nessuno ha mai avuto sospetti."

Anch'io mi lasciai andare a una risatina nervosa, una risatina di sollievo, perché per un incredibile colpo di fortuna ero ancora viva e libera, avevo un tetto sulla testa e un lavoro.

Guardai Mrs Tilling dritta negli occhi e le dissi: "Grazie".

Capì che lo dicevo col cuore perché appoggiò la sua mano sottile e tiepida sulla mia e me la strinse.

"Perché si dà tanto da fare per aiutare il prossimo, Mrs Tilling?" le chiesi. Già, cosa ci guadagnava?

"Dobbiamo stare uniti, Miss Paltry, e aiutarci a vicenda, altrimenti non avremo nessuna possibilità contro i nazisti."

Strano, mi ero completamente dimenticata della guerra.

La lasciai sulla soglia e mi avviai al vicariato. Ma, mentre arrivavo in piazza zoppicando, accadde qualcosa a cui non avevo pensato. Vidi davanti a me la mia vecchia casa, ora un cumulo di macerie fra gli altri cumuli di macerie che un tempo erano state le case di Church Row. Avevo passato anni e anni della mia vita in quel luogo, e nonostante non fossi mai stata particolarmente felice, quegli anni mi appartenevano.

Provai un brivido di orrore e nello stesso tempo mi sentii attratta verso quella rovina. Della mia casa non rimaneva che una massa di mattoni e detriti, pezzi di parete ancora rivestiti della carta a righe blu e le orribili piastrelle verdi della cucina. L'incendio aveva condannato all'oblio metà delle mie cose, e gli sciacalli avevano portato via il resto.

C'erano dei bambini che curiosavano tra i rottami, mostrandosi l'un l'altro quello che avevano trovato. Uno di loro alzò in aria il frammento di una fotografia, ancora appiccicato a un pezzo di cornice.

"Dammelo," strillai, strappandolo di mano al ladruncolo. "È mio. E adesso via di qua." Li cacciai tutti, agitando le braccia e affibbiando a ciascuno uno scappellotto sulla testa. "Fuori da casa mia."

Confesso che quando se ne andarono, mi accasciai e piansi. Tutto quello che un tempo avevo posseduto era in quella casa, ora distrutta, bruciata, depredata.

Guardai la foto strappata che tenevo in mano. È quella che ci ritrae insieme alla mamma, neanche un anno prima che morisse. Tu avevi quasi sedici anni, io dodici, ed eravamo felici e innocenti. La foto è stata scattata in giardino, a Birnham Wood. Vedevo in un angolo la casa, la mansarda con il glicine. La mamma adorava quel glicine. Mi chiesi come era possibile che mi fossi allontanata tanto. Cosa mi era successo?

Dopo un'ora trascorsa a passare in rassegna i detriti, da cui avevo ripescato una forchetta e un cucchiaio, qualche forcina per i capelli, una statuetta rotta, quella con la coppia che balla che mi piaceva tanto, sentii una voce alle mie spalle.

"Miss Paltry, sta bene?"

Era il vicario, venuto a portarmi a casa sua. Mi accorsi in quel momento che aveva cominciato a piovere e i goccioloni che schizzavano su di noi si intensificarono mentre attraversavamo la piazza verso il vicariato.

Mi mostrò la comoda camera che avevano preparato "apposta per la levatrice, nostra ospite". A cena mangiammo del pesce e poi ascoltammo alla radio l'ultimo bollettino di guerra, che ci ragguagliò sulla Battaglia d'Inghilterra e sugli aerei nazisti che sganciavano bombe nel Sudest. All'improvviso mi colpì un pensiero: abbiamo molte cose preziose e dobbiamo proteggerle.

Ed eccomi qui, nel più improbabile dei luoghi, a raccontarti tutto, sdraiata in un letto morbido e tiepido mentre fuori piove. Sento il bisogno di scriverti stasera stessa per ricominciare daccapo domani. Un nuovo giorno, un nuovo inizio.

Lo so che sarai arrabbiata con me, Clara, e so che progetti di venire a dirmene quattro. Ma, ti prego, non farlo. La gamba mi fa male, ho bisogno di riposare un po' e di guadagnare qualcosa assistendo qualche partoriente, per poi trovare un posticino mio da qualche parte.

E poi tornerò a occuparmi di Ralph Gibbs. Non fraintendermi, Clara, riavrò i miei soldi, caschi il mondo.

Abbi pazienza,
Edwina

Avviso affisso alla bacheca
del municipio di Chilbury
Lunedì, 19 agosto 1940

Chiunque voglia entrare nel coro femminile di Chilbury per partecipare a un concerto a favore dei senzatetto di Litchfield sabato prossimo, è pregato di presentarsi alle prove stasera in municipio alle 19 in punto.

Mrs Tilling e Kitty Winthrop

Lettera di Venetia Winthrop ad Angela Quail

Chilbury Manor,
Chilbury,
Kent

Lunedì, 19 agosto 1940

Cara Angela,

ora che l'ufficio di Litchfield Park è stato distrutto dalle bombe, mi trasferiranno a Londra. Il bombardamento è stato orribile, ha devastato tantissime case e anche molti di quei bellissimi edifici in stile Tudor. Mi sento in colpa per essere così contenta di partire, ma ho bisogno di starmene lontana per un po' e distrarre il pensiero da tutto quello che è successo.

Mi struggo ancora per Alastair e non riesco ad accettare che mi abbia lasciata a quel modo. Più ci penso, più sento che in lui coesistevano due uomini diversi, il furfante e la spia da un lato, e dall'altro l'Alastair che ho conosciuto – gentile, intelligente, buono. Chissà dov'è e se pensa a me.

Nel frattempo Kitty ci ha coinvolte nell'organizzazione di un concerto del coro a favore dei senzatetto di Litchfield. Avevamo preso l'abitudine di cantare per conto nostro, a casa, sulla musica di qualche disco, poi Mamma ci suggerì di allargare l'iniziativa al coro femminile di Chilbury. Potrei improvvisare qualche battuta sugli abitanti di Litchfield che hanno bisogno di incoraggiamento, non di sentirsi fracassare i timpani, ma non lo faccio perché sono sicura che tutti ne saranno contenti. Non sono molte le cose piacevoli che abbiamo a disposizione di questi tempi, ora che è tutto razionato o proibito, ma almeno possiamo ancora cantare. Incredibile come ci si senta meglio. Prim era solita dirci che dipendeva dal sangue che scorre più veloce, dall'aria che riempie i polmoni e ci fa sentire vivi. Povera Prim! Sarà triste dare un concerto senza di lei. L'idea le sarebbe piaciuta immensamente.

Mrs Tilling ha fatto in modo che sabato prossimo si possa usare una sala della chiesa di Litchfield, e Kitty ha preparato dei manifesti coloratissimi da affiggere in città. Calcolano che potrebbero venire più di settanta persone e noi cominciamo a innervosirci.

Questa sera abbiamo provato in municipio; all'inizio dubitavamo del risultato. Gli spazi di un edificio pubblico non hanno niente a che fare con quelli di una chiesa, e noi certamente non canteremo l'*Ave Maria*. Ma eravamo assai contente. Quale modo migliore per tirarci su di morale dopo il bombardamento di Chilbury e quello più devastante di Litchfield?

"Salve a tutte," ci salutò giovialmente Mrs Tilling all'inizio della prova. "Cominciamo col metterci ai nostri posti, che ne dite? Tutte sul palcoscenico." Fece cenno con le mani di sbrigarci, poi ci indicò dove collocarci. "I soprani sulla destra, i contralti sulla sinistra," esordì, mettendo le più basse in prima fila e spingendo le più ingombranti – compresa una confusa Mrs B. – in fondo. Poi scese dal palcoscenico per valutare l'effetto, risalendo un paio di volte a fare qualche lieve modifica.

"Perfetto!" annunciò alla fine e diede a ciascuna di noi qualche pagina. Kitty e Silvie avevano fatto un capolavoro: erano riuscite a concentrare tutte e venti le canzoni su due fogli, copiandole e ricopiandole un sacco di volte.

Abbiamo cominciato a cantare sulla musica dei dischi, come avevamo fatto a casa, inciampando spesso nelle parole.

"Non preoccupatevi se le parole non sono in sintonia con la musica," disse Mrs Tilling. "Per il momento basta che arriviate in fondo. Ricordatevi che potete esercitarvi per conto vostro a casa, faremo una prova come si deve mercoledì prossimo."

A Kitty è stato affidato un bellissimo assolo, *Somewhere Over the Rainbow*. L'ha eseguito perfettamente nella prova, e non c'è da sorprendersi perché da domenica non sentiamo altro in casa.

Poi Mrs Tilling fece un passo avanti e disse: "Vorrei chiedere a Venetia di cantare un assolo. Ti dispiace?".

Ero stupefatta. "Be', tenterò," risposi, incerta.

Mi passò lo spartito di una canzone che avevamo cantato a casa la scorsa settimana, *Blue Moon*. Mi tremavano le dita mentre guardavo le parole. Parla di una ragazza, come me, che è da sola, come me, e aspetta una nuova persona. Quest'ultima parte non c'entra con me e cominciai a piangere. Non voglio un uomo nuovo, voglio che ritorni Alastair. Lo so che è un mascalzone e dovrei augurarmi di non rivedere mai più la sua faccia, ma non riesco a dimenticarlo. Anzi, non voglio dimenticarlo.

"Non sei tenuta a cantare se non ti va, Venetia," disse piano Mrs Tilling, tendendo la mano per riprendere il foglio.

"No," risposi, raddrizzandomi, "lo farò."

E così è stato. Mrs Quail attaccò l'introduzione e io cantai con una voce chiara e bassa che riempì la sala. Applaudirono tutte con entusiasmo, il che mi fa pensare che devo essermela cavata abbastanza bene. Da allora mi esercito a casa e penso che sabato andrà tutto liscio.

Poi partirò per Londra e ci divertiremo di nuovo insieme come ai bei vecchi tempi e forse riuscirò a dimenticare Alastair. Ti va bene se mi fermo da te finché non trovo una sistemazione per conto mio?

Con tutto il mio affetto,
Venetia

Lettera del Col. Mallard
a sua sorella, Mrs Maud Green, Oxford

Ivy House,
Litchfield Road,
Chilbury,
Kent

Martedì, 20 agosto 1940

Cara Maud,

pare che il mio dipartimento verrà trasferito a Londra, visto che una bomba ha completamente distrutto i nostri uffici. La mia scrivania si è polverizzata; pensa che fine avrei fatto se fossi stato seduto al mio posto. L'intenzione è quella di spostarci non appena troveranno una sistemazione. Mi hanno detto che siamo una priorità, perciò è possibile che il tutto avvenga la prossima settimana.

Non l'ho ancora comunicato alla mia padrona di casa, Mrs Tilling. Sono sicuro che non sarà contenta di dover trovare un'altra persona che mi sostituisca, anche se forse non sarà più necessario ora che Litchfield Park è stato bombardato e il Kent è un bersaglio privilegiato. So che le mancherà la mia compagnia e mi preoccupa il fatto di doverglielo comunicare. Dopo tutte le cene improvvisate in cucina e le ore passate in cantina durante le incursioni, siamo diventati davvero buoni amici. Confesso che sentirò la mancanza delle nostre conversazioni.

La guerra però continua, e tutti dobbiamo impegnarci. Tornerò a scriverti non appena avrò un nuovo indirizzo. Di' alle bambine che le abbraccio con tutto il mio amore.

Ti voglio bene,
Anthony

Dal diario di Mrs Tilling

Mercoledì, 21 agosto 1940

Il coro femminile di Chilbury si esibirà in un nuovo spettacolo! Sabato prossimo terrà un concerto a Litchfield. Molte di noi si erano dispiaciute quando era stato annullato il concerto conclusivo del concorso, ma ora avremo un palcoscenico tutto per noi. Che meravigliosa idea ha avuto Kitty!

La prova è andata molto bene; mi auguro tuttavia che alcune continuino a esercitarsi per conto loro. Progettiamo di cominciare alle sette. Per un'ora canteremo solo noi, poi eseguiremo canzoni che tutti conoscono, così i presenti potranno unire le loro voci alle nostre. Mi riferisco a brani come *My Old Man Said Follow the Van*, *Roll Out the Barrel* e *We're Going to Hang Out the Washing on the Sigfried Line*. La chiesa ha detto che forse riusciranno a trovare del tè per il dopo concerto, ma io non ci conto. E poi, con il ritorno a casa, il ritorno alla realtà.

Il colonnello si trasferirà a Londra la settimana prossima o quella successiva. Me l'ha detto ieri sera mentre cenavamo in cucina. Avevamo soltanto zuppa di coda di bue e del pane e burro, ma non ci facemmo caso.

"Sa, preferirei rimanere," mi disse con aria desolata. "Mi piace tutto di qui."

"Sì, anch'io credo di essermi abituata alla sua presenza."

"Davvero?"

"Sì."

"Le mancherò allora?"

"Naturalmente." Continuai a mangiare la mia zuppa, anche se lui aveva messo giù il suo cucchiaio.

"Mi scriverà?" chiese cautamente.

"Naturalmente," risposi. "Mi piace scrivere lettere. Spero che lei risponderà, mi racconterà come vanno le cose a Londra, se vinceremo la guerra, cose così."

"No, dico per davvero," sussurrò in tono serio.

"Anch'io."

Ci scrutammo per qualche istante, il cucchiaio a mezz'aria, e d'un tratto ho avuto l'impressione di essere su un campo di battaglia. Era chiaro che io gli piacevo e che lui piaceva a me. Ormai eravamo riusciti a integrarci, avevamo riempito gli spazi vuoti che ci distanziavano. La consolazione e l'aiuto, la conversazione animata e il motteggio bonario, il fuggevole soffio della passione, persino dell'amore, tutto questo era accaduto e sapevo che anche lui l'aveva condiviso. Era un sentimento che si era sviluppato lentamente e in contemporanea, ogni mossa dell'uno aveva avvicinato a sé l'altro.

A un tratto mi porse un regalo in segno di ringraziamento per averlo ospitato. Quando aprii il pacchetto vidi una vestaglia, azzurra e morbida.

"Grazie," dissi con imbarazzo, pensando alla mia, marrone e ormai lisa, chiedendomi come avesse trovato un capo così bello nel bel mezzo della guerra.

"Oh, non è niente. Mi ero accorto che la sua vecchia vestaglia era... be', era vecchia," mormorò con altrettanto imbarazzo.

Dopo cena ci accomodammo in salotto per ascoltare il notiziario alla radio e poi mettemmo qualche disco della collezione di Prim che Kitty mi aveva imprestato. Il primo era intitolato *Cheek to Cheek*, un delizioso ballabile cantato da Fred Astaire. Con mia grande sorpresa, dopo le prime battute il colonnello si è alzato e mi ha chiesto di ballare, proprio lì nel mio salotto.

Dapprima mi misi a ridere. "Non sia ridicolo!"

"Perché no? Quando mai ci capita di ballare di questi tempi? E in ogni caso, chissà quando ne avremo di nuovo l'occasione."

Pensai a lui che sarebbe andato a vivere a Londra, alla possibilità che gli capitasse qualcosa. Il rischio che aveva corso durante il bombardamento di Litchfield era stato un brutto colpo per me. Ho cominciato a pensare che tutte le persone care mi erano state portate via. Deve aver notato che mi ero rattristata perché mi disse: "Ora la smetta con i brutti pensieri e si goda questo momento".

Mi tirò su dalla poltrona e mi attirò a sé, poi cominciò a danzare in quel piccolo spazio. Ridevo nervosamente. Per essere un uomo così goffo e massiccio è un gran ballerino, leggero e sicuro. Mi faceva volteggiare tenendomi saldamente intorno alla vita con una mano, e tenendomi l'altra nella sua. Sono di altezza media, più o meno, e quindi i miei occhi erano a livello del suo torace. Dovevamo sembrare due personaggi da commedia mentre piroettavamo nella penombra, chiusi nel nostro mondo.

Al termine ci ritrovammo in mezzo alla stanza; il rosso intenso delle tende e del tappeto davano calore, intimità. Si scostò e abbassò lo sguardo, piegando la testa di lato, e io capii che stava per baciarmi.

Presa dal panico, mi ritrassi. Non che non mi fossi mai immaginata una simile circostanza. O che non avessi mai sognato di baciarlo. Solo che non pensavo che potesse succedere nella realtà. Il panico si intensificò. E se lui l'avesse frainteso prendendolo per un rifiuto? Cosa sarebbe accaduto se avesse rinunciato a baciarmi?

Non volevo cedere alla paura, quindi mi avvicinai, gli posai le mani sulla nuca e gli abbassai il viso per farmi baciare. Era tutto un po' goffo, ma alla fine ci siamo riusciti. Ne valeva la pena. Mi sentii sommergere da un'incredibile sensazione di gioia e di forza. Non avevo mai pensato che baciarsi potesse essere così meraviglioso. Me lo ero dimenticato, l'avevo relegato in un baule della mia mente con sopra una grande etichetta: *Non aprire.*

Ora quel baule si era aperto. Anzi spalancato.

Continuammo a baciarci per un bel po'. Penso che piacesse anche a lui perché aveva uno sguardo sognante. Era tardi, e avevo dedicato pochissimo tempo a studiare per il concerto.

Che strana sequenza di eventi. Forse sentiva che, prossimo a partire, aveva bisogno di fare il punto della situazione. Forse voleva assicurarsi il mio affetto. Forse il rischio mortale corso durante il bombardamento di Litchfield lo aveva portato a riflettere. O forse non aveva mai avuto il coraggio di farlo e ora l'imminente partenza gli aveva reso tutto più facile. Per quanto mi riguarda, sono felice che l'abbia fatto. Qualsiasi cosa accada in futuro, la notte scorsa sarà sempre nostra, un lembo di paradiso in questo mondo caotico.

Dal diario di Kitty Winthrop

Sabato, 24 agosto 1940

Il concerto canoro di Litchfield

Non avevamo provato abbastanza, almeno due soprani si erano ritrovati con una brutta tosse e, sorpresina finale, quando arrivammo nella sala della chiesa, la trovammo sporca e tetra come una casa abbandonata.

Ci sentimmo stringere il cuore.

"Be', per fortuna siamo arrivate in anticipo," disse Mrs Tilling frugando negli armadi alla ricerca di qualche scopa. "Qualcuno si è ricordato di portare le decorazioni?"

Mrs B. aveva con sé le bandierine colorate avanzate dalla festa che Henry aveva dato prima di partire e cominciò a distribuirle, impartendo ordini a destra e a sinistra. "Sbrighiamoci se vogliamo che la sala sia decente per l'inizio del concerto."

Ci mettemmo a lavorare e devo ammettere che alle sette meno un quarto il posto era molto migliorato. Le file di bandierine rosse, bianche e blu servivano davvero a rallegrare l'ambiente, e per farle risaltare maggiormente preparammo dei festoni con i giornali. Una volta sistemate le sedie per il pubblico, raggiungemmo i nostri posti di fianco al palcoscenico e restammo in attesa, sussurrandoci gli ultimi consigli per controllare l'agitazione.

Ma la sala rimaneva vuota.

"Quanti manifestini hai affisso, Kitty?" tuonò Mrs B., come se fosse colpa mia se nessuno era ancora arrivato.

"Sicuramente molti di più di quelli che ha affisso lei!" sbottò Mrs Tilling. Tutte noi abbiamo ridacchiato. Era davvero uno spettacolo vedere Mrs Tilling che aveva la meglio su Mrs B.!

Ma l'orologio scandiva i minuti, e la sala restava vuota. Le file di sedie sembravano tristemente fuori luogo, soltanto il sagrestano si affannava ad aggiustare qualcosa pestando con un martello. Mancavano ormai cinque minuti alle sette. Non potevo credere che nessuno venisse ad ascoltarci. Avevo affisso i manifestini su tutti i lampioni della città.

"Vado a chiedere al sagrestano," disse Mrs Tilling. "Forse la chiesa ha annullato il concerto e si è dimenticata di avvertirci." Scese di corsa i gradini a lato del palcoscenico, percorse il corridoio laterale e scomparve nell'ingresso.

"Avrebbero dovuto farci la cortesia di avvisarci," protestò Mrs B. sbuffando leggermente, seccata all'idea di doversi occupare di cose così irrilevanti.

All'improvviso dall'ingresso arrivò un gran trambusto e un fiume di persone si riversò nella sala, alcune di corsa per occupare le prime file. Il sagrestano si era dimenticato di aprire la porta. Si scatenò una cacofonia di voci; persone che ne chiamavano altre appena occupato un posto, vicini che si salutavano. Molti uomini erano in uniforme, ma il pubblico era in prevalenza femminile, un fatto a cui siamo ormai abituati in questo periodo. Non potevo credere che fossero così eccitati. Erano venuti per sentirci cantare! Che emozione e che paura! Perché avevo accettato di esibirmi in un assolo? Ero davvero tagliata per una vita sul palcoscenico?

Alla fine la sala stava esplodendo e il sagrestano chiuse la porta, facendo segno a Mrs Tilling che era arrivato il momento di cominciare. Lei si alzò, andò con passo deciso al centro del palcoscenico e sollevò le braccia per segnalarci di metterci ai nostri posti. Dopo un bel po' di confusione, compreso il fatto che Mrs Gibbs pestò un piede a Mrs B., Mrs Tilling rivolse lo sguardo alla sala, in attesa che si facesse silenzio. Le voci si abbassarono tra diversi *sssst!*, e alla fine tutti tacquero, specie quando Mrs Tilling fissò un paio di disturbatori con un'occhiata feroce.

Poi tornò a volgersi verso di noi, alzò di nuovo la bacchetta e invitò Mrs Quail ad attaccare. Era *Summertime*, un brano jazz lento e assai bello, e, mentre cantavamo, cominciammo a dondolare un po', cullate dal ritmo sognante. Era un tale piacere cantare di nuovo che quasi ci dimenticammo del pubblico che ci stava davanti, centinaia di persone che ci ascoltavano, alcune oscillando, altre battendo il tempo con un piede, molte dimenticando per qualche momento le bombe, il sangue, i morti.

Alla fine ci fu un'esplosione di applausi. Eravamo raggianti, poi vedemmo che Mrs Tilling indicava a Venetia di attaccare *Blue Moon*. Venetia aveva voluto che io mi esibissi per prima, ma Mrs Tilling aveva insistito. "Hai una grande presenza scenica, Venetia. Ti voglio all'inizio dello spettacolo."

"Buona fortuna," le sussurrai, mentre con il resto del coro mi mettevo di lato sul palcoscenico. "Ce la farai, Venetia."

E poi ci fu solo lei sul palcoscenico. Appariva nervosa ed era bellissima, i grandi occhi azzurri che guardavano gli spettatori, il vestito giallo che frusciava lievemente, i capelli ondulati color oro che le scendevano sulle spalle. Le labbra, coperte dal rossetto, erano dischiuse per la paura, il torace si alzava e si abbassava rapido. Iniziò l'introduzione e lei, le mani allargate ai fianchi, cantò le prime note di *Blue Moon*, dapprima con voce sommessa e nervosa, poi più sonora e decisa. Ce la stava facendo, stava cantando davanti a tutta quella gente.

Mi guardai attorno: i visi degli spettatori erano sorridenti, gioiosi. Ho sentito Venetia che acquistava sicurezza, la sua voce che risuonava forte, riempiendo la grande sala. Prima che me ne accorgessi, era alla seconda strofa. Cantava e sorrideva al pubblico, ancheggiando appena.

Poi intravidi qualcuno di vagamente familiare.

Era in fondo, un po' spostato sulla destra e in un primo momento ebbi qualche dubbio che fosse lui. Sembrava diverso. Aveva i capelli più corti, gli abiti erano meno formali. Che fosse un'apparizione?

Sorrise e le strizzò l'occhio, lento e misurato, e allora capii che era davvero lui. Che era vivo e che era tornato da lei.

Venetia smise di cantare. Mentre guardava verso di lui, le si spense la voce. Lo vidi muovere la bocca, componendo una frase muta. *Ti amo. Anch'io ti amo*, gli rimandò lei al di sopra degli spettatori.

Mrs Quail continuava a suonare anche se Venetia aveva smesso di cantare. Io allora mi feci avanti, sfrecciando attraverso il palcoscenico fino a raggiungerla e cominciando dal punto in cui si era interrotta. Lei si girò a guardarmi con occhi trepidanti e si diresse verso i gradini per scendere dal palcoscenico. Io continuai a cantare, mentre lei si faceva largo tra la folla che si apriva per lasciarla passare, finché alla fine raggiunse Mr Slater.

E lì rimasero a fissarsi, a meno di un metro di distanza, finché qualcuno non la spinse in avanti e lei gli cadde fra le braccia, e a quel punto cominciarono a baciarsi come nei film. Non ho mai visto un momento più romantico. Intorno a loro si levarono delle grida di incoraggiamento finché non fu l'intera sala a manifestare il suo entusiasmo. In questo mondo desolato ci rimane almeno una cosa. L'amore.

Lui le prese la mano e fendendo la folla la condusse fino alla porta, dopodiché sparirono insieme nella notte.

Continuai a cantare pensando che io invece ero sola, che il mio futuro con Henry non esisteva più. Come mi sembra assurdo adesso essermi innamorata al punto di comportarmi come una stupida.

Poi pensai alle persone meravigliose che mi circondano: Mamma, che ha scoperto una nuova se stessa; Venetia, che è diventata un'amica; Silvie, che è parte della nostra famiglia; Rose, persino Tom che, con quei suoi modi delicati e adoranti, può essere considerato un nuovo amico. E anche il coro, che è come un gruppo di amici pronti ad aiutarsi. Il che significa che non sono sola. Nessuno di noi lo è.

Il pubblico rumoreggiò entusiasta quando finii di cantare. Mi ci volle un momento per capire che quel rumore erano applausi e che gli applausi erano dedicati a me. La stretta allo stomaco che avevo provato prima era completamente sparita.

"Parti subito con il tuo assolo, Kitty," disse Mrs Tilling, voltandosi verso Mrs Quail perché attaccasse l'introduzione, e prima di rendermene conto stavo sorridendo al pubblico che aspettava di unire la sua voce alla mia. La canzone era *Somewhere Over the Rainbow*, irresistibile e trascinante.

Dopo il susseguirsi iniziale delle prime note acute e basse, il pubblico manifestò il suo gradimento e io continuai a cantare sorridendo fino alla fine. Le parole mi uscivano fluide e riempivano la sala di speranza.

Alla fine esplose un applauso scrosciante; tutti battevano le mani e fischiavano. Gli occhi mi si riempirono di lacrime. La mia esecuzione era stata un trionfo!

Di lì a poco venni circondata dalle mie compagne, che si congratulavano e preparavano gli spartiti per il resto dello spettacolo. Mrs Tilling attaccò la canzone successiva, un altro brano di jazz, e tutte ci ritrovammo ad ancheggiare a ritmo, mentre il pubblico si univa a noi. Un vero spasso. La conclusione fu una versione particolarmente calorosa di *There'll Always Be an England*, a cui partecipò anche il pubblico.

"Avevi ragione, Kitty," disse Mrs Tilling, mentre scrosciavano gli applausi e noi facevamo inchini su inchini. "Non c'è niente come una bella canzone per comunicare un po' di allegria."

"Grazie, Mrs Tilling, per aver diretto il coro."

Le richieste di "bis" non si arrestavano, finché Mrs B. balzò in avanti e diede di gomito a Mrs Tilling. "Ne facciamo un'altra?"

Mrs Tilling ci guardò negli occhi e vi lesse il desiderio di continuare. "Perché no?" disse e ancora una volta alzò la bacchetta. "Cantiamo *The World Will Sing Again.*"

L'avevamo provata soltanto poche volte, ma era una canzone strappalacrime, che si rivolgeva a chi aveva perduto una persona cara e trasmetteva una sorta di speranza. Mrs Tilling aspettò che ci fosse silenzio in sala e poi ci fece cenno di attaccare. Cantammo con semplicità, lasciando che le parole parlassero da sole con il loro messaggio di sconforto e di speranza, di sogni infranti e sorrisi coraggiosi, della notte buia che si ritira davanti alla luce di una nuova alba. Fu un momento magico – si sarebbe sentito cadere uno spillo. Il pubblico stava in un silenzio totale, forse per rispetto verso chi aveva perduto qualcuno o aveva una persona cara lontano, in pericolo.

Non appena finito, ci fu un lungo momento di pausa, forse di preghiera, poi iniziarono gli applausi, timidi all'inizio, poi crescenti come un'onda di marea. Il suono di centinaia di persone che esprimevano il loro sostegno a chi stava soffrendo, a chi non sapeva come andare avanti.

Quando l'applauso si spense, andammo a vedere se era stato organizzato un rinfresco (non c'era) e a incontrare il pubblico. Era venuta tutta Chilbury, compreso Henry (che io e Venetia abbiamo soprannominato l'Orribile Henry), impegnato a parlare animatamente con una donna in uniforme che pareva un bulldog particolarmente feroce.

"È Lady Constance Worthing, la figlia di Lady Worthing," sussurrò Mrs Tilling, con un fremito divertito nella voce. "Mi sorprende che Henry abbia ceduto al desiderio di Mrs B."

"La sta corteggiando?" Ero sbalordita. Non sembrava affatto il suo tipo. Non potevo neppure essere gelosa!

"Il loro matrimonio rafforzerebbe enormemente le due famiglie. I soldi dei Brampton e il titolo dei Worthing." Ammiccò e capii che secondo lei l'intera cosa era assurda. "Guarda laggiù!"

Seguendo il suo sguardo, scorsi Ralph Gibbs. E chi c'era con lui se non la nostra cameriera di un tempo, Elsie? "Stanno insieme?" chiesi.

"Sembra di sì." Restammo a guardarlo mentre si chinava e le sussurrava qualcosa all'orecchio. Poi tutti e due scoppiarono a ridere e lei gli prese il braccio e lo condusse alla porta. Chi avrebbe mai pensato che una ragazza così graziosa potesse mettersi con un mostro del genere.

Si avvicinarono delle persone a congratularsi, dicendoci che era stato uno spettacolo meraviglioso e che ci erano grati. Una donna mi raccontò che la sua casa era andata distrutta e che da allora lei e i quattro bambini vivevano accalcati nella casa di un vicino. Sono in molti a vivere in alloggi di fortuna e a dormire per terra. Le coperte, più rare delle costolette di maiale, sono diventate oggetti di scambio, come gli scellini e l'argento. Ho deciso di fare una raccolta a Chilbury e Mrs Quail ha detto che mi aiuterà.

C'era anche Tom, una volta tanto pettinato, ed era piuttosto bello. "Sei stata fantastica, Kitty. Per come hai organizzato tutto e per come hai cantato."

"Lo pensi davvero?"

"Lo pensano tutti," disse, e quelli intorno a noi cominciarono ad acclamarmi. È stato un po' imbarazzante.

"Avevo ragione, vero?" continuò Tom.

"A proposito di che?" chiesi, domandandomi cosa sarebbe arrivato.

"Sei diventata un'eroina dopotutto."

Mi protesi in avanti e gli diedi un buffetto sulla guancia.

Poi dal nulla comparve Papà. "Cos'è tutta questa faccenda?" borbottò. "Kitty, è ora di tornare. Basta perdere tempo. Che ne è stato di Venetia e di quel maledetto individuo? Non appena li trovo, farò un bel discorsetto a tutti e due. Mi pento di non avergli sparato quando ne ho avuta l'occasione."

"Non sapevo che saresti venuto a sentirci," gli dissi. In cuor mio avevo sperato di non vederlo.

"Ho dovuto venire per forza! Per vedere che razza di pasticcio avevi combinato," ha muggito, poi scoppiò a ridere sbuffando. "Be', non hai fatto una gran brutta figura." Si guardò attorno cercando probabilmente Mamma o Mrs Tilling. "Mi auguro che le tue ambizioni si fermino agli spettacoli di beneficenza locali, ragazza mia. Non sta bene avere una Winthrop sul palcoscenico, non so se mi capisci."

Gli rivolsi un sorriso degno del Gatto del Cheshire. "Non preoccuparti, Papà, sono ancora la tua piccina," dissi e mi dileguai tra la folla.

Alla fin fine Venetia mi ha insegnato un paio di cosette.

Lettera di Venetia Winthrop ad Angela Quail

Chilbury Manor,
Chilbury,
Kent

Mercoledì, 28 agosto 1940

Cara Angela,

che notizia! Alastair è tornato ed è vivo! Non ci posso ancora credere e di tanto in tanto mi do un pizzicotto per essere sicura che non sia un sogno.

È successo la sera del concerto. Ci credi, io ero al centro del palcoscenico, da sola, e stavo cantando *Blue Moon*. Il pubblico era felice. Oscillavano tutti a destra e a sinistra seguendo la melodia, sorridenti, e io cominciavo a sentirmi a mio agio, sempre più sicura quando d'un tratto colsi l'immagine di un uomo in fondo alla sala. In un primo momento ho pensato di sognare, poi mi sono detta che doveva essere uno che gli somigliava, ma più i miei occhi sfrecciavano in quella direzione, più ero certa di avere visto giusto.

Quell'uomo era Alastair.

Mi osservava tranquillo, un vago sorriso sulle labbra, e io sentii dentro di me qualcosa che scattava. Smisi di cantare, smisi di respirare, come se avessi visto un miraggio. Per fortuna Kitty mi venne vicino e si sostituì a me, e io mi trovai ad attraversare il palcoscenico, scendere i gradini, fendere la folla, come se intorno non ci fosse nessuno. C'eravamo solo lui e io che ci venivamo incontro, i nostri sguardi che si incrociavano, finché lui non mi prese tra le braccia.

Non abbiamo visto il resto dello spettacolo perché siamo spariti fuori per passeggiare insieme. La serata era tiepida e dolce, anche se nell'aria persisteva l'odore delle case incendiate, con una luna quasi piena sospesa nel cielo viola sopra l'orizzonte.

"Ottima scelta quella canzone," disse Alastair, prendendomi la mano. Mi sentii travolgere da un'ondata di straordinaria felicità.

Lo so che avrei dovuto essere prudente, ma non riuscivo a trattenermi. Ero stata privata di qualcosa di fondamentale, e qualcuno me l'aveva appena restituito, ricordandomi cosa vuol dire essere felici.

"*Blue Moon*," dissi, guardando la luna con un lieve sorriso. "Tu sei qui. E mi hai trovata. Su un palcoscenico tra tutti i posti possibili."

"Eri meravigliosa," dichiarò, conducendomi verso un piccolo parco con delle panche, un laghetto e coppie di cigni che curvavano il collo affondando il becco nelle piume, preparandosi a dormire. Ci mettemmo a sedere tenendoci per mano, come due vecchi coniugi in vacanza.

"Alastair," gli chiesi sommessamente guardando la mia mano nella sua, "dove sei stato?"

"Avevo una missione da compiere, purtroppo," sussurrò, girando la testa per strofinare il viso tra i miei capelli. "Non volevo partire e non sapevo che avrei dovuto farlo così in fretta."

"Aveva a che fare con il nazista nel bosco, vero?" ho chiesto. "Avevi paura che potessero catturarti?"

"No, Venetia." Mi sorrise e mi baciò la mano. Poi mi spiegò tutto, facendomi giurare che non ne avrei parlato con nessuno, così non posso raccontarti niente, mia cara! Ti basti sapere che non è il cattivo che credevo. Anzi, lui è uno dei buoni.

Quando finì, gli sfiorai il colletto della giacca, un po' più consumata di quella del completo che indossava di solito. "Ma perché mi hai lasciata?"

"Dovevo partire. Dovevo seguire Proggett per arrivare agli altri. Solo così sarei riuscito a prenderli tutti."

"E gli spari di quella notte nel bosco..." cominciai.

"Una lite tra il Vecchio George e Proggett. Ho visto tutto mentre seguivo il vostro finto maggiordomo." Poi aggiunse sorridendo: "Sono entrambi pessimi tiratori. Era impossibile che riuscissero a colpirsi. E dopo sono scappati". Si interruppe e mi guardò la mano. "Non ho potuto salutarti, ma ho sempre pensato di tornare il più presto possibile. Credimi, Venetia, non ti avrei lasciata per niente al mondo."

"Sei bravo a mentire, però. Hai fatto credere a tutti di essere un pittore. Faceva parte anche quello del tuo lavoro, come sedurre la bella del villaggio?"

"Su, Venetia, sei stata tu a sedurre me, ricordi? Per un po' ho cercato di mantenere una distanza professionale." E mi sorrise con aria d'intesa.

All'improvviso capii che non conoscevo affatto quell'uomo. Cioè, in un certo senso lo conoscevo, ma non sapevo niente di come si era svolta la sua vita. Pian piano iniziò a raccontare. Viene dal Somerset, è stato mandato in collegio, e poi a Cambridge, dove ha studiato – pensa un po' – filosofia. E lì l'hanno avvicinato, proponendogli di "lavorare per la patria", come dice lui.

"Mi sono trasferito a Londra e ho un appartamento a Bloomsbury dove abito tra una missione e l'altra. Il lavoro si è molto intensificato dall'inizio della guerra. Controllando l'incremento degli armamenti tedeschi e la loro attività di spionaggio, sapevamo che si sarebbe arrivati a qualcosa di brutto anni prima che scoppiassero le ostilità. Il conflitto ha cominciato ad apparire inevitabile fin dal 1936. Allora il governo non ci ha dato ascolto," disse ridendo. "Ma adesso sì, ci ascoltano."

Lo ascoltavo piuttosto confusa, soprattutto quando iniziò a raccontare gli aspetti più semplici della sua vita: i genitori anziani e severi, l'amore per la pesca, il fratello gemello morto bambino, il senso di disagio che da allora non lo lascia mai, "come se mancasse sempre qualcuno".

"È la stessa cosa che provavo io nei tuoi confronti," dissi con una sensazione di straniamento verso quell'uomo nuovo. "Non so se ti riconosco. Cioè, chi è il mio Alastair Slater, l'uomo che ho amato?"

"Lo stesso di prima, Venetia," affermò, abbracciandomi. "L'uomo che ti ama, che ama la vera Venetia. Che è felice di prepararti una cena a lume di candela, che è appassionato di arte, di poesia e adora ritrarti. L'uomo che, da ora in poi, vuole amarti e proteggerti." Si interruppe, poi, scostandosi, mi guardò. "Ma c'è una cosa che devi sapere."

Mi scostai anch'io. "Un'altra?"

"Non mi chiamo Alastair Slater. Questo è il nome che mi è stato assegnato per la missione."

"Qual è il tuo vero nome, allora? Il signor Nessuno?"

"No, è John..."

"John MacIntyre," proclamammo all'unisono, per poi scoppiare a ridere.

"Lo stesso nome di tuo nonno," dissi, tirando fuori la medaglietta rovinata che tenevo sotto il vestito, attaccata a una collanina. "Lo sai, ho pensato spesso a lui." Poi gli raccontai tutto quello che era successo dopo che se ne era andato, e lui inorridì, sentendosi in colpa.

"Almeno lo avessi saputo allora! Non avresti passato tutto quello che hai passato. Mi dispiace moltissimo di non essere stato con te e che tu sia stata costretta a rivolgerti a quella poco di buono." La luce della luna si rifletteva nei suoi occhi. "Potrai mai perdonarmi?" Prese la mia mano, la girò e mi baciò il palmo. "Venetia, tesoro, mi fai l'onore di sposarmi?" mi chiese. La serietà del suo sguardo mi ricordò quella volta in cui ci eravamo nascosti dietro l'albero, le dita intrecciate, i suoi occhi tristi e intensi.

Mi si spezzò il cuore mentre lentamente scuotevo la testa. "C'è una guerra in corso e ciascuno di noi deve vivere la sua vita. In ogni caso ho bisogno di tempo per conoscerti meglio, Mr MacIntyre." E con ciò mi alzai in piedi e gli tesi la mano, dopodiché continuammo la nostra passeggiata al chiaro di luna, attenti a non disturbare i cigni.

Da allora passiamo insieme le nostre giornate. Lui è in licenza in attesa di ricevere istruzioni per il suo prossimo incarico. Non può dire dove sarà destinato, ma sarà sicuramente all'estero. Mi ha giurato che non si tratta di una missione pericolosa, anche se mi è difficile credergli. Che cosa non è pericoloso di questi tempi? La sua residenza è in una caserma di Litchfield, ma passa molto tempo a casa mia a Chilbury. Mamma ha dato la sua approvazione, convinta che mi faccia bene.

Partiremo entrambi la prossima settimana, lui per la sua destinazione segreta e io per Londra. Non vedo l'ora di essere con te, Angie, libera di vivere la mia vita. Mi terrorizza il pensiero di Alastair... voglio dire John, che parte. Dovremo tenerci molto occupate, sei d'accordo? È tutto per il momento, cara Angie. Fino a quando non mi vedrai la prossima settimana.

Con tanto affetto,
Venetia

Dal diario di Silvie

Mercoledì, 28 agosto 1940

C'è stato uno spettacolo di canzoni e tutti hanno partecipato. Molte erano canzoni stupide, come *Run Rabbit Run* e *Knees Up Mother Brown* e qui abbiamo dovuto anche ballare. Mrs Tilling era una schiappa, ma Mrs B. era bravissima. Era così divertente che ci ha fatto scoppiare dal ridere.

Il generale ha detto che potevo restare e così ora faccio parte della famiglia. Mrs Winthrop è diventata zia Lavinia e Venetia e Kitty sono le mie nuove sorelle. Sono tutti buoni con me, specialmente le coriste. Mrs Poultice mi regala sempre una mela e mi rivolge un sorriso particolare.

Penso molto ai miei genitori. Voglio raggiungerli. Voglio vederli, abbracciarli. È così difficile. Di notte li sogno e mi sveglio piangendo. Allora Kitty arriva da me con l'atlante e progettiamo il viaggio che faremo dopo la guerra.

Spero che finisca presto.

Dal diario di Mrs Tilling

Mercoledì, 28 agosto 1940

Gli ultimi giorni sono stati davvero speciali! Sabato scorso il nostro coro si è esibito per la prima volta in un concerto canoro ed è stato un trionfo. È tornato Mr Slater e l'incontro con Venetia è stato memorabile. Ha arricchito lo spettacolo. Da allora quei due sono praticamente inseparabili, anche se lei andrà a lavorare a Londra la prossima settimana, e lui partirà per l'estero.

Anche Carrington è venuto al concerto e anche lui sarà trasferito a Londra. Ne era contentissimo e mi ha sussurrato: "Sarà meraviglioso starsene lontano dal vecchio", e questo mi ha fatto ridere.

Un altro fatto divertente è stata la presenza della figlia di Lady Worthing, l'orribile Lady Constance, così prepotente da competere con Mrs B., che però l'ha in mente come possibile nuora, solo perché è titolata naturalmente. Mi fa ridere pensarla con Henry. Ho avuto occasione di scambiare quattro chiacchiere con lei dopo il concerto.

"Ho sempre pensato che un marito non sia diverso da un nuovo segugio," mi disse ad alta voce in tono didascalico. "Ci vogliono molte frustate per metterlo in riga e abituarlo a obbedire agli ordini." Poi si diede una sonora pacca sulla coscia e io dovetti stringere le labbra per non scoppiare a ridere.

Quando arrivai a casa non vedevo l'ora di raccontarlo al colonnello, ma lui non c'era. Pensai che fosse rimasto a lavorare, ma provai ugualmente un senso di gelo e di solitudine, ed ebbi l'impressione che il mio piccolo aneddoto perdesse tutto il suo sapore. Allora decisi che era meglio dare una bella pulita alla cucina piuttosto che andare a letto di cattivo umore, ma di lì a poco mi ritrovai seduta al tavolo, a chiedermi quanto quell'uomo mi sarebbe mancato. Quando rientrò, ero in uno stato pietoso. Facevo pena.

"Che cosa è successo?" mi chiese entrando. Si chinò a darmi un bacio sulla guancia. "Brutte notizie?" continuò con una certa ansia, temendo che avessi ricevuto un telegramma riguardante David e io ho avuto un altro sfogo di pianto.

"Se ricevessi un telegramma del genere, chi sarebbe qui a consolarmi dopo la tua partenza?" dissi tra i singhiozzi. "In questa vecchia casa sarei sola con i miei pensieri. Mi faranno morire, lo sai. Prenderanno possesso del mio cervello e avranno la meglio. Non farò che pensare al peggio e non riuscirò a combinare niente."

"Andrà tutto bene," disse, accostando una sedia e mettendomi un braccio attorno alle spalle. "Sei una donna forte, Margaret Tilling."

"Ma io non voglio essere sempre quella forte. E poi non è semplice di questi tempi! Sono stanca di tenermi tutto dentro, di aver sempre l'aria di farcela, di nascondere lo sconforto dietro un fragile sorriso. Non funziona più."

Restammo in silenzio per un minuto o due, mentre lui mi accarezzava la spalla e io guardavo nel vuoto, assaporando quell'ultimo momento di calore e di conforto prima della sua partenza.

"Perché non vieni con me allora?" mi chiese in tono pratico, come se mi stesse suggerendo di fare un picnic o di andare a passare una giornata al mare.

"Non essere assurdo," borbottai.

"Perché no? A Londra avrò un bell'appartamento, molto spazioso. In questo momento c'è una grande richiesta di infermiere e troverai facilmente lavoro. Sarà come cominciare una nuova vita. Un'avventura. Dovremo sposarci, naturalmente, ma questo non è un problema."

"Non essere assurdo."

"Guardami, Margaret." Non mi aveva mai chiamato per nome prima, e mi fece una strana impressione. Era come se si stesse rivolgendo alla donna segreta, quella nascosta dentro di me, non all'altra, quella che corre a destra e a sinistra incoraggiando tutti e cercando di sistemare le cose. "Parlo sul serio. Sarei felice se tu mi sposassi. Abbiamo vissuto bene insieme in questi ultimi mesi. Perché non continuare? Io ti amo."

All'improvviso mi si bloccò il respiro, così pensai che era ora di riordinare l'armadietto sotto il lavello. Spinsi indietro la sedia rumorosamente, mi alzai e, inginocchiandomi davanti all'armadietto, cominciai a svuotarlo.

"Tu non mi ami?" mi chiese, accucciandosi vicino a me e aiutandomi a tirar fuori un secchio di metallo, vecchio, sporco e bucato.

"Certo che sì," risposi, estraendo con cura una vecchia pentola con delle candele che spuntavano dalla sommità. "Ma non possiamo sposarci. Pensa a David, che torna a casa e scopre che me ne sono andata."

"Ormai è un uomo, anche se per te sarà sempre il tuo ragazzino. E poi potrà venire a trovarci e fermarsi quanto gli pare. Non puoi startene qui ad aspettarlo."

"E le tue figlie?"

"Ti adoreranno. Come tutti, peraltro."

Mi alzai a prendere uno straccio per ripulire i ripiani dell'armadietto, poi mi inginocchiai di nuovo e cominciai a sfregare energicamente.

"E a me non pensi? Alla mia indipendenza, al villaggio, a Ivy House?"

"Ci torneremo dopo la guerra, se vorrai." Prese le mie mani tra le sue, levandomi lo straccio e buttandolo per terra. "Non voglio impossessarmi della tua vita. Voglio entrare a farne parte, vivere con te. Due persone insieme, felici." Respirò a fondo, le sue dita allacciate alle mie. "C'è la guerra e sembra che le cose si mettano male. Non sappiamo cosa ci può capitare. Afferriamo quel poco di felicità che ci si presenta finché siamo in tempo."

Mi sedetti e lo fissai per un lungo istante.

"Ho bisogno di tempo per pensarci. Non sono capace di buttarmi a capofitto nelle novità." Mi appoggiai a lui, poi infilai la mano dietro il suo collo, avvicinandogli la testa. "Eppure," cominciai, esitando per un attimo, colpita dalla verità di quello che stavo per dire, "non sono sicura di riuscire ad accettare che tu te ne vada."

Restammo seduti per un po' sul pavimento della cucina, tenendoci per mano e baciandoci, parlando di tutto – della guerra, di David, delle sue figlie – finché, verso le due, le sirene cominciarono a ululare e noi scendemmo in cantina.

Dal diario di Kitty Winthrop

Venerdì, 6 settembre 1940

Un matrimonio imprevisto

Che settimana straordinaria è stata questa! Ieri, con una decisione che ha lasciato tutti di stucco, Mrs Tilling ha sposato il colonnello nella nostra chiesetta prima di sparire alla volta di Londra. Lo so che oggi molti matrimoni sono precipitosi perché non sappiamo se saremo tutti qui la prossima settimana, ma mi ha colpito che Mrs Tilling abbia deciso di rompere gli indugi. Durante la cerimonia si è fatta avanti per dirigere per l'ultima volta il nostro coro, con un meraviglioso sorriso sul volto. Il brano scelto era *All Creatures of Our God and King*, le cui parole sono tratte dal *Cantico delle creature*.

Mamma ha organizzato una festicciola alla buona per loro, qualche tramezzino con i cetrioli e un dolce che, come sempre, sapeva di cartone. Eppure c'era una grande allegria, come se il nostro coro sentisse di aver dato a Mrs Tilling delle nuove aspettative.

"È questo che dobbiamo fare, Kitty," mi disse con un bacio di addio. "Cerca il luogo in cui ti senti a tuo agio, dove sei più felice, dove quello che sei è importante. Non aver paura dei cambiamenti."

"Ma lei è importante qui a Chilbury," replicai. "Non è necessario che vada a Londra."

"Qui ho fatto quello che ho potuto, adesso è venuto il momento di dare una mano altrove." Sorrise come non l'avevo mai vista sorridere; non il suo solito sorriso sollecito e cortese, ma un sorriso intenso, profondo, luminoso come uno squarcio di luce in un cielo tempestoso.

"Ci mancherà... mi scriverà, vero?"

"Sì. Cerca di tenere in vita il coro. Lo so che lo farai, anche se mi sembra una richiesta eccessiva da fare a una ragazzina di tredici anni."

"Quasi quattordici," sbottai. "E ho dei grandi progetti per il coro. Aspetti e vedrà."

Il coro femminile di Chilbury

Ora che Mrs Tillling è partita, il coro ha deciso che io mi occupi del settore concerti, il che rappresenta un onore straordinario. Con grande sollievo di Mrs B., abbiamo votato perché sia lei a dirigerci. Siamo diventate una squadra, noi due. Andiamo insieme a visitare le zone bombardate e a offrire i nostri servizi. Vi sembrerà incredibile, ma il sindaco di Dover ci ha chiesto di esibirci nella sua città. Hanno avuto una dose di bombardamenti inimmaginabile e ora ci sono centinaia di senzatetto. Mrs Quail e io abbiamo cominciato a raccogliere delle coperte per loro.

Sono sicura che ben presto ci saranno altri luoghi che avranno bisogno delle nostre coperte e dei nostri concerti. Il fiume di aerei nazisti che vengono a bombardarci sembra non avere fine, anche se i nostri Spitfire li respingono coraggiosamente. Dicono che più ne abbattiamo, meno probabilità ci saranno che ci invadano: per questo ce la mettiamo tutta.

I nuovi venuti

Ora che ci sono due bambini in casa, Mamma e tata Godwin sono sempre indaffaratissime. Mamma è fuori di sé dalla gioia, naturalmente. I due sembrano gemelli perché sono nati nello stesso giorno, ma non potrebbero essere più diversi: Rose è allegra e solare, Lawrence, piccolino e sconcertante. Silvie dà una mano a badare ai bambini; a quanto pare le ricorda i tempi in cui si occupava del fratellino. È ancora molto ansiosa, ma parla di più e si è attaccata moltissimo alla mamma. Siamo state molto impegnate a pianificare la nostra spedizione attraverso l'Europa per trovare i suoi genitori e suo fratello. Ha detto che mi mostrerà la sua vecchia casa e il quartiere in cui abitava, e ha cominciato a raccontarmi qualcosa di più sulla sua vita. Com'era bella la vita prima che cominciasse questa orrida guerra!

Novità dal negozio di Ralph Gibbs

Un gran fermento di novità questa mattina nel negozio di Chilbury. Ralph Gibbs ha comprato Tudor Grange, la grande casa dall'altra parte della piazza. Deve essere costata moltissimo, e nessuno sa dove ha preso i soldi, perché di sicuro il mercato nero non rende tanto. È ormai il signore di Chilbury, e Mrs Gibbs dice che vuole vendere il negozio. Elsie sembra appiccicata a lui, visibilmente attratta. Non posso non chiedermi se c'entrano i soldi che abbiamo trovato con Tom.

La partenza di Tom

Tom, purtroppo, sta per tornare a Londra perché ricomincia la scuola, come la nostra a Litchfield. Ha promesso di scrivermi e se non lo farà, Silvie e io ci arrabbieremo perché ci siamo affezionate. Anche lui dice che gli mancheremo e che tornerà l'anno prossimo, se non prima, a trovarci.

La nuova arrivata

C'è una nuova arrivata nel nostro villaggio. Che personaggio! Capelli ondulati fino alle spalle che lei pettina all'indietro, con il risultato che ha l'aria di una che è stata troppo a lungo su una scogliera ventosa o ha subìto uno spavento. Ha qualche anno più di Venetia, forse è addirittura sulla trentina, ed è anche più alta. Porta sempre una gonna di tweed e cammina a passi lunghi, guardandosi attorno con grande interesse. Sembra un cavallo indisciplinato.

"Sono una giornalista," ci disse con un accento nasale molto snob. "Mi sforzo di tirare fuori le storie vere che sono conseguenza della guerra. Le storie di noi donne, rimaste da sole in questi luoghi di provincia ad arrangiarci, affrontando il disastro. Voglio descrivere la nostra capacità di unirci per collaborare allo sforzo bellico."

Ovviamente mi sono subito presentata. "Mi permetta di accompagnarla in giro," annunciai, prendendola per un braccio e guidandola verso le macerie di Church Row. "Come vede, abbiamo avuto un'estate agitata!"

"È qui che sono cadute le bombe?" chiese, inforcando un paio di occhiali dalla montatura nera e tirando fuori un taccuino dalla borsa di cuoio.

"Sì. Sono morte due donne, e un'altra è stata gravemente ferita. Una delle due vittime era la nuova maestra del coro, una donna meravigliosa; l'altra insegnava a scuola ed era bravissima. Per fortuna la sua bambina è salva."

Si voltò di botto verso di me. "Che storia affascinante!" Si guardò attorno e mi trascinò verso la panchina di legno vicino al laghetto delle anatre. Il sole di settembre illuminava di una luce dorata le foglie già un po' ingiallite.

"Raccontami tutto. A che ora è successo?" mi chiese.

"Verso le undici e mezza di sera."

"Era una notte serena?"

"C'era uno spicchio di luna, mi pare."

Rimase come folgorata per un attimo, mormorando tra sé. "Nel cielo nero e terso la luce tremula della luna, le stelle che scintillano come mille innocenti spettatori."

"Che bello," sospirai. "Deve essere meraviglioso saper scrivere così."

"Posso insegnarti, se hai tempo," disse e toccò a me sentirmi folgorata mentre lei si alzava e cominciava a camminare intorno al laghetto giocherellando con la sua penna. "Ma prima raccontami come stanno affrontando la guerra le donne."

"Be', secondo me le cose andavano tutt'altro che bene finché un giorno di primavera non è arrivata la nuova maestra del coro e ci ha convinto a riprendere a cantare. Ha riportato in vita il coro, che è diventato il coro femminile di Chilbury, visto che eravamo tutte donne. In un primo momento ci è sembrato impensabile, ma poi abbiamo vinto un concorso e abbiamo capito che eravamo brave e che potevamo cantare per beneficenza. Ci è servito a capire che potevamo fare un sacco di cose da sole o aiutandoci a vicenda, e insieme siamo migliorate, siamo diventate più forti. Una forza di cui tenere conto."

La giornalista mi guardò e poi fissò la chiesa in rovina.

"Il coro femminile di Chilbury. Suona bene."

"Sì," annuii sorridendo. "Il gruppo di donne più stimolante che le capiterà di incontrare."

Ringraziamenti

La mia vivace nonna, Mrs Eileen Beckley, ci intratteneva spesso con aneddoti curiosi sulla guerra. Per lo più erano storie allegre e divertenti, ma alcune descrivevano fatti terribili e tristi. Comunque i suoi racconti dimostravano che le donne, coalizzandosi e lavorando sodo senza perdersi di coraggio, avevano costituito un fronte interno che avrebbe avuto un ruolo molto importante nel conflitto. A lei e alle donne che continuarono a battersi sotto le bombe, affrontando grandi sofferenze, va la mia sentita gratitudine. Questo libro è dedicato a loro.

All'inizio della guerra, si costituì un'organizzazione chiamata Mass Observation, che incoraggiava le persone comuni a tenere un diario, per poi spedire i loro resoconti quotidiani al quartier generale, che avrebbe pubblicato alcuni di quei testi in un notiziario. Questi diari, in particolare uno tenuto da Nella Last, hanno colmato molte lacune nella mia conoscenza degli anni di guerra. La ringrazio, così come ringrazio gli altri che come lei hanno scritto e ci hanno consentito di gettare uno sguardo non soltanto sulla loro vita, ma anche nel loro cuore e nella loro mente. Le lettere, le biografie, le memorie mi hanno, a loro volta, fornito molti particolari sul periodo, e il mio grazie va agli autori, oltre a coloro che mi hanno parlato di persona della guerra. Dai moltissimi libri sulle donne nel periodo bellico ho tratto ispirazione per delineare lo sfondo. *Henrietta's War* di Joyce Dennys, che comprende storie assai piacevoli scritte da una giornalista dell'epoca, è stato preziosissimo per cogliere la voce e lo spirito del tempo.

Quando questo libro ha cominciato a prendere forma, molte

persone hanno collaborato perché arrivassi in fondo. Un grazie sentito va al mio amato gruppo di recensori, Barb Boehm, Emmy Nicklin e Julia Rocchi, che hanno espresso critiche puntuali, oltre a incoraggiarmi con il loro calore e libagioni varie. Ringrazio i miei insegnanti della Johns Hopkins, in particolare Mark Farrington e il suo leggendario intuito per la trama, i personaggi, la narrazione, e poi David Everett, Ed Perlman e Michelle Brafman. Tra tutti quelli che hanno contribuito con informazioni e storie personali o mi hanno aiutato ad andare avanti voglio citare Irene Mussett, Jerry Cooper, David Beckley, Chris Beckley, Louise e Charlie Hamilton Stubber, Cheryl Harnden, Colin Berry, Breda Corrish, Annie Cobbe, Elaine Cobbe, Lorraine Quigley, Seth Weir, Douglas Rogers, Grace Cutler.

Fin dal primo colloquio con Hilary Rubin Teeman, la mia fenomenale editor alla Crown, sono stata colpita dalla sua profonda comprensione. La sua visione e la sua eccezionale competenza editoriale hanno fatto del *Coro femminile di Chilbury* il libro che è oggi. Grazie infinite, Hilary, per il lavoro e la competenza. I miei ringraziamenti vanno anche al mio editore, Molly Stern, e a tutti quelli della Crown, compresi Annsley Rosner, Rachel Meier, Maya Mavjee, David Drake, Kevin Callahan, Rachel Rokicki, Amy J. Schneider, Patricia Shaw, Heather Williamson, Sally Franklin, Anna Thompson. Un grazie speciale a Rose Fox per tutto l'aiuto che mi ha dato e a Mick Wiggins per la bellissima illustrazione di copertina.

Cassie Browne, eccellente redattrice alla Borough Press, mi ha colpita per la sua capacità di cogliere il vero potenziale di un libro. Grazie, Cassie, per la tua preziosa sensibilità. Un grande grazie anche a Kate Elton e Suzie Dooré e alla squadra cordiale ed entusiasta della Harper Collins: Sarah Benton, Katie Moss e l'eccellente Charlotte Cray. E per l'ingegnosa copertina dell'edizione inglese la mia gratitudine va al noto illustratore Neil Gower.

Alexandra Machinist della ICM, la mia fantastica agente, unisce in sé in un miscuglio affascinante saggezza redazionale, istinto editoriale e un'immensa simpatia. Grazie per i tuoi taglienti consigli e la tua bravura. E con te ringrazio anche l'insostituibile Hillary Jacobson.

Un ringraziamento particolare va a Karolina Sutton, brillante e illustre agente alla Curtis Brown a Londra. Grazie per la tua eccezionale competenza e il tuo incoraggiamento. E approfitto per ringraziare alla Curtis Brown a Londra anche Sophie Baker, la mia dinamica agente per i diritti di traduzione, e i miei editori in tutto il mondo, compresi Martin Breitfeld della Kiepenheur & Witsch in Germania e Anne Michel della Albin Michel in Francia.

Un grande grazie va a mia sorella, Alison Mussett. Grazie per le tue preziose idee e l'ottimo lavoro redazionale. Sentire la tua voce all'altro capo del telefono ha reso questo libro anche un po' tuo. Non ti ringrazierò mai abbastanza. La mia sentita gratitudine va a mia madre, Joan Cooper, per l'incoraggiamento costante e le acute osservazioni. E da ultimo un enorme grazie alla mia famiglia, Lily e Arabella, e al mio meraviglioso marito, Pat, senza i quali questo libro non sarebbe mai stato scritto.